Marc Ritter
Frauenmahd

PIPER

Zu diesem Buch

»Ein oberbayerischer Revierförster mit Schnauz- und Gamsbart, der von einer Frankfurter Privatbankierstochter geehelicht wird. Der weiterhin jeden Tag in aller Herrgottsfrühe in seinen Wald rennt, auch, nachdem seine Gattin das Milliardenvermögen erbt. Und der eines schönen Morgens einen Mann in einen wildromantischen Wasserfall schmeißt. Die Story musst du machen, Gonzo!« Als der Garmisch-Partenkirchner Lokalreporter Karl-Heinz »Gonzo« Hartinger den Anruf von der großen Zeitung aus der Stadt bekommt, will er eigentlich ein wildes Wochenende in Berlin verbringen. Daraus wird nichts. Kurze Zeit später stürzt die grüne Landtagsabgeordnete auf der Frauenmahd, einem steilen Hang auf der Nordseite des Wanks, zu Tode. Ist es Zufall, dass beide Toten in der Nähe des geplanten Pumpspeicherkraftwerks am Esterberg gefunden werden? Werden offene Rechnungen zerstrittener Familien ausgeglichen oder ist ein heißer Kampf unter Umweltschützern entbrannt? Und wie kommt die Haschischplantage in das Bestattungsinstitut Kupfer? Hartinger ermittelt … und kommt nicht nur einmal gerade noch so mit dem Leben davon.

Marc Ritter, geboren 1967 in München, wuchs in Garmisch-Partenkirchen auf, wo er nach dem Abitur für eine Garmisch-Partenkirchner Lokalzeitung schrieb. Zum Studium kehrte er nach München zurück. Ritter arbeitete als Manager für Print- und Online-Medien und ist seit mehreren Jahren als Unternehmensberater tätig. Er wohnt mit seiner Familie in München.

Marc Ritter

Frauenmahd

Kriminalroman

Piper München Zürich

Mehr über unsere Autoren und Bücher:
www.piper.de

Von Marc Ritter liegen im Piper Verlag vor:
Josefibichl
Herrgottschrofen
Stieranger
Frauenmahd

MIX
Papier aus verantwortungsvollen Quellen
FSC® C083411
FSC
www.fsc.org

Originalausgabe
1. Auflage Februar 2015
2. Auflage April 2015

Umschlaggestaltung: Hauptmann & Kompanie Werbeagentur, Zürich, unter Verwendung eines Fotos von Felbert + Eickenberg/Getty Images/ STOCK4B
Satz: Kösel Media GmbH, Krugzell
Gesetzt aus der Stempel Schneidler
Papier: Munken Print von Arctic Paper Munkedals AB, Schweden
Druck und Bindung: CPI books Gmbh, Leck
Printed in Germany ISBN 978-3-492-30603-4

Für den Erfinder des doppelten Espresso.

»Von Bayern gehen die meisten politischen Dummheiten aus. Aber wenn die Bayern sie längst abgelegt haben, werden sie anderswo noch als der Weisheit letzter Schluss verkauft.«
Franz Josef Strauß (1915–1988),
erster deutscher Atom-Minister.

»Dumm ist der, der Dummes tut.«
Forrest Gump

1

Es war das Beeindruckendste, was er seit Langem gesehen hatte. Dabei war er hier aufgewachsen. Ganz in der Nähe. Dass er es in über vierzig Jahren nicht geschafft hatte, hier heraufzukommen! Dabei waren es nur drei Stunden vom Tal.

Unter ihm schoss das Wasser aus dem Berg, fiel die senkrechte Wand hinab, schlug auf, stürzte in Kaskaden tief und immer tiefer. Ohrenbetäubendes Getöse begleitete den harten Fall des weichen Wassers. Seit Tausenden von Jahren musste dieser Klang alle anderen Geräusche übertönen. Die Kuhflucht gehörte diesem Getöse, und es gehörte zur Kuhflucht.

Strahlend drehte er sich um. Er wollte danken. Umarmen. Seine Begleitung hatte ihn überredet heraufzuwandern.

Das Strahlen kam nicht zurück. Er schaute in kalte Augen. Erschrak, als er die Hände auf sich zukommen sah. Er konnte nicht fassen, dass er gestoßen wurde. Nach hinten, in die Schlucht.

Sein gellender Schrei begleitete den Fall. Er übertönte das Tosen des Wasserfalls für unendliche drei Sekunden. Seit Jahrtausenden das erste und einzige Geräusch, das lauter als der dröhnende Wasserfall war.

Den dumpfen Aufschlag seines Körpers auf dem Felsquader nahm kein Mensch wahr. Kein Tier schreckte auf.

Die Kuhflucht gehörte wieder ganz dem Getöse ihres Wassers.

2

Leopold Seidl war nicht sicher. Er war auch nicht *ziemlich* sicher. Und auch nicht *ganz* sicher. Er *wusste*, was er gesehen hatte. Durch das Fernglas hatte er es genau beobachtet. Die Person im roten Anorak hatte den Mann in den Wasserfall gestoßen. Den Mann, der jetzt in einem schwarzen Sack verpackt an der Seilwinde des Bundeswehrhubschraubers hing. Der zum Umbetten in den Zinksarg der Gerichtsmedizin in das Klinikum geflogen wurde. Leopold Seidl *wusste*, was er gesehen hatte. Er wusste es genau.

Schlecht für Leopold Seidl, dass ihm das niemand glaubte. Und dass die Person im roten Anorak, die er gesehen hatte, nicht zu finden war. Nicht von den zwanzig Beamten der Polizeiinspektion Garmisch-Partenkirchen, die das Gelände durchsuchten. Nicht von der Hundestaffel der Polizei. Nicht von den Jagdgehilfen, die der Polizei zu Hilfe gekommen waren. Nicht von der Besatzung des Polizeihubschraubers, der knapp über den Baumwipfeln kreiste und mit der Infrarotkamera nach einer Person suchte, die sich im Unterholz verkrochen hatte.

Dumm für Leopold Seidl, dass der Tote von den Männern der Bergwacht als Mathias Kupfer identifiziert worden war. Der Verunglückte hatte einen Geldbeutel mitsamt Ausweis im Rucksack gehabt. Den Rucksack hatten sie zusammen mit der zerschmetterten Leiche in den schwarzen Sack gepackt. Und den schwarzen Sack an die Seilwinde des Bundeswehrhubschraubers gehängt.

Saudumm für Leopold Seidl, dass Mathias Kupfer der Mann seiner Exfrau war.

Großartig, das Ganze, für Ludwig Bernbacher. Der Leiter der Polizeiinspektion Garmisch-Partenkirchen würde in die Annalen der bayerischen Polizei eingehen als leitender Beamter mit der kürzesten Aufklärungszeit bei einem Mord. Glaubte er. Den Seidl hatte er schon lange auf dem Kieker.

Blöd nur für Bernbacher, dass er nach einer Stunde Vernehmung des Leopold Seidl noch immer keinen Grund wusste, warum dieser die Polizei hätte verständigen sollen, nachdem er den Kupfer Hias in die Kuhfluchtfälle geschubst hatte.

Besser verhielt es sich mit einem Motiv für den Schubser. Bei Licht betrachtet musste der Seidl Leo dem Kupfer Hias eigentlich dankbar sein. Dafür, dass er ihm seine Exfrau Luise ausgespannt hatte. Die ihm damals derartig Hörner aufgesetzt hatte. Ach was, Hörner! Mit dem Geweih eines Vierzehnenders war der Seidl Leo durch den Ort gelaufen. Alle hatten es gewusst. Dass sich, während er die kalten Nächte auf dem ungemütlichen Hochstand verbrachte, in seinem Bett der halbe John's Club – Crew wie Gäste – an den warmen Gemütlichkeiten seiner Luise labte. Alle hatten das gewusst. Nur der Leo nicht. Erst als sich ein Jagdgast mit der Flinte den rechten kleinen Zeh weggeschossen hatte, darauf der Seidl Leo statt morgens um acht schon um vier Uhr die Dienstwohnung im Forstamt Garmisch-Partenkirchen aufsperrte, hatte auch er mit einem Schlag Bescheid gewusst. Da war der Kupfer Hias mit der Luise zu Gange gewesen.

Mit der Scheidung hatte der Leo dann das große Los gezogen. Das fanden alle am Ort. Erstens war er die blöde Gans los, die die Luise von Geburt an halt war. Zweitens hatte der Leo die Frankfurter Bankierstochter Annabella von Bürstner geehelicht. Beziehungsweise hatte sich die reiche Annabella den einsamen Leo gekrallt.

Zum schier unüberschaubaren Vermögen der Familie von Bürstner gehörte der Bergwald am Wank, der vom

Staatsforst umgeben war. Für diesen Staatsforst war der Seidl Leo zuständig. Treibjagden gegen das baumfrevelnde Rotwild veranstaltete man gemeinsam. Auf einer solchen Veranstaltung hatten sich Leo und Annabella kennengelernt. Schon vor zehn Jahren. Annabella hatte von ihrem Vater Eduard Wilbert von Bürstner III. das Bankhaus, die Firmenbeteiligungen und Ländereien auf allen Kontinenten sowie die Liebe zu den Bergen übernommen – und daraus, zu Leo Seidls Glück, eine Liebe zu unrasierten lodenbejankerten Gebirglern entwickelt. Sie hatte ihn erst getröstet und dann geheiratet, kaum dass er von Luise geschieden gewesen war.

Sollte dieser Glückspilz sein Leben durch einen Mord ruinieren? Das unfassbare Glück derart zu gefährden, da wäre der Leo ein vollkommener Idiot. Einen Mord am Kupfer Hias? Warum sollte sich der betrogene Ehemann fünf Jahre Zeit dafür lassen? Andererseits: Richtige Rache rostet nicht (oder so), dachte sich Bernbacher.

Ja, wenn er es sich so richtig überlegte: Das Setting taugte zum Beziehungsmord. Er nahm sich vor, durch unerbittliches Fragen die Wahrheit aus dem Seidl Leo herauszuquetschen. Mochte der auch über seine Frau und deren Verbindungen mit einer Macht ausgestattet sein, gegen die die Autorität eines Landpolizisten so klein erschien wie die einer Fruchtfliege im Vergleich zu einem AWAKS-Flieger. Immerhin lebte man in Bayern in einem Rechtsstaat. Zumindest in so etwas Ähnlichem.

»Und du sagst, du bist nach wie vor sicher, dass das ein Mann im roten Anorak war, der den Hias da runtergeschmissen hat?«, fragte er den Leo zum gefühlt dreihundertsten Mal.

»Nein, das habe ich nicht gesagt.«

»Hast du schon.«

»Ich hab gesagt, dass es eine *Person* war. Ich hab nicht

gesehen, ob es ein Mann war. Dass da eine Person war, die den Hias geschubst hat – da bin ich mir nicht sicher, das *weiß* ich. Sie sind zu zweit an den Rand des Wasserfalls gegangen, und dann hat der Hias sich umgedreht. Und die Person hat den Hias geschubst. So ungefähr.« Leopold Seidl packte Polizeihauptkommissar Bernbacher an den Kragenaufschlägen der Uniform und schob ihn einen Meter nach hinten. Der bräsige Polizist geriet ins Straucheln.

»Spinnst du?«, plärrte Bernbacher. Er fing sich, bevor er vor drei seiner Beamten auf dem Hosenboden landete und den Abhang ein paar Meter hinunterkullerte. Frech war der Leo schon immer gewesen. Aber *das* ging zu weit.

So leicht würde Bernbacher ihn nicht davonkommen lassen. War es nicht an der Zeit, dass er seine Karriere mit einem Erfolg krönte? Wobei – ob er sich da den Richtigen ausgesucht hatte? Die Anwälte der Familie von Bürstner waren sicher nicht die schlechtesten. Egal, es galt den Verdächtigen unter Druck zu setzen. Vielleicht kam dabei ein spontanes Geständnis heraus. Hier, direkt in der Nähe des Tatorts, noch im Wald an den Kuhfluchtfällen.

»Wir haben einen Zeugen, der dich gesehen hat«, log Bernbacher.

Leopold Seidl musste lachen. »So ein Schmarrn. Ich war da drüben auf meinem Hochstand. Kannst raufgehen. Meine Thermosflasche und meine Brotzeit liegen da immer noch.«

»Eine Thermosflasche wird vor Gericht nicht als Zeuge anerkannt. Und eine Brotzeit schon zweimal nicht.«

»Na, dann zeig ihn mir halt, deinen Zeugen, Ludwig. Da bin ich aber gespannt. Weil, der kann mich gar nicht mit dem Täter verwechseln. Der hatte einen roten Anorak an. Rotes Plastik, verstehst? Und ich hab einen grünen Wetterfleck an. Loden. Da, magst ihn anlangen? Lo-den.«

»Ja, ja, was man alles an Sachen dabei hat im Wald. Eine Thermosflasche, eine Brotzeit, einen roten Anorak, um ein Alibi zu konstruieren … eine Person dazu …«

»Ja, und wo wär er denn jetzt, der rote Anorak. Mit der Person dazu?«

»Wir werden sie finden. Keine Angst, Leo. Wenn es sie gibt.«

»Willst mich jetzt verhaften, Ludwig?«

»Vorübergehend festnehmen, heißt das, Leo.«

»Von mir aus. Tu's. Ich sag dir das eine: Bevor wir da unten in deinem Bullenkloster sind, ist eine Armada von Rechtsanwälten unterwegs. Die holen mich nicht nur da schneller raus, als du schauen kannst, sondern hinterlegen gleich eine Dienstaufsichtsbeschwerde bei deinen Vorgesetzten.«

»Drohst mir jetzt, Leo?« Bernbacher kam mit der Nase auf zwei Zentimeter an die seines Verdächtigen heran.

»Es ist keine Drohung, es ist ein Versprechen. Ich werde Garmisch-Partenkirchen von dir befreien. Kannst Gift darauf nehmen.«

»Du verlässt nicht den Ort, sonst lass ich dich zur Fahndung ausschreiben, ist das klar?«

»Kann ich jetzt gehen?«

»Erst wirst du noch erkennungsdienstlich behandelt. Steig ins Auto, wir fahren dich nach unten und nehmen deine Fingerabdrücke. Du hast sicher auch nichts gegen eine Speichelprobe einzuwenden, oder?«

»Und ob ich das habe. Erst werde ich mit meinen Anwälten sprechen, ob ich das muss.«

»Kannst in der Polizeiinspektion telefonieren.«

»Das werd ich. Und dann gnade dir Gott, Ludwig.«

»Hunde, die bellen, beißen nicht, Leo.«

»Das ist ein Gerücht, Ludwig. Nur ein Gerücht.« Leopold Seidl nahm sein Gewehr und wollte den Polizei-Landrover besteigen, mit dem Bernbacher so weit wie irgend möglich den Waldweg hinaufgefahren war.

Bernbacher packte die Jagdflinte am Lauf. »Das Gewehr lässt du da, Leo. Wird ballistisch untersucht.«

»Ich dachte, ich habe ihn reingeschmissen und nicht erschossen.«

»Wir werden sehen. Vielleicht hast du ja irgendwann irgendwen anderen damit erschossen.«

»Das hab ich sicher. Den einen oder anderen Rehbock. Und gute Lust hab ich, die Munition an einem Rindviech auszuprobieren.«

»Meinst du mich? Wird das jetzt eine Beamtenbeleidigung?«

»Hab gar nicht gewusst, dass Rindviecher verbeamtet werden. Weil ein Rindviech wäre das Einzige, was ich beleidigen würde, wenn ich es mit dir verwechseln tät.«

»Das wird Konsequenzen haben!«, schnaubte Bernbacher.

»Passt scho, Ludwig. Ich hock mich jetzt ins Auto. Und dann bitte presto ins Bullenkloster. Ich muss meine Anwälte anrufen!«

3

Es war ein Traumstart. Exakt um 8 Uhr 55 hob der Airbus A319 des Lufthansa-Fluges LH 145 vom Münchner Flughafen ab. Die ersten paar Kilometer über dem Erdinger Moos ging es parallel zur Nordalpenkette. Hartinger konnte durch das Fenster keinen der vom Föhn frei geblasenen Gipfel erkennen, dazu war das Gebirge zu weit entfernt, mit Ausnahme des Zugspitzmassivs, das er am jähen Abbruch des Wettersteingebirges am Horizont ausmachen konnte. Seine Heimat, das Werdenfelser Land, lag am Fuß dieser Gebirgskette.

Der Businessbomber drehte nach Osten ab und ließ die Berge hinter sich. Bald hatte der Flieger Reiseflughöhe erreicht. Deutschland lag unter einer glatten Wolkenschicht, nur unterbrochen von der nach oben steigenden Abluft der großen Kraftwerke. Der Airbus rauschte zwischen den Wolken und einem strahlend blauen Himmel gen Berlin. Bevor er endgültig zum alten Eisen gehörte und die große Stadt den Ruf verloren hätte, die Partymetropole des feiernden Europas zu sein, würde Hartinger noch einmal Gas geben, auf den Putz hauen, die Sau rauslassen. Einfach nur weg aus der muffigen Spießigkeit, die ihn im Postkartenort Garmisch-Partenkirchen auf Schritt und Tritt umgab.

Dabei waren es nicht so viele Schritte und Tritte, die er im letzten Jahr vor die Tür des Mittererhofes gesetzt hatte. Er hauste dort noch auf dem Dachboden und ließ sich nur zu nachtschlafender Zeit unten im Ort blicken. Er war dort nicht überall gern gesehen seit der Geschichte mit den Nazis, die sich in Garmisch-Partenkirchen hatten niederlassen wollen, dann aber weg gewesen waren, nachdem der Hartinger eine große Geschichte über sie in allen wichtigen Medien dieser Erde lanciert hatte. Eigentlich war er nirgends mehr in Garmisch und Umgebung gern gesehen. Nur wegen Anton, seinem Sohn, war er noch da. Der pubertierte zunehmend und brauchte ihn.

Darum vegetierte Hartinger auf dem Dachboden des Hofes von Antons Mutter, der Mitterer Kathi. Nach wie vor trug er die Hemden des verstorbenen Großvaters der Kathi auf. Ob er irgendwann den Absprung schaffen würde? Er hatte keine Lust auf Stadtleben, egal, wie die Stadt denn nun hieß. München, Berlin, Tel Aviv, New York … Nirgends trieb es ihn hin. Doch auch im Werdenfelser Land hielt es ihn nicht, und er wollte sicher nicht irgendwann auf einem der beiden Friedhöfe der Doppelgemeinde Garmisch-Partenkirchen begraben sein.

Aus diesem Grund war die E-Mail aus Berlin auf fruchtbaren Boden gefallen. Einmal ausprobieren konnte er es ja. Nur für ein Wochenende. Sein Freund Klaus hatte vorgeschlagen, dass er Samstag und Sonntag in der Hauptstadt verbringen sollte. Er würde Hartinger die coolsten Clubs zeigen und auch diejenigen, »wo immer etwas ginge«, wie Klaus sich ausgedrückt hatte. Hartinger hatte von diesen Lasterhöhlen gehört, vom Kitkat-Club und anderen, in denen an den Wochenenden öffentlich das stattfand, was sich der gemeine Garmisch-Partenkirchner nur in seinen kühnsten Träumen vorstellen konnte. Wozu außerhalb der Hauptstadt schummrige Ecken des Internets über die Incognito-Fenster der Browser aufgesucht wurden.

Klaus hatte einen Deal vorgeschlagen, der zu verlockend war: ein Wochenende in Berlin mit allem, was nach Klaus' Ansicht dazugehörte, gegen ein Wochenende in den Bergen. Hartinger sollte drei Wochen nach seinem Städtetrip dem Hauptstädter einige Plätze in den Bergen zeigen, die der sich aus Reiseführern herausgesucht hatte. Das Beste daran war, dass Klaus für alle Kosten aufkommen würde. Denn der hatte auf seinen Geschäftsreisen so viele Lufthansa-Meilen gesammelt, dass der größte Kostenblock des bayerisch-preußischen Austauschs von der hessischen Lufthansa übernommen wurde. Das war zumindest Klaus Westphals Einladungs-Mails zu entnehmen gewesen.

Hartinger hatte schlechte Erfahrungen als Wanderführer von Zugereisten gesammelt, aber bei Klaus lag die Sache anders als beim toten Oliver Klammert. Sein Freund aus Münchner Tagen stand nicht im Verdacht, Millionen in touristische Giga- und Gaga-Projekte zu investieren. Er hatte sich zwar von der Seite des Journalismus auf die des schnöden Mammons geschlagen und buckelte seit Jahren für eine

Berliner PR-Agentur. Doch die wollte sicher keine Tempelfreilichtmuseen oder einen Immersportort am Rand der Alpen errichten.

Fünfundvierzig Minuten nach dem Start in München setzte LH 145 mit einem leichten Rumpeln auf der Runway des Flughafens Berlin-Tegel auf. Hartinger erwachte aus dem leichten Schlaf, in den er über Nürnberg gefallen sein musste. Er brauchte die Zeit, die das Flugzeug zum Gate rollte, um richtig wach zu werden. An diesem Samstag waren nur wenige Geschäftsreisende im Airbus. Dennoch demonstrierten die Mitreisenden um ihn herum ihre Flugroutine durch lässiges Anknipsen der Handys. Hartinger tat es ihnen gleich. Seiner Sitznachbarin, einer höchstens dreißigjährigen Frau im hellgrauen Hosenanzug, mit hochgesteckten blonden Haaren und schwarz gerandeter Brille, wollte er nicht wie der letzte Dorftrottel erscheinen. Grummelig quittierte er die Ankunft einer SMS.

»Erwarte dringend deinen Anruf, Job in Garmisch!«, lautete die Text-Botschaft von Kurt Weißhaupt.

»Wird nix, bin in der Hauptstadt«, schrieb Hartinger zurück.

Postwendend kam zurück: »Schlecht, ganz schlecht!«

Auf das »Wieso?« von Hartinger folgte kein Text mehr von Weißhaupt, dafür ein Anruf. Hartingers Handy klingelte im furchtbaren Sirenenton, den ihm sein Sohn Anton eingestellt hatte.

Die Stewardess blickte missbilligend zu ihm hinüber. »Die Maschine rollt noch!«, zischte sie Hartinger zu. Der hatte bereits auf Rufannahme gedrückt.

»Du musst diese Geschichte machen!«, brüllte Weißhaupt ins Telefon. »Damit kannst du ein Riesending landen.«

»Was für eine Geschichte?«

»Du weißt es nicht?«

»Ich sitz in einem Flieger.« Dieser dockte an, und die Flugbegleiterin hatte sich ihren Aussteigevorbereitungen zu widmen, sonst hätte sie Hartinger das Handy sicher quer in den Hals gesteckt. »In einem Flieger in die Hauptstadt, verstehst?«

»Was machst du da um Himmels willen? Wer will da freiwillig hin? Ist auch wurscht. Hast also nichts gehört?«

»Nein.«

»Sie haben heute früh einen Mann in einen Wasserfall geworfen bei dir da draußen.«

»Welchen Mann?«

»Einen gewissen«, Weißhaupt raschelte mit Papier, »Mathias Kupfer.«

»Den Kupfer Hias, echt? Der ist der größte Bestattungsunternehmer bei uns.«

»Weißt du, wer der Tatverdächtige ist?«

»Mach's nicht so spannend.«

»Ist es aber. Der Mann von der Milliardärstochter aus Frankfurt, die sich bei euch da draußen angesiedelt hat. Von der Annabella von Bürstner. Weißt schon, Fürst von Bürstner'sche Privatbank.«

»Du meinst den Seidl Leo?«

Hartinger hörte wieder Papierrascheln.

»Leopold Seidl. So heißt er. Hat den Namen von Bürstner nicht angenommen. Oder nicht annehmen dürfen?«, grübelte Weißhaupt. »Na ja, jedenfalls war der Typ wohl vorher mit der jetzigen Frau vom Opfer zusammen. Sogar verheiratet. Bis der ihm die Frau ausgespannt hat. Gibt doch was her!«

»Und das soll ausgerechnet ich machen? Für wen?«

»Na, für den internationalen Markt. Die von Bürstner und ihre Bank kennt jeder auf der Welt. Und da gibt's nicht nur die Bank, sondern auch die Beteiligungen. Reedereien, Energie, neue Technologie. Überall haben die ihre Finger drin. International, transkontinental. Da kannst du entsprechend auch überall etwas unterbringen. Von der New York Times bis zur Asahi Shimbun.«

»Danke, von internationalen Scoops hab ich die Nase voll.«

»Aber dieses Mal ist es doch nix mit Nazis, sondern ein Eifersuchtsmord. Oder wenigstens schaut's so aus. Nach einer Beziehungstat halt. Da schreit die komplette Yellow Press: hurra! Stell dir das vor: Der Mann der Bankerin und Milliardärin bringt seinen eigenen Dings um ... Na ja, wie nennt man das? Seinen Ehe-Nachfolger. Oder Ex-Nebenbuhler. Oder Vor-Buhler. Nach-Buhler ... Wie man das auch immer nennen mag ...«

»Lochschwager nennen wir das.«

»So nennt ihr das? Na, das passt zu euch da draußen. Jedenfalls der Typ ist in die ... na, wie heißt's? Wo hab ich's mir aufgeschrieben? Ah ja, hier: in die Kuhflucht gefallen. Kennst du die?«

»Die kennt jeder. Ein wunderschöner Wasserfall. Du kannst ihn von Partenkirchen aus sehen. Liegt oberhalb von Farchant. Da ist der Kupfer Hias reingefallen?«

»Reingeschmissen worden. Vom Leopold Seidl. Wenn es nach eurem Oberpolizisten da draußen geht. Der hat ihn oben auf seiner Liste.«

»Der Bernbacher ... Na ja, das bedeutet, dass es der Seidl Leo eher nicht war.«

»Wie dem auch sei. Vielleicht war er's doch. Jedenfalls hast du das nicht alle Tage. Einen oberbayerischen Revierförster mit Schnauz- und Gamsbart, der von einer Milliardärin geehelicht wird. Der weiterhin jeden Tag in aller Herrgottsfrüh in seinen Wald rennt, auch, nachdem seine Gattin das gesamte Vermögen bekommt. Und der eines schönen Morgens seinen – wie war das gleich? – Lochschwager in einen wildromantischen Wasserfall schmeißt.

Mutmaßlich halt, aber egal. Der Ganghofer hätt da was draus gemacht. Und die Amis und Japaner fahren auf solche Storys ab, das ist ja mal so was von klar.«

»Ich muss dich nicht fragen, woher du das alles hast?«

»Das Landeskriminalamt beschäftigt sich damit. Die lassen so was nicht euren depperten Sheriff da draußen allein machen, bei dem Hintergrund.«

Hartinger wusste, dass Kurt Weißhaupt, sein ehemaliger Chef bei der Süddeutschen Zeitung, auch nach seiner Pensionierung die besten Kontakte im Freistaat pflegte. »Aber wieso stecken sie es dir so schnell?«

»Zufall. Ich hatte ein Frühstück mit einem Profiler, da kam die Nachricht rein.«

Hartinger war alarmiert. »Nicht mit dem Bernd Schneider, oder?«

»Das Wort ›Profiler‹ wird in Fachkreisen auch für die weibliche Ausprägung verwendet.« Der Stolz des Eroberers schwang in der Stimme des alten Herrn mit.

»Verstehe. Frühstück. Soso, na, du bist mir einer.«

»Also, machst du's? Sonst muss ich der Redaktion einen Tipp geben. Und zwar bald. Nicht vergessen: Ich hab den Beratervertrag mit der Süddeutschen. Die wollen auch mal was sehen für ihr Geld.«

»Kann das nicht bis Montag warten?« Hartinger wusste selbst, dass das keine Option war.

»Natürlich. Es mag sein, dass es unserer alten Zeitung nicht so sehr auf Aktualität ankommt. Aber die New York Times, die Asahi Shimbun und die Internetportale warten nicht, bis du dich in Berlin ausgetobt hast. Denk an CNN! Das große Ding. Der Scoop. Direkt vor deiner Nase.«

»Von allein kommen die nicht auf die Geschichte.«

»Gonzo, du weißt doch, wie's läuft. Der Erste ist der Erste. Bis jetzt sind da wahrscheinlich nur die Leute von deinem Heimatblatt da draußen dran und höchstens die

Burschen von der Bild. Aber wenn da am Montag früh was drinsteht, dann liest das die ganze Welt. Du willst dich also vielleicht über das Internet als Garmisch-Spezialist bei allen möglichen Medien in Erinnerung bringen. Nächste Woche steht die Geschichte in allen Zeitungen dieser Erde, ob du sie geschrieben hast oder nicht. Wünsche viel Vergnügen in der Disco!« Weißhaupt legte auf.

Hartinger war während des Gesprächs aus dem Sitz aufgestanden, hatte seinen Rucksack aus dem Gepäckfach gefischt und war über den Finger in das Flughafengebäude geschlurft, wo er am Gepäckband auf seinen Koffer wartete. Zehn Minuten später stand er am Ticketschalter der Lufthansa.

Bis Flug LH 2035 nach München um 11 Uhr 55 starten sollte, hatte er über seinen Laptop die wichtigsten Nachrichtenagenturen und Zeitungen der Welt davon in Kenntnis gesetzt, dass es einen mysteriösen Todesfall in Garmisch-Partenkirchen gab. Dass der Mann der Milliardärin Annabella von Bürstner, Alleingesellschafterin der von Bürstner Bank, der Tat verdächtigt war. Und dass er, Hartinger, praktisch direkt neben der Leiche stand. Das würde wenige Stunden später tatsächlich der Fall sein; er musste nicht nach Garmisch-Partenkirchen fahren, um des toten Mathias Kupfer ansichtig zu werden. Mordopfer landeten im Institut für Rechtsmedizin der Universität München. Und zu Teilen von dessen Personal pflegte Hartinger ganz besondere Beziehungen.

Nachdem er seine elektronischen Depeschen in alle Welt gesendet hatte, zog er das Handy aus der Hosentasche und kündigte sich bei Dr. Dorothee Allgäuer an. Ob es nicht einmal wieder an der Zeit sei, dass sie beide ein Wochenende verbrächten, war die Eröffnungsfrage des Telefonats. Er könne so zwischen halb zwei und zwei bei ihr in der Münchner Wohnung sein.

Es sei durchaus an der Zeit, fand seine Gesprächspartnerin.

Danach galt es, das schwierigere Gespräch zu tätigen. Hartinger wählte einen Kontakt auf dem Handy und drückte auf »Anruf«. Es klingelte am anderen Ende nur zwei Mal, dann wurde bereits abgehoben. »Servus, Klausi. Du, tut mir leid, mir ist da was dazwischengekommen. Ich muss nach Garmisch. Jetzt.«

Klaus Westphal reagierte anders als erwartet. Nämlich nicht beleidigt. »Gut. Dann machen wir dieses Wochenende die Berge unsicher. Ich seh gerade, der nächste Flieger nach München geht um fünf vor zwölf. Den erwisch ich.«

»Ich auch«, murmelte Hartinger.

»Wie meinst du das?«

»Ich meine, dass ich den nehme, um zurückzufliegen.«

»Du bist schon hier in Berlin?«

»Ja, aber wir haben da einen Fall, den muss ich übernehmen, ein einmaliger Job.«

»Verstehe. Dienst ist Dienst und Kitkat-Club ist Kitkat-Club.«

»Genau.« Hartinger war erleichtert.

»Dann treffen wir uns am Flughafen.«

»Du, ich weiß nicht, ob ich Zeit haben werde. Ich kann dich da nicht durch die Gegend führen. Der Fall ... es ist Mord. Auf hohem Niveau.«

»Macht nichts. Ich hab sowieso zu tun.«

»In München?«

»Nein, in Garmisch. Darum wollte ich da hin in drei Wochen. Aber früher ist sogar besser. Die Sache brennt.«

»Welche Sache? Ich dachte, du wolltest mit mir ein bisserl bergsteigen.«

»Es gibt nicht nur Berge bei euch, Gonzo. Beziehungsweise eignen sie sich nicht nur dazu, auf ihnen rumzukraxeln.«

»Kann mir nicht vorstellen, was das sein soll. Aber wenn du meinst, dann tauschen wir halt Berge gegen Berlin.«

»Sehr gut. Also, ich muss jetzt los«, sagte Klaus Westphal. »Ich erzähl dir im Flieger, um was es geht. Der um 11 Uhr 55 ist nicht voll, wie ich im Internet sehe. Da bekommen wir einen Platz nebeneinander. Servus, bis gleich.«

»Ja, aber in München muss ich erst einmal …«, wollte Hartinger einwerfen, aber Klaus Westphal hatte bereits aufgelegt.

4

»Speicherkraftwerk. Pumpspeicherkraftwerk, um genau zu sein.« Klaus Westphal blickte kurz zur Flugbegleiterin auf, die das Zeug, was die Deutsche Lufthansa als Kaffee deklarierte, auf den Klapptisch vor ihm abstellte.

»Wie bitte? Tomatensaft mit Tabasco?«, antwortete die Stewardess wie in Trance.

»Nein danke, Sie verwöhnen mich schon genug. Ich spreche mit dem Mann neben mir.«

»Für mich ein Wasser ohne Sprudel. Danke schön«, sagte Hartinger und fuhr dann fort, Klaus Westphal auszufragen. »Ein Pumpspeicherkraftwerk auf dem Wank? Das baut ihr?«

»Wir bauen es nicht, sondern die d.off AG. Wir machen die Kommunikation.«

»Schon klar. Wieso weiß ich nichts davon? Ich arbeite bei der Lokalzeitung in Garmisch.«

»Weil wir einen guten Job machen, Gonzo. Es soll derzeit noch niemand wissen.«

»Ja, aber jetzt weiß ich es. Und, wie gesagt, ich arbeite bei der Zeitung. Ich könnte es reinschreiben.«

»Du bist mein Freund, verstehst du?«

Hartinger starrte auf das Bordmagazin, das in seiner Plastikhülle in der Rückenlehne vor ihm steckte. In seinem Hirn machte es »klick«. »Und deswegen die Einladung nach Berlin, mit Vollbespaßung, Ringelpiez mit Anfassen und so weiter und so fort? Und von wegen, du zahlst die Flüge mit deinen Vielfliegermeilen. Die zahlt die Saubande von d.off!«

»Jetzt seh das nicht so einschichtig, Gonzo. Du bist ein Freund. Und ein Stakeholder. Und ein Multiplikator. Da kann man das Angenehme mit dem Nützlichen …«

»Ein was bin ich?«

»Ein Stakeholder. Jemand, der Interessen hat, die mit dem Projekt verbunden sind. Im weitesten Sinn.«

»Hab ich das? Wusste ich noch gar nicht. Ich wusste ja nicht mal was von dem Projekt.«

Klaus Westphal grinste. »Da siehst du mal wieder, wie gut wir arbeiten. Wir machen uns halt schon Gedanken über deine Gedanken, bevor du überhaupt nachdenken kannst.«

»Danke. Aber ich mach mir meine Gedanken am liebsten selbst.«

»Denkst *du*.«

»Dachte ich bisher, ja.«

»Du sollst ja auch denken. Du bist ja nicht nur ein Mitglied der Gesellschaft der aufgeklärten freien Bundesrepublik Deutschland, sondern sogar Journalist. Also Multiplikator. Aber du sollst halt das Richtige denken.«

»Und was das ist, das sagst du.«

»Beziehungsweise mein Auftraggeber.«

»Die d.off AG.«

»Beziehungsweise das Konsortium. Die vielen Zulieferer, Investoren, Banken um die d.off AG herum. Das Konsortium, das das Kraftwerk baut.«

»Das Pumpkraftspeicherwerk.«

»Das Pumpspeicherkraftwerk. Beziehungsweise die Pumpspeicherkraftwerke.«

»Also mehrere. Und wo kommen die hin?«

»Oooch, hier und da. Aber halt eines auch zu euch da draußen.« Klaus Westphal kramte in seinem Rucksack, der zu seinen Füßen stand, zog einen roten Schnellhefter hervor und blätterte ihn auf. Schließlich gelangte er an eine A3-Kopie einer topografischen Landkarte, die wie eine Ziehharmonika zusammengefaltet war. Er zog sie auseinander, dann deutete er mit dem Finger in die Mitte der Karte. Dort war ein ovaler See eingezeichnet. »Da, schau. Esterberg.«

»Da baut ihr einen See hin?«

»Wir nicht. Das Konsortium. Aber egal. Ja, da kommt der Speicher hin. Da wird Wasser hingepumpt, wenn Strom im Überfluss im Netz ist. Und wenn es zu wenig Strom gibt, dann lässt man das Wasser durch Fallrohre hinab ins Tal und treibt damit eine Turbine an. Saubere Sache. Der Strom, der das Wasser raufpumpt, entsteht aus Sonnen- und Windenergie. Und der Strom, der dann unten wieder rauskommt, entsteht aus Wasserkraft. Absolut umweltfreundlich. Ach was, die pure Natur selbst.«

»Und die Fallrohre? Und die Pumpstation? Und die Turbine?« Hartinger legte die Stirn in Falten. »Und das Wasser?«

»Gute Fragen, sehr gute Fragen, Gonzo. Das Pump- und das Kraftwerk im Tal sind praktisch unsichtbar. Hier«, Klaus Westphal fuhr mit dem Finger von der Esterbergalm in Richtung Tal, »da unten wird das Turbinen- und Pumpenhaus hinter den Sportplatz gebaut. In Far*chant*. Das Wasser kommt aus dem Fluss. Der Loisach. Und aus der Kuhflucht, diesem Wasserfall.«

»*Far*chant. Betonung auf der langen ersten Silbe, du Preiß.«

»Von mir aus. Jedenfalls, auch ein paar Arbeitsplätze entstehen da. Verstehst du? Alles ganz nachhaltig.«

»Klar. Ein Pumpenwärter, ein Turbineningenieur und ein Hausmeister.«

»Sei nicht so negativ. Wir reden hier von Spitzentechnologie. Deutsche Hightech-Industrie. Zukunftsgerichtet. Weltmarktführend. Und vor allem …«

»Ja, ja, sag's ruhig: nachhaltig.«

»Genau. Aber so was von. Schau dir das Walchenseekraftwerk an. Das hat der Oskar von Miller im Jahr 1924 gebaut. Da wird seit neunzig Jahren Strom aus Wasser gemacht. Vollkommen nachhaltig, das Ganze.«

Hartinger starrte an die Decke und fixierte das Leselicht über ihm. Er überlegte, ob er nicht jeglichen Kontakt zur Außenwelt abbrechen sollte, gelegentliche sexuelle Erlebnisse ausgenommen. Wenn sogar seine alten Freunde jetzt diesen neumodischen Schmarrn nachplapperten …

»Wo ist der Haken?«, fragte er. »Weil es muss einen geben. Sonst hättet ihr es schon längst groß und breit auf einer Pressekonferenz als die beste Erfindung seit geschnittenem Brot verkauft. Du und deine Agentur und das geschissene Konsortium. Und der eine oder andere lodenbemäntelte Großpolitiker unserer geschätzten Staatsregierung.«

»Du hast hellseherische Kräfte, Gonzo. Genau deshalb fliegen wir dahin. Weil wir diese PK vorbereiten.«

Hartinger verschluckte sich am ungesprudelten Wasser, an dem er genippt hatte. »Was heißt da ›wir‹?«

»Na ja, beruflich könntest du doch mal eine Erfrischung brauchen. Und rein kontostandstechnisch auch, oder?«

»Das glaubst auch nur du, dass ich bei so was mitmache. Zurück zum Haken an der Geschichte. Ihr verschandelt die Landschaft. Der Speichersee da oben an der Esterbergalm, der wird dahin betoniert. Und die Rohre lasst ihr durch den

Kuhfluchtgraben runterrennen, stimmt's?« Hartinger hatte längst die gestrichelte Linie zwischen dem See und dem Kraftwerksgebäude auf der Karte entdeckt. »Also Maximalverschandelung. Die Alm oben ist einer der schönsten Flecken des Werdenfelser Landes. Und die Kuhflucht und ihre Kaskaden hinunter nach Farchant sind ein einmaliges Naturschauspiel. Sauerei.«

»Gonzo, jetzt flipp nicht gleich aus. Das wird alles minimalinvasiv geplant und umgesetzt. Nachhaltig, verstehst du? Vielleicht vergraben wir die Rohre auch im Wald, also … wir, das Konsortium. Das sieht dann keiner.«

»Das Konsortium?«

»Nein, die Rohre.«

»Vielleicht?«

»Budgetfrage«, murmelte Klaus Westphal. »Bayern muss sparen. Schuldenfrei will man werden. Du weißt schon. Ich kommuniziere ja nur.«

Hartinger fummelte das Lufthansa-Magazin aus dem Fach vor ihm, entnahm es der Plastikhülle und starrte hinein, ohne auch nur eine Zeile zu lesen.

Den Rest des Fluges herrschte Schweigen zwischen Hartinger und Westphal. Erst, als der Flieger auf dem Beton des Franz-Josef-Strauß-Airports aufsetzte, der das Erdinger Moos so nachhaltig versiegelte, sagte Hartinger wieder etwas. »Da oben ist heute früh einer umgebracht worden. Bin mal gespannt, wie das in eure Kommunikationsstrategie passt.«

5

Hartinger kam mit einem weißen Handtuch um die Hüfte aus der Dusche. Dotti stand in der Küche, wo sie ein spätes Mittagessen bereitete. Die ersten anderthalb Stunden nach Hartingers Ankunft in der Schwabinger Wohnung der Dr. Dorothee Allgäuer waren die beiden nur zu Dingen gekommen, die sich am besten im Bett erledigen ließen, aber auch auf der Couch im Wohnzimmer und gegen den Biedermeierschrank im Flur gestützt. »Willst du auch Rühreier?«, rief sie ihm entgegen.

»Eier tun der Mutti gut, wenn sie der Papi essen tut«, alberte Hartinger.

»O Mann, Gonzo, *how low can you go?*«, stöhnte Dotti auf. »Also, wie viele? Drei?«

»Ja, bitte. Und dann würde ich gerne mit dir ins Institut.«

Dorothee Allgäuer warf die Gabel, mit der sie die Eier gerade verquirlte, in die Schüssel. »*Deswegen* bist du da! Das schlägt dem Fass die Krone ins Gesicht! Nach einem Vierteljahr Funkstille meldet sich der Herr Hartinger, bumst mich kreuz und quer durch meine Wohnung – was zu verkraften wäre – und will sich dann unerlaubten Zutritt zur Rechtsmedizin verschaffen?! Die Höhe!«

»Ich zieh mir einen weißen Kittel an.«

»Darum geht's nicht, du Depp. Es geht darum, dass du glaubst, du kannst mich benutzen wie ein Stück Seife. Wenn du mich nötig hast, dann freust du dich über mich, aber sonst führ ich ein Dasein auf dem Klo!«

»Na, na, na.«

»Ist doch wahr«. Sie rührte weiter und ließ ihre Wut an den Eigelben aus.

»Du weißt, das stimmt nicht. Ich bin in dich … na ja, du weißt schon.«

»Soso, du bist also in mich … verliebt, verschossen, verknallt? Ist es das, was du bist? Das reicht mir nicht auf Dauer, mein Lieber!«

»Ach komm, du weißt, dass es nicht so ist. Da ist schon etwas mehr zwischen uns.«

»Ach.«

»Genau. Muss man das immer gleich aussprechen, das L-Wort?«

»Immer nur das F-Wort reicht halt nicht.« Sie schüttete das verklepperte Ei in die Pfanne.

»Ich muss auf die Beine kommen. Finanziell und so. Da wär eine gute Geschichte über den Toten von der Kuhflucht schon was. Dazu muss ich ihn sehen, den Kupfer Hias.«

»Erstens: Du lenkst vom Thema ab. Und zweitens: Was ist die Kuhflucht, und wer ist der Kupfer Hias?«

»Erzähle ich dir beim Hinfahren. Ich mag die Eier nur leicht angestockt.«

»Ich dachte, du magst sie am liebsten gekrault. Das ist doch auch einer deiner Spitzenwitze.« Kopfschüttelnd rührte sie weiter. »Unfassbar, auch noch Kochanweisungen erteilen. Mister Jamie Oliver für Arme.« Sie stellte ihm den Teller auf das Küchenbuffet. »Bitte schön, Eier, leicht angestockt. Gabel in der Schublade.«

Hartinger verschlang die Eier und schob eine dicke Scheibe Butterbrot hinterher. Als er fertig war, verschwand er ins Schlafzimmer und kam drei Minuten später angezogen zurück. »Können wir?«

Dotti schüttelte nur den Kopf. Auch sie ging ins Schlafzimmer, zog sich ein Kleidchen an und schnappte sich ihren Autoschlüssel von der Kommode im Flur. »Los, dann sind wir wieder mal ein bisschen kriminell, um die wahren Kriminellen zu stoppen.«

6

Mathias Kupfer sah nicht gut aus. Der Sturz in die Kuhflucht hatte keinen Knochen in seinem Körper ganz gelassen. Die Bergwachtler hatten die Arme und Beine des Toten in ihre natürliche Ausrichtung gebracht. Aber man sah an den offenen Brüchen, dass der Mann mit verdrehten Gliedern dagelegen hatte. Wie eine Puppe, die nach dem Spiel in die Kinderzimmerecke gefeuert worden war. Nur dass das Spiel für Mathias Kupfer ein für alle Mal vorbei war.

»Er muss mehrfach aufgeschlagen sein, bei einem Aufprall direkt mit dem Kopf. Schau, wie er links eingedrückt ist. Hoffen wir für ihn, dass es der erste Aufprall war«, murmelte Dr. Dorothee Allgäuer, nachdem sie einmal um den nackten Leichnam herumgegangen war.

Hartinger besah sich die Verletzungen. »Ich frage mich sowieso, was man als Sturzopfer mitbekommt.« In seinem weißen Pathologenkittel, den ihm seine Freundin zur Tarnung gegeben hatte, sah Hartinger unverschämt gut aus, wie Dotti fand. Irgendwie nach mittelaltem Orthopäden mit Porsche in der Garage und Finca auf Mallorca.

»Hier, die Kopie des Polizeiberichts. Der Sturz war wohl dreißig Meter tief. Also, der erste. Das ist zu kurz, um bewusstlos zu werden. Da kriegst du mit, dass es jetzt gleich wehtut. Und das tut es dann sicher auch erst mal. Das aber nur kurz.«

Hartinger war immer wieder fasziniert, wie scheinbar teilnahmslos Gerichtsmediziner ihre Arbeit verrichteten. Als ehemaliger Polizeireporter der großen Zeitung hatte er einige Leichen gesehen, und der Anblick hatte ihn jedes Mal aufgewühlt. Aber die forensischen Mediziner? Die ließen sich auch von Schmeißfliegenschwärmen, die um eine halb zerflossene Leiche brummten, nicht von kühler Analyse abhalten. Man musste schon ganz hart im Nehmen sein, um diesen Job auszuüben. »Irgendetwas Besonderes?«, fragte er.

»Von außen nicht. Siehst du ja selbst. Bergtote sehen halt so aus. Einer der sichersten Wege, einen Mord als Unfall aussehen zu lassen. Wer will in all dem Blut, den Schürfungen und Knochenbrüchen eine Vorverletzung finden? Wenn der Mann einen Schlag auf den Kopf bekommen hat, bevor er gefallen ist, wie willst du das nachweisen? Sogar bei einem Messerstich wird's schwierig außer, das Messer hat einen klaren Einstich in einem inneren Organ hinterlassen. Und dann bräuchtest du auch noch das passende Gegenstück dazu ...«

»Ich muss also warten, bis du ihn auseinandergenommen hast?«

»Seziert heißt das. Ich bin kein Metzger. Ich mach das auch nicht selbst, wie du weißt. Ich bin mittlerweile Schreibtischtäterin. Aber ich kann Dampf machen, damit der hier bevorzugt behandelt wird. Doch vor allem auf die chemische Analyse musst du warten. Wie ist denn eigentlich die Beweislage vor Ort? Was hast du erfahren von deinem alten Freund Weishaupt?«

»Es gibt einen Hauptverdächtigen. Der sagt allerdings, er habe auf der anderen Seite der Schlucht auf einem Jägerstand gesessen. Und beobachtet, wie ein unbekannter Dritter den da reingeschubst hat.« Hartinger hielt das Mobiltelefon mit ausgestreckten Armen vor sich.

Dorothee Allgäuer sprang um den Seziertisch herum und nahm ihm das Gerät ab. »Du machst aber kein Foto von der Leiche, bist du bekloppt? Es reicht, dass ich dich hier am Samstagnachmittag reinschmuggle. Wenn die mich erwischen, bin ich endgültig fällig!«

»Soll nicht für die Öffentlichkeit sein. Nur damit ich die Verletzungen ...«

»Merk sie dir ganz einfach«, fiel sie ihm ins Wort. »Sie können zusammengefasst werden unter dem Oberbegriff ›zerschmetterter Körper‹.«

»Aber warum wurde er nicht längst obduziert? Der Hauptverdächtige ist nicht vollkommen unprominent. Beziehungsweise seine Frau.«

»Ah, deshalb das Handyfoto. Und morgen finde ich das in der Bild-Zeitung!«

»Quatsch, würde ich niemals …«

»Und wer ist sie, die prominente Frau?« Dorothee Allgäuer wollte es jetzt genau wissen.

»Annabella von Bürstner.«

»*Die* Annabella von Bürstner?«

»Genau die.«

»Dann ruft mich spätestens heute Abend der Staatsanwalt an, dass wir die Leiche sofort sezieren sollen. Können wir also auch gleich machen. Ich ruf die Kollegen vom Notdienst an.«

»Du bist ein Ass, Dotti!«, strahlte Hartinger. Er drückte ihr einen dicken Kuss auf den Mund.

Dann sah Dorothee Allgäuer nur noch die Schöße des weißen Laborkittels aus der Türe wehen.

7

Der Zeigefinger der rechten Hand zog die schwarze Kladde am Rücken aus dem zweitobersten Fach des Bücherregals. Die Hand umfasste das Buch und legte es mit der Vorderseite nach unten auf den Couchtisch. Der Daumen blätterte die Seite mit der Liste auf. Sie war mit einem Stück Zeitungspapier eingemerkt. Während die Hand zum Stift griff, musste der Handballen die Seiten der Kladde nicht auseinanderdrücken. Bindung und Papier des linierten Schreibbuches hatten den Kampf gegen die Zeit längst aufgegeben; flach lag es auf der Tischplatte. Der Daumen drückte den Kopf des Kugelschreibers, sodass die Mine auf der anderen Seite herausgedrückt wurde und arretierte. Zusammen mit dem Zeigefinger umfasste der Daumen das Schreibgerät. Bald ging ein Strich, wie mit einem Lineal gezogen, durch einen Namen auf der Liste. Es war der oberste Eintrag von fünf. Er lautete:

~~*Kupfer, Mathias, geb. 23.05.1964*~~

8

Das weiß lackierte Eisentor mit den goldenen Spitzen glitt auf, noch bevor Hartinger die Klingel am rechten Pfeiler gedrückt hatte. Klar: Kameras wachten über das Anwesen der Familie Seidl-von Bürstner. Das Personal hatte ihn schon auf dem Schirm gehabt, seitdem er den alten Volvo am Rand der alten Gsteigstraße geparkt hatte. Er wollte nicht durch das riesige Tor fahren und in der Vorfahrt der Villa parken, sondern lieber die letzten fünfzig Meter zu Fuß zurücklegen. Dort drinnen hätte ihm sicher ein Lakai sofort den Autoschlüssel entrissen, um den ungewaschenen und verbeulten Youngtimer vor den Augen der Hausherrin zu verbergen. Und wer konnte sagen, was sie mit dem Wagen gemacht hätten, während Hartinger seine Audienz bei Annabella von Bürstner und ihrem Ehemann Leopold Seidl absolviert hätte. Sie hätten den 760er vielleicht durchsucht, womöglich verwanzt …

Hartinger ärgerte sich darüber, dass er mittlerweile so paranoid geworden war. Für ihn war schon jeder, der nur in der Nähe von Macht und Geld oder beidem war, Teil des Überwachungsapparates, den er in den letzten Jahren so umfangreich hatte kennenlernen dürfen. Vielleicht, so sagte er sich, war es auch nur ein normaler Minderwertigkeitskomplex, dass er seinen Schrotthaufen nicht vor dem großherrschaftlichen Gebäude abstellen wollte.

Nein, diesen Gedanken schob er schnell wieder beiseite. Wie uncool wäre das denn. Inspektor Columbo hatte seinen alten Peugeot auch immer vor den Villen der Hollywoodproduzenten geparkt, gegen die er ermittelte, und seine scheinbare Harmlosigkeit genutzt, um in deren Schatten die großen Verbrechen aufzudecken.

Hartingers Problem aber war, dass ihm in Garmisch-Partenkirchen gerade das nicht gelingen konnte. Denn hier war er bekannt wie ein bunter Hund. Und zwar nicht gerade als harmloser.

Annabella von Bürstner bat Hartinger in den Wintergarten, den sie nicht »Wintergarten«, sondern »Orangerie« nannte. Sie hatte darauf verzichtet, ihn durch ein Hausmädchen empfangen und erst einmal zehn Minuten warten zu lassen, um dann einen umso wirkungsvolleren Auftritt auf die marmornen Hochglanzfliesen des Hauses hinzulegen. Nein, die Angelegenheit, wegen der sie Hartinger einbestellt hatte, duldete keinen Aufschub.

»Hübsch haben Sie es hier«, bemerkte Hartinger, nachdem er sich auf dem weißen Korbmöbel niedergelassen hatte. Auf dem Beistelltisch stand eine silberne Teekanne und feines Porzellan. Eine Bedienstete erschien fast geräuschlos, goss ungefragt ein und stellte die Tasse zusammen mit einem kleinen Tablettchen, auf dem Sahne, Zucker und ein paar Zitronenscheibchen drapiert waren, vor ihm ab. Seine Gesprächspartnerin verzichtete auf Teatime, für sie war keine Tasse vorgesehen.

Annabella von Bürstner ließ keinen Zweifel daran, dass

sie Karl-Heinz Hartinger nicht zu sich geladen hatte, um über ihr gehobenes Wohnambiente zu plaudern. Also ging sie gleich in medias res. »Mein Mann war es nicht. Und ich will nicht, dass nur der geringste Verdacht auf ihn fällt.«

Hartinger rührte etwas Zucker und Sahne in den Tee und widerstand der Versuchung, den Löffel abzuschlecken. Er sah von seinem Rührwerk auf und schaute seine Gastgeberin fragend an.

»Sie werden doch über den Unglücksfall berichten, Herr Hartinger?«

»Unglücksfall? Ich denke, es wird wegen Mordes ermittelt.«

»Ermittelt, ermittelt … Diese Polizei hierzulande nimmt sich natürlich den erstbesten Verdächtigen und hängt ihm alles Mögliche an. Alles Unmögliche sowieso.«

Hartinger nahm einen Schluck und stellte die Tasse aus hauchdünnem Porzellan wieder auf den Unterteller. Es war ihm gelungen, weder zu kleckern noch zu schlürfen. Das verlieh ihm Selbstsicherheit. Er traute sich jetzt zum ersten Mal, sein Gegenüber von oben bis unten zu mustern. Es missfiel ihm nicht, was er da im hellen Sommerkleid sah. Annabella von Bürstner war zwar keine klassische Schönheit, doch ihre blonden Locken, die sie nur mit Mühe in einem strengen Pferdeschwanz zu bändigen vermochte, ihre hellblauen Augen und ihre Sommersprossen verliehen ihr ein reizvolles Aussehen. Wäre sie nicht in diesen goldenen Käfig gepfercht, sie wäre ein Mädel gewesen, um mit ihr die Nacht durchzumachen, dachte Hartinger. Dass sie Anfang dreißig und somit nicht ganz sein Jahrgang war, störte ihn keinesfalls.

Annabella von Bürstner machte nicht den Eindruck, als würden die Blicke Hartingers sie stören. Und dass sie außerhalb ihres natürlichen Habitats und der eigenen gesellschaftlichen Kreise freite, war durch die Verehelichung mit dem äußerst bodenständigen Seidl Leo erwiesen. Der war zudem ebenso alt wie Hartinger; die beiden hatten sogar gemeinsam die Volksschule in Partenkirchen besucht. Vor über vierzig Jahren. Hartinger erwischte sich dabei, wie er sich eine heiße Affäre mit der Milliardärin vorstellte. Er musste zugeben, dass ihn der Reichtum seiner Gesprächspartnerin noch schärfer darauf machte, sie gleich hier und sofort auf dem Korbkanapee zu vögeln.

»Nun, Herr Hartinger, was gedenken Sie zu tun?«, riss Annabella von Bürstner ihn aus seinen schmutzigen Gedanken.

»Pffff …«, machte Hartinger. Nicht nur, um Zeit zu gewinnen, sondern deshalb, weil er bisher noch nicht viel zu tun vorgehabt hatte. Er wusste nur, dass er bis 18 Uhr an diesem Samstag seine erste Geschichte an die Nachrichtenagenturen und Newsrooms der großen Zeitungen und Internetportale zu senden hatte. Am besten einmal auf Deutsch und einmal auf Englisch. Und 18 Uhr war es in knapp einer Stunde. So gern er hier mit der Ehefrau des Hauptverdächtigen beim Tee in ihrer Orangerie saß und wie wichtig dieser direkte Zugang auch sein konnte, eigentlich hatte er gar nicht die Zeit dazu. Erst einmal musste er die großen Redaktionen an die Angel bekommen.

Wie immer, wenn ihm eine Antwort nicht leichtfiel, probierte er es mit einer Gegenfrage. »Sie haben mich angerufen. Was haben *Sie* vor?«

»Das kann ich Ihnen sagen. Ich werde jeden, der das Ansehen meines Mannes und unserer Familie und somit unserer Bank in den Schmutz zieht, auf Schadenersatz verklagen. Meine Anwälte bereiten bereits entsprechende Schriftsätze vor.«

»Höchst vorsorglich.« Hartinger konnte weder ein Lachen noch ein Kopfschütteln unterdrücken. »Sie besorgen von meinem Redaktionsleiter meine Handynummer, rufen mich am Samstagnachmittag an, bitten mich, zu Ihnen zu kommen – ›umgehend‹, wenn ich es noch recht im Ohr habe –, und drohen mir mit einer Schadenersatzklage? Danke für den Tee. Ich habe zu arbeiten. Hierzulande herrscht Pressefreiheit. Noch.« Er stemmte die Hände auf die Lehnen, um sich aus dem Sessel zu stemmen.

Annabella von Bürstner war eine ausgezeichnete Schauspielerin. Innerhalb von Sekundenbruchteilen schaltete sie von der eiskalten Milliardenerbin, die um den guten Ruf und die Geschäfte ihrer Familie besorgt war, um auf treuherzige Ehefrau, die ihren Gatten vor den Unbillen des rauen Lebens schützen wollte. Und das tat sie offenbar mit allen der Situation mehr oder weniger angepassten Mitteln. »Lieber Herr Hartinger … oder darf ich Gonzo sagen?« Sie beugte sich ein wenig nach vorn und legte Hartinger die Hand aufs Knie, um ihn wieder in den Zweisitzer zu drücken. »Sie waren doch ein Klassenkamerad von Leopold. Glauben Sie wirklich, dass er jemanden in einen Wasserfall werfen würde?«

Hartinger konnte nicht widerstehen. Schnell senkte er die Augen, um einen Blick in das Dekolleté Annabella von Bürstners zu erhaschen, bevor sie sich wieder kerzengerade in ihren – selbstredend höheren – Korbsessel setzte. Was er im Bruchteil einer Sekunde im Ausschnitt des Sommerkleides zu erahnen glaubte, gefiel ihm. »Es geht nicht um das, was ich glaube. Ich berichte über Tatsachen. Die örtliche Polizei behauptet es, der Leo sagt etwas anderes. Bis zum Beweis des Gegenteils ist von seiner Unschuld auszugehen.«

Annabella von Bürstner war der kurze Blick Hartingers nicht entgangen, und sie wusste die Waffen einer Frau einzusetzen. In ihrem Fall waren die vom Kaliber C. Erneut beugte sie sich vor – diesmal ein wenig weiter – und sagte verschwörerisch: »Aber ich meine, können Sie ihn nicht ganz aus der Geschichte rauslassen, Gonzo?«

»Ob das die Kollegen von der Boulevardpresse auch tun werden?« Hartinger konnte sich nicht vorstellen, dass Annabella von Bürstner jedem Schreiber von Bild bis Bunte Einblick in ihr Gesäuge gewährt hätte, damit der Name von Familie und Bank unbefleckt blieb.

»Lassen Sie das unsere Sorge sein, Gonzo.«

»Verstehe. Zu denen gibt es gute Kontakte ... während ich ...«

»Genau. Während Sie ein wilder und verwegener Held der Wahrheit sind, Gonzo. So viele von denen gibt es nicht mehr.« Wieder wanderte die Hand auf sein Knie und von dort einen Dezimeter den Oberschenkel hinauf. Das Gesicht der Milliardärin näherte sich seinem. »Wissen Sie was, Gonzo? Sie gefallen mir.« Sie warf den Kopf zurück und lachte.

Hartinger vermeinte einen Hauch von Gin aus dem Atem von Frau von Bürstner herauszuschmecken. Es war Zeit für ihn, zu gehen, fand er, bevor er in eine Sache hineingeriet, die mindestens zwei Ligen zu hoch für ihn war. »Ich muss jetzt leider wieder ... Redaktionsschluss ...«

»Wenigstens den Namen.«

»Ich tue, was ich kann. Für den Leo.« Diesmal erhob sich Hartinger wirklich.

»Sie sind ein guter Freund, Gonzo.«

Bevor die Hausherrin erneut einen Angriff auf seine journalistische Unabhängigkeit startete, musste Hartinger raus. Er reichte Annabella von Bürstner die Hand und nickte zum Abschied.

Auf dem Weg nach draußen durch das elegante Wohnzimmer, zu dem die Hausherrin sicher nicht »Wohnzimmer«, sondern »Salon« sagte, und durch die riesige Halle, die auf beiden Rückseiten von einer Freitreppe eingefasst wurde, machte er sich seine Gedanken über diesen skurrilen Auftritt. War diese Audienz Frau von Bürstners Zuneigung zu Hochprozentigem zu verdanken gewesen, oder gab es einen tieferen Grund, warum sie ihn auf die beinahe selbst erniedrigende Weise gebeten hatte, sich über ihren Namen und den ihres Gatten auszuschweigen?

Hartinger beschloss, auf ihre Bitte zunächst einzugehen. Gut möglich, dass er umso mehr erfahren würde, je näher er an die Familie Seidl-von Bürstner herankam. Er würde versuchen, seine Kontakte auf Leo Seidl zu konzentrieren, und es in Zukunft vermeiden, zu lange mit dessen Ehefrau allein in einem Raum zu sein. Wer konnte sagen, ob sie nicht doch noch Öffentlichkeitsarbeit mit vollem Körpereinsatz betreiben würde – und ob er dann seine männlichen Reflexe so gut wie heute unter Kontrolle hatte? Um von einem eifersüchtigen Revierförster mit einer doppelläufigen Jagdflinte hinterrücks erschossen zu werden, fühlte sich Hartinger zu jung.

Doppelläufig … Er zerlegte das Wort in Gedanken, als er das weiß-goldene Tor nach draußen passierte und sich dem Volvo näherte und murmelte: »Das trifft wohl nicht nur auf die Flinten vom Seidl Leo zu …«

9

Hartinger parkte den Volvo auf dem Parkplatz hinter dem Garmisch-Partenkirchner Tagblatt. Er ahnte nicht, dass ein weiteres seltsames Gespräch seine Recherche- und Schreibzeit empfindlich schmälern würde. Am späten Samstagnachmittag hätte die Redaktion verwaist sein sollen, denn am Sonntag erschien ja keine Ausgabe der Zeitung. Doch er hörte Stimmen aus dem dritten Stock, wo das Büro des

Redaktionsleiters Habersetzer untergebracht war. Dass der seine Freizeit am Arbeitsplatz verbrachte, war zu ungewöhnlich, als dass Hartinger es übergehen konnte. Anstatt das dringend mit der Polizeiinspektion Garmisch-Partenkirchen zu führende Telefonat zu tätigen, stieg er die Treppe nach oben.

Den Gast im Chefbüro erkannte Hartinger schon auf dem Treppenabsatz zwischen zweitem und drittem Stock an der Stimme. Es war sein Freund Klaus Westphal. Hartinger betrat das Büro und sah seine schlimmsten Befürchtungen bestätigt. Klaus saß auf der Besuchercouch dem Redaktionsleiter gegenüber. Pläne und Landkarten lagen auf dem niedrigen Tischchen und auf dem Boden ausgebreitet.

»O nein«, sagte Hartinger anstelle einer Begrüßung.

»Komm rein, Karl-Heinz«, sagte Habersetzer überflüssigerweise, denn Hartinger stand schon mitten im Büro.

»Ah, der Gonzo, kommst gerade recht. Ich präsentiere deinem Chef die energetisch gesehen rosige Zukunft eurer Heimat«, gschaftelte Klaus Westphal.

»So, unsere?«, erwiderte Hartinger. Dabei warf er Habersetzer einen unfreundlichen Blick direkt in die Augen. Der Niederbayer sollte sich nicht einbilden, dass die Perle Oberbayerns, das Werdenfelser Land, jemals zu seiner Heimat werden könnte. In fünf Generationen nicht.

Klaus Westphal verstand Hartinger prompt falsch. »Ja, genau. Unser aller Heimat ist es ja. Ich wohne zwar seit einiger Zeit in Berlin, aber ich bin immerhin am Ammersee aufgewachsen.«

»Wo deine Eltern aus Niedersachsen hingezogen sind. Ein Rind, das im Pferdestall auf die Welt kommt, wird noch lange kein Galopper, Klausi.«

»Au weh, der Herr Hartinger!«, lachte Klaus. »Haben wir heute aber schlechte Laune. Hat der Blitzbesuch in München nichts gebracht? Ich meine in Sachen besänftigender Triebabfuhr?«

Hartinger sagte nichts, funkelte seinen Freund aber böse an. Er wollte nicht sein Liebesleben vor Habersetzer diskutieren. Es war schon unangenehm genug, dass Klaus Westphal wusste, warum Hartinger am Mittag nicht gemeinsam mit ihm vom Münchner Flughafen nach Garmisch-Partenkirchen gefahren war, sondern einen Abstecher in die Stadt gemacht hatte. Freilich hatte er Klaus kurz berichtet, dass er da eine besondere Quelle hatte, die er wegen des Todesfalls befragen wollte. Doch Klaus war natürlich sofort klar gewesen, was für eine Art von Quelle das war.

Redaktionsleiter Habersetzer versuchte, wieder zur Sache zu kommen. »Schau dir das erst einmal an, Karl-Heinz, was die hier vorhaben. Muss sagen, das haut Garmisch-Partenkirchen an die Spitze der Energiebewegung. Ja, ich denke, dieses Mal surfen wir ganz oben auf der Welle.«

»An der Spitze der Welle macht die Bewegung kehrt. Da stehen wir also. Am Anfang des Rückwegs. Sagt es mir, wenn ihr in der Vergangenheit angekommen seid!«

»Um Worte war er nie verlegen, unser Gonzo«, grinste Klaus Westphal.

Hartinger hatte weder Zeit noch Lust, sich die Pläne anzuhören, die Klaus, seine PR-Firma, d.off oder irgendein Konsortium hatten, um Garmisch-Partenkirchen zur Hauptstadt welcher Energiebewegung auch immer zu machen. »Ich muss an der Sache Kupfer Hias arbeiten.«

»Das macht die Stasi«, ließ ihn Habersetzer beiläufig wissen.

»Wer?«

»Die Stasi. Anastasia Wamberger, seit gestern Redaktionsvolontärin bei uns.«

»Seit gestern?«

»Gestern war der erste Mai. Ja, auf dem Papier hat sie

gestern angefangen. Eigentlich wollte sie erst am Montag die Tätigkeit aufnehmen, aber in Anbetracht der Umstände … Sie ist sehr motiviert, Wochenende hin oder her.«

Hartinger wunderte sich bei Habersetzer nicht mehr über viel. Aber dass er sich wegen einer Nachwuchskraft so geschwollen ausdrückte, machte ihn stutzig. »Seit gestern Volontärin … Tätigkeit aufnehmen … Und die soll den Mordfall … bevor sie hier im Ort eingearbeitet ist?«

»Mutmaßlicher Mordfall, erst einmal, gell?«, wies ihn Habersetzer zurecht. »Und das Fräulein Wamberger hat eins a Referenzen. Hat Jura studiert. Und hatte eine ziemlich prominente Referendarstation vor ihrem zweiten Staatsexamen.« Habersetzer grinste schelmisch und zwinkerte Klaus Westphal zu.

Was war hier im Gange? Hartinger schäumte innerlich. Er blickte auf die Uhr – eine Übersprungshandlung, weil er nicht die Köpfe der beiden so vertraut tuenden Superschlauen vor ihm aneinanderschlagen konnte. »Jessas, ich muss weiter«, ließ er Habersetzer und Westphal wissen, bevor er ohne weitere Verabschiedung auf der Ferse kehrtmachte.

Schnell stieg er in den zweiten Stock hinab und öffnete die Glastüre zur Redaktionsstube. Drei Arbeitsplätze der Festangestellten, der Praktikantenplatz und der Fotografentisch – das war die Grundausstattung der Lokalredaktion. An den Schreibtischen herrschte samstägliche Leere. *Hier* arbeitete das Fräulein Volontärin Anastasia Wamberger nicht an der Geschichte. An *seiner* Geschichte.

Nun, vielleicht recherchierte sie ja gerade die Hölle aus dem Fall heraus und war schon viel weiter als Hartinger. Er hatte ja nur den toten Kupfer Hias in der Münchner Gerichtsmedizin liegen gesehen und sonst nicht viel mehr. Die Neue hatte sicher schon die Bergwachtler interviewt, die den Körper geborgen hatten, und Garmisch-Partenkirchens Oberpolizisten Bernbacher befragt, alles Dinge, die Hartinger seit seiner Ankunft in Garmisch hatte machen wollen. Doch der Anruf von Annabella von Bürstner auf seinem Handy hatte seine Pläne durcheinandergebracht. Und für was?

Der Besuch bei der reichen jungen Dame hatte ihm nicht viel gebracht. Er wusste nur, dass dort oben, in der prächtigen Villa in den Riedhängen, nicht das reine Glück wohnte. Wer glücklich war, empfing nicht nachmittags um 16 Uhr einen abgehalfterten Lokaljournalisten und machte ihn an, nur um den Namen der Familie aus der Zeitung zu halten.

Doch je länger Hartinger darüber nachdachte, desto mehr wurde ihm klar, dass das auch gar nicht das Hauptanliegen Annabella von Bürstners gewesen sein konnte. Sie musste eine andere Botschaft für ihn gehabt haben. Hatte sie ihm diese Botschaft zwischen den Zeilen übermittelt? Oder musste er sie sich noch abholen? Er beschloss, möglichst bald wieder in der von Bürstner'schen Villa vorstellig zu werden, um mehr herauszubekommen.

Er war gegenüber der Volontärin klar im Vorteil mit dem Kontakt zur Bankerin. Und natürlich auch deshalb, weil er zusammen mit dem Seidl Leo die Schulbank gedrückt hatte. Diese direkten Beziehungen hatte seine Konkurrentin nicht. Auch wenn sie weiß der Teufel wo ihr Referendariat absolviert hatte. Und überhaupt, schreiben musste sie ihren Text ja auch noch. Zwar erst morgen, am Sonntagnachmittag, damit er am Montag in der Heimatzeitung erscheinen konnte. Aber was sollte da schon mehr drin stehen als das, was der Polizeibericht hergab?

Hartinger war sicher, dass auch in dem Aufmacher der Lokalzeitung die Namen von Bürstner und Seidl nicht auftauchen würden. Dafür hatten die Anwälte und PR-Leute der Bank sicherlich längst bei Habersetzer und seinen Chefs in München gesorgt.

Hartinger stellte seinen Laptop auf den Fotografentisch und griff zum Telefon. Bevor er an die Nachrichtenagenturen und Redaktionen der wirklich wichtigen Zeitungen dieser Welt seinen Artikel schicken konnte, musste er wenigstens einmal mit der Polizeiinspektion Garmisch-Partenkirchen telefoniert haben. Er wählte die Nummer des Pressesprechers. Dessen Sprachmailbox meldete sich. Hartinger nannte seine Handynummer und sagte, dass er in Sachen Kuhfluchtleiche ein paar Fragen habe.

Da spürte er eine Hand auf seiner Schulter. Die Hand gehörte Redaktionsleiter Habersetzer. Er war wohl lautlos aus dem dritten Stock heruntergetrippelt.

»Ich hab gesagt, dass die Stasi das macht.«

»Ich bin freier Mitarbeiter, ich kann tun, was ich will.«

»Ja, aber nicht mit Arbeitsmitteln des Verlages. Du musst dich entscheiden. Entweder du arbeitest für uns oder für dich. Ist eh ein Wunder, dass die in München gestatten, dass du für uns noch tätig bist. Nach allem, was du verbockt hast. Und wir haben die klare Abmachung, dass du nur knipst. Keine Zeile Text mehr von dir, Gonzo.«

»Das ist ein Eingriff in die Pressefreiheit!«, schimpfte Hartinger los.

»Das, was du da machst, ist ein Vertragsverstoß, Gonzo. Wir zwingen dich nicht, für uns zu arbeiten. Das ist ein freies Land.«

Hartinger knallte den Hörer auf den Apparat und den Laptop zu. »Dann kündige ich unseren Vertrag hiermit!«, sagte er so ruhig, dass er sich selbst darüber wunderte.

»Diesmal für immer, Gonzo«, drohte Habersetzer.

»Worauf du Gift nehmen kannst. Von dem Hungerlohn, den ihr für meine Bilder zahlt, kann kein Mensch leben.«

»Dann ist es das Beste für dich, wenn du jetzt gehst.«

»Hätte ich schon längst machen sollen.« Hartinger steckte den Laptop in die Fototasche, hängte diese über die

Schulter und stand auf. Er verließ die Redaktion, ohne sich noch einmal zu Habersetzer umgedreht zu haben.

Draußen auf der Alpspitzstraße angekommen, fühlte er sich frei. Frei und arm. Und gehörig unter Zeitdruck. Denn es war schon 18 Uhr durch. Er hastete über den Marienplatz und durch die Fußgängerzone. Im Café Krönner wusste er ein WLAN, das ihm zur Verfügung stand. Er setzte sich an einen der kleinen Tische neben dem Stammtisch und tippte seine Nachricht. Als er die Kernaussagen nach den berühmten fünf Ws – Was, Wann, Wie, Wer und Warum – abhakte, rang er kurz mit sich. Dann schrieb er es doch: *Als dringend der Tat verdächtig sieht die lokale Polizei den Revierförster Leopold Seidl (46) an. Seidl ist in zweiter Ehe verheiratet mit Annabella von Bürstner (32), Alleinaktionärin der gleichnamigen Privatbank aus Frankfurt am Main.*

Als Absender der Nachricht schrieb er »KHH Presseagentur, Garmisch-Partenkirchen«, tippte seine Mailadresse und Handynummer unter den Text und schickte ihn an seinen Verteiler »Nationale Medien«. Dann machte er sich an die Übersetzung ins Englische. Während er diese Version an Reuters, CNN, New York Times, Asahi Shimbun und cc-tv mailte, klingelte sein Mobiltelefon zum ersten Mal. Es sollte bis zum nächsten Morgen um fünf Uhr, als er es erschöpft ausschaltete, nicht mehr damit aufhören. Bis dahin war Hartinger fünfzehn Mal live über Skype mit Hamburg, Frankfurt, New York, Paris, London, Tokyo, Shanghai und Sydney verbunden, um das, was er über den tiefen Fall des Mathias Kupfer und die sensationelle Rolle des Leopold Seidl-von Bürstner wusste, in Live-Interviews mit TV-Stationen zu Ruhm und Geld zu machen.

10

Die Luke zu Hartingers Dachboden schlug auf. »Besuch für dich!«, rief Kathi Mitterer ihm zu. »Schau, dass du runterkommst! Sonst schick ich das Kamerateam rauf zu dir. Kruzifix, das hab ich jetzt noch gebraucht. So ein Schmarrn.« Die Zürnende hatte den Kopf schon bereits wieder nach unten gezogen, und Hartinger hörte sie auf ihren Clogs die zwei hölzernen Treppen des Mittererhofes nach unten flitzen. Irgendwann würde sie mit dem Schuhwerk auf den alten Stufen ausrutschen und sich die Rippen brechen. Hartinger hatte längst aufgegeben, sie überreden zu wollen, sicherere Galoschen zu tragen. »Ja freilich, womöglich solche pinken Hartgummibatschen, wie sie die Preißen anhaben, die zu uns da raufkommen. Du willst ja nur nicht, dass du alleine für unseren Sohn sorgen musst. Darum kümmerst du dich um mich!« So die desillusionierte – und wahrscheinlich gar nicht so verkehrte – Antwort der Kindsmutter und Exfreundin.

Hartinger blickte auf den alten Reisewecker auf dem Nachtkastl. Neun Uhr. Keine vier Stunden hatte er geschlafen nach den unzähligen Telefonaten und Skype-Konferenzen mit Journalisten rund um die Welt.

Hatte Kathi da nicht gerade »Kamerateam« gesagt? Jessas, was hatte er da wieder losgetreten. Dass die ihn hier oben in seiner Notunterkunft auf dem Dachboden seiner Verflossenen filmten, ungewaschen und im Hemd, in dem er sich hingelegt hatte, das ging natürlich nicht. Also raus, Katzenwäsche im zweiten Stock des Mittererhofes an einem Waschbecken eines der ehemaligen Gästezimmer, schnell die Zähne geschrubbt, frisches Hemd an – und auf in den Kampf.

Er stolperte durch den niedrigen Gang des Berghofes und

gelangte in die Küche. Kathi stand am Herd und bereitete ihm ein köstlich duftendes Frühstück. Pyränenhund-Dogo-Mastiff-Mischling Bärli lag auf dem riesigen Kissen neben der Wamsler-Kochmaschine und ließ sich vom Holzfeuer den Bauch wärmen. Er hob nur eine Augenbraue, als er seinen Herrn kommen hörte. Nach dessen Identifikation döste er weiter.

»Wo isses?«, fragte Hartinger.

»Wo ist was?«

»Das Kamerateam.«

»April, April. So bekommt man also den mediengeilen Herrn Hartinger in Lichtgeschwindigkeit aus den Federn!« Kathi lachte. »Jetzt setz dich hin, die Spiegeleier sind gleich fertig.«

Hartinger empfand eine Mischung aus Erleichterung und Enttäuschung. Er gehorchte. Ein weiteres Mal die Geschichte in eine Kamera zu erzählen, wäre ihm auf nüchternen Magen zu viel gewesen. Andererseits, wenn es mal lief, dann musste man sein Gesicht vermarkten. »Gott sei Dank, das hätte mir gefehlt, dass ich schon wieder …«

In dem Moment pochte jemand draußen an die schwere Eichentüre. Hartinger saß noch nicht auf der Eckbank, da musste er sich wieder erheben. Bärli hob dienstbeflissen den Kopf. Hartinger rammte sich sein Knie am Tischbein, fluchte, stapfte nach draußen. Bärli betrachtete den Fall als vorübergehend erledigt und rollte sich ein.

Hartinger gelangte in den dunklen Flur und riss die Türe auf. Da stand, überstrahlt vom gleißenden Licht der Morgensonne: ein Kamerateam!

Hartinger schaute direkt in das Objektiv. Wie eine Delegation von *sternTV* sahen diese jungen Menschen jedoch nicht aus. Ein in einen dunklen Dreiteiler gekleideter Mann mit zur Seite gegeltem Haar und schwarzer Brille war bemüht, seine auf Hochglanz polierten Schuhe inmitten Kathis umherlaufenden Hühnern sauber zu halten. Hartinger wusste augenblicklich, dass er einen Anwalt vor sich hatte. Zur Bestätigung sagte der Mann: »Guten Morgen, Herr Hartinger, mein Name ist Hartmut Bellsteen von der Kanzlei McCormick, Bannister, Frühauf und Partner.«

»Aha«, quittierte Hartinger den Auftritt des jungschen Juristen. »Und wer sind die?« Er deutete auf den Mann in Anzug und Krawatte, der die Kamera auf der Schulter trug, und auf die junge Frau im Flanell-Kostüm, die ein Mikrofon an einem Galgen über seinen Kopf hielt.

»Unser Beweissicherungs- und Dokumentationsteam. Ich stelle Ihnen hiermit eine Unterlassungserklärung im Auftrag des Bankhauses Bürstner Kommanditgesellschaft auf Aktien förmlich zu, Herr Hartinger. Es ist«, Bellsteen drehte sich zur Kamera, »Sonntag, der 3. Mai 2015, 9.03 Uhr. Rechtsanwalt Hartmut Bellsteen überreicht im Beisein der Rechtsanwälte Oliver Rumschöttl und Carina Malgara de Ilaviera y Cádiz eine Unterlassungserklärung im Auftrag der Fürst von Bürstner'schen Privatbank an Herrn Karl-Heinz Hartinger, Journalist und Inhaber der KHH Presseagentur. Ort: Garmisch-Partenkirchen, Mittergraseck 3, Mittererhof, derzeitiger Wohnsitz des Karl-Heinz Hartinger.« Er wandte sich wieder zu Hartinger um und drückte ihm einen Brief in die Hand. Dann sprach er erneut in die Linse der Kamera: »Herr Hartinger hat den Schriftsatz hiermit angenommen.« Und zu Hartinger: »Alles Weitere entnehmen Sie bitte unserem Schreiben, Herr Hartinger. Wünsche einen schönen Tag, Herr Hartinger.«

Die drei Anwälte machten kehrt und setzten sich in den auf dem Forstweg wartenden schwarzen Mercedes der G-Klasse, dessen aufgemotzter Motor sofort losbrabbelte. Die Steinchen des Kieswegs spritzten hoch auf, als sich der Geländewagen mit Karacho in Bewegung setzte.

Als der Lärm des V12-Blocks verklungen war, stand Hartinger zusammen mit den Hühnern in Kathis Vorgarten und machte ein Gesicht, als hätten vier Außerirdische gewaltsam eine Samenprobe von ihm genommen, bevor sie in ihrem Ufo davongezischt waren. Er warf einen kurzen Blick auf den Brief in seiner rechten Hand, schüttelte den Kopf und machte in Richtung von Kathis Küche kehrt. Jetzt war ein ordentliches Frühstück nötig.

»Was wollten die?«, fragte Kathi, nachdem er sich auf der Eckbank unter dem Herrgottswinkel niedergelassen hatte.

Hartinger antwortete nicht sofort. Er riss mit dem kleinen Finger den Brief auf, zog das Schreiben aus dem Kuvert und las. Er kam an die entscheidende Stelle. »500 000 Euro wollen die.«

»Was?« Kathi hätte um ein Haar die Gusspfanne fallen gelassen, in der sie Hartingers Spiegeleier briet.

»Im Wiederholungsfall, steht da. Falls ich noch einmal sage, dass der Leo verdächtigt wird, den Hias in die Kuhflucht geschmissen zu haben.«

»Aber das wird er doch. Ich meine, er ist doch der Hauptverdächtige, oder?«

»Hm. Keine Ahnung, ob er das noch ist. Die haben ihre Mittel und Wege. Außerdem ist das eine fixe Idee vom Bernbacher Ludwig. Kein Mensch in der Polizeiinspektion glaubt das. Ach was, in der gesamten bayerischen Polizei steht er alleine da mit dem Verdacht. Der hat da ein anständiges Eigentor geschossen, der Herr Polizeiinspektionsleiter. Was den geritten hat?« Hartinger nahm einen Kanten Brot aus dem Korb und biss hinein. »Ich glaub auch nicht, dass er es war, der Leo.«

»Na ja, dann sagst es halt nicht mehr, und die Sache ist vom Tisch.« Kathi ließ die Eier aus der Pfanne auf Hartingers Teller gleiten.

»Aber vorher wollen sie siebeneinhalb Mille für ihre bisherigen Auslagen. Zahlbar sofort.«

»Für den Schrieb?«, empörte sich Kathi. »Und dass die ihn zu viert hier abliefern, das filmen und ein riesiges Monsterauto benutzen, dafür kannst du ja nichts. Könnten ihn ja mit der Post schicken. Das Porto kostet keinen Euro.«

»So läuft das bei denen.«

»Du nimmst dir sofort einen Anwalt!«

»Den muss ich auch erst bezahlen. Ohne Schuss kein Jus. Wird nur noch teurer, die Gaudi.«

»Ein Schmarrn. Ich kenn da einen.«

»Was kennst du?«

»Einen Anwalt halt.«

»So?«

»Genau. Einen guten. Der macht das sicher für dich, wenn ich ihn darum bitte.«

»Woher kennst du da heroben einen Anwalt, der was kann?«

»Ja mei, es kommen schon mal Leute zu mir rauf. Nicht nur mein Kindsvater, weil der sonst keinen Platz zum Schlafen hat.«

»Aha.«

»Ja, ja.«

»Verstehe. Wenn die aus München ihre Ausflüge machen. Zu dir da rauf. Mit den Chinesen und Amis. Und Israelis. Die Typen von der Staatskanzlei und vom Wirtschaftsministerium.«

»Genau. Stell dir vor. Die Ausflüge der israelischen Delegation organisiert immer der Dr. Rubinstein von der Israelitischen Kultusgemeinde.«

»Aha.« Hartinger tutschte mit einem Stück Brot die Reste des Spiegeleis vom Teller. »Der Dr. Rubinstein. Soso.«

»Ja, ja.«

»Und? Ist er ein recht ein Netter, der Dr. Rubinstein?«

»Ein recht ein Netter und ein recht Fescher. Aber das kann dir wurscht sein. Hauptsache, er erbarmt sich deiner und haut dich aus der Sache mit der Fürst-von-Dingens-Privatbank raus.« Kathi zog ihm den Teller weg und legte ihn ins Abspülwasser. Sie hatte sich nach dem Tod des Großvaters eine Spülmaschine angeschafft. Aber seit diese nach zehn Jahren den Dienst eingestellt hatte, war sie noch nicht dazu gekommen, eine neue zu ordern.

»Ja dann. Wann kommt er denn wieder, dein Dr. Rubinstein?«

»Das ist nicht *mein* Dr. Rubinstein, damit wir uns da verstehen.« Hartinger glaubte noch ein »Leider …« gehört zu haben, aber da wollte er lieber nicht nachhaken.

»Mir kann das ja wurscht sein …«, murmelte er.

»Genau.«

»Also? Wann kommen die Israelis?«

»Du wirst es nicht glauben. Am Montag steht eine Delegation auf dem Programm. Diesmal international. Amis, Chinesen, Israelis *und* Araber. Gemischt, stell dir das vor. Mitsamt Wirtschaftsminister. ›Bei Ihnen oben, auf der Alm, da gibt's keine Konflikte, Frau Mitterer.‹ Hat der Staatssekretär von Lobenstein gesagt.«

»Auf da Oim, da gibt's koa Sünd«, wusste Hartinger beizutragen. »Koan Kriag und koa Gemetzel. Bloß Geschäfte. Der Mittererhof: das Camp David vom Loisachtal.«

»Lach du nur, du Zyniker. Während die Mitterer Kathi und ihre Dampfnudeln die Völkerverständigung vorantreiben. Die vom bayerischen Fernsehen kommen auch mit.«

»O mei, die gehen mir gerade noch ab«, seufzte Hartinger.

»Richtig. Kann nicht schaden, wenn du dich da blicken lässt und ein paar Kontakte knüpfst, die du vielleicht noch brauchst. Kaffee?«

»Hm.«

Kathi schenkte ihm nach. »Also, morgen um elf Uhr, frisch geschneuzt und gekampelt.«

»Wenn's sein muss.«

»Siebeneinhalbtausend Euro ...«

»Schon gut, schon gut.« Hartinger erhob sich, nachdem er den Kaffee in einem Schluck ausgetrunken hatte. »Ich muss runter in den Ort. Recherche.«

11

»Wir haben Ihnen nichts zu sagen, Herr Hartinger.« Horst Mainburg, Pressesprecher der Polizeiinspektion Garmisch-Partenkirchen, hatte Hartinger zwar empfangen an diesem Sonntagvormittag, den er bei einem Mordfall in der PI zu verbringen hatte. Aber nur, weil er sich vor schlechten Schlagzeilen fürchtete. Dass Hartinger solche zu erzeugen wusste, hatte der mehr als einmal bewiesen. Dass es die an diesem Morgen nicht gab, lag nur daran, dass es Sonntag war und die wenigen Zeitungen, die in Deutschland erschienen, sich allesamt dem Einfluss der Familie von Bürstner nicht entziehen konnten oder wollten. Zu verzweigt waren die Firmenbeteiligungen der von Bürstners, zu umfangreich die Anzeigenaufträge, die für die Verlagshäuser auf dem Spiel standen.

An Horst Mainburg waren die Interviews, die Hartinger den TV-Stationen gegeben hatte, nicht vorbeigegangen. Ihm war vollkommen klar, dass sich Hartinger damit in die erste Liga der Berichterstatter katapultiert hatte. Und dass es spätestens am nächsten Tag, am Montag, Artikel hageln würde, in denen der Name Leo Seidls und der seiner Ehefrau Annabella von Bürstner in großen Lettern prangten.

Obwohl es eigentlich die Schuld von Mainburgs Chef, des Polizeiinspektionsleiters Ludwig Bernbacher war, dass es überhaupt so weit kommen konnte, hatte sich der aufstrebende Beamte Mainburg fest vorgenommen, Schlimmeres zu verhüten. Spätestens seit am Samstagabend ein anthrazitgrauer 5er BMW aus München durch das automatische Rolltor der PI geglitten und ein gewisser Bernd Schneider ausgestiegen war, hieß es: Ohren anlegen.

Schneider, seines Zeichens Ermittler des Bayerischen Landeskriminalamts, hatte schon des Öfteren in Garmisch-Partenkirchner Fällen eine meist undurchsichtige Rolle gespielt. Diesmal hatte er seine junge Kollegin dabei, die vor vier Jahren, in der Sache mit dem toten Franziskanermönch vom Josefibichl[1], die ganze hiesige Mannschaft gestandener Polizeibeamter nicht nur durch ihre auf den Leib geschnittenen Jeans, sondern auch mit Akribie, Wissensdrang und Fleiß an die Wand gespielt hatte. Claudia Schmidtheinrich (»immer noch ohne Bindestrich«, wie sie sich vorstellte) war mittlerweile Erste Hauptkommissarin des LKA. Schneider, dessen Dienstgrad gar nicht mehr erwähnt werden musste, weil es so was von klar war, dass er meilenweit über PI-Chef Bernbacher rangierte, hatte sie das Wort führen lassen. Und das erst einmal hinter der Bürotüre Bernbachers, und es hatte in seiner Mannschaft keinen Zweifel gegeben, dass Bernbacher einen ordentlichen Einlauf bekommen hatte.

Als er nach nur zehnminütiger Unterredung mit Schneider und Schmidtheinrich seine Beamten im großen Besprechungszimmer versammelt hatte war es Horst Mainburg so vorgekommen, als hätten sie seinem Chef die Beine in Kniehöhe abgezwickt. Direkt geschrumpft war der sonst stattliche Bernbacher neben dem jugendlich strahlenden

[1] siehe »Josefibichl«, Piper 2011

Schneider gestanden und hatte vor versammelter Truppe eingestehen müssen, dass gegen den der Tat verdächtigen Leopold Seidl nichts vorlag – und Seidl deshalb kein Tatverdächtiger mehr war. Und dann hatte er gesagt, dass in sämtliche Richtungen ermittelt werden solle, und zwar mithilfe der beiden Kollegen vom LKA und natürlich den Kriminalern aus Weilheim und denen des Kriminaldauerdienstes, die am Sonntagmorgen zur Unterstützung aus München anrücken würden. Überhaupt seien die persönlichen Lebensumstände und das Umfeld des Opfers Mathias Kupfer unter die Lupe zu nehmen. Ob denn jemand irgendetwas von Belang über den Bestattungsunternehmer Kupfer wüsste.

Natürlich wusste niemand etwas, was nicht jeder gewusst hätte. Nämlich dass der Kupfer Mathias mit der Ex des Seidl Leo verheiratet gewesen und ansonsten in Zurückgezogenheit und Diskretion seinem Beruf nachgegangen war. Da sei ja auch nichts Ehrenrühriges dran, hatte der Polizeihundeführer Markus Fichtinger klargestellt. Dabei verglich er, der sonst zu Recht poetische Allegorien meidende kernige Schnauzbartträger, den Bestatter mit »der Heerschar der Waldameisen, die fleißig aufräumen, wo von Mutter Naturs Küchenbuffet unvermeidlicherweise auch amal ein paar Bröserl herunterfallen. Nein, auf unsere Totengräber lassen wir nichts kommen«, sagte er stramm. Alle Polizistinnen und Polizisten nickten, sie hatten Respekt vor Fichtinger und seiner Hundetruppe, die schon manche Vermisstensuche im steilen Schutzwald abgekürzt und viele Liter Beamtenschweiß gespart hatte.

Polizeimeisterin Natalie Berchtenbreiter erinnerte daran, dass man ja von der Kaffeeküche im ersten Stock der Polizeiinspektion oft stundenlang den Bestattern auf der anderen Straßenseite, wo der Partenkirchner Friedhof lag, bei der Arbeit zusehe. Auf die missbilligenden Blicke ihrer Kollegen hin erklärte sie, dass man immerhin bei ungezählten Verkehrs- und Bergunfällen Hand in Hand mit dem Kupfer Hias seinen Leuten arbeite. »Die Polizeiarbeit ist dann und wann quasi das operative Vorfeld des Bestatters«, schloss sie ihre Ausführungen, woraufhin die Blicke der Kollegen Hilfe suchend zur Decke wanderten.

Horst Mainburg hatte nach der Sitzung den Spezialauftrag erhalten, die Namen Seidl und von Bürstner aus dem Polizeibericht herauszuhalten. Wo er sie sowieso nicht hineingeschrieben hätte. Namen eines Verdächtigen in den offiziellen Bericht hineinzuschreiben – das wusste jeder Polizeischüler –, war ein absolutes No-go. Dennoch hatte ihn Bernd Schneider zur Seite genommen und ihm noch einmal an die Dringlichkeit dieser Dienstanweisung erinnert. Ja, er hatte ausdrücklich »Dienstanweisung« gesagt, dieser LKA-Mann, da gab es für Horst Mainburg keinen Millimeter Spielraum. Entsprechend faktenorientiert und kurz fiel der Polizeibericht aus. Und am Montag würde ein betont sachlicher – um nicht zu sagen: extrem langweiliger – Text in der Heimatzeitung sowie den Bayernteilen der überregionalen Tageszeitungen stehen. Über einen Mittvierziger, der in die Kuhflucht gefallen war. Von Zeugen, die angeblich gesehen hätten, dass da eine zweite Person im roten Anorak gestanden habe. Dass die Rolle dieser Person unklar sei. Dass sich die Person, die sich am Samstagmorgen gegen neun Uhr oberhalb der Kuhfluchtfälle aufgehalten habe, melden solle. Dass sachdienliche Hinweise jede Polizeidienststelle annehme.

Horst Mainburg hatte seinen Job erledigt. Dass der Hartinger quer gekommen war, war ihm wirklich nicht anzurechnen. Deshalb: Hartinger empfangen, ja. Man will sich ja nichts nachsagen lassen. Hartinger irgendeine Information geben: niemals.

»Ich will den Bernbacher persönlich sprechen«, beharrte

Hartinger. »Wieso hat er den Seidl verhaftet? Und dann laufen lassen?«

»Der Herr Seidl war nicht verhaftet.«

»Interessant. Wieso wurde er nicht verhaftet?«

Mist. Schon hatte Horst Mainburg den ersten Schnitzer begangen. »Wir können zum derzeitigen Stand der Ermittlungen keine Auskünfte geben.«

»Aber er war doch da oben, der Seidl.«

»Es tut mir leid, Herr Hartinger. Kein Kommentar.«

»Ich werde ihn selbst fragen. Und ich werde herausfinden, warum der Bernbacher erst so größenwahnsinnig ist, den Seidl einzukassieren, und ihn dann wieder freilässt. Das stinkt zum Himmel. Da wird wieder mal im großen Stil vertuscht.«

»Herr Hartinger, ich wäre vorsichtig an Ihrer Stelle.«

»Es kann sein, dass sich die bayerische Polizei und die Justiz von der Familie von Bürstner einschüchtern lassen. Aber ich nicht.«

Horst Mainburg holte tief Luft. »*Du* hast ja auch nichts mehr zu verlieren«, wollte er sagen. Er beschloss, es nur zu denken. »Wir werden eine Pressemitteilung herausgeben, wenn wir zu wesentlichen Erkenntnissen gelangt sind«, sagte er stattdessen.

»Heißt das, dass Sie bisher unwesentliche Erkenntnisse haben? Die würden mich auch interessieren.«

»Herr Hartinger, ich habe nichts für Sie. Ich muss jetzt wieder …«

»Schon gut. Ich finde allein raus.«

»So viel Zeit muss bleiben.« Horst Mainburg stand auf, um den unliebigen Gast nach draußen zu begleiten. Er war nicht so blöd, Hartinger alleine durch die PI tapern zu lassen. Der war imstande, schnurstracks in Bernbachers Büro zu marschieren und da herumzukramen.

Doch das musste Hartinger gar nicht. Als er mit Mainburg im Schlepp durch den langen Gang in Richtung der Panzerglastür der Polizeiinspektion ging und sich an einem halben Dutzend Zivilpolizisten vorbeidrückte, rannte er praktisch in Ludwig Bernbacher hinein. Der kam mit einer mittelgroßen hellbraunen Tüte vom Schnellamerikaner auf der anderen Straßenseite.

»Ah, zweites Frühstück, Herr Polizeihauptkommissar?«, sagte Hartinger mit Blick auf das zum Zerreißen gespannte Polizeihemd, dessen Knöpfe über dem Bauch mit Stahlfäden angeheftet sein mussten.

»Braucht man auch bei dem Stress. Hier geht's zu wie in einem Taubenschlag. Und wem haben wir das wieder zu verdanken? Der Presse.«

»Moment …«, wollte Hartinger protestieren.

Pressesprecher Rolf Mainburg wurde gerade von einem ortsfremden Zivilkollegen nach einem bestimmten Büro gefragt. Die Ablenkung nutze Bernbacher, um Hartinger ins Ohr zu flüstern: »Um zwölf drüben hinter der Aussegnungshalle.« Dabei nickte er kurz in Richtung Friedhof.

Hartinger nickte zurück. Ein Verschwörungsangebot vom Oberpolizisten Garmisch-Partenkirchens? Das war wie Ostern, Jom Kippur und Opferfest an einem Tag.

12

Bernbacher kam pünktlich. Hartinger erwartete ihn bei den Urnengräbern.

»Verbrennen oder vergraben, Gonzo?«, sagte der Polizist anstelle einer Begrüßung.

»Das überlege ich mir, wenn's so weit ist.«

»Kann schneller gehen, als man denkt.«

»Das wissen wir beide. Also, was gibt's? Lass uns sprechen, solange wir es noch können, Ludwig.«

Bernbacher zog Hartinger hinter eine Konifere, um sicherzugehen, dass von der anderen Seite der Straße, von seiner Polizeiinspektion aus, auch wirklich keiner den konspirativen Friedhofsspaziergang sehen konnte. »Der Seidl Leo«, begann er zu flüstern, »ist mir schon lange ein Dorn im Auge.«

Hartinger schwieg.

»Also, wo soll ich anfangen. Ein schmieriger Typ war der schon immer. Dass so ein Krattler eine solche Partie macht …«

»Wenig strafbar«, wandte Hartinger ein.

»Er hat Kinderpornos auf dem Rechner. Und er tauscht sie. Das *ist* strafbar.«

»Woher weißt du …?«

»Gell, da schaust. Meinst auch, das einzige technische Instrument, das wir hier bedienen können, ist die Radarpistole. Weit gefehlt!« Bernbacher reckte das Kinn triumphal nach vorne.

Hartinger grübelte einen Moment. »Hm. Lass mich raten: Es sind in Wahrheit die Strafzetteldrucker?«

»Mach du dich nur lustig, Hartinger Gonzo. Wir haben unsere Mittel und Wege.«

»Schon gut. Also, was macht ihr da drinnen in eurer Polizeistation? Ist das in Wirklichkeit ein Außenposten der NSA?«

»Schon wärmer.«

»Jetzt bin ich aber neugierig. Ich wusste nicht, dass die Landpolizei auch für die elektronische Überwachung der Bürger zuständig ist. Ich hörte, da gibt es andere Behörden.«

»Auf alle Fälle haben wir den Seidl seit einiger Zeit auf dem Radar. Also, der Neumann Jakob von uns, der hat sich darauf spezialisiert. Mehr privat, also jetzt vom Equipment her. Aber die Ergebnisse sind jedenfalls von öffentlichem Interesse, so vom Strafverfolgerischen aus betrachtet.«

Hartinger hob die Brauen. »Privates Equipment? Öffentliche Strafverfolgung?«

Bernbacher nickte verschwörerisch. »Dir kann ich's ja erzählen. Dir glaubt eh keiner mehr was.«

»Da kannst du verdammt recht haben. Aber trotzdem: Spinnst du? Wenn das rauskommt, kannst du deine Pension vergessen.«

Bernbacher wischte diesen Einwand mit einer energischen Handbewegung beiseite. »Aufräumen muss da einer. Schlag mal die Zeitung auf. Überall Sauereien, und keiner tut was. Nicht bei uns, das sag ich dir. Das ist ein sauberes Land. Und das soll es bleiben.«

»Also los, was hat dein Musterbeamter über den Seidl herausgefunden?«

»Wie ich schon sag: Er hortet auf seinem Rechner Kinderpornos und tauscht sie.«

»Und deswegen hast du ihn wegen Mordverdachts mitgenommen?« Hartinger konnte nicht glauben, was er da hörte.

»Na ja, das hat sich so ergeben. Eher zufällig. Da ist vielleicht etwas mit mir durchgegangen. Mein Gerechtigkeitssinn.«

Dass Ludwig Bernbacher so etwas hatte, war Hartinger ganz neu. Doch das behielt er lieber für sich und sagte stattdessen: »Deine Idiotie, meinst du. Du hast ihm aber nichts davon …«

»Natürlich nicht.«

»Und was soll das eine mit dem anderen zu tun haben? Der Sturz des Kupfer Hias und die Kinderpornos vom Seidl Leo? Also, die angeblichen?«

»Das musst du herausfinden, Gonzo.«

»Ich?« Hartinger wäre beinahe rückwärts in ein frisch ausgehobenes Grab gekippt.

»Wer sonst? Du gehst doch bei den von Bürstners ein und aus.«

Hartinger riss die Augen auf. »Das … das wisst ihr auch? Dass ich bei der Annabella von Bürstner war? Hast du hier einen kleinen Geheimdienst aufgebaut? Mit privatem Equipment?«

»Ja mei, Kugelschreiber mit Minikamera und Mikrofon gibt's doch an jeder Ecke. Drohnen mit hoch auflösender Kamera kosten ein paar hundert Euro. Und im Jagdgeschäft gibt es Infrarot-Kamerafallen für 136,90 zuzüglich Verpackung und Versand.«

»Kennst dich ja echt gut aus …«

Bernbacher strahlte. »Also echt gutes Spionier-Zeugsl gibt's im Spy-Shop in München. Was die da unter der Ladentheke verkaufen…«

Hartinger wusste nicht, ob Empörung oder Unglauben die richtige Reaktion war auf die Ungeheuerlichkeiten, die ihm Garmisch-Partenkirchens erster Polizist offenbarte. Er entschied sich für Zorn. »Ja seids ihr denn vollkommen narrisch?«, schrie er Bernbacher ins Gesicht.

»Pschscht …«, beschwichtigte dieser.

Ein altes Weiberl zog mit der Gießkanne in der Hand an ihnen vorbei.

»Ist das eine von deinen Agentinnen?«, wollte Hartinger wissen.

»Eher nicht. Aber wer weiß, vielleicht ist sie vom BND. Oder der CIA. Oder so. Oder KGB.«

»Den gibt's nimmer.«

»Und womit spioniert dann jetzt der Putin?«, wunderte sich Ludwig Bernbacher. Aber er kam gleich wieder zum Thema zurück. »Jetzt hab dich nicht so, Gonzo. Der bayerische Staat verlangt von uns, dass wir uns die kugelsicheren Westen selbst kaufen. Da gibt's auch einen Laden in der Rosenheimer Straße. Der brummt. Und wenn man mit den groben Sachen fertig ist und noch ein paar Wünsche an Weihnachten frei hat …«

Hartinger schüttelte den Kopf. »… dann liegen bei euch unterm Christbaum die Schlüssellochkameras und Kameradrohnen … Wahnsinn …«

»Moderne Zeiten, Gonzo. Du bist doch auch nicht auf der Brennsuppn dahergschwommen.«

Das war Hartinger ganz und gar nicht. Er beruhigte sich so schnell, wie er an Fahrt aufgenommen hatte. Er hatte da eine Story von Bernbacher präsentiert bekommen, die ihn reich machen konnte. Der Ehemann der Annabella von Bürstner Mitglied eines Kinderpornorings. Das galt es schnell umzusetzen, denn wenn erst der dritte Politiker, der zweite Manager und der erste Fußballpräsident mit diesen Ferkeleien auf der Festplatte erwischt worden waren, würde sich keine Sau mehr für das Thema interessieren. Dumm nur, dass die Anwälte aus München sicher bei einer solchen Anschuldigung großes Kaliber auffahren würden. Hartinger brauchte hieb- und stichfeste Beweise.

Als ob Bernbacher Gedanken lesen konnte, kam er damit schon rüber. »Du bekommst das Material, Gonzo, aber unter einer Bedingung: keine Veröffentlichung, bevor wir nicht gemeinsam den Leo des Mordes überführt haben.«

Hartinger sah seine Story schon wieder die Loisach hinunterschwimmen. »Und wenn er's nicht war?«

»Er war's, Gonzo, er war's. Finde heraus, was der Kupfer Hias mit den Schmutzfilmchen zu tun gehabt hat, und du hast den Zusammenhang. Und dann gesteht mir der Leo.«

»Aha, den Hias habt ihr also nicht ausspioniert?«

»Wir können nicht überall sein. Garmisch-Partenkirchen hat 28 000 Einwohner. Wir müssen priorisieren.«

»Beruhigend irgendwie«, meinte Hartinger.

Bernbacher sah ihn an und grinste schief.

»Oder auch nicht«, kam es Hartinger. Er drehte sich um und sah zu, dass er Land gewann.

13

Veronika Pilz hatte es gar nicht glauben können, als sie während des *Tatort* den Kalender auf ihrem Smartphone checkte. Sitzungsfreier Montag. Keine Plenumssitzung im Landtag. Kein Ausschuss. Kein Pressetermin. Kein Termin im Bürgerbüro. Alle Termine, die für diesen Montag geblockt gewesen waren, hatten sich während des Wochenendes in Luft aufgelöst. Der Umweltausschuss wegen Erkrankung des Vorsitzenden um eine Woche verschoben. Die Presse konzentrierte sich gerade auf ein Münchner Stadtskandälchen, zu dem selbst sie als Präsidiumsmitglied der bayerischen Grünen ausnahmsweise nichts zu sagen hatte. So etwas gab es im Leben einer Landtagsabgeordneten nicht alle Tage: frei!

Nun, sie wusste da einen riesigen Stapel Akten in ihrem Büro im Maximilianeum. Aber der war am Dienstag sicher auch noch da. Und schuftete sie nicht schon genug an den Wochenenden auf ihren Touren durch das Land? Und das nicht nur im Wahlkampf. Dabei war ja eigentlich mittlerweile immer Wahlkampf, wenn sie es sich recht überlegte. Da konnte man schon mal einen Tag freinehmen. Einen halben. Na ja, es würde wohl ein dreiviertelter werden, bis sie aus ihrer Heimat Garmisch-Partenkirchen wieder in die Landeshauptstadt zurückgekehrt sein würde. Denn das hatte sie vor: endlich einmal das Wetter nutzen, diese für den Frühsommer ungewöhnlich stabile Hochdrucklage, um auf einen ihrer Berge zu wandern.

Wie gut hatte es sich getroffen, dass da noch der Anruf aus der Heimat gekommen war. Während sie noch über das Wunder ihres für den Montag leeren Terminkalenders staunte, hatte das Handy geklingelt, und dann hatte eine vertraute Stimme sie eingeladen, sich das anzusehen, was da am Wank, auf dem Esterberg, in der Kuhflucht und auf der Frauenmahd geplant wurde. Und dass sie damit ein Riesending landen könnte, wenn sie die geheimen Pläne der Energiemultis ans Tageslicht bringen und sie somit hoffentlich verhindern würde.

Natürlich hatte sich Veronika Pilz sofort durch das Internet geklickt, aber nichts über diese Pläne gefunden. Doch der Stimme am anderen Ende der Telefonleitung vertraute sie. Da musste etwas dran sein. Und es war sofort wieder diese Kampfeslust in ihr. Endlich war es wieder da, dieses Kribbeln im Bauch, das etwas Sexuelles hatte, weil es ganz tief hinunterkribbelte, durch die Eingeweide hindurch, bis es die Eierstöcke erfasste, sich an den längst durchtrennten Eileitern herabhangelte und sich dann – ja, genau – in einem aufgeregten Hin- und Herrutschen auf dem Fernsehsessel entlud.

Es kribbelte so wie damals in Wackersdorf. Da hatte es auch immer so gekribbelt, wenn die Wasserwerfer auffuhren und die Hubschrauber kreisten. Und dann hatte sie immer diese Lust bekommen, sofort mit einem zu schlafen. Mit einem der Mitprotestierer oder mit einem der Polizisten, das war ihr dann meist egal gewesen. Und mehr als einmal hatte sie es im alten VW-Bus tatsächlich mit einem getrieben. Mit Typen, deren Namen sie nicht nur heute nicht mehr wusste, sondern die sie niemals interessiert hatten. Meine Göttin, dachte sie, wenn ihr das damals in den Achtzigern in Wackersdorf jemand erzählt hätte, dass sie heute in der 180-Quadratmeter-Dachgeschosswohnung in Schwabing residieren würde, sie, die ihrem Kampfnamen Anti-Atom-Pilz immer alle Ehre gemacht hatte. In einer Wohnung, die ihr Exmann zahlte, der ehemalige Spitzenmanager, den sie im Herbst '86 nach einer aufgepeitschten Podiumsdiskussion im großen Saal des Hofbräuhauses kennengelernt hatte. Eine Woche nachdem ein Polizist bei den Ausschreitungen an der geplanten Wiederaufbereitungsanlage gestorben war.

Bürgerkriegsähnliche Zustände waren das damals gewesen. »Wo Unrecht zu Recht wird, wird Widerstand zur Pflicht.« Das war der Wahlspruch von Veronika Pilz gewesen. Und von vielen anderen. Von zu vielen. Sie hatten es damals geschafft. Die Wiederaufbereitungsanlage wurde nicht gebaut. Dass der Atommüll aus deutschen Kraftwerken seitdem in Frankreich und England aufbereitet wurde, hatte keinen mehr groß interessiert. Hauptsache, nicht vor der eigenen Haustüre in der Oberpfalz.

Und sie, ausgerechnet sie, Vroni Anti-Atom-Pilz, hatte sich in einen von der Gegenseite verliebt. Der beinahe doppelt so alt war wie sie. Ausgerechnet nach der Diskussionsveranstaltung, auf der sie sich so gestritten hatten, auf der sie ihm mit den Krallen die Augen aus dem Schädel hatte reißen wollen, direkt danach war es gewesen, dass er sie angesprochen hatte. Als der zuvor tobende Saal schon wieder leer war. Ob sie noch in Ruhe ein paar Argumente austauschen wollte, hatte er sie gefragt. Das hatten sie getan bei einem Glas Wein. Und dann hatten sie Körperflüssigkeiten ausgetauscht, wie man damals so schön sagte. In der Suite im Bayerischen Hof.

Dreißig Jahre war das bald her. Dreißig Jahre, zwei mittlerweile erwachsene Kinder, eine unschöne Scheidung und ungezählte Wahlen später war sie längst wer im Freistaat. Es ging in der Umwelt-, Energie- und Verbraucherschutzpolitik nichts mehr ohne die grüne Landtagsabgeordnete Veronika Pilz. Wenn auch das Ministerium immer noch von einem Schwarzen besetzt war, sie hatte das Sagen in allen wichtigen Ausschüssen. Und in den Verbänden. Sie wusste vieles, manche sagten, alles über die Verflechtungen der Regierungspartei mit der Atomlobby, über die staatstragenden Unternehmen. Zehn Jahre hatte sie Bett und Bad mit einem der damals einflussreichsten Topmanager Deutschlands geteilt. Ein Anruf von ihr bei der Redaktion der großen Zeitung – und der Ministerpräsident fing an zu schwitzen.

Und nun der Ausflug in ihre Heimat. Große Sauereien gäbe es kundzutun, hatte die Stimme am Telefon gesagt. Von dem Pumpspeicherkraftwerk hatte Veronika Pilz bereits läuten gehört. Aber bis das konkreter wurde, da flossen noch Milliarden von Kubikmetern Wasser die Loisach hinab. Es war noch nicht an der Zeit, dass sie sich einschaltete, das sollten erst einmal die lokalen Umweltschutzgruppen tun, gegebenenfalls der Alpenverein, der mischte neuerdings in Umweltsachen kräftig mit. Sie selbst könnte sich einbringen, wenn die Sache offiziell wurde, wenn der Umweltminister oder der Ministerpräsident selbst die Pläne der Öffentlichkeit vorstellen würden. Nur nicht zu früh sein Pulver verschießen, das war eine der wichtigsten Lehren des Politikbetriebs.

Eine andere Lehre war, dass das, was man sagte, glaubwürdig sein musste. Dummerweise hatte ihre Partei jahrzehntelang gegen die Atomenergie gewettert und sich für Wasser- und Windenergie eingesetzt. Nun hatten die anderen die Atomenergie mit einem Federstrich beendet, weil Wasser in ein japanisches Kraftwerk gelaufen war. Und sie bauten Wind und Wasser mit Leibeskräften aus.

Die Folgen waren schon zu sehen, Landschaftsverschandelung an jeder Ecke durch riesige Windräder. Und jetzt sollte die Windenergie in Wasserreservoirs gespeichert werden. Und die ganze Sache erforderte Leitungen. Massive

Überlandleitungen. Denn der Wind blies in Deutschland nun mal nicht überall gleichmäßig. Die Energie, die an der Küste aus Wind gewonnen wurde, wo sie aber niemand brauchte, musste erst einmal in den Süden geschafft werden, damit in den dortigen Automobilfabriken die Stahlpressen stampfen konnten. Im Ergebnis schrien die gleichen Leute, die die Atomenergie verteufelt hatten, nun gegen Wind- und Wasserkraftwerke sowie die Hochspannungsleitungen. Sie schrien sogar noch viel lauter, denn diese neuen Bauten konnte jedermann sehen, und es gab eine gute Chance, dass die Leitungstrasse am eigenen Häusl vorbeiführte. Und da diese Leute vor allem Anhänger ihrer Partei waren, hatte Veronika Pilz ein Problem.

Da kam es wie gerufen, dass der Gegenseite Unredlichkeit vorgeworfen werden konnte. Es galt Material zu sammeln, das zum richtigen Zeitpunkt die Ausbaupläne der Staatsregierung in Misskredit bringen konnte.

Als Veronika Pilz um halb sechs Uhr am Montag den ersten Regionalzug nach Garmisch-Partenkirchen bestieg und sich auf dem Zweite-Klasse-Sitz niederließ, kribbelte es schon wieder in ihrem Unterleib. Sie steckte voller Abenteuerlust, hatte die Kamera im Rucksack und wollte selbst Beweise sammeln, dass da oben im Estergebirge große Sauereien geplant wurden. Ob da schon etwas mit der Kamera festzuhalten sein würde, wusste sie nicht, aber es fühlte sich eben so an wie damals, als sie um den Bauzaun um Wackersdorf gegangen war und mit der Praktika aus Ostproduktion durch den grün lackierten Bauzaun die Baufortschritte geknipst hatte.

Sie konnte es kaum erwarten, sich mit ihrer Quelle an der Daxkapelle am Fuß des Wanks zu treffen. Vom Bahnhof wollte sie sich nicht abholen lassen, das wäre zu gefährlich gewesen, denn hätte sie beide jemand im Ort zusammen gesehen, hätte sich womöglich herumgesprochen, dass Veronika Pilz einer Sauerei auf der Spur war. Wenn sie allein ginge, war sie nur die Landtagsabgeordnete Veronika Pilz, die ihre Heimat besuchte und zu Fuß vom Bahnhof aus in Richtung Partenkirchen marschierte.

Bis zur Daxkapelle brauchte sie nur eine gute Dreiviertelstunde. Fünfzehn Minuten bevor sie den Treffpunkt erreichte, passierte sie den Berggasthof Panorama. Die dort in Diensten stehende Bedienung Birgit war für den Frühdienst eingeteilt und stieg auf dem Parkplatz des Berggasthofs aus ihrem Hyundai, als Veronika Pilz freundlich grüßend vorbeizog.

Birgit würde die Zeugin sein, die die zirka fünfzigjährige Frau mit dem grünen Rucksack als Letzte lebend gesehen hatte.

14

»Wunderherrlich!« Klaus Westphal holte tief Luft und ließ den Blick hinauf zum großen Wasserfall schweifen.

»Was ist denn das für ein Scheißwort? Also entweder ›wunderbar‹ oder ›herrlich‹.« Hartingers Laune ließ sich auch nicht durch das Frühsommerwetter und die grandiose Bergumgebung aufhellen. Eine Bergtour mit Klaus Westphal an diesem Montag war genau das, was ihm noch zu seinem Glück gefehlt hatte. Er hatte genug zu tun.

Eigentlich hätte er bei Kathi auf dem Mittererhof mit Dr. Rubinstein und der Wirtschaftsdelegation klüngeln sollen. Er hatte sich aber entschlossen, dass Kathi dies in seinem Auftrag machen sollte. Es war sicher zielführender, wenn sie ihren Charme spielen ließ.

Nur widerwillig hatte sie zugesagt und dann doch eingesehen, dass Hartinger recht hatte. Außerdem musste er endlich mit Klaus in die Berge. Denn er wollte nicht nur der drohenden finanziellen Katastrophe entkommen, die die Unterlassungserklärung der Fürst von Bürstner'schen Privatbank für ihn bedeutete, sondern musste auch über die geplanten Machenschaften der Energiekonzerne im Estergebirge mehr in Erfahrung bringen. Denn sosehr Polizeichef Ludwig Bernbacher offenbar auch glaubte, dass der Tod des Mathias Kupfer mit Leopold Seidls angeblichem Hang zu Kinderpornographie zu tun hatte, so vermutete Hartinger doch eher einen Zusammenhang zwischen Pumpspeicherkraftwerk und dem tiefen Fall des Kupfer Hias.

Und außerdem: Ja, es war großartig hier heroben. Aber deswegen musste doch sein Freund Klaus nicht so preißisch in der Gegend herumplärren.

»Dass diese Kuhflucht nicht auf den Tourismusprospekten vorne drauf ist … Immer nur die Zugspitze und Schloss Neuschwanstein. Dabei ist sie einfach … wundervoll.«

»Ist sie. Das ganze Estergebirge. Vor allem, weil es grün ist und nicht so schroff wie der Wetterstein. Da kommen sogar so alte Säcke wie wir rauf.« Hartinger stützte sich auf seine beiden Wanderstöcke.

»Und es ist großartig, weil sich der Boden der Esterbergalm so großartig für das Pumpspeicherkraftwerk eignet«, fügte Klaus Westphal hinzu.

Hartinger warf ihm einen verschmitzten Blick zu. »Ach ja, das. Da wollte ich dich was fragen. Der Seidl Leo, der hatte da nichts damit zu tun?«

»Der Tote aus der Kuhflucht?«

»Nein, das war der Kupfer Hias. Zu dem kommen wir noch. Ich meine den Revierförster, der ihn angeblich reingeschmissen hat.«

»Ah ja, der Herr Oberförster. Ich erinnere mich«, tat Klaus Westphal scheinheilig.

»Und?«

»Er ist ein erbitterter Gegner des Projekts. Kannst du dir ja denken.«

Hartinger staunte, wie selbstverständlich Klaus Westphal bekannte, dass der Verdächtige in einem Mordfall in die Pläne seines Auftraggebers involviert war. Noch erstaunlicher war, dass sich im Tal, wo sich nichts lange geheim halten ließ, dies noch nicht herumgesprochen hatte. Außerdem waren Umweltschützer und Kraftwerksgegner jeglicher Couleur keine Geheimniskrämer. »Ich habe dazu aber nichts im Archiv der Zeitung gefunden. Normalerweise sind so Umweltschützer von der marktschreierischen Sorte.«

»Normalerweise. Aber Leopold Seidl ist kein normaler Umweltschützer, wie du weißt. Er ist der Ehemann von Annabella von Bürstner. So einer muss keine Flugblätter am Infostand verteilen.«

»Dann hättet ihr also etwas davon, wenn der Mann aus dem Weg geräumt wäre.«

»Ja, aber deswegen inszenieren wir keinen Mord und konstruieren keinen Verdacht, dem unser Gegner zum Opfer fällt. Viel zu kompliziert. Und zu gefährlich. Weil einer müsste ja den Mord begehen. Und der könnte später reden.«

»Heißt das, dass ihr eher direkt …«

»Das heißt, dass wir Mittel und Wege haben, Leute zum Schweigen zu bringen. Ich erzähle dir hier keine Neuigkeiten. Einem gestandenen Journalisten. Du weißt doch, dass täglich Kampagnen gegen unliebsame Menschen gefahren werden. Da muss wirklich kein Tropfen Blut fließen, mein lieber Gonzo. Da reicht schon ein Blick in die Doktorarbeit oder auf die Speicherplatte des Dienst-PCs bei den meisten.«

»Blutrote Schlagzeilen reichen auch, ich weiß.«

»Und Subtiles auf Twitter, Facebook et cetera. Wir sind

eine der größten meinungsmachenden Agenturen Europas. Uns gelingt ab und an etwas, das muss ich mit einem gewissen Stolz zugeben …« Klaus Westphal lächelte.

»Ein solches Schwein bist du also geworden, Klausi.«

»Ja, aber ein reiches. So, gehen wir jetzt weiter? Ich möchte heute noch unbedingt da rauf zur Esterbergalm.«

»Einer, der ehrlich zu seinen Lügen steht.« Hartinger schüttelte den Kopf. Die Fronten zwischen ihm und seinem alten Freund waren schon mal geklärt. Das war auch etwas wert. »Also, pack ma's. Wir haben ja heute nicht den Normalweg auf die Esterbergalm vor uns. Der geht über die Forststraße und ist wesentlich einfacher.«

»Aber einfach kann jeder, Gonzo.«

»Da hast du recht.« Hartinger umfasste die Stöcke und stapfte los. Er hoffte, dass die Sonne nicht um den Wank herumkommen würde, bevor sie die Westflanke des Hohen Frickens überschritten hatten, aus der sich die Kuhfluchtfälle kaskadierend ergossen. Denn dann würden ihnen ihre Strahlen auf den Rücken knallen, und die steile Tour würde zur Qual werden.

Sie erreichten nach einer Stunde die Aussichtsstelle, aus der man zum Kuhflucht-Ursprung hinüberblicken konnte. Zum Wasserfall, in den Mathias Kupfer vor drei Tagen so tief und tödlich gefallen war.

»Willst du da rüber?«, fragte Hartinger den hinter ihm den Berg hinaufkeuchenden Westphal.

»Wenn wir dann schneller zum Ziel kommen, gerne«, japste der.

»Dann nicht. Dann weiter den Rücken nach oben. Da droben geht's übrigens auch in die Fricken-Höhle. Das ist ein teilweise unerforschtes System.«

»Nicht mehr lang. Das Konsortium wird hier alles ganz genau vermessen.«

»Das beruhigt mich ungemein«, grummte Hartinger. Ihm

schoss ein böser Gedanke durch den Kopf. Was, wenn Klaus Westphal hier einen Unfall erleiden würde?

Nein, er verwarf die Idee gleich wieder. Natürlich sinnlos. Das würde an den Plänen des Energiekonsortiums nichts ändern. Sie würden weitere Klaus Westphals schicken, diese Idioten, die seine Heimat so nachhaltig verschandeln wollten. Nein, erstens war Mord keine Zukunftsstrategie für einen, der auf dem Radar der bayerischen Polizei dauerleuchtete. Zweitens war Klaus Westphal als Quelle viel zu wichtig. In diesem Fall war er, der Berliner PR-Fuzzi, wichtiger als so mancher Großkopferte aus dem Tal.

Denn die Einheimischen waren schon lange nicht mehr Herren der Entscheidungen hinsichtlich ihrer Heimat. Die wurden in München, Berlin und Brüssel getroffen. Wie unbedeutend Lokalpolitik mittlerweile geworden war, hatte das letzte Kommunalwahlergebnis gezeigt. Die Sozialdemokraten regierten seither in Garmisch-Partenkirchen, in einem Ort, der vor zwanzig Jahren noch mit Zweidrittelmehrheiten für die ehemals staatstragende rechtskonservative Partei eine Säule bayerischer Beständigkeit gewesen war. Und als sei dieser Kurswechsel nicht Sensation genug, war auch noch eine Frau zur Ersten Bürgermeisterin gewählt worden. Eine sozialdemokratische Frau als Erste Bürgermeisterin Garmisch-Partenkirchens. Womöglich war die nicht einmal katholisch!

Höchstwahrscheinlich war sie das nicht. Aber das trauten sich die Garmisch-Partenkirchner gar nicht mehr zu fragen, nachdem sie merkten, was sie da mit ihren Wahlzetteln angerichtet hatten – nur, um den ungeliebten langjährigen Inhaber des Amtes aus demselbigen zu vertreiben. Zu groß war ihre Angst, dass sich der Höllenschlund unter dem Rathaus öffnete und dieses mitsamt der neuen roten Gemeinderegierung und der Wählerschaft des Doppelorts schlürfend verschlang.

»Klaus, Hand aufs Herz«, sagte Hartinger. »Was habt ihr hier heroben vor?«

Klaus Westphal bekam im steilen Hang kaum Luft. Er japste: »Ich werde es dir oben alles sagen. Kennst du einen Flecken namens ›Frauenmahd‹?«

»Logisch. Eine unpräparierte Abfahrt vom Wank hinunter zum Esterberg. Lawinengefährlich. Zumindest früher, als es noch viel Schnee gab.«

»Den Hang muss ich mir ansehen.«

»Aber der ist steil. Da kann man kein Wasser speichern«, wandte Hartinger ein. »Und oben am Wankgipfel auch nicht. Da ist zu wenig Platz.«

»Der Wasserspeicher wird ja auch an der Esterbergalm sein. Da müssen wir heute auch noch hin.«

»Da kommen wir vorbei, wenn wir zur Frauenmahd gehen. Aber noch mal: Was wollen wir da?«

»Da werden die Spiegel angebracht«, schnaufte Klaus Westphal.

»Ein Pumpspeicherkraftwerk hat doch keine Spiegel«, wunderte sich Hartinger.

»Ein Pumpspeicherkraftwerk nicht. Aber ein Sonnenkraftwerk«, keuchte Westphal in Hartingers Rücken.

Hartinger blieb abrupt stehen, sodass ihm Westphal mit gesenktem Kopf in den Rucksack rannte. »Ein was?«

Westphal schüttelte sich. »Ein Sonnenkraftwerk.«

»Was bitte ist ein Sonnenkraftwerk?«

»Ach komm, so was hast du doch schon gesehen auf Bildern. Ein paar tausend Spiegel, alle auf einen hohen Turm gerichtet. Und an der Spitze des Turms bündeln sich die Strahlen. Da entstehen dann einige zigtausend Grad.«

Hartinger schaute, als hätte ihm gerade jemand erzählt, die Kiesel in Kanker, Loisach und Partnach bestünden allesamt aus purem Gold.

Endlich fand er seine Sprache wieder. »Ja, aber … in Südspanien oder Nordafrika stehen diese Dinger. Dort, wo praktisch Tag und Nacht die Sonne scheint …«

»… und sommers wie winters, ganz recht.«

»Und wieso dann hier? Ausgerechnet im Werdenfelser Land? Abgesehen davon, dass das doch keiner genehmigt.«

»Also, die Wetterlage: Du hast vielleicht schon mitbekommen, dass sich das Klima wandelt. Es mag euch da unten im Tal nicht so vorkommen, aber hier oben gibt es so viele Sonnentage wie an der Costa del Sol.«

»Da hast du recht. Die Wolken hängen sich oft wochenlang unten rein in den Talkessel … Aber trotzdem. Wir sind doch hier nicht in Südeuropa …«

»Das macht nichts. Die Technik wird immer besser. Mittlerweile reicht schon bloßes Licht, um Strom zu erzeugen, das muss gar keine Höllensonne mehr sein. Es gibt erste Experimente, aus Mondlicht Energie zu gewinnen.« Klaus Westphal schaute triumphierend.

»Die Sonne scheint also wirklich bei Tag und Nacht?«

»Sehr bald wird das so sein, ja.«

»Und dann steht die Frauenmahd voller Spiegel?«

»Ja, und ein paar weitere Hänge auch. Aber die Frauenmahd wird der Hauptspiegelträger am Wank.«

»Hauptspiegelträger … die wilde Skiabfahrt meiner Jugend …«, sinnierte Hartinger. »Ja, aber wo kommt der Turm hin, auf den die Spiegel gerichtet sind?«

»Na, das dürfte dir als Katholiken doch einfallen …« Westphal grinste. Er wusste natürlich um das spezielle Verhältnis Hartingers zur Kirche.

»*Ehemaliger* Katholik, wenn ich bitten darf. Aber ich weiß, was du meinst. Auf dem Bischof, diesen Berg da drüben neben den Fricken.«

»Ist es nicht eine wundervolle Fügung des obersten

Beschützers des Bayernlandes, dass es einen Berg gibt, der so heißt? Und dessen Topographie sich allererste Sahne dazu eignet, Mittelpunkt der ersten hochalpinen Sonnenkollektorenanlage der Welt zu sein?«

»Ja, ganz toll. Nur, lieber Klaus, wie du gleich sehen wirst und wahrscheinlich aus den Projektunterlagen weißt, liegt die Frauenmahd in – ich würde sagen – nordwestlicher Richtung. Da scheint doch höchstens ein paar Stunden am Tag die Sonne rein.«

»Das ist richtig. Aber sie eignet sich bestens als Umlenkstation der anderen Spiegel, die überall im Gebiet aufgestellt werden. Sozusagen als vorverlegter Sammelpunkt.«

»Ihr wollt also das ganze Gebiet verspiegeln?«

»Nein, das ist ja der Charme der Geschichte. An einzelnen Standorten stehen immer nur ein paar Spiegel. Die sind aber so platziert, dass sie praktisch immer Licht auf ihre Zwillingsspiegel in der Frauenmahd werfen. Computergesteuert, das Ganze. Also ständig in Bewegung, jeder einzelne Spiegel.«

»Und ihr glaubt, dass die Leute das geschehen lassen?« Hartinger kannte die Naturverbundenheit seiner Landsleute. Berge und Moderne passten in deren Köpfen schlecht zusammen. Wenn einmal eine Berghütte des Alpenvereins auf aktuellen architektonischen Stand gebracht werden sollte, schrien sie alle laut »Verschandelung«. Als sei nicht die Anwesenheit einer Schutzhütte als solche schon Verschandelung genug. Solange sie ein Satteldach hatte und dieses Holzschindeln trug, ging sie quasi als naturgegeben durch.

»Na ja, das ist die Kehrseite der Medaille. Der Wank wird zum Schutz der Anlage zum Sperrgebiet erklärt werden«, gestand Klaus Westphal ein wenig kleinlaut.

»Na, dabei viel Spaß. Du weißt, was passiert, wenn man den Bayern den Zugang zu einem Biergarten verwehrt.

Dann gibt es Sternmärsche und Lichterketten. Und das Recht auf freie Naturbetretung steht sogar in der bayerischen Verfassung.«

»Das gilt auf Privatgrund nicht.«

»Privatgrund? Gehört dieser ganze Berg nicht den bayerischen Staatsforsten?«

»Nein, er gehört dem Konsortium.«

»Seit wann?«, fragte Hartinger entsetzt.

»Ach, seit knapp zwei Jahrzehnten.«

»Wie kann das sein?«

»Ganz einfach. Im Zuge der Übernahme der Garmisch-Partenkirchner Bergbahnen von einer Frankfurter Aktiengesellschaft und der Fusion zwischen der Wankbahn AG mit der Zugspitzbahn AG wurde einiges reorganisiert. Die Öffentlichkeit hat sich nur für die Bergbahnbetriebe interessiert. Aber zum Beispiel am Wank gehörte der veräußernden Aktiengesellschaft das ganze Gelände seit den 1920er-Jahren. Da hat 1998 die federführende Bank, die das alles abgewickelt und die neue Bayerische Zugspitzbahn AG an die Gemeinde Garmisch-Partenkirchen verkauft hat, das Gelände zuvor aus den Betriebsvermögen herausgelöst und für sich einbehalten. Eigentlich als Jagdrevier.«

»Lass mich raten«, sagte Hartinger. »Die Bank damals war die von Bürstner'sche Privatbank.«

»Bingo.« Klaus von Westphal grinste.

»Moment.« Hartinger lehnte sich auf seine Wanderstöcke. »Und die von Bürstner'sche Privatbank ist natürlich auch im Konsortium, das hier ein Sonnenkraftwerk errichten will. Und ein paar der Hightech-Firmen im Konsortium, die gehören sicher auch zum Portfolio der Bank. Und das Bauunternehmen.«

»Mensch, Gonzo, messerscharfer Verstand«, spottete Westphal. Er grinste. »Stell dir vor, die halten sogar an einigen Kommunikationsunternehmen eine Beteiligung. Werbefirmen und PR-Agenturen. Natürlich nur an den allerbesten.«

15

Sie einfach liegen lassen ging nicht. Zu viel verband sie. Trotz allem. Oder wegen allem. Beide Hände packten sie an der Wanderjacke und zogen sie dreißig Meter bergab, um ihren toten Körper am Wegkreuz abzulegen. Das hatte sie verdient. So etwas wie ein Begräbnis.

Zu Hause zog der Zeigefinger der rechten Hand die schwarze Kladde am Rücken aus dem zweitobersten Fach des Bücherregals. Die Hand umfasste das Buch und legte es mit der Vorderseite nach unten auf den Couchtisch. Bald ging ein Strich, wie mit einem Lineal gezogen, durch einen Namen auf der Liste. Es war der zweitoberste Eintrag von fünf. Er lautete:

~~Pilz, Veronika, geb. 12.08.1965~~

16

Hartinger fragte sich ernsthaft, ob er nicht einfach kehrtmachen sollte. Was Klaus Westphal ihm da vor wenigen Minuten offenbart hatte, hörte sich noch verrückter an als alle Pläne, die er von jenen Größenwahnsinnigen gehört hatte, die Garmisch-Partenkirchen zum Tourismusort der Superlative hatten ausbauen wollen (und das wohl auch noch immer vorhatten). Nun kam noch dieser irrsinnige

Kraftwerksschwachsinn dazu. Wahrscheinlich würde ausgerechnet das etwas werden. Unter dem Deckmantel zukunftsgerichteter Energiepolitik konnte man den Leuten jeden Unfug verkaufen.

Das Oberland war voll von Bauernhöfen, deren Stalldächer mit Solarkollektoren verunstaltet waren. Da war es konsequent, das mal im großen Stil zu versuchen. Und für die Politik war so eine Idee natürlich ein gefundenes Fressen. Wer würde noch behaupten, die Führung des Freistaats und die Wirtschaftselite seien gegen den Atomausstieg, wenn man doch mit vereinten Kräften ein Monstersonnenkraftwerk baute? Dass man das eine tun und gegen das andere sein konnte, für solche Feinheiten wäre die öffentliche Meinung unsensibel. Die Leute würden sehen, dass endlich mit zupackender Hand umgesetzt wurde, worüber man sonst nur schwafelte. So konnte man das verbeulte Vertrauen des Wahlvolks in die Stärke seines in Wahrheit ausschließlich auf den Verbleib in seinen Ämtern bedachten Führungspersonals gehörig aufpolieren. Und daraus ergaben sich Botschaften, die das Volk begriff. Für die kommenden Kommunal- und Landtagswahlen brauchte man griffige Zukunftsthemen.

Hartinger verstand auch den darüber hinausgehenden Langzeitplan: Ob die ganze Gaudi am Ende umgesetzt wurde oder nicht, ob sie Sinn ergab oder nicht, spielte nicht die geringste Rolle. Im Idealfall protestierten und klagten Naturschützer zehn Jahre gegen die Errichtung einer derartigen Landschaftssauerei. Dann konnte man nach einigen Versuchsbauten alles wieder einstellen. Ohne dass ein einziges Kilowatt Strom aus Pumpspeicher- und Sonnenkraftwerk am Wank geflossen war, wäre das Projekt ein Segen für die Energieunternehmen. Denn in zehn Jahren würde die Technologie von der nächsten, der noch vielversprechenderen, abgelöst. Und die bestehende veraltete, die ja zu Hause keiner wollte, konnte man an die Chinesen verkaufen.

In der Zwischenzeit wären die Atom-, Kohle und Gaskraft weiter alternativlos. Und würden es eine lange Zeit bleiben.

Hartingers Hirn kam nicht zum Stillstand, während er weiter vor Klaus Westphal den Berg hinaufstürmte. Er sah vor seinem geistigen Auge, wie Politiker und Kraftwerksbosse auf ihren geheimen Klausurtagungen das Händereiben und Gegenseitig-auf-die-Schulter-Klopfen nur unterbrachen, wenn sie die Finger an Zigarren, Champagnergläser und willige russische Mätressen legten.

»Du, Klaus«, kam es schließlich aus ihm hervor, »gib's doch zu, man plant mittlerweile möglichst maximalinvasive Projekte wie das hier am Wank oder die riesigen Stromtrassen, um den Leuten zu sagen: Da schaut's her, unsere schönen Atommeiler wolltet ihr ja nicht mehr. Seht, was ihr davon habt. Und für die Abwrackung der Kernkraftwerke müsst ihr auch noch blechen, weil wir können uns das nicht leisten – weil pleitegehen dürfen wir als Stromkonzern nicht, wir sind leider systemrelevant.«

»Da ist was dran«, bestätigte Klaus Westphal.

»Und Öl und Gas will ja auch niemand von denen abschaffen. Denn damit kann man ja Handel treiben. Die verdienen also an den Rohstoffen und am Strom. Die Sonne und den Wind gibt's kostenlos. Und um den Strom zu transportieren, müssen sie sauteure neue Überlandleitungen bauen. Vollkommen klar. Niemand, der etwas zu entscheiden hat in Deutschland, will diese Energiewende. Zumindest nicht die Konzerne und Banken, denen die Konzerne gehören.«

»Messerscharfer Verstand, ich sag's ja. An dir ist ein Journalist verloren gegangen. Aber jetzt verrate du mir doch mal ein Berggeheimnis: Warum fliegt da zum fünften Mal ein Polizeihubschrauber über uns hinweg?«

»Mei, wird ein Bergunfall sein, da fliegen die schon mal hin und her.«

»Aber fünf Mal?«

Hartinger blieb stehen und blickte dem Eurocopter nach, der über sie hinwegsurrte, um zwischen Hohem Fricken und Wank zu verschwinden. »Ja, jetzt, wo du's sagst …« Er kramte sein Mobiltelefon aus dem Rucksack und wählte die Nummer der Garmisch-Partenkirchner Polizeiinspektion. Nachdem er das Gespräch kurz darauf beendet hatte, sagte er: »Auf geht's, Klausi. Leichenfund an der Frauenmahd. Jetzt wird das hier ein heißes Pflaster für euch.«

Klaus Westphal verzog das Gesicht. Er umfasste die Wanderstöcke fester und stiefelte an Hartinger vorbei. »Ich hab von Anfang an gesagt, dass das ein Scheißprojekt ist«, presste er leise hervor.

Als die beiden Bergwanderer eine halbe Stunde später durchgeschwitzt am Fuß der Frauenmahd standen, fanden sie eine Szenerie vor, die einen unbedarften Besucher an Dreharbeiten für den nächsten Alpenkrimi des Bayerischen Fernsehens hätte denken lassen. Zunächst stand eine Kolonne von geländegängigen Fahrzeugen von Polizei, Feuerwehr und Bergwacht auf der Forststraße, die zur Esterbergalm führte. Dahinter begann eine mit weiß-rotem Flatterband gesicherte Sperrzone, in der Polizisten der Spurensicherung in weißen Overalls Zentimeter für Zentimeter den steilen Hang und die Latschenkiefern, die in vereinzelten Gruppen standen, absuchten. Die Konzentration der Weißgewandeten um das Wegkreuz signalisierte Hartinger, dass dort die Leiche liegen musste.

Unterhalb der Forststraße befand sich eine baumfreie, ebene Fläche. Sie war zum Hubschrauberlandeplatz deklariert worden. Dort stand ein Bergwachtler und wies gerade den erneut niedergehenden grün-weiß lackierten Drehflügler ein.

»Mords-Aufwand«, meinte Klaus Westphal.

»Im Wortsinn«, bestätigte Hartinger. »Das ist kein Unfall, da steckt ein Verbrechen dahinter. Und zwar an jemandem Bekannten. Sonst machen die nicht so ein Bohei. Schau mal, wer da aus dem Heli steigt. Der junge Mann ist vom Staatsschutz.«

Mit dynamischen Schritten lief ein Mann im großflächig bedruckten Poloshirt die Anhöhe zur Forststraße hinauf. Einen Meter hinter ihm folgte eine sportliche Frau mit dunkel gelocktem Haar und strenger Brille. Als die beiden bei Hartinger und Westphal angekommen waren, gingen sie direkt auf Westphal zu. Der Mann hielt keine langen Vorreden. »Schneider, Bernd Schneider. Bayerisches Landeskriminalamt. Meine Assistentin Claudia Schmidtheinrich. Den da kenne ich«, er deutete mit dem Zeigefinger auf Hartinger. »Und wer sind Sie?«

Klaus Westphal grinste. »Westphal, Klaus Westphal«, machte er die James-Bond-Ansage nach. »Urlauber in Garmisch-Partenkirchen. Mein Freund Karl-Heinz Hartinger.«

»Geben Sie Frau Schmidtheinrich Ihre Daten und halten Sie sich zur Verfügung«, schnarrte Schneider. »Sie finde ich, Hartinger. Haben Sie irgendwas zum Fall beizutragen? Haben Sie Fotos geschossen?«

Hartinger hatte genug Erfahrungen mit dem Karrierepolizisten Bernd Schneider gemacht,[2] um zu wissen, dass er sich möglichst bedeckt halten sollte. »Meine Kamera habe ich nicht dabei, wenn ich privat unterwegs bin. Und außerdem: Um welchen Fall geht es eigentlich?«

[2] siehe auch »Stieranger. Karl-Heinz Hartingers dritte Verwicklung«, Piper 2014

»Es kann nicht sein, dass Sie zufällig hier sind«, meinte Schneider.

»Genau so ist es aber.«

»Hartinger, da vorne liegt eine tote Landtagsabgeordnete. Und ich finde Sie hundert Meter vom Leichenfundort entfernt. Das glaube ich jetzt nicht.«

»Reiner Zufall. Ehrenwort.«

»Okay. Nachrichtensperre, verstanden, Hartinger? Absolute Nachrichtensperre. Ich verspreche Ihnen einen Aufenthalt hinter Gittern, wenn Sie sich nicht daran halten.«

Hartinger nickte. Er wusste, dass Bernd Schneider es ernst meinte. Und dass dieser Mann genug über ihn wusste, um ihn aus dem Verkehr zu ziehen.

»Halten Sie sich zu unserer Verfügung«, wiederholte Schneider und meinte sowohl Hartinger als auch Westphal.

Schneider setzte sich in Bewegung, und Claudia Schmidtheinrich stellte sich vor Klaus Westphal, um seine Personalien aufzunehmen. Hartinger rief Schneider hinterher: »Wer ist die Tote?«

Schneider drehte sich um und sagte: »Das kriegen Sie doch über Ihre Münchner Freundin raus. Aber da Sie das sowieso tun: Veronika Pilz.«

»Die von hier?«

»Kennen Sie eine andere Landtagsabgeordnete dieses Namens?«, fragte Claudia Schmidtheinrich.

»Interessant«, raunte Hartinger und sah dabei seinen Freund Klaus an.

»Kennen Sie sie?«, fragte Schmidtheinrich.

»Wer kennt sie nicht«, antwortete Hartinger.

»Ich hab Ihren Freund gefragt.« Schmidtheinrich war Hartingers Blick nicht entgangen.

»Wer kennt sie nicht«, wiederholte Klaus Westphal.

17

»Ist das wirklich wahr?« Kurt Weißhaupt saß am späten Nachmittag im Münchner Hofgarten und sah den Boule-Spielern zu. Er wartete darauf, dass die Terrasse von Schumann's Bar öffnete. Ein leichtes Hungergefühl hatte sich bereits zwischen seinen Eingeweiden eingenistet. Doch der Anruf Hartingers und das, was ihm sein ehemaliger Kollege da auftischte, schaffte einen Appetit nach Neuigkeiten, der sogar den nach Roastbeef mit Bratkartoffeln verdrängte.

»Ja, und es herrscht absolute Nachrichtensperre«, flüsterte Hartinger ins Mobiltelefon und hatte sich ebenfalls einen schattigen Platz ausgesucht. Er saß unter dem namensgebenden Baum des Partenkirchner Gasthauses Zur Linde.

»Hm. Aber gibt es das heutzutage noch? Das letzte Mal, als eine Nachrichtensperre funktionierte, war bei der Reemtsma-Entführung, und das ist zwanzig Jahre her.«

»Die haben den Berg großräumig abgesperrt. Niemand kommt da hin. Der Klaus und ich sind wahrscheinlich die einzigen Inoffiziellen, die es wissen. Bergwacht und Feuerwehr sind bei uns noch hierarchisch organisiert, da traut sich keiner, ein Handyfoto zu verschicken. Und den Polizisten werden sie auch entsprechend gedroht haben.«

»Aber irgendwann müssen sie eine Pressekonferenz geben oder so was«, überlegte Kurt Weißhaupt. »Die Frau wird doch vermisst werden.« Als ehemaliger Lokalchef der Süddeutschen Zeitung wusste er über die üblichen Abläufe natürlich ausgezeichnet Bescheid.

»Wahrscheinlich. Spätestens morgen. So jemand hat ja unendlich viele Termine«, kam es von Hartinger. »Drum möchte ich vorbereitet sein. In dem Moment, in dem die

PK stattfindet, muss ich meinen fertigen Artikel versenden. Dann können sie mir nichts.«

»Und wie kann ich helfen?«, fragte Weißhaupt unschuldig.

»Mensch, Kurt, was fragst du. Du weißt mehr über diese Art von Persönlichkeiten, als in allen Archiven steht. Und aus der wilden Zeit der Dame steht wenig in den Archiven. Das Internetgedächtnis beginnt erst in den Neunzigern.«

»Na, wenigstens zu etwas sind unsere Elefantenhirne noch gut.«

»Also?« Hartinger hatte es eilig. Die Pressekonferenz konnte jede Minute anberaumt werden. Er hatte seinen Laptop auf dem Biergartentisch des Gasthauses aufgeklappt und bereits den ersten Absatz getippt. Doch er wollte die Fakten, die jeder Journalist und jeder Nichtjournalist in Kürze im Web finden würde, noch gehörig »aufbeefen«, wie er das nannte.

»Und du bist sicher, dass die Pilz ermordet wurde?«, fragte Weißhaupt.

»Nein, bin ich nicht. Nur hat es ganz danach ausgesehen da oben. Das war eine Crime Scene wie aus dem Film. Wenn sie sich nur den Abhang hinuntergekugelt hätte, wäre die Bergwacht mit dem Auto hingefahren und fertig. Aber die sind mit dem vollen Orchester da. Und SpuSi. Da ist doch alles klar.«

»Hm. Die arme Veronika. Hat sie nicht verdient. War schon eine besondere Politikerin. Muss man ihr lassen, bei allem …« Weißhaupt verstummte.

Und Hartinger wurde hellhörig. »Bei allem was?«

»Na ja, sie war halt nicht nur sehr nah dran an der Macht, sondern auch mit ihr im Bett. Da kannst du nicht sauber bleiben.«

»Geht's ein bisserl genauer?«

»Sie hat – oder *hatte*, ist ja jetzt tot – also *hatte* Immobilien. Bei euch da draußen. Salzburg. St. Moritz. Aspen. Davos. Da, wo's schön ist, halt.«

»Sie hatte einen reichen Mann.«

»Ja, aber der hat schon per Ehevertrag dafür gesorgt, dass sie nach der Scheidung für sich selbst sorgen musste. Und das hat sie wohl …« Wieder verstummte er.

Wieder wurde Hartinger hellhörig. »Du meinst: Bestechlichkeit?«

»Nützliche Aufwendungen hat man da früher dazu gesagt.«

»Sie hat also mit denen geklüngelt, die sie nach außen hin bekämpft hat?«

»Perfekte Symbiose. Schau dir mal an, wann und bei welchen Themen sie politisch immer wieder umgefallen ist. Da war das Grundsätzliche wurscht. Und diese Energiewende … die ist doch der ganz große Beschiss. Da halten doch alle zusammen, um dem Steuerzahler und Stromkunden die Kohle aus der Tasche zu ziehen …«

»Vielleicht hat sie dieses Mal nicht mitgespielt«, vermutete Hartinger.

»Warum nicht?«

»Weil es um ein maximal die Gegend verschandelndes Projekt geht. In ihrer Heimat. Da mag die alte Revoluzzerin in ihr erwacht sein.«

»Möglich«, sagte Weißhaupt. »Ich hör mich mal um. Aber leider kann ich nichts Konkretes zu deiner Geschichte beitragen. Im Moment.«

»Passt schon, du hast mir schon geholfen. Wenn ich weiß, dass die Dame einen Hang zu Geld und schönen Immobilien hatte, dann weiß ich, wo ich jetzt hingehe.«

»Du wirst es mir nicht verraten?«, mutmaßte Weißhaupt.

»Doch, das tu ich schon aus Sicherheitsgründen. Ich will ja nicht von der Bildfläche verschwinden. Beziehungsweise, wenn ich das tue, will ich wissen, dass mich jemand vermisst. Ich geh jetzt zu meiner … ähem, Busenfreundin Annabella von Bürstner. Die hat hier die Finger gewaltig im Spiel.«

»Wenn die dich empfängt …«

»Das wird sie, da bin ich ganz sicher.« Hartinger drückte den roten Knopf am Telefon und orderte bei der Bedienung ein alkoholfreies Weißbier. Dann machte er sich daran, seinen Artikel über die tote Landtagsabgeordnete Veronika Pilz mit ein paar Andeutungen bezüglich ihrer Nähe zu den Mächtigen und Reichen »aufzubeefen«. Er übersetzte sein Werk ins Englische und speicherte die beiden Dateien in seinem Webmailer unter »Entwürfe«. Jetzt konnte er jederzeit von jedem Rechner aus seine Verteiler über die erneuten Ungeheuerlichkeiten aus Garmisch-Partenkirchen informieren.

Er leerte das Glas, verstaute den PC im Rucksack und machte sich auf den Weg durch die Ludwigstraße in Richtung des von Bürstner'schen Anwesens in den Riedhängen.

18

»Setz dich her, Hansi.« Gastronom, Tourismusunternehmer und Visionär Veit Gruber schloss die Türe seines stickigen kleinen Büroverschlags, den er sich in der ehemaligen Rumpelkammer hinter dem Tresen seines Alpengasthauses Panorama eingerichtet hatte. Die Wärme des Frühsommertags hatte sich zusammen mit der Abluft der Thekenkühlung, die direkt ins Kabuff blies, zu einer Feuchtschwüle vermengt, die einen Muli der bayerischen Gebirgsjäger hätte ermatten lassen. Nun schloss Veit Gruber auch noch die Tür und das klitzekleine Fenster. Was Gruber mit dem ehemaligen Ersten Bürgermeister Hans Wilhelm Meier zu besprechen hatte, ging das Personal draußen nichts an.

Für den niedrigen Besucherstuhl war kaum Platz. Der einstmals mächtigste Mann des Tals musste darauf kauern wie ein zur Abstrafung im Direktorat einbestellter Drittklässler. Gruber ließ sich auf den Chefsessel aus dem Möbelhaus-Katalog plumpsen, der gut ein Drittel des Raumes ausfüllte, und griff zum Telefon auf dem Schreibtisch, der beinahe die zwei übrigen Drittel des Zimmerchens einnahm, um telefonisch »zwei doppelte Espresso« zu ordern, »aber mit anständig corretto«, wie er seine Bedienstete wissen ließ, die für Meier hörbar draußen am Tresen die Bestellung annahm.

Für Gruber war Meiers Abwahl zunächst ein Rückschlag gewesen. Die neue Bürgermeisterin galt als unbestechlich, zumal die selbst genug Sachl im Ort, aber auch in der großen Stadt ererbt oder erworben hatte, wie man munkelte. Doch dann hatte Gruber seine Chance erkannt. Denn Exbürgermeister Hans W. Meier wollte schließlich nur eins: möglichst bald zurück an die Spitze der Gemeinde, die er so liebte und die ihn – zumindest in seiner Weltsicht – so bitter brauchte. Und um dorthin zurückzukehren, benötigte Meier Freunde, und Gruber war einer der wenigen Gefährten, die sich in der Stunde der Katastrophe nicht von Meier abgewendet hatten. Wenn man seine Lage genau betrachtete, konnte man ruhigen Gewissens behaupten, dass Gruber sein einziger Freund war. Der Fanclub des Exbürgermeisters hatte mit der Dauer seiner Wirkzeit einen immer stärkeren Mitgliederschwund zu verzeichnen gehabt. Viele, die ihn vor gefühlt hundert Jahren handstreichartig auf den Bürgermeisterstuhl von Deutschlands Wintersportmetropole Nummer eins gehievt hatten, waren bald von seinem an Absolutismus grenzenden Führungsstil abgestoßen gewesen.

Für Hans Wilhelm Meier war Demokratie eine schöne Idee aus dem alten Griechenland, von der er während seines kurzen Gastspiels am hiesigen Gymnasium durchaus gehört hatte, die ihm aber bei der Ausübung seiner Amtsgeschäfte als allzu hinderlich erschienen war. Er glaubte sich dabei im Einklang mit der politischen Spitze des Freistaats. Doch in dem Moment, als ein handfester Immobilienskandal die Gemeinde erschüttert hatte, in deren Epizentrum Hans Wilhelm Meier sich wiederfand, hatte er schnell feststellen müssen, dass manche Gesetze aus der Antike bis in die Gegenwart ihre Gültigkeit behalten hatten. Nach dem römischen Grundsatz, dass das Verhalten, das dem Göttervater erlaubt ist, dem Ochsen noch lange nicht geziemt, hatte ihn der Oberbayer in München fallen gelassen wie eine heiße Kartoffel. Ihn, Hans Wilhelm Meier, der sich schon längst als Anwärter auf ein Minister- oder wenigstens Staatssekretärsamt gesehen hatte, schickte man vor aller Augen in die Wüste.

Andere Leute hätten sich kleinlaut zurückgezogen und Betätigungsfeld sowie Lebensmittelpunkt gewechselt. Nicht so Hans Wilhelm Meier. In ihm hatten Schmach und Demütigung die größte Antriebsfeder in Höchstspannung versetzt, die einen Menschen neben dem Fortpflanzungstrieb in Bewegung setzen konnte: der Wunsch nach eiskalter Rache.

Doch bis Meiers großer Tag der Vergeltung kommen würde, musste er auf dem Besucherstuhl von Veit Gruber hocken. Als geborener Machtmensch erkannte er nur zu gut, wie sehr sein Gegenüber die Umkehrung der Kräfteverhältnisse in ihrer Beziehung auskostete.

»Unfassbar, unfassbar«, murmelte Veit Gruber vor sich hin. »Das hätte es unter dir freilich nicht gegeben, Hansi. Zwei Tote innerhalb einer halben Woche. Und über die von heute ist noch nicht einmal eine Pressekonferenz rausgegangen oder wie man da sagt. Aber da bist du ja der Spezialist. Du hast ja die Öffentlichkeit so dermaßen gut bespielt, da musste man sich keine Sorgen machen um unseren schönen Ort. Aber jetzt … Die haben es einfach nicht im Griff. Aber wart, bei der nächsten Parteiversammlung wird das zur Sprache kommen, Hansi, des darfst glauben.«

»Ah, scheiß auf die Partei«, entgegnete Meier mit einer wegwerfenden Handbewegung. »Des müss ma schon selber in die Hand nehmen.«

Es klopfte an der Tür. Gruber sah auf. »Ah, der Kaffee. Jetzt stärken wir uns erst einmal. Herein!«

Die Bedienung öffnete schüchtern den Verschlag, stellte ein Tablett auf dem Schreibtisch ab und verschwand wieder. Die tropische Luft in der Klause sog sich mit Grappa-Geruch voll. Die Bedienstete hatte wohl deutlich mehr Corretto als Espresso in die Tassen gefüllt.

Gruber riss sich zwei Tütchen Zucker auf, rührte deren Inhalt in das Gebräu und nahm einen kräftigen Schluck. Dann stellte er die Tasse mit einem »Ahhhh, tut das gut« auf den kleinen Teller zurück. »Also?«, fragte er Meier.

»Was, also?«

»Na ja, was machen wir jetzt? Ich lebe vom Tourismus. Der ganze Ort tut es. Wenn wir, die Männer der Tat, da jetzt nicht reagieren, dann ist aber der Ofen aus. Und wenn einer hinter den Kulissen arbeiten kann, dann du, Hansi. Schon allein deswegen, weil du derzeit nur dort tätig werden kannst. Gott sei's gepfiffen.«

Meier besann sich. Er schüttelte die Depression, die ihn seit seiner Abwahl in Wellen überfiel – und die sich durch den Sauerstoffmangel in Grubers Büro gerade zu manifestieren anschickte –, ab wie ein Murnau-Werdenfelser Rind den Sommerregen. Ja, der Gruber hatte recht. Wenn sie, die alten Recken, nichts unternahmen, wer konnte vorhersagen, in welche Richtung die Situation driftete. »Du weißt, wer da heute Mittag gefunden worden ist«, stellte er fest. Der Buschfunk funktionierte im Loisachtal. Meier hatte genug Posten bei sämtlichen Wehren, Sanitätskolonnen, Trachten- und Sportvereinen inne, um auch ohne Bürgermeisteramt bestens verdrahtet zu sein, und er nahm an, dass dies beim Veit Gruber nicht anders war. Auch in dessen Kalender verstrich kein Tag ohne abendliche Versammlung von Lions- und Rotary-Club, Tourismusverband oder Werbegemeinschaft. »Eine Landtagsabgeordnete. Die Pilz Vroni. Mein Gott, war die ein scharfer Feger. Damals, im Skilager in Kitzbühel … Egal. Die Öffentlichkeit weiß noch nichts. Aber heut Abend müssen sie damit rausrücken. Spätestens morgen in der Früh. Und dann ist hier aber so was von die Hölle los. Wie damals mit dem Mönch. Bild und Bunte und weiß der Bartgeier. Tagesschau. Spiegel Online. Das ganze Internetgschwerl halt. Und nachdem ein paar Hundert Meter Luftlinie entfernt nur drei Tage vorher einer in den Wasserfall geflogen ist, wird man sich fragen, was es damit auf sich hat. Ich sehe schwarz für den Tourismusstandort Garmisch-Partenkirchen, Veit, wenn da nicht sehr schnell und vorbehaltlos aufgeklärt wird.«

Veit Gruber nickte und genehmigte sich einen weiteren Schluck aus der Tasse. »Sag ich ja! Also?«

»Und dann war der erste Tote auch noch der Totengräber …«, sinnierte Meier, während Gruber mit dem Schnapskaffee gurgelte. »O mei, o mei, das wird was für das Internetgschwerl … Gibt's da eigentlich schon was Neues in Sachen Kupfer Hias?«

Gruber schluckte endlich den Mundinhalt hinunter. »Wenn es etwas gäbe, dann wüsstest du's doch zuerst«, schmeichelte er Meier.

»Der Bernbacher Ludwig tanzt auch aus der Reihe. ›Alles streng nach Vorschrift‹, hat er mir am Telefon gesagt. Früher, da hat man sich noch auf seine Polizei verlassen können. Da hat auch der feine Herr Bernbacher noch gewusst, wo er hingehört. Aber jetzt fügt er sich in seine Befehlskette. Ein Skandal.« Meier schäumte nicht nur innerlich; ein Tröpferl Spucke hatte sich selbstständig gemacht und landete in hohem Bogen in Grubers Kaffeetasse.

Der war froh, diese schon fast ausgetrunken zu haben. Angewidert schob er die Tasse von sich weg. »Ja, Hansi, aber was machen wir denn jetzt? Willst du das alles den Münchnern überlassen? Oder ein bisserl im Untergrund recherchieren? Ich meine, die Meinungsführerschaft sollte schon bei uns liegen … Oder was meinst?«

»Ja, klar. Aber derzeit hat die ja wohl der Hartinger Gonzo noch vor allen anderen. Der schreibt mittlerweile vollkommen entfesselt drauflos. Die haben ihn beim Tagblatt übrigens rausgeschmissen, aber das weißt ja wahrscheinlich auch. Mit dem Internet braucht er auch keine Zeitung mehr. Der Sauhund. Internetgschwerl … auch er …«

»Und wenn wir ihn für unsere Zwecke … Ich mein, der hat doch Schulden bis über die Halskrause«, dachte Hans Wilhelm Meier laut nach. »Im Dispo bis Oberkante Unterlippe. Ohne Unterstützung von uns kommt der doch nie mehr wieder auf die Füße.«

Gruber legte die Stirn in Denkerfalten. »Wäre schon gut, wenn wir seine Berichterstattung beeinflussen könnten.«

»Bloß wie?«

Die beiden starrten sich an. Gruber liebäugelte mit dem Kaffeerest, der ihm bestimmt die richtige Idee eingehaucht hätte. Doch auf eine Speichelbruderschaft mit dem Meier Hansi legte er es nicht an.

Und so kam der Exbürgermeister auf die Idee. »Ganz einfach und klassisch: Wir erpressen ihn. Er hat ja Schwachpunkte. Seinen Sohn und die dazugehörige Kindsmutter.«

»Die Mitterer Kathi und ihren Anton. Ja, das stimmt

natürlich. Wenn wir da ein bisserl Druck ausüben könnten …«

Ein böses Funkeln lag in den Augen des Exbürgermeisters. »Zum Beispiel mit einer Untersuchung des Mittererhofs aus baugenehmigungstechnischer Sicht.« Meier hatte nicht umsonst fünfzehn Jahre im Garmisch-Partenkirchner Rathaus als oberster Dienstherr verbracht. Er wusste nicht nur, welches Recht sich am leichtesten beugen, sondern welches sich auch als schärfstes Schwert in innerörtlichen Angelegenheiten verwenden ließ. Er rieb sich die Hände. »Haha. Das wäre ja gelacht, wenn bei einem dreihundert Jahre alten Hof für jeden Winkel und jeden Stadel eine Baugenehmigung vorliegen würde. Geht ja gar nicht.«

Veit Gruber gefiel die Idee ebenfalls außerordentlich. Dennoch musste er Meier auf den Boden der Tatsachen zurückholen. »Bloß blöd, dass du nicht mehr der Chef vom Bauaufsichtschef bist, Hansi.«

»Das macht überhaupt gar nichts. Über den weiß ich genug.«

»Ich will's gar nicht wissen, Hansi …«

»Wirst du auch nicht. Außer der macht nicht mit. Dann weiß es die ganze Gemeinde, was der so alles für Buidln auf seinem Dienstrechner zusammensurft. Und seine Alte erfährt's als Erste …«

19

Das schmiedeeiserne Tor, das die Einfahrt abriegelte, glitt wieder von ganz allein auf, als wäre Hartingers Ankunft im Anwesen derer von Bürstner erwartet worden. Als er auf die Villa zuschritt, knirschte der frisch gerechte Kies unter seinen abgewetzten Haferlschuhen. Rechts unter dem Kiesweg, im Hang unter den Pflaumen- und Mirabellenbäumen, machte er einen Menschen aus, dessen voluminöse Figur ihm vertraut vorkam. Er blieb stehen und blinzelte gegen die Sonne an, die am anderen Ende des Tales hinter dem Steppberg unterging, während er auszumachen versuchte, wer denn da Früchte klaubte. Er meinte den Mann zu kennen, war aber nicht sicher, ob er seinen halb geblendeten Augen und seinem Verstand trauen konnte.

»Tomboy?«, rief Hartinger in den für eine Streuobstwiese viel zu gepflegten Hain hinunter.

Den Angesprochenen riss es herum. Er war es nicht gewohnt, an seiner Arbeitsstelle mit dem Kampfnamen aus der Schulzeit gerufen zu werden. Er sah auf und erkannte, wer da oben nach ihm brüllte. Instinktiv zog er den Kopf ein, als flögen durch den paradiesisch in der Bergsonne gelegenen Garten die Schrapnelle der Schlacht an der Marne. »Naaaaa, ned scho wieder!«, jammerte der Koloss von einem Mann gequält in seinen mächtigen Schnauzer.

Es war zu spät. Hartinger kam bereits die Stufen hinab, die den steilen Obstgarten wegbar machten. »Mensch, Tomboy, was machst du denn da?«, rief er begeistert über das Wiedersehen.

»Mei, Gonzo, du solltest es doch wissen. Menschen wie ich müssen buckeln, um ihre Schrazen zu ernähren. Sind nicht alle auf der goldenen Seite des Lebens geboren.«

»Ah, geh zu, so schlecht bestellt ist es um dich auch nicht. Zumindest stehst noch besser im Futter als noch vor drei Jahren. Da haben wir uns das letzte Mal gesehen. Unglaublich. Aber jetzt mal was anderes: Was hast du da zu schaffen?«

»Du sagst es: schaffen. Ich bin der Hausl von den Bürstners, seitdem mein Chef … Aber das weißt du ja.«

Hartinger wusste nur zu gut. Er hatte zugesehen, wie Anton »Bagger-Toni« Brechtl in seinem Geländewagen verbrannt war. Und er wusste natürlich auch, dass Thomas »Tomboy« Suldingers Bruder Markus als Täter verknackt worden war.[3] »Ja, aber du warst doch ein stolzer Baggerfahrer …«, sagte Hartinger.

»Meinst, mich nimmt noch einer in meinem alten Job? Die vom Bau halten alle zusammen. Kein Bagger, keine Raupe, kein nichts haben die mich mehr fahren lassen. Dabei hab ich mit der ganzen Sache nichts zu tun gehabt. Weißt es ja, Gonzo, wie die Leut sind. Mei, da hab ich umgesattelt. Die Bürstners haben mit denen im Ort nichts zu tun, mit der ganzen Lodenjoppen-Mafia da drunten. Sind echt in Ordnung. Und der Seidl Leo, den kenn ich ja noch aus der Schulzeit. Und ganz ehrlich, bei denen im Garten ist's viel kommoder als auf der schönsten Baustelle.«

Hartinger ließ den Blick über das Anwesen und über den Garmisch-Partenkirchner Talkessel mit dem Wettersteingebirge dahinter schweifen, das im Alpenglühen zu vergehen schien. »Ja, da magst recht haben. Aber ist auch schön, dass wir wieder gemeinsam was zu tun haben, findest nicht?«

Thomas Suldinger schaute verunsichert bis verängstigt. »Da bin ich nicht sicher«, meinte er. »Du hast hier … zu tun? Beim Seidl Leo und seiner Frau?«

Bevor Hartinger antworten konnte, kam von oben ein scharfer Ruf. Er war von der Art, wie sie nur Ehefrauen auszustoßen imstande sind. »Feierabend, kommst endlich?«

»Mei Oide, die Gaby«, sagte Suldinger entschuldigend. »Sie ist die Hausdame.« Er grinste. »Wobei, Dame … mei, das Mädchen für alles, die Perle halt.«

[3] siehe »Herrgottschrofen«, Piper 2013

Hartingers Neugier war geweckt. »Ah, geh zu, das hab ich ja gar nicht gewusst. Seit wann denn?«

»Mei ... Schon immer. War das Ferienspielmädel von der Chefin. Verstehst, als die in den Ferien aus Frankfurt da war. Vor dreißig Jahr. Und nach dem Quali hat die Gaby Hauswirtschaft gelernt und hat gleich hier heroben angefangen.«

»Interessant«, sagte Hartinger. »Sie hat also das Leben zusammen mit der Annabella von Bürstner verbracht ...«

Suldinger lachte. »Fast wie eine Schwester. Nur halt eine Schwester auf Lohnsteuerkarte. So ist das bei denen. Können sich alles kaufen, die Großkopferten.« Suldinger drehte sich vorsichtig um, ob ihn auch niemand von der Herrschaft gehört hatte. Doch der riesige Garten stand leer.

»Das ist wohl wahr«, nickte Hartinger.

Der zweite Ruf von oben klang bedeutend ungeduldiger und noch verheirateter. »Kommst jetzt bald amal, du oida Trietschler? Mit wem ratschst denn da?«

»Du, Gonzo, ich glaub, ich muss ...«, drängte Suldinger.

»Sollen wir mal wieder eine Halbe schlenzen? Was meinst, in der Eisstockhütte hinten?«

»Da geh ich nicht mehr hin. Schlechte Erinnerungen.«

»Verstehe ich. Ewig schade um die Tatjana ...«

»Des kannst laut sagen.« Er blickte furchtvoll nach oben. »Aber nicht zu laut. Ich hab einmal in der Woche Stammtisch in der Linde. Am Donnerstag.«

»Lustig, da komme ich justament her. Ist eine reelle Wirtschaft, da können wir uns am Donnerstagabend gern noch mal treffen.«

»Wenn dir meine Stammtischbrüder keine aufs Maul hauen. Du bist nicht bei allen im Ort gut gelitten, Gonzo. Grad wegen der Sache mit dem Bagger-Toni. Und der Tatjana. Na ja, und die Nazi-Geschichte ... Weißt es ja selber am besten ...«

Von oben kam ein weiterer Ruf. »Ich geh jetzt«, war die knappe Ansage, dann hörte man zornige kleine Schritte im Kies.

»Also dann …«, verabschiedete sich Thomas Suldinger.

»Wir sehen uns«, sagte Hartinger. Dann beobachtete er, wie sein alter Spezl seinen Rechen und den Obstkorb packte, um damit die Stufen nach oben zu stapfen. »Die Suldingerin ist die Hausdame von der Annabella von Bürstner, ts-ts-ts-ts …«, murmelte Hartinger und schüttelte den Kopf. »Sachen gibt's …«

Er wunderte sich darüber, dass er sie beim ersten Besuch nicht gesehen hatte. Den Tee hatte eine andere Bedienstete serviert. Vielleicht hatte Gabriele Suldinger, geborene Wanninger, am Samstag frei gehabt. Er würde es herausfinden.

Er freute sich über seinen Instinkt, der ihn auch dieses Mal zur rechten Zeit am rechten Ort hatte sein lassen. Eine bessere Quelle konnte er sich gar nicht wünschen. Nur war es sicher nicht leicht, diese Quelle zu erschließen. Gaby Suldinger, die er kaum kannte – die hatte ja wohl das ganze Leben hinter den Mauern dieses Anwesens als Dienstschwester Annabella von Bürstners verbracht –, würde sicher nicht frisch von der Leber weg Geheimnisse ausplaudern. Hartinger musste darauf setzen, dass er über Tomboy Suldinger die eine oder andere Geschichte von der Familie erfuhr.

Einstweilen besann er sich, wozu er zur Villa gekommen war. Er wollte ja der Hausherrin seine erneute Aufwartung machen, um sie zu den angeblichen fotografischen Hobbys ihres Ehemannes zu befragen. Ihn selbst, den Seidl Leo, würde Hartinger nicht antreffen, daran dachte er gar nicht. Der seltsame Waidmann hockte sicher auf einem Hochstand in seinem Wald, in dem vor wenigen Stunden eine tote Landtagsabgeordnete gefunden worden war.

Hartinger kam aus dem Kopfschütteln nicht mehr heraus. Er hatte schon seltsame Verstrickungen in den letzten Jahrzehnten erlebt. Im Werdenfelser Land genau wie in der großen Stadt, in der er immerhin zwanzig Jahre als Polizeireporter der großen Zeitung gearbeitet hatte.

Während er die Stufen durch den Obstgarten nach oben stieg, fragte er sich, wer er denn war, dass er im Leben von anderen Leuten herumschnüffelte. Ohne einen offiziellen oder auch nur inoffiziellen Auftrag. Nun, er tat das alles, um ein paar Kröten zu verdienen. Nur, damit er nicht vor sich und allen anderen eingestehen musste, dass er auf Gedeih und Verderb von seiner vor knapp zwei Jahrzehnten verflossenen Affäre, der Mitterer Kathi, abhängig war. Die ihm vor achtzehn Jahren seinen Sohn Anton geboren hatte. Bei der er nun schon wieder seit drei Jahren Quartier unterm Dach bezogen hatte, länger, als er befürchtet hatte, es tun zu müssen, nachdem er die Dachkammer im Haus der Witwe Schnitzenbaumer nicht mehr hatte bezahlen können.

Dies alles ging ihm durch den Kopf, während der Kies der Vorfahrt unter seinen Haferlschuhen knirschte. Er war nicht in eine solche Villa mit einer frisch gerechten Vorfahrt hineingeboren. Also musste er hier durch. Recherchieren. Eine Story abliefern. Kohle machen.

Endlich stand er vor dem Portal der Villa. Er hob den faustförmigen Pocher ein paar Zentimeter an und ließ ihn auf sein ehernes Gegenstück fallen. Keine fünf Sekunden vergingen, und die Tür wurde mit einem Ruck geöffnet.

Hartinger fuhr zusammen. Noch mehr als die abrupte Bewegung der Tür erschreckte Hartinger, dass Leopold Seidl in Lebensgröße in der Öffnung stand. Er hatte zwar keine doppelläufige Flinte in den Händen, aber der kernige Körper, der sich unter dem forstgrünen Hemd abzeichnete, flößte Hartinger Respekt ein. Seidl gehörte zu den wenigen, die in Sachen Körpergröße an Hartinger herankamen.

»Leo«, sagte Hartinger ziemlich dämlich. Der Mann kannte sicher den eigenen Namen.

»Gonzo«, sagte Seidl nicht weniger tumb.

Dann sagten beide eine gefühlte Ewigkeit nichts.

»Und?«, fragte Seidl schließlich.

»Ja, also«, sagte Hartinger. »Ich hätte da ein paar Fragen.«

»Frag!«

Die offensichtlichste Frage traute sich Hartinger doch nicht als Erstes zu stellen: Sammelst du Kinderpornos? Das war keine Frage, mit der man ein Gespräch begann. Zudem war sich Hartinger nicht sicher, ob sich nicht doch eine Langwaffe hinter der Tür verbarg. Er hatte keine Lust, sich wegen des Gerüchts, das Polizeichef Bernbacher über den Leo Seidl in die Welt gesetzt hatte, von diesem ein Loch in den Pelz brennen zu lassen. Er beschloss, der Sache andeutungsweise näher zu kommen. »Der Bernbacher Ludwig und du … ihr wart doch eigentlich immer ganz gut miteinander«, begann er zögerlich.

»Mag sein«, kam es unbestimmt zurück.

»Ihr warts doch miteinander beim Barras.«

»Lang is her. Andere haben ja lieber alten Weibern den Arsch ausgewischt, als sich im Winterbiwak den eigenen abzufrieren.«

Hartinger wusste, dass Seidl damit ihn meinte, der ja Zivildienst geleistet hatte, ging aber nicht darauf ein. Er hatte sich damals schon oft genug von Idioten als Vaterlandsverräter und Überläufer betiteln lassen müssen. Auf dieser Seite war er abgebrüht. Er kam lieber zum Thema zurück. »Und jetzt? Ich mein, gibt es irgendeinen Grund, warum der Bernbacher einen Hals auf dich hat?«

»Du meinst, weil er mich als Hauptverdächtigen in Sachen Kupfer Hias einkasteln wollte?«

»Zum Beispiel.«

»Ach, gibt's da noch was?«

»Könnt schon sein.« Hartinger kam da auf eine Idee, wie er die Rechnung der Münchner Anwaltskanzlei von seinem Soll bekommen konnte. Er könnte ja seinerseits den Leo ein bisserl erpressen … Warum war er da nicht früher draufgekommen?

»Soso. Wahrscheinlich der Schmarrn mit den Kinderfotos. Das ist doch ein alter Hut. Die Anwälte meiner Frau gehen der Sache schon nach. Irgendjemand im Ort redet da einen Scheißdreck über mich. Aber das sag ich dir: Wenn wir den erwischen, der wird nicht mehr froh.«

Hartingers Hoffnung zerfloss wie die Reste des Schneeferners in der Augustsonne. »Hm«, resignierte er.

»Nur dass du's weißt: Ich bin ganz sicher, dass es der Bernbacher ist, die linke Bazille. Er belauscht jeden im ganzen Ort mit seinen Hausmitteln und fischt dabei auch mal was aus dem Äther, was er falsch zuordnet. Ich bin an der Stelle jedenfalls sauber. Und wenn du auch nur die Andeutung des Gegenteils in deinen nächsten Schmierartikel reinschreibst, dann kommen nicht mehr nur die Anwälte von meiner Frau zu dir. Dann komm ich.«

»Einschüchterung der Presse, aha«, versuchte sich Hartinger zu wehren.

»Einäscherung, wenn du nicht aufpasst. Und jetzt schau, dass du verschwindest, du Schreiberling, du ganz trauriger. Such dir eine Arbeit, die du nicht auf Kosten unbescholtener Mitbürger ausübst. Sauhund, miserabliger.« Damit betrachtete Leo Seidl das Gespräch als beendet. Er nickte zur Bestätigung des Gesagten, dass die Enden seines gezwirbelten Barts wackelten, dann machte er mit einer Hand eine Bewegung in Richtung seines Besuchers, als wolle er eine lästige Fliege verscheuchen, und im nächsten Moment krachte die schwere Tür ins Schloss.

Hartinger trat ein paar Schritte zurück, drehte um und schlich den gekiesten Weg in Richtung Tor zurück. Auch wenn sein Besuch nicht das erbracht hatte, was er erhofft hatte – keine weitere Begegnung mit der anschmiegsamen Annabella von Bürstner, keinen Blick in ihr Dekolleté, kein Geständnis von ihr, dass ihr försternder Mann der heimliche Herrscher eines Kinderpornorings war, der seinen internen oder externen Widersacher in die Kuhflucht geschmissen hatte –, so hatte er doch einige neue Informationen, die ihn weitermachen ließen.

Der Seidl wusste also, dass ihn der Bernbacher wegen alles Möglichen und Unmöglichen auf dem Kieker hatte. Da musste irgendetwas zwischen dem Förster und dem Oberpolizisten vorgefallen sein, was sie nachhaltig auseinandergebracht hatte. Der Bernbacher hatte Hartinger gegenüber schon zugegeben, dass ihr Verhältnis beim Bund zerbrochen war. Weil der Bernbacher den Leo schikaniert hatte. Aber was hatte der Bernbacher gegen den Leo, dass er ihm das mit den Kinderpornos andrehen wollte? Dem galt es auf den Grund zu gehen.

Zudem hatte Hartinger eine direkte Recherchelinie in das Haus der von Bürstners entdeckt, die er anzuzapfen gedachte. Wie er das machte, würde sich am Donnerstagabend bei Tomboy Suldingers Stammtisch in der Linde zeigen.

Das war doch einiges für einen Montagabend, dem eine lange Nacht folgen würde. Denn in dem Moment, als er den hinter dem Schmiedeeisentor geparkten Volvo bestieg, ließ ihn sein neuer falscher Freund Ludwig Bernbacher per SMS wissen, dass für 20 Uhr im Rathaus Garmisch-Partenkirchen eine Pressekonferenz angesetzt war. Um was es da ging, war für Hartinger klar. Die Öffentlichkeit sollte bestimmt über den Leichenfund in der Frauenmahd informiert werden. In zwanzig Minuten also. Zeit genug für Hartinger, im Auto sitzend seinen Laptop über das Handy mit dem Internet zu verbinden und den Versand seiner Pressemeldung an die Welt vorzubereiten.

Als die Verbindung stand, ließ er den Motor an, wendete und fuhr die Dr.-Wigger-Straße hinab. An deren Ende bog er scharf nach links auf die Mittenwalder Straße. An der Shell-Tankstelle fädelte er sich nach rechts in die Hauptstraße ein. Er schwamm im abendlichen Verkehr mit bis zur Rathauskreuzung, bog nach links und stellte den alten Schweden auf dem Parkplatz vor dem Rathaus ab. Um drei Minuten vor acht drückte er in seinem E-Mail-Programm auf »Senden«. Dass er damit nur ganz knapp die von LKA-Mann Bernd Schneider persönlich verhängte Nachrichtensperre brach, daraus würde man ihm später keinen Strick drehen können. Er war sicher, dass er der Erste war, der den gewaltsamen Tod der bayerischen Landtagsabgeordneten Veronika Pilz den Medien vermeldete.

Nachdem das erledigt war, klappte er den Schoßcomputer zu und verstaute ihn unter dem Fahrersitz. Er stieg aus, schloss das Auto ab und betrat mit einem Gefühl der Erhabenheit die Schaltzentrale des Marktes Garmisch-Partenkirchen.

20

Als Hartinger den großen Sitzungssaal des Rathauses betrat, staunte er nicht schlecht. Nicht nur die Reporterin des Kreisboten, die Volontärin von Radio Oberland und sein ehemaliger Fotografenkollege Meerbusch vom Tagblatt waren anwesend; der ganze Saal brummte und summte vom Gerede von sicher dreißig Journalistinnen und Journalisten, von denen er niemanden kannte. Ganz vorn waren vier Kameras vom Bayerischen Fernsehen und den großen Privatsendern aufgebaut. Ein ganzer Strauß von bunt beschaumstofften Mikrofonen mit Radio- und Senderlogos aus ganz Deutschland wartete vor dem großen Tisch in der Mitte des Raumes darauf, dass jemand die Breaking News des Tages in sie hineinsagte. Die zu der Pressemeute gehörigen Autos hatte Hartinger draußen gar nicht gesehen – da fiel ihm ein, dass sie sicher im Innenhof des Rathauses parken durften.

Er setzte sich in die dritte Reihe rechts neben eine junge Dame, die ihm auf Anhieb außerordentlich gut gefiel. Ihr langes dunkelbraunes Haar war sittsam zu einem Pferdeschwanz gebunden, die weiße Bluse hochgeschlossen, und der blaue Rock reichte über die Knie. Doch stille Wasser zum Plätschern zu bringen war schon immer seine Spezialität gewesen.

Die Kollegin schien seine Begeisterung nicht erwidern zu wollen. Sie rutschte demonstrativ einen Sitzplatz weiter nach rechts, nachdem Hartinger sich neben sie gesetzt hatte. Sie musterte ihn und sein Outfit, das wie immer aus alten Jeans, einem karierten Hemd von Kathis Opa und den Haferlschuhen bestand. Hartinger ließ sich von den abschätzigen Blicken nicht abhalten. In Gegenteil, sie reizten ihn. Er rutschte ebenfalls einen Platz nach rechts. Ohne Umschweife ging er zum Angriff über. »Darf ich mich vorstellen …«, begann er und streckte ihr die rechte Pranke hin – doch weiter kam er nicht.

»Nicht nötig. Ich kenn Sie.«

»Ach?«, wunderte er sich.

»Zumindest habe ich von Ihnen gehört«, konkretisierte sie.

»Ich hoffe, es war nur Gutes.«

»Wenn das, was ich gehört habe, das Gute war, dann graut es mir vor dem Schlechten.«

Na, sauber, dachte Hartinger, das Gemüse wird auch immer frecher. Da half nur Gegenhalten. »Jetzt schmeicheln Sie mir aber. Außerdem wecken Sie meine Neugier. Also, heraus mit der Sprache: Wer erzählt Lügengeschichten über mich? Und: Warum Ihnen?«

»Weil es zu meinem Beruf gehört, alles zu wissen über diesen Ort. Anastasia Wamberger, wenn Sie gestatten, Volontärin des Garmisch-Partenkirchner Tagblatts.« Sie schaute schnippisch.

»Ahhh!« Hartinger ging ein Licht auf. »Dann weiß ich, wer der Lügenbold ist. Der berüchtigte Pulitzerpreisträger Habersetzer, der Weltöffentlichkeit bekannt als angeblicher Chefredakteur des meinungsführenden Blattes dieser internationalen Sommer- und Wintersportmetropole. Ja, ich hab von ihm gehört.«

»Ihren Spott können Sie sich sparen, Herr Hartinger. Eine funktionierende Lokalpresse birgt nicht zu unterschätzende Werte für die Gemeinschaft.«

Hartinger blickte nun seinerseits auffallend provokant an der jungen Kollegin hinab. »Auch wenn sie ihre Werte heute sehr gut verbirgt.«

»Er hatte also recht, der Herr Habersetzer. Sie sind ein ganz abscheulicher Schürzenjäger. Und … ein äußerst gefährlicher.« Ein Lächeln umspielte auf einmal ihre Mundwinkel, das Hartinger gern derart interpretierte, dass sie sich über die Warnungen Habersetzers lustig machte. Und dass sie Hartinger ebenfalls ein wenig herausfordern wollte.

»Sie überschätzen mich, aber das schreibe ich Ihrer Jugend und Unerfahrenheit zugute.«

»Die Jugend nehme ich als Kompliment. Aber wenn Sie sich mit Unerfahrenheit mal nicht täuschen. Ich bin erst eine halbe Woche in Garmisch, aber vorher habe ich vier Jahre in München studiert. Und Sie wissen ja, dass Studenten auch gern mal abends unterwegs sind. Allerdings ist unter diesem Aspekt Garmisch ja leider nicht gerade auf Weltniveau.«

Hartinger hatte sein Opfer da, wo er es haben wollte. »Ach, wirklich? Dass wir uns da nicht begegnet sind? Ich hab doch auch immer die Schönsten der Nacht für die Online-Seiten der Zeitung fotografiert. Zu meiner Münchner Zeit.«

»So lange ist das bei mir auch wieder nicht her. Und dass Sie mich in Disco-Bunkern nicht antreffen, in denen Sie Ihre Online-Hascherl geknipst haben, dürfte klar sein.«

»Hm, ich Tollpatsch, natürlich. Höhere Tochter. Verstehe. Da geht man zum Tanztee mit dem Auserwählten. Keine Chance für einen alten verarmten Dackel wie mich. Aber vielleicht könnte ich Ihnen – so rein unter Kollegen – ein paar Einblicke in Ihren neuen Wirkungskreis geben, sagen wir, bei einem Abendessen? Übermorgen, am Mittwochabend?«

»Sie sind ein Spinner, Herr Hartinger.«

»Gonzo.«

»Stasi.« Sie gab ihm endlich die Hand. »Und rechnen Sie nicht damit, Gonzo, dass Sie von mir Einblicke in irgendwas bekommen.«

Hartinger grinste. »Du. Gonzo. Unter Kollegen siezt man sich wirklich nicht.«

»Na gut. Also, wohin entführst du mich am Mittwoch, Gonzo?«

Hartinger rieb sich innerlich die Hände. Der Fisch hatte schneller angebissen, als er in seinen kühnsten Träumen erwartet hätte.

Vorn im Saal kam Bewegung auf. Hartinger beugte sich zu seiner Kollegin, um noch einen tiefen Zug ihres sachte parfümierten Geruchs in seinen exorbitanten Zinken zu ziehen, und flüsterte ihr ins Ohr: »Überraschung. Wo soll ich dich abholen, Stasi?«

»Um sieben in der Redaktion.«

»Die Limousine steht ab fünf vor sieben bereit.« Er versuchte seinen besten George Clooney und lächelte ein – wie er hoffte – unschmieriges, freundliches, offenes Männerlächeln.

Vorn im Raum hatte sich mittlerweile Garmisch-Partenkirchens neue Bürgermeisterin an den zentral platzierten Tisch hinter den Mikrofon-Wald gesetzt. Neben ihr saß – Hartinger hatte den Mann nicht hereinkommen sehen – der bayerische Wirtschaftsminister. »Deswegen war die Delegation heute bei der Kathi …«, murmelte er. »Aber was macht der in der Pilz-Geschichte hier?«

»Welche Delegation? Welche Pilze?««, fragte seine Nachbarin sofort.

»Ahhh, nix, nix, ich brabbel nur so vor mich hin.«

»Der Wirtschaftsminister, zusammen mit der internationalen Delegation, im Mittererhof … Das meinst du doch, oder?«

Hartinger zog die Brauen hoch. Dieses Mädel sollte er wohl nicht unterschätzen.

»Ich war dabei. Super Dampfnudeln macht die Frau Mitterer. Mei, so eine nette Frau. Aber Pilze hat's heute nicht gegeben.«

»Aha«, flüsterte Hartinger. »Jetzt geht's los da vorne. Pschscht …« Ob Anastasia Wamberger wusste, welche Umstände ihn mit der netten Dampfnudelköchin verbanden? Er ging davon aus.

Unterdessen klopfte die Bürgermeisterin gegen das Saalmikro, um es zu testen. Ein kratzendes *Pock-pock-pock* ließ die Anwesenden ihre Unterhaltungen einstellen und in Spannung verharren.

Die Bürgermeisterin räusperte sich. Dann legte sie los.

»Meine sehr geehrten Damen und Herren der Presse aus dem In- und Ausland. Sehr geehrter Herr Staatsminister. Ich bin äußerst dankbar, dass Sie heute so zahlreich erschienen sind …«

Schon wurde sie unterbrochen von einem Mann in der ersten Reihe. »Polizeieinsatz am Wank heute. Was haben Sie für uns?«, krächzte seine von täglich zwei Schachteln Marlboro geschundene Stimme durch den Saal.

Die Bürgermeisterin zögerte kurz, entschied, nicht auf den Zwischenrufer einzugehen. Während sie weitersprach, kam Gemurmel auf. »Wir haben heute für Sie, meine Damen und Herren von der Presse, eine gute Nachricht.« Sie machte eine Kunstpause. »Garmisch-Partenkirchen wird der Welt zeigen, wie die Klimakatastrophe abgewendet werden kann.«

»Unerhört!«, schrie der Mann in der ersten Reihe. »Was labern Se da vom Klima? Was ist heute passiert da oben? Am Wank oder wie der Hügel da heißt?« Der Mann deutete aus dem Fenster des Plenarsaals. In eine vollkommen falsche Richtung, wie es sich für einen Ortsfremden gehörte.

Hartinger schaute den Mann genauer an und erkannte, wer da unter dem zotteligen Vollbart steckte. Es war – es konnte kein anderer sein – Bild-Reporter Lex Peininger. Der alte Haudegen hatte der Hipstermode nicht widerstehen können und sich eine veritable Gesichtsmatte wuchern lassen.

Das Gemurmel im Saal schwoll an. Die Bürgermeisterin sah sich gezwungen, wohl oder übel auf die Frage des Bild-Mannes einzugehen. »Das hat nichts mit uns und unserer heutigen Sache zu tun. Ein alpiner Unfall. Mehr kann ich nicht sagen. Tut mir leid. Bitte um Ihr Verständnis. Zurück zur Sache.«

»Jetzt hörn Se ma, Lady, wa?«, pöbelte Peininger in seinem Berlinerisch. Beim »Flitzebogen der Boulevard-Journaille«, wie er sich gern bezeichnete, konnte man um diese abendliche Stunde sicher sein, dass er an den Underberg- oder Jägermeisterfläschchen ausgiebig genippt hatte, die sich in sämtlichen Jacken- und Westentaschen befanden. Zumindest in denen, die nicht mit Zigaretten und Zetteln zugemüllt waren. »Jetzt sag ick Ihn ma was …«

Doch weiter kam Lex Peininger nicht. Auf einen Wink der Bürgermeisterin hin bewegten sich zwei Saalordner auf ihn zu, die der Pressereferent des Rathauses in Erwartung des großen Andrangs aus der Belegschaft des marktgemeindlichen Bauhofs rekrutiert hatte. Die Kommunal-Malocher packten den Störenfried rechts und links unter den Armen und beförderten ihn ins Freie. Ein in Zivil gekleideter Personenschützer des Ministers folgte unauffällig, wie Hartinger beobachtete.

Hartinger verzog den Mund zu einem Grinsen. Peininger würde da draußen endlich einmal eine – wenn er Glück hatte, nur verbale – Abreibung verpasst bekommen.

Keiner der Pressevertreter protestierte gegen das Vorgehen. Man war froh, den missliebigen Konkurrenten los zu sein. Und was es mit dem »alpinen Unfall« vom Wank auf sich hatte, würden sie schon noch aus der Ortsvorsteherin oder aus dem Polizeichef herauskitzeln. Notfalls nach dem offiziellen Teil der Pressekonferenz.

Ludwig Bernbacher stand in seiner Uniform hinter der hintersten Bankreihe. Unter den angereisten Journalisten hatte sich längst herumgesprochen, dass er nicht gerade das hellste Licht in Abrahams Lampenladen war.

Bei aller Genugtuung über den Rauswurf des nervigen Kollegen Peininger: Hartinger konnte doch nicht die Klappe halten. »Ist das die neueste Art der Pressearbeit in dieser Gemeinde?«, motzte er. »Na, sauber. Und das von einer Linken.«

»Herr Hartinger«, die Bürgermeisterin wusste natürlich, mit wem sie es zu tun hatte, »es werden sich noch viele Dinge in Garmisch-Partenkirchen ändern. Zu den ersten gehört, dass man sich anständig benimmt.«

»Na, da wünsche ich viel Geduld«, ätzte Hartinger. Dann dachte er wieder an Anastasia Wamberger und ermahnte sich, vor ihr nicht die Contenance zu verlieren. Er brummelte noch etwas Unverständliches in sich hinein und gab dann Ruhe.

Die Bürgermeisterin räusperte sich und begann erneut. »Die Probleme der Welt im Großen werden wir hier im Kleinen regeln. Wobei das Wort ›klein‹ vielleicht nicht ganz richtig ist für das, was ich Ihnen zu präsentieren heute die Ehre habe.«

Wieder kam Unruhe auf. Auf was wollte diese Frau hinaus?

»Wir haben ein paar Bilder für Sie vorbereitet.« Jemand, der an den Elektroschaltern des Saales saß, ließ die Verdunkelungen der Fenster hinab und dimmte das Licht. Auf die Bürgermeisterin richtete sich ein gleißender Spot-Scheinwerfer, womit niemand gerechnet hatte. Die ganze Chose war wohl recht gut einstudiert. Hartinger beschlich der Gedanke, dass man die Todesfälle, besonders den letzten vom heutigen Tag, womöglich missbraucht hatte, um alle Vertreter der wichtigen Medien in das Gebirgstal zu locken. Er einigte sich mit sich darauf, dass man einfach eine geeignete Möglichkeit abgewartet hatte oder dass es dann und wann doch einfach Zufälle im Leben gab. Auch im öffentlichen.

Hinter der Bürgermeisterin senkte sich eine Leinwand von der Decke. Ein lichtstarker Projektor ließ darauf ein Panoramabild des Wettersteingebirges aufleuchten. »Meine Damen und Herren«, strahlte die Gemeindechefin, »Sie sehen den Talkessel um Garmisch-Partenkirchen.« Mit einem kleinen Steuergerät in ihrer rechten Hand konnte sie das Bild um die eigene Achse sowie nach oben und unten schwenken. Sie tat dies mit großer Begeisterung, und die Zuschauer hatten nach wenigen Sekunden einen 360-Grad-Rundumblick über das genossen, was sie auch hätten sehen können, wenn sie in einem Hubschrauber über der Ortsmitte geschwebt wären. In der Tat waren die spektakulären Bilder aus einer Film- und Fotodrohne eines österreichischen Spezialanbieters aufgenommen worden. Wo im Budget der Marktgemeinde Garmisch-Partenkirchen die dafür verwendeten nicht unerheblichen Gelder versteckt worden waren, wussten nur die Bürgermeisterin und ihr Kämmerer. Doch die beiden waren sich einig, dass die paar Zehntausender ein Spauz waren in Anbetracht der gigantischen Investitionen, die in Garmisch-Partenkirchen getätigt werden sollten.

»Ich möchte nun Ihre geschätzte Aufmerksamkeit auf folgende Punkte lenken: den Wank«, auf einen Knopfdruck am Steuergerät hin fokussierte das Bild auf den Sonnenberg im Nordosten des Tals, »die Osterfelder«, das Bild machte einen atemberaubenden Schwenk hinüber zur Alpspitze, unterhalb deren der Osterfelderkopf stand, »und den Kramer.« Auf der Leinwand wischte der Hauptstock des Wettersteins vorbei, man sah die Zugspitze, und am unteren Bildrand lag der Eibsee.

Schließlich verharrte der Blick auf den Kramer, dem karstigen König der Ammergauer Berge, der Garmisch-Partenkirchen nach Westen gegen Allgäuer und Schlimmeres abschirmte. Das Bild zoomte auf das Bergkreuz auf dem Gipfel des Kramer, hinter dem die Sonne versank.

Eine Landkartenansicht des Loisachtals blendete über das Bild des Kramerkreuzes. Auf der Karte waren die drei vorgestellten Berge mit rot pulsierenden Punkten markiert. »Diese drei Landmarken werden die Ankerpunkte eines

Projektes werden, das die Welt verändern wird. Zum Guten. Zum Besten«, schwelgte die Bürgermeisterin in der von der PR-Agentur Schleimich und Partner gelieferten Verkaufsprosa, die sie nächtelang auswendig gelernt hatte.

Auf einen weiteren Klick mit dem Gerät in ihrer Hand kam Bewegung in die Kartenansicht. Wie Spinnweben wuchsen aus den markierten Gipfelpunkten Linien in Richtung der Mitte der Karte. Zwischenlinien verbanden die drei Hauptgeraden. Als sich das Netz geschlossen hatte, färbten sich die Zwischenräume milchig. »Sehr geehrte Damen und Herren, Sie sind Zeuge einer Weltsensation: das Klimaschild von Garmisch-Partenkirchen!« Die Stimme der Frau überschlug sich beinahe vor Ekstase.

Die Zuschauer schluckten. Sie hatten von bayerischen Politikern schon allerhand Phantastisches vernommen. Ein Umweltminister hatte Atommüll in einem Berg lagern wollen, ein Verkehrsminister eine Maut einführen, die Deutsche nichts, Holländer und Österreicher aber einiges kostete. Eine ganze Reihe von Münchner Oberbürgermeistern hatte sich das ehrliche Einschenken von Wiesnbier auf die Fahne geschrieben. Und einer hatte sogar allen Ernstes ein Gebäude bauen wollen, das höher sein sollte als der Münchner Liebfrauen-Dom! In der Tat trauten sich die bayerischen Anführer immer wieder an die Quadratur des Kreises, in dem festen Glauben, dass auf der bayerischen Hochebene nicht nur Zeit, sondern auch Raum eigenen Gesetzen gehorchte. Doch das, was die Garmisch-Partenkirchner Bürgermeisterin hier vorlegte, war an Größenwahn nicht zu überbieten.

»Ja, Sie haben richtig gehört. Wir werden unter unserem Schild unser eigenes Klima herstellen. Es beherrschen. Wir werden im Sommer wieder Sommer haben und im Winter wieder Winter«, brachte die Rednerin ihr Konzept auf den Punkt.

Die ersten Journalisten lösten sich aus ihrer Schockstarre. Es war ausgerechnet Stasi Wamberger, die mit ihrer zarten, aber klaren Stimme das Unfassbare zusammenfasste. »Sie wollen also Garmisch-Partenkirchen überdachen?«

»So ist es«, strahlte die Bürgermeisterin.

»Und unter dem Dach können Sie … Klima machen?«

»Vollkommen korrekt!«

»Ja, ist das nicht …«

»… purer Schwachsinn«, assistierte Hartinger. »Wer hat sich denn das ausgedacht?«

»Bevor Sie urteilen, sollten Sie sich weitere Details ansehen, meine Damen und Herren«, sagte ein schlaksiger Mann, der aus der ersten Reihe aufgestanden war. »Gestatten Sie, wenn ich mich vorstelle, Martin Littgen, Professor für Meteorologie und Klimamanagement an der Technischen Universität München. *Ich* habe mir das ausgedacht.«

Der Mann bedankte sich bei der Bürgermeisterin für die Einführung und übernahm das Klickgerät. »Der Himmel über Garmisch«, so hob er an, »ist ein launischer. Ich möchte Sie nicht mit meteorologischen Details langweilen, aber Sie alle wissen, was das Zusammenspiel von Föhn, über die Alpen aus dem Süden drückenden Fallwind und aus dem Südwesten vom Mittelmeer und dem Atlantik im Nordwesten heranziehenden Regenwolken hier veranstaltet. Stichwort: Nordalpenstau. Jede Schlechtwetterfront beißt sich hier fest. Das wollen wir ändern. Und weil mir klar ist, dass wir in wenigen Minuten nach den Kosten gefragt werden: Der wirtschaftliche Nutzen für die Region – Angebote, Übernachtungszahlen, Arbeitsplätze, Preisniveau – wiegt die Ausgaben mittelfristig locker auf. Alles nur eine Frage der Nachhaltigkeit. Doch das Projekt hat viel weiter reichende positive Auswirkungen. Wenn wir lernen, das Klima lokal zu beherrschen – und zwar an so komplizierten Orten wie hier –, werden wir das auch anderswo können. Wir werden den Megacitys in Südamerika, in China und überall auf der Welt einen großen Dienst erweisen. Denken Sie an die Berge um Hongkong. An Rio de Janeiro. An bald eintausend Meter hohe Türme in vielen Städten. Die eignen sich perfekt als Ständer unserer Klimanetze.«

»Nur fürs Klima?«, hakte Hartinger nach. »Wegen dem bisschen Regen?«,

»Bisschen Regen? Wissen Sie, wie groß der volkswirtschaftliche Schaden von Unwettern ist? Wir sprechen von Milliarden. Aber das ist nur die Schadensverhinderung, die unser Netz leistet. Das Beste kommt noch: Die von uns verwendete Folie ist in der Lage, Strom zu erzeugen.«

Mittlerweile hatten sich die Presseleute von ihrem Schock erholt. Die Fragen prasselten nur so auf den Wissenschaftler ein. In den meisten spielten Vokabeln wie »Investoren«, »Finanzierung« oder »Steuerverschwendung« eine zentrale Rolle.

Professor Martin Littgen streckte messianisch die Arme aus und tat amüsiert: »Aber, aber, meine sehr verehrten Herrschaften. Lassen Sie uns eine Frage nach der anderen klären. Ich bin, wenn es sein muss, die ganze Nacht für Sie da.«

Es stellte sich heraus, dass das Material, aus dem das talüberspannende Dach gewoben werden sollte, die neueste Entwicklung eines amerikanischen Folienunternehmens war. Der Stoff war nicht nur hauchdünn, sondern auch unzerstörbar. Der Clou war natürlich die photovoltaische Eigenschaft, also seine Fähigkeit, Strom zu erzeugen. Dieser sollte über das Drahtnetz abgeleitet und gesammelt werden, um diverse riesige Gebläse und Wasserzerstäuber zu betreiben, die unterhalb des gigantischen Zeltdaches baumelten und für die Klimaerzeugung zuständig waren.

»Wir können es schneien lassen, wenn die Außentemperatur stimmt, oder im Sommer den Regen auch vom Tal abhalten und verblasen«, schwärmte der Professor. »Und das mit dem von der Sonne kostenlos gelieferten Strom – ein Wetter-Perpetuum-mobile! Und bei den meisten unserer Berechnungen bleibt noch jede Menge Strom für die Verwendung in der Stadt übrig. Wir können also auch Tag und Nacht beherrschen, denn – das glauben Sie vielleicht jetzt nicht, aber es stimmt – in wenigen Jahren werden diese Folien in der Lage sein, selbst zu leuchten. Sie sind also ein vom Menschen geschaffenes Firmament!«

Die Zuhörer kamen aus dem Staunen nicht mehr heraus. Natürlich mussten einige Energiespeicher gebaut werden, Pumpspeicherkraftwerke, die den vom Zeltdach tagsüber in Hülle und Fülle erzeugten Strom für den Betrieb in der Nacht vorhielten, so referierte der Wissenschaftler in immer neuen und immer phantastischeren Bildern, Graphen und Zahlen, die er an die Leinwand warf.

Und ein neuartiges Sonnenlichtkraftwerk sollte drüben im Estergebirge ebenfalls seine Weltpremiere haben. Dieses, so der Professor, sei alleine schon eine Sensation. Genau wie der Umstand, dass sich zur Herstellung des Klimanetzes ein ganz besonderes Ausgangsmaterial ideal eignete: die als riesige Müllteppiche auf dem Atlantik und Pazifik schwimmenden Plastikabfälle, die man extra dafür aus der Hochsee fischen würde.

Auch hochqualifizierte Jobs würden entstehen. »Denn Wetter- und Klimamanagement ist ein Vierundzwanzig-Stunden-Job. Vierundzwanzig mal sieben mal zweiundfünfzig – also jede Sekunde rund um das ganze Jahr. Die Algorithmen unserer ausgefeilten Computerprogramme helfen uns dabei«, erklärte Littgen. »Und die ganze Technik der Steuerungsanlage passt in die Wetterstation auf dem Dach des Münchner Hauses auf dem Zugspitzgipfel. Hier werden die modernsten und zukunftsweisendsten drei Arbeitsplätze Deutschlands entstehen. Und natürlich die höchsten!«

Nun hatten auch die Boulevardjournalisten ein Motto geliefert bekommen, mit dem sie ihre Internetportale und Zeitungen aufmachen konnten. Littgen klickte, und prompt erschien auf der Leinwand das Münchner Haus mit der Wetterwarte, aus der seit dem Jahr 1900 das Klima beobachtet wurde. Nun sollte es *in ihr gemacht* werden.

Nach der Außenansicht erschien auf der Leinwand das am Computer gemalte zukünftige Interieur der gemütlichen Wetterstation. Die Gestalter hatten die Steuerungspaneele der Anlage sowie die Uniformen der Bediensteten an das Design des Raumschiffs Enterprise angeglichen.

Hartinger hatte genug gesehen und gehört. Er verabschiedete sich von Stasi Wamberger mit einem gewagten Bussi auf die Wange. »Bis Mittwoch«, flüsterte er ihr ins Ohr. Dann ging er nach draußen und enterte den Volvo. Er hatte mit seinem Freund Klaus Westphal ein ernstes Wort zu sprechen.

Kaum hatte er das Garmisch-Partenkirchner Rathaus verlassen, dessen starke Mauern für Funkwellen undurchdringlich waren – immerhin hatte man sie 1935 für eine Nutzungszeit von tausend Jahren gebaut –, erschmeckte das Handy in seiner Hosentasche Signale und schlug Großalarm. Im Sekundentakt zuckte und piepste es auf, um eingehende E-Mails und Textnachrichten zu melden. Hartinger fummelte es heraus und warf einen Blick aufs Display.

»Jessas, meine Meldung …«, kam es ihm. Seine Augen weiteten sich vor Entsetzen. Er war zusammen mit Klaus Westphal der einzige Mensch außerhalb der Polizei und Einsatztruppen, der das Geheimnis der Frauenmahd kannte – und der Allereinzige, der es drei Minuten vor der großen Show der Garmischer Bürgermeisterin der Welt verraten hatte. Ein Wunder, dass ihn nicht ein von Bernd Schneider ausgeschickter Greiftrupp an Ort und Stelle hopsnahm. Oder er von einer kleinen Drohne niedergestreckt wurde, die Polizeiboss Bernbacher im Internet erstanden und mit einem Bolzenschussapparat aus dem stillgelegten Garmischer Schlachthof aufgerüstet hatte.

Unwillkürlich zog er den Kopf ein und suchte mit hastigen Blicken den Himmel ab. Man konnte nicht sicher sein heutzutage, was da aus dem bayerischen Weiß-Blau angesegelt kam. Nein, er konnte jetzt nicht zu Klaus Westphal, der im Posthotel zu Partenkirchen Logis genommen hatte. Er konnte nicht nach Hause zu Kathi unters Dach des Mittererhofs. Ebenso wenig konnte er mit dem Volvo über Garmischs Straßen rollen. Am besten, er verschwand erst einmal zu Fuß von der Bildfläche.

Er ließ den Volvo Volvo sein und verdrückte sich die Reintalstraße hinauf, vorbei an der Buchhandlung Gräfe & Unzer, dem Hörgeräteladen und dem seltsamen Fitnessgeschäft, in dessen Schaufenster man sich pulsierende Elektroden anziehen konnte, um Fett wegzuschmelzen. Über den Partnachuferweg würde er die Kochelbergwiesen erreichen, sich durch den Wald zur Partnachalm durchschlagen, über die Eiserne Brücke die Klamm überqueren und nach Graseck aufsteigen. Und dort musste er sich dann am von Touristen gut besuchten neuen Forsthaus vorbeischleichen, um erst einmal in der versteckt gelegenen Hütte von Kathis Opa Quartier zu beziehen.

Wie er dieses Versteckspiel hasste. Doch vor ihm hatte es schon andere gegeben, die diese Gegend zur Flucht in die Heimat genutzt hatten. Den meisten hatte es freilich nichts gebracht.

21

Dafür, dass die deutschen Tageszeitungsverleger in der Öffentlichkeit stets die Unverzichtbarkeit ihrer Spezies für Wahrheit und Demokratie bekundeten, schickten sie nur sehr wenige Reporter nach Garmisch-Partenkirchen, obwohl sich doch am Vortag schier Unfassbares ereignet hatte. Einerseits hatte der freie Journalist Hartinger das gewaltsame Ableben einer bayerischen Landtagsabgeordneten verkündet – was das Landeskriminalamt in einer eiligst gegen 22 Uhr hinterhergeschobenen und reichlich dürren Pressemitteilung bestätigt hatte –, andererseits hatte die Bürgermeisterin der Alpengemeinde unter Zuhilfenahme des leibhaftigen bayerischen Wirtschaftsministers einen Zukunftsplan veröffentlicht, der diejenigen, die Katarer und Dubaier regelmäßig von sich gaben, weit hinter sich ließ. Dass diese beiden an sich sensationellen Meldungen auch noch zur gleichen Zeit das Licht der Öffentlichkeit erblickten und die zweite Tatsache in Form einer schillernden Pressekonferenz öffentlich gemacht worden war, auf der den Entscheidern die erste Tatsache hatte bekannt sein müssen, war ebenfalls etwas, worüber sich seltsamerweise nur wenige Menschen aufregten. Die meisten von ihnen taten es in Blogs und auf Facebook. Allenfalls im Kommentarteil der großen Zeitung aus der Stadt äußerte der Leiter des investigativen Ressorts die Vermutung, dass heutzutage wohl der eigene Größenwahn wichtiger sei als die harte Realität eines Mordes – eine Meinung, die seine eigene Zeitung bestätigte, indem sie die Titelseite, den Wirtschaftsteil, den Bayernteil und aus unerfindlichen Gründen auch den Münchner Teil mit Bildern und Zitaten aus der Garmisch-Partenkirchner Klimanetz-Pressekonferenz aufmachte.

Hartinger schaute sich in der Waldhütte oberhalb des

Mittererhofes die Ergebnisse des eigenen Tuns und das der Politiker auf den Online-Seiten der Republik an. Da sich offenbar niemand besonders arg für das Ableben von Veronika Pilz interessierte, konnte er das Versteck auch verlassen, fand er, um bei Kathi nach dem Rechten zu sehen. Zudem plagte ihn ein ausgewachsener Frühstückshunger. Um Mäusen kein Schlaraffenland zu bieten, hielt er die Hütte weitgehend lebensmittelfrei. Nur Anton hatte bei einem Besuch der Hütte mit ein paar Spezln eine Tüte Salzbrezeln im blechernen Brotkasten gelassen. Das Knabbergebäck hatte Hartinger am Abend vertilgt, um überhaupt einschlafen zu können.

Nachdem er die wenigen hundert Meter durch den am frühen Morgen herrlich duftenden und klingenden Bergwald gestiefelt war, sah er bereits von Weitem ein Auto vor dem Mittererhof stehen, das da nicht hingehörte. Beim Näherkommen erkannte er auf dem weißen VW Passat das Wappen der Marktgemeinde Garmisch-Partenkirchen auf der Fahrertür. Als er schließlich die Einfriedung des Hofes erreichte, las er das Wort »Bauamt« unter dem Halbadler und den rot-weiß-roten Balken.

Hartinger schwante nichts Gutes, aber zumindest verdächtigte er Gemeindemitarbeiter nicht, mit Bernd Schneider vom LKA zusammenzuarbeiten. Er betrat durch die gedrungene Eingangstür den Flur des Hauses und sah zu seiner Linken einen Mann am Küchentisch sitzen, der ein ernstes Gesicht machte. Mitten im Raum stand Kathi. Sie hatte die Arme in die Hüften gestemmt, wie sie das immer machte, wenn sie zu einer Schimpftirade ansetzte. Zu ihrem Glück unterbrach Hartinger sie, bevor sie den Leiter des Bauamtes, den Hartinger natürlich von unzähligen Terminen im Rathaus kannte, alles Mögliche und Unmögliche heißen konnte.

Anstatt über den Beamten herzufallen, wandte sich Kathi

Mitterer an Hartinger. »Stell dir vor, Karl-Heinz! Sie wollen eine Baugenehmigung für den Hof sehen. Und für sämtliche Umbauten. Eine Baugenehmigung von einem fünfhundert Jahre alten Hof! Gleichzeitig verkünden sie die Überdachung des Tals mit einer Plastikfolie. Ich weiß nicht, was die da unten im Rathaus rauchen.« Und dann schickte sie ein paar Worte in Richtung des am Tisch sitzenden Bauamtsleiters: »Das eine sag ich Ihnen, Herr Ganslander, mein Mann – also ich meine: der Herr Hartinger hier, der Vater meines Sohnes – ist schon mit anderen fertiggeworden. Und glauben Sie nicht, dass ich das unerwähnt lasse, wenn das nächste Mal die Delegation vom Wirtschaftsministerium aus München zu mir raufkommt. Mit Arabern, Israelis und Amis. Und Chinesen! Da zeigen sie meinen Hof schon gern her, die Herren Minister und Staatssekretäre. Weil er nämlich so ist, wie er ist. Und nicht so eine Jodelarchitektur, mit der ihr den ganzen Ort da unten zugemüllt habts. Das ist der eigentliche Skandal. Ein geschmackloses Pack seids ihr da unten mitsamt allen sogenannten Architekten und künstlerischen Oberleitern der Drecksbauten. Und mich nach einer Baugenehmigung fragen!«

»Jetzt beruhige dich, das kriegen wir schon geregelt«, versuchte Hartinger auf Kathi einzuwirken. Doch damit kam er bei ihr genau an die Richtige.

»Geregelt? Geregelt ist da unten alles. Jeder Zentimeter Rinnstein ist geregelt. Und jeder noch so greisliche Erker und jedes Walmdach, das eher an die Nordseeküste passt als in die Alpen. Alles bestens geregelt. Von solchen Bürokraten wie dem hier.«

Hartinger hatte Angst, dass sie dem Schnauzbartträger Ganslander, der ja auch nur seinen Job zu machen schien, mit dem Hintern voraus ins Gesicht springen oder mit den Fingernägeln die Augen auskratzen würde. Er empfahl dem Mann daher freundlich, fürs Erste das Weite zu suchen. »Herr Ganslander, wollen Sie nicht schriftlich machen, was Sie gegen diesen historischen Hof einzuwenden haben? Wir können das dann mit unseren Anwälten besprechen und angemessen reagieren.«

Hartinger hatte tatsächlich »wir« und »unsere Anwälte« gesagt.

»Wird das Beste sein«, stimmte Ganslander resigniert zu. Er erhob sich, murmelte ein »Habe die Ehre« und sah zu, dass er aus dem Haus zu seinem Auto kam.

»Habe die Krätze!«, rief ihm Kathi hinterher. »Und ein Nudelholz hab ich auch! Lassts euch bei mir nicht noch mal blicken …!«

22

»So, der feine Herr Westphal bricht die Zelte ab«, sagte Hartinger, als er seinen Freund Klaus an der Rezeption des Posthotels antraf. Neben dem PR-Manager standen dessen Koffer, und die Hotelangestellte gab dem scheidenden Gast gerade die Kreditkarte zurück.

»Ahhh, Gonzo, ich wollte dich noch anrufen«, log Klaus Westphal.

»Soso«, meinte Hartinger. Er hatte Bärli vom Mittererhof mitgenommen. Der riesige Pyränenhund-Dogo-Mastiff-Mischling trottete gemächlich neben ihm her und ignorierte ebenso wie sein Herrchen die missbilligenden Blicke des Hotelpersonals.

»Ja, genau. Weil ich muss nach Berlin zurück.« Westphal nahm Hartinger am Arm und zog ihn in den Nebenraum. Bärli ließ kurz ein Grummeln hören, als er aber erkannte, dass sein Herrchen offenbar nicht entführt wurde, verzichtete er darauf, Westphal zu zerfleischen, sondern folgte den beiden Männern, um ganz sicherzugehen. »Ich hatte null Ahnung«, fuhr Westphal fort. »Sonnenkraftwerk. Pumpspeicher. Das waren die Sachen, die wir hier kommunikativ vorbereiten sollten. Aber Klimanetz, das ist etwas ganz anderes. Davon hatte ich wirklich keinen Schimmer, musst du mir glauben.«

»Macht vielleicht eine noch größere und noch bessere PR-Agentur das Thema?«, murrte Hartinger. »Ist auch wurscht. Vollkommen wurscht, wer das Tal mit was verschandeln will. Ist doch eh schon versaut. Schau dich doch um. Und ich versteh das schon: Überall in den Bergen ist ihnen das Wetter ein Dorn im Auge. Muss man ja verstehen. Wetter ist halt Touristenkriterium Nummer eins. Schau mal rüber ans Sudelfeld. Da machen sie jetzt Kunstschnee im großen Stil. Und sagen selbst, dass das nur für dreißig Jahre noch hilft. Dieses Skifahrergschwerl, ich sag's dir, das ist das Allerletzte. Speicherseen und Wasserleitungen in Almwiesen verlegen, damit man Kunstschnee machen kann für ein paar Wochen im Jahr. Damit so ein paar Deppen aus dem Rheinland mit dem Sechszylinder die A8 verstopfen, bis sie dann in ihre Plastikanzügerl gewandet auf den Ski rumrutschen. So ein saudummer Sport. Vollkommen verblödet. Komplett sinnfrei. Dagegen sind Sonnen- und Pumpkraftwerke, Klimazelte und Wetternetze ja direkt eine Wohltat an der Menschheit.«

Klaus Westphal stutzte. »Meinst du das wirklich?«

»Mein ich. Wirklich. Abriss sämtlicher Liftanlagen und Alpenvereinshütten. Das wird, glaube ich, mein Wahlprogramm. Wer in die Berge will, soll gefälligst auf seinen Beinen aufsteigen, und wenn einer da oben übernachten will, dann soll er einen Survival-Kurs machen. Bis vor hundert Jahren hat auch keiner in den Bergen übernachtet. Da kommen diese Bergsteiger daher und bauen Hütten. Und wo früher eine Hütte mit Plumpsklo war, muss es heute Wellness sein. Ich kann die ganzen Idioten nicht mehr sehen. Ich pack's einfach nicht mehr. Der Alpenverein gehört wegen Naturfrevel und Tierquälerei angezeigt. Und wegen optischer Körperverletzung.«

»Ah ja. Und wie meinst das jetzt, ›Wahlprogramm‹?«, fragte Klaus Westphal.

»Ja mei, unser Wahlkreis hat keine grüne Landtagsabgeordnete mehr.«

»Und da willst du …?«

»Genau. So desolat, wie die bayerischen Grünen sind, krieg ich bei denen auf Anhieb einen Spitzenplatz. Die brauchen wieder mal einen mit kariertem Hemd und Schafwolljanker.«

Westphal witterte Morgenluft. Wenn er mit einem neuen Spitzenkontakt in der bayerischen Landespolitik zurück nach Berlin kam, stärkte das seine Position in der Agentur. Außerdem brauchte so ein Kandidat kommunikative Unterstützung aus professioneller Hand. »Nicht schlecht, Gonzo. Ich meine, Karl-Heinz. ›Gonzo‹ geht natürlich nicht mit diesen Ambitionen.«

»Was meinst du, was alles geht, Klaus. Die Leute wollen auch mal echte Typen und nicht so glatte Duckmäuser. Da können sie auch die staatstragende Partei wählen. Die züchten schon in ihrer Jugendorganisation geschmeidige Arschlöcher, damit das halbe Land hinten reinkriechen kann, wenns was geworden sind.«

Klaus Westphal nickte. Hartinger hatte den Nagel auf den Kopf getroffen. »Vielleicht sollten wir uns mal über eine Kommunikationsstrategie unterhalten. Kostenlos und unverbindlich, natürlich.«

»Pass auf, hier kommt meine Kommunikationsstrategie: Ich kläre die Morde an der Veronika Pliz und am Mathias Kupfer auf. Und dann wollen wir mal schauen, wer mich im Oberland nicht wählt.«

Klaus Westphal schaute skeptisch drein.

»Oder glaubst du das nicht, Klausi?«, erwiderte Hartinger verbal den Blick. »Glaubst, dass da Seilschaften dahinterstecken, an die ich nicht rankomme?«

»Ähhh, ich … ich glaub erst mal gar nichts, Gonzo.«

»Gesunde Einstellung.«

»Du, ich glaub nicht, aber ich weiß, dass mein Flieger in zwei Stunden abhebt. Ich muss dann mal …«, leitete Klaus Westphal seinen Abschied ein.

Hartinger kam eine Idee. »Ich fahr dich. Bin sowieso gerade auf dem Weg nach München. Machen wir halt einen Abstecher zum Flughafen.«

»Ich hab das Taxi schon bestellt …«

»Taxi?« Hartinger tat entsetzt. »Habt's ihr einen Geldscheißer da in Berlin? Das kostet ja sicher 300 Euro!«

»Dreihundertfünfzig, um genau zu sein«, antwortete Westphal.

»Ich mach's für hundertfuffzig«, bot Hartinger an. Er ging zurück in die Hotellobby, schnappte sich Westphals Koffer und schleppte ihn hinaus zum Volvo, der schräg auf dem Gehsteig vor dem Hotel stand. Er verstaute Bärli auf dem Rücksitz und das Gepäck im Kofferraum, ohne dass er vom leisen Protest seines Freundes nur die geringste Notiz nahm. Nachdem er den verbeulten Kofferraumdeckel zugeschlagen und die Fahrertür geöffnet hatte, entdeckte er den Strafzettel unterm Scheibenwischer. Er studierte ihn genau. »Polizeimeisterin Nathalie Berchtenbreiter. Na, sauber. Das können sie. Während im Wald Leute reihenweise umgebracht werden, passen sie genau auf, dass keiner auf dem Bürgersteig parkt.« Er hielt Westphal den Zettel hin. »180 Euro meinte ich.«

Der PR-Profi schüttelte resigniert den Kopf, ging um das Auto herum, öffnete den Schlag und ließ sich auf den grünen Velour des alten Schweden fallen.

23

Aus Klaus Westphal war auf der Fahrt zum Flughafen nichts Erhellendes herauszuholen gewesen. Hartinger hatte es durchgezogen und vor Terminal 2 stehend 180 Euro verlangt. Zweihundert hatte ihm Westphal in die Hand gedrückt. Mit diesem Bezahlakt war ihre Freundschaft wohl Geschichte.

Was kümmerte Hartinger das? Mit einem, der seine Prinzipien umfassend an eine PR-Agentur und ihre Auftraggeber verkauft hatte, wollte er nichts zu tun haben. Sprit und Strafzettel abgerechnet hatte Hartinger einen satten Hunderter Gewinn gemacht mit der Taxifahrt von Garmisch zum Flughafen.

Mit dem guten Gefühl, Dotti endlich einmal wieder zum Essen ausführen und dabei auch die Rechnung begleichen zu können, hatte er das Auto vor dem rechtsmedizinischen Institut geparkt und gewartet, bis sie zur Mittagspause aus dem Haus trat. Er wusste, dass sie so gut wie nie in der institutseigenen Kantine aß, sondern sich die Beine vertrat, wenn immer es sich einrichten ließ.

Hartinger hatte Glück. Er wartete keine zehn Minuten, da kam Dotti aus der Institutspforte. Er sah ihr zu, wie sie in ihrem Sommerkleid die vier Stufen zum Gehsteig hinabschwebte. Ihre dunklen Locken trug sie offen, und die strenge Lesebrille hatte sie durch eine italienische Sonnenbrille ersetzt. Ja, das war die Frau seiner Träume. Was sollte er mit Volontärinnen des Garmisch-Partenkirchner Tagblatts, die vielleicht halb so alt waren wie er? Die, die da auf sein Auto zulief, ohne es bisher bemerkt zu haben, die war es.

Er stieg aus und stellte sich ihr in den Weg. Ihr schönes Gesicht erblühte zu einem Rundumlächeln, als sie gewahr wurde, wer ihr da den Weg blockierte. Ohne ein Wort zu sagen, küssten sie sich lange und innig. Passanten wunderten sich einmal mehr, was die mondäne Frau, die einem Werbespot für hochwertigste französische schweizerische Feinstrumpfhosen entsprungen zu sein schien, mit dem Huraxdax in ausgebeulter Jeans, fadenscheinigem kariertem Flanellhemd und Haferlschuhen anfangen mochte.

Kurze Zeit später saßen sie beim Japaner in der Maistraße. Erst als Dotti in den verbeulten Volvo gestiegen war, hatte sich Hartinger wieder daran erinnert, dass ja noch Bärli auf der Rückbank des Wagens lag. Die Frage, ob man den riesigen Mischlingshund mit ins Restaurant nehmen konnte, erübrigte sich, als Hartinger den Wagen nahe der Maistraße in eine Parkbucht zwängte: Bärli schlief tief und fest, und Hartinger wusste aus Erfahrung, dass sich daran in den nächsten eineinhalb Stunden nichts ändern würde. Statt den Hund zu wecken, entschied er, sicherheitshalber jede halbe Stunden nach ihm zu sehen.

Hartinger war froh, dass es beim Japaner keinen rohen Fisch gab, während Dorothee Allgäuer erst nach dreimaligem Nachfragen akzeptieren wollte, dass die J-Bar kein Sushi und kein Sashimi anbot. Sie aßen sich quer durch das Menü von Edamame bis Teriyaki-Lachs.

Zwischen den vielen kleinen Gängen versuchte Hartinger immer wieder, kriminalmedizinische Ermittlungsergebnisse zu erhaschen. Immer und immer wieder wälzte er sein Viertel- bis bestenfalls Halbwissen über die beiden Garmischer Mordfälle, auf dass sie irgendwann auf ein Detail einsteigen würde. Immerhin wusste immer noch niemand, auf welche Weise die Landtagsabgeordnete Veronika Pilz vom Leben zum Tod befördert worden war.

»Ich kann's dir nicht sagen«, erklärte Dotti Allgäuer irgendwann entnervt. »Auf keinen Fall. Das ist nicht nur ein

Verstoß gegen das Dienstgeheimnis, das grenzt an Landesverrat.« Sie knallte die Essstäbchen auf den kleinen dunklen Holztisch. Selten war sie so ernst. Sie nahm die Stäbchen wieder in die rechte Hand und trommelte ein Stakkato auf die Tischplatte, mit dem sie jeder Silbe des Gesagten rhythmisch Ausdruck verlieh. »Nein und nochmals nein, Gonzo. Die sperren mich ein. Ich bin Verwaltungsleiterin des Instituts. Und sie kennen unsere Verbindung. Wer weiß, wer uns jetzt gerade zuhört.«

Hartinger musste nicht darüber grübeln, was sie meinte. In Zeiten, in denen Paranoiker ihr Handy ausschalteten, vom Akku befreiten und in den Kühlschrank legten, wenn sie mit dem Steuerberater etwas zu besprechen hatten, war davon auszugehen, dass sämtliche Sicherheitsbehörden des Landes die Liaison Hartinger/Allgäuer auf dem Schirm hatten. Bernd Schneider, offiziell vom LKA, inoffiziell beim BND, MAD, Verfassungsschutz oder einem Dienst, den niemand richtig kannte, wusste sowieso von der Amour fou des Paares Hartinger/Allgäuer.

Überhaupt, dieser Schneider, dachte Hartinger, während er Dotti zuhörte. Undurchschaubar. Hatte Hartinger wider Erwarten bislang ungeschoren gelassen. Nicht einmal per Telefon hatte er sich gemeldet. War die Bekanntgabe des Mordes an der Landtagsabgeordneten Pilz durch Hartinger den Mächtigen vielleicht sogar gelegen gekommen? Sie hatten ja nur seine Meldung bestätigen müssen. Hatte Hartinger, ohne es zu wollen, als Pressesprecher des Innenministeriums gedient?

Wer wusste schon, nach welcher Logik die da oben funktionierten. Immerhin hatte sich kein Minister, Staatssekretär oder Polizeioberrat vor die Presse stellen müssen. Es hatte ihnen gereicht, mitten in der Nacht eine E-Mail an ihren Presseverteiler zu senden.

»Dotti, falls es etwas gibt, eine kleine Info, ein Hinweis,

was da oben am Wank passiert ist …«, insistierte Hartinger. »Wir beiden, wir haben schon Fälle aufgeklärt, die sonst hinten runtergefallen wären, du und ich …«

»Nein. Nein, nein, nein. Diesmal nicht. Ende der Durchsage.« Sie unterstrich die Gültigkeit ihrer Erklärung durch einen energischen Biss in ein wehrloses Lachsfilet. »Außerdem, glaubst du wirklich, dass sie dich dazu brauchen? Du hörst es ungern, ich weiß, aber wir haben eine funktionierende Polizei. In diesem Fall ist nicht nur das LKA, sondern das BKA eingeschaltet. Kann ja einen terroristischen Hintergrund haben. Eine Landtagsabgeordnete.«

»Terrorismus, so ein Quatsch.«

»Du weißt also nichts, aber das besser als die Offiziellen. Typisch Hartinger.«

»Ich habe andere Informationen als die«, flüsterte Hartinger. »Zugegeben, es sind komplett widersprüchliche Informationen. Und ich hab keinen Schimmer, wie sie zusammenpassen. Wenn sie überhaupt zutreffen … stimmt schon …«

»Du wirst doch nicht an dir selbst zweifeln? Ein ganz neuer Zug an dir.«

Hartinger ging nicht auf ihren Spott ein. »Jetzt pass auf: Der eine Tote war Totengräber. Also, ich meine, Bestatter. Dann eine Landtagsabgeordnete. Im ersten Fall sagt der örtliche Sheriff einem Verdächtigen nach, dass er mit Kinderpornos zu schaffen habe. Dieser Verdächtige ist Ehemann einer der reichsten Frauen des Kontinents. Die Tote im anderen Fall war mal liiert mit einem der mächtigsten Manager im Lande. Und war dann Spitzenpolitikerin.«

Dotti schaute ihn mit großen Augen an. »Ja, und?«

»Hm, genau. Was verbindet die?«

»Wie wär's mit: nichts? Zwei Morde, zwei unterschiedliche Täter, zwei unterschiedliche Motive, zufälligerweise passiert in derselben Woche. So was soll vorkommen.«

»Ja, bei euch in der Stadt, da wird jede Woche an jeder Ecke gemordet. Aber bei uns da draußen …«

»Ist doch Quatsch. Statistische Häufung sucht sich doch nicht den Ort aus, an der sie geschieht.«

Hartinger schlug mit der flachen Hand auf den Tisch. »Eben! Es ist kein Zufall, keine statistische Häufung. Sondern es gibt einen Zusammenhang.«

»Kinderpornos? Bei Veronika Pilz? Das halte ich jetzt wirklich für zu weit hergeholt. Was man von der weiß, stand die auf Männer.«

»Ist zu einfach, ich weiß«, gab Hartinger zu.

»Viel zu einfach. Vor allem, weil du nicht weißt, ob das nicht kompletter Quatsch ist, was euer Oberpolizist Bernbacher da verbreitet. Hast du dir da schon mal Gedanken gemacht, warum er gegen den Verdächtigen im ersten Fall so massiv wird? Auch noch gegen einen, der in einer ganz anderen Liga spielt? Der ihm über drei Ecken die Karriere aber so was von versauen kann?«

»Der Bernbacher hat doch keine Karriere mehr. Der ist Chef der Garmischer Polizei. Der hat sein Häusl in Garmisch abbezahlt. Wenn der befördert werden sollte, dann zur Direktion Süd nach Rosenheim. Da will der in zehn kalten Wintern nicht hin. Nein, der Typ ist angekommen.«

»Verlieren will er den Posten aber auch nicht. So einer muss schon eine ganz starke Motivation haben, um einen wie den Herrn von Bürstner …«

»Seidl heißt er.«

»Ja, ist gut, er ist ein emanzipierter Mann, der Förster. Jedenfalls den Mann mitzunehmen auf die PI, um ihn zu vernehmen, das würden sich viele andere Oberpolizisten in diesem Lande schon mal nicht trauen. Euer Bernbacher hat es getan. Und dich im Anschluss mit einem Gerücht über Kinderpornos versorgt. Eigentlich ist das karrieretechnisches Harakiri, was der Mann treibt, Häusl abbezahlt oder nicht. Der Seidl oder die Bank seiner Frau können ihm einen Prozess wegen übler Nachrede an den Hals hängen, da ist das Häusl in null Komma nichts wieder weg.«

»Na ja, ich werde es nicht beweisen können, dass er mir gegenüber das gesagt hat«, grübelte Hartinger. »Andererseits, der Seidl Leo wusste es ja, dass der Bernbacher ihn damit auf dem Kieker hat. Wieso hat er ihn nicht schon längst abgesägt, wenn das angeblich für einen wie ihn so einfach geht in diesem schönen Lande?«

»Bist du der Privatdetektiv oder ich?«

»Ich bin Journalist.«

»Ja, ja. Schon gut. Und ich bin Verwaltungsleiterin des rechtsmedizinischen Instituts der Universität München. Ich muss zurück an meinen Schreibtisch. Bleibst du über Nacht?«

»Wenn du mich so bettelst«, grinste Hartinger.

»Gut. Ich geh davon aus, dass du den Nachmittag mit deinem Freund Weißhaupt verbringst, um aus dem irgendwas rauszukitzeln. Bitte sei gewarnt: Solltest du nach 22 Uhr aus dem Schumann's zu mir in die Wohnung torkeln, könnte es sein, dass ich schlafe. Wenn du mehr willst von mir außer den Verrat von Dienstgeheimnissen, dann solltest du früher bei mir aufkreuzen. Aber früher kommen ist ja deine Spezialität.«

»Moment!«, protestierte Hartinger.

»Schon gut. Spaß.« Sie klickte die Handtasche auf und legte einen Fünfziger auf die Mitte des Tisches. »Sollte reichen.«

»Ich lad dich heute ein!«, triumphierte Hartinger, schob ihren Geldschein zurück und kramte in seiner Jeanstasche. »Irgendwo muss er doch … ich hatte da … nach dem Tanken noch einen Hunderter …«

»Passt schon, Gonzo«, amüsierte sich Dotti.

»Nein, wirklich, das geht nicht. Ich hatte … Ich muss

noch mal zum Flughafen raus. Den habe ich da draußen an der AGIP-Tankstelle verloren.«

»Du könntest anrufen.«

»Stimmt.« Er kramte in der anderen Hosentasche. »Ähh, mein Handy ... Das habe ich auch da draußen in der Tankstelle auf den Tresen gelegt.«

»Na toll, Herr Hartinger. Gut, dass der Kopf angewachsen ist.«

»Saudumm. Jetzt muss ich echt noch mal da rausfahren ...«

»Willst du nicht erst von meinem Handy aus das deinige anrufen, ob das wirklich da an der Tanke liegt?«

Hartinger stand schon. »Nein, ich bin total sicher. Komm, lass uns zum Auto gehen.«

24

Niemand hatte auch nur einen leisen Verdacht geäußert. Also konnte es so weitergehen. Zumindest war in der Zeitung nichts gestanden, was irgendjemanden darauf gebracht hätte. Sie tappten vollkommen im Dunkeln. Über den Hias Kupfer machten sich Gerüchte breit im Ort. Dass er es mit Kindern gehabt haben sollte. Das hatte er nicht verdient. Natürlich, weg musste er. Aber mit den Kindern ... So ein Schmarrn. Woher sie das wieder hatten? Sie waren halt alle gut da unten im Loisachtal, wenn es ums Maulzerreißen über die Nachbarn und Freunde ging. Da machte ihnen so schnell keiner was vor.

Eben deswegen mussten sie ja weg, die auf der Liste. Denn wenn das rauskommt ... Nicht auszumalen. Furchtbar. Nein, nicht daran denken. War schon ein bisserl schad um den Hias. Aber nur ein bisserl. Und die Veronika? Hatte es verdient. Dieses Flitscherl, dieses groß gewordene. *Zu* groß war die geworden. Doch geändert hatte die sich nie. Mit dreizehn hatte sie die Buben in den Pausenhof vom Lyceum gelockt. Mit einem war sie mal im Schülerinnenklo verschwunden. Und ein andermal nach dem Schlusskonzert des Chors, als zum ersten Mal die Sänger vom Gymnasium mitsingen durften, im Chor der Mädchenschule. Da hatte sie doch mit dem Tenor auf der Weichbodenmatte im Geräteraum der Turnhalle … Das wussten doch damals schon alle. Glück hatte sie gehabt, dass sie von den Schwestern nicht erwischt worden war.

Nicht schade drum. Eh ein Wunder, dass sie es so weit gebracht hatte. Na ja, hochgeschlafen hatte sie sich. Und das war noch freundlich ausgedrückt. Mit dem Manager von der Stromfirma ins Bett. Und dann schnurstracks geheiratet. Und das als Grüne. Bei denen war sie eh nur gewesen, weil sie damals bei den Schwarzen noch keine Chance gehabt hatte. Als Frau. Die ständig ihr Maul aufreißen musste. Damit hätte sie heute noch keine Chance bei denen. Die waren so blöd nicht, dass sie sich von den Weibern regieren ließen. Gut war's, dass sie weg war, die Vroni.

Gehört hatte man nichts. Oder gelesen. Sie untersuchten noch. Doch da konnten sie lang untersuchen, da kamen sie nicht drauf. Die Liste hatte ja keiner.

Morgen kam die Nummer drei dran. Wenn die Liste nur nicht so lang gewesen wär. Die hatten es damals schon ein bisserl übertrieben. Gleich wegmachen hätten sie die sollen. Gleich weg.

25

Hartinger verfluchte sich. Zum zweiten Mal war er an der richtigen Ausfahrt vorbeigefahren. Irgendwie musste man doch zu dieser Tankstelle gelangen, auch wenn man auf den Flughafen zufuhr. Und nicht nur, wenn man auf der langen Flughafenallee in Richtung München chauffierte.

Zum zweiten Mal umkreiste er Terminal 1 und hatte seine liebe Mühe, nicht irgendwo im Freisinger Umland herauszukommen. Beim dritten Mal müsste er es schaffen.

Ein schwarzer Audi A8 überholte ihn in der Tempo-60-Zone rechts mit solchem Karacho, dass der Volvo wankte. Nur wenige hundert Meter weiter musste die Limousine bremsen, da sich ein blauer Airport-City-Bus ohne Rücksicht auf Verluste aus dem Parkplatz des Zentralbereichs schob und die rechte wie mittlere Fahrbahn versperrte. Auf der linken Spur stand ein Autolaster, der neue Mietwagen ablud.

»Jetzt passiert's«, rief Hartinger in Erwartung eines filmreifen Stunts. Seine rechte Hand hatte er bereits in der Fototasche auf dem Beifahrersitz. Doch es gab kein spektakuläres Motiv zu schießen. Der Fahrer des schweren Audi kam gerade noch zum Stehen, bevor er auf die abgesenkte Ladefläche des Transporters aufgefahren wäre. Hartinger drosselte das Tempo, um im Vorbeifahren das hoffentlich dumme Gesicht des Beinahe-Kaskadeurs zu betrachten. Als er in Höhe des Audi ankam, sah er im Fond des Wagens zwei Bekannte. Der ehemalige Bürgermeister Hans Wilhelm Meier tagte mit Klaus Westphal. Hartinger hätte vor Staunen beinahe die Kurve verpasst, die scharf nach links um das Terminal führte.

Er erwischte diesmal die richtige Ausfahrt und erreichte

die Tankstelle. Sein Handy war abgegeben worden, vom Hunderter natürlich keine Spur.

26

»Was soll ich dir berichten?«

»Was du herausgefunden hast.«

Kurt Weißhaupt stach lustlos in den Röstkartoffeln herum. »Über die Pilz steht doch alles im Internet. Ich hab auch nicht mehr für dich, Gonzo.«

»Dann hättest mich ja nicht einbestellt. Du weißt, ich bin in diesem Etablissement oft und lang genug gesessen. Ich kann diese ganzen Stadtfressen nicht mehr derpacken.«

»Ah, geh. Weil die Dorffressen so viel angenehmer anzuschauen sind, was?« Mit dem aufkommenden Streit steigerte sich auch der Appetit des ehemaligen Lokalchefs. Er stach tief in die Erdäpfel hinein, hebelte sich eine gehörige Ladung zwischen die Zahnreihen und kaute wild, dass der schlohweiße Haarkranz auf- und abschwang.

Bärli war inzwischen wieder wach und hockte neben Hartinger, eine Schale mit Wasser vor sich. Hartinger war zuvor mit dem Hund durch den Hofgarten gegangen, damit Bärli etwas Auslauf bekam, und hatte ihn vor der Bayerischen Staatskanzlei sein Geschäft erledigen lassen, das Hartinger anschließend, unter den gestrengen Blicken der dort Wache haltenden Ordnungshüter, vorschriftsmäßig entfernt hatte.

»Früher, da waren hier noch nicht ausschließlich diese Isarpreißn. Oder täusche ich mich?«, sagte Hartinger. »Da ist ja tout Niederkassel da herinnen. Wir zwei sind die einzigen Münchner.« Er ließ den Blick durch Schumann's Bar streifen. »Und der Charles halt.«

»Der kommt aus der Oberpfalz. Und du aus Garmisch. Nix Münchner. Ich bin der Einzige.« Kurt Weißhaupt nahm zufrieden einen großen Schluck Pils und spülte damit die Mundhöhle aus.

»Na, dann ist es ja noch schlimmer. Wenn du mal nicht mehr …«

»Was soll mir schon passieren?«, fragte Weißhaupt. »Überhaupt, passiert: Hab ich dir erzählt, was *mir* passiert ist vor zwei Wochen? Also, ich das Porsche Cabrio von einem Freund ausgeliehen – von wem, tut nichts zur Sache – und mit einer Eule – ein Prachtstück, alles dran – raus an den Tegernsee. Tagsüber war's ja schon schön warm, doch nachts … Aber jetzt warte. Wir zwei Turteltäubchen gurken schön auf der romantischen Route durchs Oberland … Ich sag's dir, herrlich ist es schon bei uns; ich versteh die Isarpreißn, dass sie alle her wollen.«

»Dass sie her wollen, ist nicht so schlimm. Dass sie dableiben, ist das Problem«, warf Hartinger ein.

»Ganz recht. Also, jedenfalls, im offenen Porsche ist das eine noch größere Gaudi. Natürlich über den Spitzingsee und durch die Valepp. Musst halt ein paar Leutln kennen, dann geht des schon auf der gesperrten Straße. Dann am Abend einen kleinen, aber durchaus feinen Imbiss eingenommen im Freihaus Brenner. Na ja, ein bisserl spät ist es geworden, und beim Heimfahren, hinter Waakirchen, auf einmal: rote Kelle. Die Kieberei. Ich in die Eisen und rechts raus und schön das Fenster runter, beim Ausrollen, wegen Sauerstoff, du verstehst; ein paar Glasl waren das schon im Freihaus. Jedenfalls kommt so ein Riese in Uniform auf mich zu, und ich, damit ich nicht so klein bin in dem flachen Porsche vor dem Polizisten, ich steig aus, ich Depp. Mach die Tür auf und steig einfach aus. Was soll ich dir sagen: Glatteis. Direkt unter meinen feinen Tanzschucherln war es spiegelglatt. Mich hat's gefällt wie eine Eiche.

Zack! Bumm! Peinlich. Was willst da machen? Dem muss klar gewesen sein: Der Opa hat ein paar Schnapserl intus. Angriff ist die beste Verteidigung, sag ich mir. Und zu dem jungen Mann sag ich: ›Tut mir leid, aber getrunken hab ich fei nix. Weil ich bin seit drei Jahren sauber. AA, Sie verstehen? Anonyme.‹ Sagt der zu mir: ›Wir sind von der Schleierfahndung. Solange Sie keinen Nigerianer im Porsche verstecken, ist alles in Ordnung.‹ – ›Naa, sag ich, wo hätt ich denn den Nigerianer? Das ist ein zweisitziger Sportwagen. Und das da ist eine Dame. Ein Prachtweib. Damit ist der Sportwagen gut gefüllt.‹ Da lacht der herzlich und sagt zu mir: ›Heutzutage ist alles möglich, letztens haben wir zwei Afghanen im Eichensarg im Leichenwagen gefunden. Lebendige. Und einen Ghanaer unter den Schlachtabfällen vom Miesbacher Schlachthof. Dabei war der Muslim, der Ghanaer, und mochte wirklich kein Schweinernes. Wünsche gute Fahrt. Achtung, an manchen Stellen überfrierende Nässe. Gute Nacht, die Herrschaften.‹ Und lässt mich einfach weiterfahren. Die Eule, die hat geglaubt, ich hab das mit dem Hinfallen absichtlich gemacht. Die war so begeistert von der Einlage, dass sie noch im Auto angefangen hat … Du kannst es dir vorstellen …«

Hartinger lauschte der Erzählung nur mit einem Ohr, denn an der Bar hatten sich zwei Blondinen niedergelassen, die den Eindruck machten, unglaublich auf der Suche nach einem Abenteuer zu sein. Hartinger hatte gegen seine Gewohnheit schon drei Pils im Blut und spürte in sich das durch den Alkohol gesteigerte Verlangen erwachen.

Weißhaupt pausierte, um den Beifall des Jüngeren für seine autofahrerische wie aufreißerische Heldentat einzuheimsen. Als von der gegenüberliegenden Seite des Tisches nichts kam, stach er erneut in das Essen, dieses Mal in das Roastbeef, das er mit wieder abflauender Laune zerbiss.

»Wahnsinn, Kurt, a Hund bist scho«, sagte Hartinger pflichtbewusst. »Aber jetzt zur Veronika Pilz. Komm, du gehst bei solchen Leuten ein und aus, ganz Bogenhausen lädt dich zu Salons und Empfängen ein. Du musst mehr wissen, als im Internet steht. Warum bringt die jemand um? Was hat die für Feinde? Wer hat was davon?«

»Cui bono, die alte Kriminalistenregel. Wer hat was davon? Das bringt mich wieder auf etwas ganz anderes: Wieso überlässt du das Schnüffeln nicht den Kriminalisten?«

»Erstens hast du mich drauf gebracht, dass ich als Generalfeldberichterstatter aus Garmisch ein gutes Geld verdienen kann. Zweitens bist du schon der Zweite, der mich heute vom Recherchieren abbringen will.«

»Ah, und wer war der Erste? Vielleicht der Mörder!«

»Wohl kaum. Die Erste, um genau zu sein, war die Dotti.«

»Ah, man ist sich wieder nähergekommen, die Frau Rechtsmedizinerin und der Herr rasende Reporter? Dann brauchst ja den zwei Täubchen da drüben an der Theke nicht die ganze Zeit auf die Hintern zu glotzen, während du dich mit mir unterhältst.«

»Wer unterhält sich? Du erzählst mir eine Geschichte vom Autofahren durchs Oberland. Und von Afrikanern in Särgen.«

»Es waren Afghanen«, berichtigte Weißhaupt. »Zwei in *einem* Eichensarg.«

»Wie auch immer …« Hartinger nahm das Schüsselchen voll Salzbrezeln und schüttete sich den kompletten Inhalt in den Rachen. Er verschluckte sich, musste sein Bier in einem Zug leeren, um nicht zu ersticken, und bekam einen Hustenanfall, der sogar den bräsigen Weißhaupt dazu bewegte, aufzustehen, um den Tisch herumzuspringen und ihm auf den Rücken zu klopfen.

»Geht's wieder?«, fragte Weißhaupt, als Hartinger die Tränen am Hemd abwischte.

»Sag das noch mal mit den Ghanaern.«

»Afghanen«, bestand Weißhaupt. »Zwei Afghanen im Sarg. Geschmuggelt wahrscheinlich, über die österreichische Grenze. Ich hab da auch nicht nachgefragt, weil ich war froh, dass der Kieberer ...«

»Mensch, Kurt! Der Kupfer Hias! Bestatter!«

»Ja, schon. Und?«

»Auch unser Landkreis grenzt an Österreich. Wir haben zwei Grenzübergänge. Und wenn du das Ammertal mitrechnest, drei. Und so ein Leichenwagen ist das perfekte Versteck für einen Schleuser. Da schaut ja keiner rein in einen Sarg.«

»Der Schleierfahnder von Waakirchen hat offenbar sehr wohl reingeschaut.«

»Das kriegst du mir doch vielleicht morgen raus, warum er das getan hat. Das kann wichtig sein. Vielleicht haben die da die Spur eines Nigerianer ...«

»Afghanen ...!«

»... schmugglerings«, vollendete Hartinger das Wort. »Du kennst doch das ganze LKA, da wird sich doch herausfinden lassen, wie der Typ aus Waakirchen hieß. Und wenn nicht, dann kannst du doch den Lucky von der Pressestelle fragen, oder? Ob die da mehr Bestatter wissen, die da verdächtig sind. Aber sag ja nichts von Garmisch, das will ich als Erster herausfinden. Außer der Lucky sagt von sich aus was.«

»Wenn es was zum Herausfinden gibt«, warf Weißhaupt ein.

»Aber jetzt ist es erst einmal egal. Mensch, Kurt, jetzt brauchen wir eine Verbindung zu Veronika Pilz!«

Weißhaupt starrte auf sein Roastbeef. »Verbindung? Zu einem Totengräber in Garmisch?«

»Sie war immerhin auch aus Garmisch. Ziemlich genau gleich alt. Sie hat ihn gekannt, das ist ja klar. Jeder kennt jeden da draußen. Das ist schon mal eine Verbindung. Und die sind innerhalb weniger Tage am selben Berg umgebracht worden. Das ist ja auch eine.«

»Dann müssen wir nur noch herausfinden, was sie zwischen Jugend und Tod, also zu Lebzeiten, verbunden hat.«

»Wir, Kurt? Bist du dabei?«

»Was soll ich sonst machen? Ich langweile mich ja zu Tode, seit die von der Zeitung den Beratervertrag um die Hälfte gekürzt haben.«

»Gut, dann rollst du hier in München jeden Stein von rechts nach links. Und ich mache das in Garmisch. Zuerst schau ich mir den Kupfer Hias an. Beziehungsweise seinen Betrieb, das Bestattungsunternehmen. Und natürlich seine Frau. Denn – hab ich dir das gesagt? – der Polizeichef von Garmisch meint, er hätte mit Kinderpornos zu tun gehabt.«

»Mach du das da draußen.«

»Und jetzt noch eines, Kurt: Was hast du denn mir mitteilen wollen? Warum treffen wir uns heute hier?«

»Na ja, ich meinte, es interessiert dich, dass die Veronika Pilz eine Klage am Hals hatte vor einiger Zeit. Wegen Verbindung zur …«

»… kinderpornographischen Szene!«

»Nein, wo denkst du hin? Spinnst du? Ganz was anderes: Sie hat im Maximilianeum Gras geraucht. Auf der Damentoilette.«

»Du spinnst.«

»Ist echt wahr. Ich hab die Akten gesehen. Anklage ist mangels Verdachts von der Staatsanwaltschaft fallen gelassen worden, und die ganze Geschichte wurde unter den Teppich gekehrt. Aber die Pilz hat sich wohl regelmäßig im Landtagsgebäude bekifft. Der Hausmeister schwört Stein und Bein, dass es da immer irrsinnig nach Gras gerochen hat, wenn die während der Sitzung zum Bieseln gegangen ist.«

»Der Hausmeister?«

»Der Exhausmeister. Den hat man auch fallen lassen. Die Vroni Pilz war sehr, sehr gut vernetzt.«

»Aber Kurt! Mensch! Das ist ja schon wieder eine Spur!«

»Gonzo, ich werd alt.« Weißhaupt ließ die Schultern sinken. »Wieso komm ich Depp da nicht selbst drauf?«

»Und dann diese ganze Klima-Scheiße da. Und der Energieschmarrn. Pumpspeicherwerk, Parabolspiegel, Überdachung des Tals. Dieser ausgemachte Irrsinn. Da muss doch die Pilz auch etwas gewusst haben.«

»Na ja, es weiß ja jeder, weil's in der Zeitung steht.«

»Ich meine gewusst, bevor es in der Zeitung gestanden hat. Außerdem steht nur das Klimanetz, also die Überdachung, in der Zeitung. Von dem anderen Zeugsl am Wank, am Esterberg, da weiß ja keiner etwas.«

»Was meinst du jetzt, Gonzo?«

»Siehst du, Kurt, wenn nicht mal du etwas weißt.«

»Wegen was, was keiner weiß, wird auch keiner umgebracht.«

Hartinger schaute den Blonden an der Bar auf die mediävistischen Hinterteile. »Hm. Was keiner weiß, macht keinen heiß«, murmelte er versonnen.

27

Hartinger hatte nicht die Zeit, den Rest des Abends mit Weißhaupt im Schumann's, mit den Blondinen an der Bar oder gar die ganze Nacht bei Dotti zu verbringen. Das ging schon allein wegen Bärli nicht. Der hatte bei Dotti Hausverbot, seitdem er einen Dreierpack Furla-Strumpfhosen verspeist hatte. Außerdem musste Hartinger zurück nach Garmisch-Partenkirchen, um mehr herauszufinden über den toten Kupfer Hias und seine Machenschaften.

Um halb zehn brach Hartinger auf. Er spürte, dass da etwas ganz Großes im Anmarsch war. Vielleicht würde er den Scoop seines Lebens landen, dachte er auf der Rückfahrt im Volvo auf der A95. Jetzt, da Lex Peininger als Bild-Skandalreporter, zuständig für den deutschen Süden, wahrscheinlich abgewirtschaftet hatte, würde ihm womöglich die große Zeitung mit den dicken Buchstaben einen Job anbieten. Als junger Mann, vor zwanzig Jahren, da hätte er sich allein bei dem Gedanken verabscheut. Sein eigenes Spiegelbild hätte er nicht mehr ertragen, wenn er sich bei einer solchen Überlegung erwischt hätte. Mittlerweile war er siebenundvierzig und dachte anders. Er wusste, dass die in Berlin nach wie vor sehr gut bezahlten. Und Geld konnte Hartinger weiß Göttin gebrauchen. Denn außer siebenundvierzig war er auch noch ziemlich pleite.

Also, so rekapitulierte er für sich selbst, während der 760er durch Garmisch-Partenkirchens Vorort Oberau schnurrte, ein Bestatter, der afrikanische … afghanische Flüchtlinge schmuggelt, und eine kiffende Grüne. Beide tot. Beide am Wank. Immer noch wusste er nicht, wie Veronika Pilz umgekommen war. Auch das musste er endlich herausfinden. Und Weißhaupt musste den Namen des ehemaligen Hausmeisters des Maximilianeums in Erfahrung bringen. Sowie im LKA etwas über Menschenschmuggel in oberbayerischen Särgen. Er sprach sich selbst eine To-do-Liste auf die Mailbox des Handys: »Erstens: Bestattungsunternehmen Kupfer unter die Lupe nehmen. Zweitens: Kupfers Witwe Luise aufsuchen. Drittens: Bernbacher treffen, um die Todesursache im Fall Pilz zu erfahren. Viertens: Was macht Klaus Westphal zusammen mit Hans Wilhelm Meier am Flughafen? Fünftens: Was ist mit den Kinderpornos?

Morgen auf dem Stammtisch vom Tomboy Suldinger unbedingt nachforschen, wer im Ort was weiß.«

Es gab jede Menge zu tun. Als Ein-Mann-Ermittlungsteam hatte man es schon schwer, räsonierte er, als er das Garmisch-Partenkirchner Ortsschild passierte. Dabei war sein größter Gegner die Zeit. Er musste die Abnehmer seiner Storys mit Neuem versorgen. Idealerweise mit Nachrichten, die sich um das Bankhaus der Bürstners rankten. Denn nur deren Name garantierte überregionale und internationale Aufmerksamkeit. Wer interessierte sich schon für eine bayerische Landtagsabgeordnete? Von denen war man einiges gewohnt. Ob sie nun ihre eigenen Familienmitglieder als Bürohilfen scheinbeschäftigten oder mit Modellautos aus der Psychiatrie Handel trieben, das bayerische Parlament bestand doch zu einem Gutteil aus armseligen kleinen Gaunern. Grattler halt, die es lang genug in der Partei ausgehalten hatten, um noch zu stehen, wenn die anderen schon gefallen waren. Nicht einmal zu anständigen Politverbrechern, wie sie Nationen, die was auf sich hielten, zu ihrer Elite zählten, etwa die Türkei, Russland, von China ganz zu schweigen, reichte es im ehemaligen Märchenkönigreich. Darum fanden sie ja alle diesen Märchenkönig so geil. Der hatte nicht nur sein Land in den Ruin gebaut, sondern auch zusammen mit seinem Hofkammermeister Pläne entwickelt, wie Banken auf dem Balkan zu überfallen seien. Ein richtiger Jesse James wäre der Ludwig zwo gewesen, wenn er nicht gleichzeitig diesen Hang zu seinen Stallburschen und seinem Lieblingskomponisten gehabt hätte.

Zeit zu verlieren hatte Hartinger jedenfalls keine. Die offiziellen Ermittler hatten sicher schon den Laden des Kupfer Hias auf den Kopf gestellt. Wobei es auch nicht zwingend so sein musste. Sie mussten ja nicht den gleichen Verdacht hegen wie Hartinger. Vielleicht hatten sie die Geschäftsräume von Kupfer Bestattungen GmbH & Co. KG also auch nicht durchsucht. Doch dann sollte er sich erst recht beeilen. Ja, so schloss er für sich, es wäre das Beste, der Polizei zuvorzukommen, denn sie konnten ja morgen oder wann auch immer auf die gleiche Idee kommen wie er. Am allerbesten ... ja, doch, es wäre das Vernünftigste, den Besuch jetzt, nachts, um 23 Uhr, abzuhalten. Wenn man bei einem Einbruch in die Geschäftsräume eines Mordopfers überhaupt von Vernunft sprechen konnte.

Hartinger ließ den Volvo am Partenkirchner Friedhof – und an der gegenüberliegenden Polizeiinspektion, dem im Volksmund »Bullenkloster« genannten Brachialbau – vorbeirollen und bog nach rechts in die Unterfeldstraße ab. Er parkte den Wagen zweihundert Meter vor dem Betrieb des Mathias Kupfer. Mit einem Blick auf die Rückbank vergewisserte er sich, dass Bärli wieder tief und fest schlief. Was gut so war. Bei dem, was er vorhatte, konnte er den Hund schlecht mitnehmen. Er holte aus dem Kofferraum das nötige Werkzeug. Als Lokalfotograf war es Hartinger gewohnt, sich Zutritt zu verschaffen und dafür alle denkbaren Türen öffnen zu müssen, und als ehemaliger Polizeireporter hatte er schon vor zwanzig Jahren in München gelernt, wie das funktionierte. Mit umgebogenen Nägeln, Büroklammern oder Kreditkarten hielten sich Profis nicht auf. Ebenso wenig war es ratsam, unter großem Lärm Fenster einzuschlagen oder Türen mit dem Stemmeisen aufzuhebeln. Hartinger hatte schon seit Jahren ein Multipick-Gerät immer dabei, mit dem man in das Türschloss eindrang und durch elektrisches Rütteln die Bärte des Schlosses dazu bewegte, sich in die richtige Stellung zu bringen.

Hartinger schloss den Kofferraumdeckel und näherte sich im Schatten der Straßenbäume dem Bestattungsunternehmen Kupfer. Er schlich, verdeckt durch ein paar große Grabdenkmäler, die der Bestatter vom benachbarten Steinmetz ausgeliehen hatte, durch den Vorgarten zum Eingang des Flachbaus. Hier waren Büro, Ausstellung und Werkstatt der Firma Kupfer untergebracht. Zwar mangelte es Hartinger an Übung mit dem Multipick, doch nach einigem Probieren von unterschiedlichen Stäbchen und Rüttelgeschwindigkeiten machte es plötzlich *k-lack*, und die Tür ließ sich öffnen. Sie gab den Weg frei in den schlichten Empfangsraum des Instituts.

Das Kupfer'sche Unternehmen war eines der alten Schule. Im Schein des Handydisplays erkannte Hartinger ein im Eichenfurnier gehaltenes Büro, das wohl als Empfang und Besprechungszimmer für trauernde Kunden diente. Ein großes Kreuz an der Wand hinter dem Chefsessel signalisierte, auf welche Glaubensrichtung man hier spezialisiert war, wobei die Urkunde, die an der Wand neben dem Meisterbrief hing, den Bestatter Mathias Kupfer auch als zertifizierten Bestatter nach muslimischer Tradition auswies.

Durch einen Rundbogen ging es links in den Ausstellungsraum für Särge und Urnen. Eine Metalltür an der hinteren Wand des Empfangsraums musste wohl in die Werkstatt des Bestatters führen.

Hartinger nahm sich zunächst den Schreibtisch im Empfangsraum vor, doch die breite Schublade unter der Tischplatte war bis auf ein paar Blätter Papier und drei Kugelschreiber leer. Offenbar diente dieses Möbel tatsächlich nur dem Beratungsgespräch. Es musste noch ein richtiges Büro geben.

Die Sarg- und Urnenausstellung erachtete Hartinger als vernachlässigbar. Seine Neugierde trieb ihn regelrecht durch die hintere Tür. Was würde sich dort wohl befinden? Frisch eingesargte oder zum Einsargen vorbereitete Leichen? Bei näherer Betrachtung schloss er diese Möglichkeit aus. Heutzutage wurden Tote sicher nicht mehr über Nacht außerhalb der Kühlschublade einer kommunalen Leichenhalle aufbewahrt. Es war also nichts Gruseliges daran, die Klinke zu drücken und durch diese Türe zu gehen. Da lag ganz sicher keine halb verweste Oma.

Hartinger zögerte dennoch. Irgendetwas sagte ihm, dass er auf der Hut sein musste. Oder war er von der Szenerie beeinflusst, die ihn an einen billigen Horrorfilm erinnerte? Er war doch Schlimmeres gewohnt von seinen zahlreichen Einsätzen. Und war die Leiche auf dem Dachboden des Sonnenbichl-Hotels vor zwei Jahren nicht in ganz furchtbarem Zustand gewesen? Jetzt wieder abhauen? Unverrichteter Dinge diesen Einbruch beenden? Wenn er sich schon strafbar machte, dann sollte sich ein zu erwartender Gefängnisaufenthalt wenigstens lohnen. Er musste wissen, ob es irgendwelche Hinweise auf Menschenschmuggel gab. Auf den Transport von lebendigen Körpern in Särgen.

Er drückte die Klinke nach unten. Als ein Luftzug durch den Spalt strich, den die Tür freigab, versuchte er ganz vorsichtig einzuatmen. Würde es nach Verwesung riechen?

Er roch Desinfektionsmittel, was ihn beruhigte. Langsam drehte er den Kopf, um durch den Spalt hindurchlinsen zu können. Er erahnte einen weiß gekachelten Raum, der bis auf zwei Särge, die auf Halterungen an der rechten Wand ruhten, leer war. Er zog die Tür weiter auf und ging so leise wie irgend möglich hinein in den Raum. Hinter sich schloss er die Tür. Da er kein Fenster ausmachen konnte, das ihn nach draußen verraten würde, konnte er ruhig die Deckenbeleuchtung anknipsen. Der Lichtschalter glimmte rot in der hinteren Ecke des Raums. Hartinger ging drei Schritte, streckte die Hand aus und drückte.

Mit einem Schlag wurde es gleißend hell. Das hatte er erwartet, doch nicht damit gerechnet, dass ein ohrenbetäubender Lärm aus Deckenlautsprechern erklang.

»Buffalo Soldier. Verflucht. Reggae!«, flüsterte Hartinger. »Und das mir.« Er drückte den Schalter ganz schnell zum zweiten Mal, und Licht und Lärm waren weg.

Hartinger wunderte sich. Reggae von Bob Marley hörte der nach außen so gesittete Bestatter während des Leichenwaschens und Einsargens? Oder hatte er einen Rastafari als Gehilfen eingestellt? Jedenfalls hielt es Hartinger für bemerkenswert genug, um im nächsten Raum, in den er durch eine weitere Tür gelangte, größere Vorsicht walten zu lassen. Er leuchtete sich lieber wieder mit dem Handy den Weg, auch auf die Gefahr hin, dass der Akku mitten in der Nacht, bestimmt fünfzehn Stunden nachdem er das Telefon vom Stecker gezogen hatte, am Rand seiner Energiereserven anlangte.

Er zog die Tür auf und hielt inne, um zu horchen, ob sein Eindringen nicht mittlerweile bemerkt worden war. Er ging davon aus, dass die Witwe des Totengräbers im Haus wohnte, das hinter dem Gewerbeflachbau in der Wiese stand, und in den Tagen nach dem Mord an ihrem Mann einen leichten Schlaf hatte. Ihr wollte er erst am folgenden Morgen einen Besuch abstatten. Sie als Weiße Frau im Nachthemd zwischen den Särgen auftauchen zu sehen – das war etwas, was Hartinger gerade nicht brauchte. Denn zwischen Särgen stand er nun. Er musste im Sarglager angekommen sein.

Nun galt es, seine Theorie zu untermauern. Gab es hier ein Modell, das vielleicht mit Atemlöchern oder Getränkeschläuchen auf den Transport von Lebenden ausgelegt war? Mühsam stemmte er Sargdeckel um Sargdeckel nach oben. Das war nicht leicht, denn in der Linken hielt er das leuchtende Telefon, das ihm wenigstens ungefähre Einblicke in die Kisten ermöglichte. Doch sosehr er in die Deckel und auf die Wände und Böden der Särge leuchtete und diese abtastete, er fand keine Auffälligkeiten.

Er wollte bereits aufgeben und das Bestattungsunternehmen Kupfer wieder verlassen, da machte er noch eine Tür zwischen zwei hochkant an die Wand gelehnten Sargdeckeln aus. Er drückte die Klinke und rüttelte, doch die Stahltür ließ sich nicht öffnen. Er warf sich mit der linken Schulter dagegen, um auszuschließen, dass sie nicht einfach nur klemmte. Nachdem ihm dies seinem Ziel nicht näher gebracht hatte, zog er aus der Hosentasche das Aufschließwerkzeug und machte sich am Schloss zu schaffen.

Er hatte diesmal erheblich mehr Mühe als mit der Eingangstür. Das Schloss hier war wesentlich neuerer Art. Im Schein des Telefons versuchte er Aufsatz um Aufsatz, bis die Batterien beider Geräte – die des Handys und des Multipicks – nacheinander den Geist aufgaben. Zunächst meldete das Telefon mit einem Piep die endgültige Erschöpfung und stellte sämtliche Dienste ein. Dann merkte er, wie das Vibrato des Multipicks immer langsamer wurde – doch mit dem letzten Wackler sprang das Schloss auf.

Hartinger öffnete die Stahltüre einen Spalt und sah – nichts. Komplette Dunkelheit empfing ihn. Er glaube aber einen Geruch wahrzunehmen. Ja, es gab keinen Irrtum. Es roch eindeutig nach Marihuana. Er hätte ein Vermögen, das er niemals gehabt hatte, für eine Taschenlampe oder wenigstens ein Streichholz gegeben.

»Herr im Himmel!«, schimpfte er und schob zur Sicherheit ein »Kreizkruzifix!« hinterher.

Als habe ihn jemand dort oben ge- und erhört, läutete die Glocke der nahe gelegenen Friedhofskapelle zwölf Mal. Und eine Zeitschaltuhr befahl einer Batterie von Pflanzenlichtern im Raum vor ihm genau Schlag Mitternacht anzuspringen.

Hartinger erschrak erneut, aber nicht so arg wie beim Höllenlärm im Einsargraum. Er hielt sich eine Hand über die Augen, denn die Intensität des Lichts war beinahe umwerfend. Als er schließlich die ersten Photonen durch die Finger auf seine Netzhaut treffen ließ, stockte ihm der Atem.

Es handelte sich um eine veritable Indoor-Hanfplantage, die sich vor ihm erstreckte. Der lang gezogene Raum hatte bestimmt fünfzig Quadratmeter. Hartinger erkannte an der hinteren Seite geschlossene Garagentore. Die Oberlichter waren mit schwarzem Filz abgeklebt. In zehn Reihen standen die berauschenden Pflanzen mit ihren charakteristischen handförmigen Blättern in Hydrokultur-Kästen Spalier. Über jedem der Bäumchen hing ein Scheinwerfer. Es handelte sich um Spezial-Pflanzenlicht, das eine sonnenhelle Lichtfront auf Hartinger warf.

Ebenfalls regelmäßig über das niedrige Wäldchen verteilt hingen schwarze Lüftungsrohre von der Decke, die oben in zwei großen eckigen Klimaanlagen-Schächten endeten. Die Edelstahl-Röhren wiederum führten zu einer Anlage, die Be- und Entlüftung übernahm und sicherlich die ins Freie dringende Abluft filterte.

»Wow!«, staunte Hartinger. »Und ich dachte, so was gibt's nur in Berlin … oder Amsterdam …« Er langte nach einer der Pflanzen, zupfte ein Blatt ab, zerrieb es zwischen den Fingern und roch daran. »Süßer Duft der Jugend …«, flüsterte er. Dann wurde es wieder dunkel.

Aber nicht, weil die Zeitschaltuhren die Bestrahlung der Pflanzen abgeregelt hätten. Vielmehr hatte ihm jemand einen Totschläger über den Hinterkopf gezogen und ihm damit das Licht ausgeknipst.

28

»Und, haben wir ihn da, wo wir ihn haben wollen, den Hartinger?« Veit Gruber schloss die Türe zu seinem Büro-Kabuff im Berggasthaus Panorama, nachdem er verstohlen nach draußen gelugt hatte. Es musste nicht sein, dass jemand wusste, dass der ehemalige Bürgermeister Hans Wilhelm Meier schon wieder mit ihm konspirierte.

Meier saß wie ein unterer Angestellter beim Fabrikdirektor auf seinem niedrigen Stuhl und wartete, bis Gruber seinen mächtigen Chefsessel eingenommen hatte. »Ja, wir haben die Kathi Mitterer ordentlich unter Druck gesetzt. Wenn die nicht bald die Baugenehmigung für ihren Hof beibringt, dann reißen wir das alte Glump weg.«

»Langsam, langsam, Hansi. So viele schöne alte Höfe haben wir auch nicht mehr bei uns. Aus touristischer Sicht ist der Mittererhof eine Perle.« Gruber nippte am Kaffee, von dem wie immer eine Grappawolke aufstieg. »Bei genauerer Betrachtung, eigentlich direkt rausgeschmissen, dass die Frau da alleine wohnt. Mit dem Buben. Doch der geht doch eh bald in die Welt hinaus. Bei dem Vater … Könnte man echt ein Schmuckkasterl draus machen. Müsste man halt erwerben. Günstig. Ohne Baugenehmigung steht das da oben rum als amtlich anerkannter Schwarzbau. Da kann der Hof ja nichts kosten. Ordentlich renovieren muss man. Müsste ja eh weg, wenn's illegal gebaut worden ist. Dann schreit der Denkmalschutz auch nicht. Und die haben wir doch sowieso in der Tasche, oder? Ich meine, über die Partei … Das schaun wir dann, wie das geht.« Er nahm einen großen Schluck. »Du, Hansi, die spontanen Ideen sind doch wie immer die besten. Ein Luxury-Hideaway-Almhotel. Fünf Sterne mit ordentlich Wellness und original Werdenfelser Heupackung. Boutique-Hotel. Nur für ganz erlesene Gäste. Verstehst, was ich meine?«

»Ich fürchte, ja«, sagte Meier.

»Muss halt besser erschlossen werden, die ganze Gegend. Überleg dir das doch: Graseck da oben. Die Österreicher, die hätten die ganzen Wiesen zwischen Vorder-, Mitter- und Hintergraseck schon längst mit Luxus-Apartments im Heustadel-Stil zugestellt. ›Almdorf 1890‹ oder so. Ha, des wär doch was? Da brauchen wir zunächst eine anständige Straße da ’nauf. Das wird deine erste Aufgabe, wenn du die Macht endlich wieder ergreifst.«

Hans Wilhelm Meier starrte auf den links an der Wand hängenden Kalender des Gastronomiebedarfslieferanten, der eine Löwenzahnwiese und die Waxensteine zeigte. »Ja, ja, Veit. Das wird ganz großartig. Aber, nur fürs Protokoll: Noch gehört dir der Mittererhof nicht. Und zweitens gibt's selbst bei uns schon seit Längerem keine Machtergreifungen mehr. Es wird gewählt.«

»Und schau, was dabei für ein Schmarrn rauskommt!« Grubers Bluthochdruck ließ ihn nie im Stich. Er konnte jederzeit aus dem Stegreif einen derartigen Zornanfall bekommen, dass seine Kocherl und Bedienungen einen Teufel taten, den Chef in irgendeiner Weise zu reizen. Auch jetzt fuhr ihm der Zorn in die Glieder. Binnen Sekundenbruchteilen leuchtete der Schwellschädel ampelrot auf. »Ist doch unfassbar! Klimanetz. So ein Schafscheiß! Pumpspeicherwerke. Regnen lassen, wenn kein Tourist da ist, und schneien, wenn man Winter will. Das sind doch die Ideen von vollkommen durchgeknallten Kommunisten. Ja, Kommunisten. Wetter nach dem Fünfjahresplan! Hat die Welt so was schon gehört!«

Er griff erneut nach der Kaffeetasse, und als er erkannte, dass sie leer war, sprang er wie ein Schachterlteufel auf, wischte an Gruber vorbei, riss die Türe des Verschlags auf und brüllte in seine Wirtschaft: »Mandy, Birgit, Jacqueline – einen Kaffee! Aber einen doppelten!« Dann schmiss er die Tür wieder zu.

Erschöpft ließ er sich in seinen Sessel sinken. Er schnaufte wie ein andalusischer Stier in der dritten Stunde seines Todeskampfes in der Arena von Jerez.

»Wolltest du nicht einmal das Skistadion überdachen und eine riesige Eisfläche drin einrichten mit drei Eisshows in drei Eisringen gleichzeitig?«, erinnerte der ehemalige Bürgermeister seinen Spezi. »Und, wenn ich mich richtig erinnere: Der Slalomhang direkt daneben am Gudiberg, sollte da nicht auch ein Dach drüber und Kühlschlangen in den Boden, damit mal Sommerskifahren kann? Auf Kunstschnee, im ersten Immersportort der Welt?«

»Aber Hansi! Das waren doch hervorragende Ideen. Und sie bleiben es. Unter uns, ich habe die noch lange nicht aufgegeben. Nur bekommen wir mit dem Sport-Thema die jetzige Rathausregierung halt nicht bewegt. Alles auf Energie, erneuerbare, nachhaltige, und Umwelt natürlich. Der ganze Schmarrn. Als könnte man da runterbeißen, von der Umwelt. Aber vom Tourismus, da kann man runterbeißen, da leben etliche Familien seit vielen Generationen davon!«

»Ja, deine halt«, lachte Exbürgermeister Meier. »Aber die Zeiten ändern sich. Auch unsere Partei und unsere Staatsregierung müssen so tun, als würden sie den Scheißdreck mitmachen. Schau dir die Schwaben an. Wer hätte denn gedacht, dass die jemals einen Grünen zum Ministerpräsidenten machen?«

Veit Gruber schwieg einen Augenblick. Er musste seinem Spezi recht geben. »Zurück zum Thema«, schnarrte er dann. »Was ist mit dem Hartinger? Schreibt der jetzt für uns?«

»Ich weiß es nicht. Ich habe nicht mit ihm geredet.«

»Aber Hansi!« Gruber beugte sich nach vorne über den Schreibtisch. »Welchen Sinn hat eine Erpressung, wenn der Erpresste nichts davon weiß?«

»Ich hab gemeint … Arbeitsteilung, verstehst? Ich regle das mit der Baugenehmigung, und du kümmerst dich um den Hartinger.«

»Ich? Wann hätten wir das besprochen?«

»Wann hätten wir besprochen, dass *ich* mit ihm rede?«

»Okay, Hansi, da haben wir beide ein bisserl etwas dazuzulernen. Interne Kommunikation. Steht auch immer im Harvard Business Manager.« Er zeigte auf den Stapel Monatshefte auf dem Schreibtisch.

»Wie liest man die, wenn sie eingeschweißt sind?«, wunderte sich Meier.

Gruber stutzte. »Äh, Internetabo. Egal. Also, wer setzt jetzt dem Hartinger die Pistole auf die Brust?«

»Gut, ich kümmere mich darum«, knickte Meier ein.

»Na also, Hansi, warum nicht gleich so? Geht doch. Brauchst seine Handynummer?«

29

Hartinger erwachte. Und befand sich mitten in einem Albtraum. Er lag auf dem Rücken. Er hob den Kopf – und stieß mit der Stirn gegen einen festen Gegenstand. Er hob die Hände und tastete um sich. Das da über ihm war … ein Brett? Und rechts und links neben ihm waren ebenfalls Bretter. Er war in einer Kiste. Nein, das hatten sie nicht … Er tastete wie ein Besessener um sich und schlug sich den Kopf noch einmal oben an.

Doch, sie hatten. Und zwar ihn in einen Sarg gelegt.

Er drückte mit den Händen, die er nur mit äußerster

Mühe vor die Brust bekam, gegen den Sargdeckel, doch der bewegte sich keinen Millimeter.

Panik stieg in ihm auf.

Er konnte nicht anders.

Er schrie aus Leibeskräften.

»Hilfe!«, kreischte er, und seine Stimme überschlug sich.

Er spürte, wie er hysterisch wurde.

»Wenn ich merke, dass ich panisch und hysterisch werde, kann ich noch denken. Lass mich weiterdenken. Lass mich darüber nachdenken, dass ich hier nicht panisch und hysterisch werden darf«, redete er mit sich selbst. »Ich denke jetzt daran, dass ich nicht panisch werde, dass ich ruhig bleibe. Ich atme aus. Zähle bis zwanzig.«

Er begann zu zählen. »Eins, zwei, drei, vier, fünf …« Bis dahin kam er. Dann packte ihn eine weitere Panikattacke. Er schlug mit Kopf, Händen und Füßen wild um sich. Zumindest versuchte er es in der Knappheit des Raumes. Er spürte, wie die Haut über den Handknöcheln platzte. Er rammte die Knie nach oben, was die Kniescheiben mit einem stechenden Schmerz quittierten. Der Kopf brummte noch vom Schlag mit dem Totschläger und drohte durch die Rammstöße gegen den Sargdeckel zu platzen. Die Schmerzen brachten ihn zurück aus der Hysterie in die Realität.

»Denk nach, Hartinger, atme aus«, sagte er zu sich. »Was ist das für ein Sarg?« Er versuchte, das Material zu ertasten. »Blankes Holz«, stellte er fest. »Keine Seidenauskleidung.« Er versuchte, die Holzsorte zu erschnüffeln. »Ganz simple Fichte. Kein Mahagoni. Kein Lack«, redete er weiter mit sich selbst. »Der Deckel ist ganz gerade. Er bildet kein Dach.« Er zwang sich wieder zum Nachdenken. »Was ist das für ein Sarg? Es ist eine einfache Kiste. Ich habe gelesen, dass seit der Bestattung von Papst Johannes Paul II. schlichte Fichtenkisten in Mode sind. Ich liege in so einer Kiste.« Er zählte wieder. »Eins, zwei, drei, vier, fünf, sechs, sieben, acht, neun, zehn. Geht doch. Atme aus, Hartinger. Elf, zwölf, dreizehn, vierzehn, fünfzehn. Du liegst also in einer einfachen Fichtenholzkiste. Was kannst du daraus schließen? Sechzehn, siebzehn, achtzehn, neunzehn, zwanzig. Hilft dir diese Information? Denk nach! Ich bekomme Luft. Ich bin wahrscheinlich nicht unter der Erde. Ich kann hier ewig liegen, solange ich Luft bekomme. Nein, nicht ewig. Irgendwann werde ich verdursten. In zwei, drei Tagen. Aber jemand wird mich vermissen. Sie werden mich suchen. Sie werden mein Handy anpeilen. Scheiße, das ist aus. Atme, Hartinger, atme ganz ruhig. Weißhaupt könnte darauf kommen, dass ich zum Bestatter gefahren bin. Doch was bringt das? Wer wird Weißhaupt fragen?« Die Panik kehrte zurück. Es war unerträglich heiß in der Kiste. »Einundzwanzig, zweiundzwanzig, dreiundzwanzig, vierundzwanzig, fünfundzwanzig. Ich bekomme Luft. Ich bin stark. Ich werde ein Loch in diesen Sarg treten. Ich werde das mit dem rechten, meinem starken Fuß tun. Nach oben? Kein Schwung. Zur Seite? Wenn ich mich auf die Seite drehe und mit der Ferse ausschlage … Kann ich versuchen, aber es ist verdammt eng hier. Nach unten? Wenn der Sarg auf dem Boden steht, bringt das nichts … Es muss eine Möglichkeit geben, denk nach. Ja, richtig. Nach vorne. In Richtung der Fußsohlen. Das kurze Ende der Kiste. Es wird am schnellsten nachgeben. Dieses Ende ist an allen vier Seiten geleimt. Ich muss mit den Fersen und den Sohlen neben die Innenkanten treten. Mit so viel Energie wie möglich. Erst muss ich ganz nach unten rutschen. Und versuchen, das rechte Knie so weit wie möglich nach oben zu ziehen. Ich brauche viel Schwung. Aber ich werde es schaffen. Ich, Karl-Heinz Hartinger, werde es schaffen.

Ich habe Luft.

Ich habe Kraft.

Ich schaffe es.«

30

Kathi kniete im Bauerngarten vor dem Haus. Sie hatte sich vorgenommen, das im Frühjahr sprießende Unkraut rechtzeitig einzudämmen. Wenigstens eine Stunde lang wollte sie im Rhabarberbeet jäten, bevor der sich über dem Kramer ankündigende Regen an diesem kühlen Maitag alle Outdoor-Aktivitäten unmöglich machte.

Plötzlich stand ein Audi vor dem windschiefen Zaun. Und ein feister Kerl drei Sekunden später über ihr. Ohne aufzusehen, sagte sie: »Geschlossen. Mittwoch Ruhetag. Steht doch unten an den Schildern.«

Der Besucher rührte sich nicht, sondern starrte ihr nur in den Dirndlausschnitt. Sie spürte den Blick in ihr Dekolleté, wie Frauen das nun einmal tun, stand auf und erkannte den Besucher. Energisch wischte sie die erdschmutzigen Hände an der Schürze ab, um sie zu Fäusten geballt in die Hüften zu stemmen. Der kam ihr gerade recht, der Nichtsnutz von Exbürgermeister. »Haben Sie nix zu tun? Ich hab geglaubt, Sie müssten jetzt auch mal was arbeiten, so wie unsereiner. Aber für den Schlitten da reicht's anscheinend noch. Sie wissen schon, dass das eine Privatstraße ist da rauf zu uns. Nur für Anlieger.«

»Ich hab ein Anliegen.«

»So? Da bin ich ja gespannt. Klar. Sie können natürlich am Mittwochvormittag mir nichts, dir nichts einen Ausflug nach Graseck machen. Während da unten, da in dem Rathaus, in dem Sie Ihr Unwesen getrieben haben, die Typen anfangen zu spinnen. Klimanetz, das ist ja noch schlimmer, als was Sie alles verbrochen haben. Aber Sie geben auch keine Ruhe. Und gehen mir auch noch persönlich auf die Nerven. Ist ja nicht zu derpacken. Wenn ich amal Amok lauf, dann braucht's euch fei nicht zu wundern, das sag ich euch.« Sie unterbrach ihr Geschimpfe, um sich mit dem linken Handrücken eine Locke aus dem Gesicht zu wischen.

Meier hatte auf diese Zäsur gewartet. »Ja, wegen dem Rathaus, deswegen bin ich da. Ich will ihn sprechen, den Hartinger, also den Gonzo. Ich will zum Hartinger.«

»Der Karl-Heinz ist nicht da. Seit gestern. Und überhaupts: Mit Ihnen will der sicher nix zu tun haben. Und ich auch nicht, Herr Exbürgermeister. Wiederschaun.«

»Aber ich muss dringend mit dem Hartinger ...«

»Der *Herr* Hartinger ist das für Sie, *Herr* Exbürgermeister. Er hat Ihnen mal das Leben gerettet, aber bilden Sie sich darauf bloß nichts ein. Er hat wahrscheinlich im Affekt gehandelt.«

»Wie auch immer. Ich würde ihm – und auch Ihnen, verehrte Frau Mitterer – sehr gerne meine Hilfe anbieten. Mir ist da etwas zu Ohren gekommen ...«

»Gut vernetzt, das sind wir immer noch, ha, der Herr Exbürgermeister?« Kathi konnte gar nicht oft genug »Exbürgermeister« sagen. Hoffentlich würde sich Meier noch möglichst lange auf ihrem Grund herumtreiben. Dann würde sie ein zweistelliges Ergebnis hinbekommen.

»Also, jedenfalls, das Bauamt hat, wie man hört ...«

»Ah, gehen's zu, hört man das jetzt schon im Ort unten? Eines sag ich Ihnen: Exbürgermeister einer Schlangengrube sind Sie.«

»Ja mei, die Leut, gell, sie reden halt ... dies und das und gern amal einen Schmarrn, das mag sein. Aber in diesem Fall, verehrte Frau Mitterer, ist doch wohl schon etwas dran, also ich meine, dass Sie rechte Probleme haben mit der Baugenehmigung. Also, dass Sie eben keine haben, gell? Dass Sie da quasi einen Schwarzbau errichtet haben.«

»Ich? Jetzt hakt's aber aus. Ich hab doch nix errichtet. Der Hof ist da schon gestanden, da ist Ihre Familie noch mitten in der Völkerwanderung festgesteckt – irgendwo dahinten.« Sie deutete hinüber zur Schachenplatte und über die Wettersteinwand, an deren Südflanke nach Ansicht vieler Garmisch-Partenkirchner der Orient begann.

Meier grinste und sagte nur: »Gut möglich. Jedenfalls … haben Sie eine Baugenehmigung?«

Kathi Mitterer konnte nur die Hände noch energischer in die Hüften stemmen und innerlich aufstampfen. Sie musste wohl oder übel gute Miene zu einem – wie sie vermutete – abgekarteten Spiel machen. »Was wollen Sie, Herr Exbürgermeister?«

»Nun, wenn es stimmt, dass man da jetzt von Seiten der Gemeinde deutlich wird in Sachen Baugenehmigung, da könnte man schon was dagegen unternehmen.«

»Aha, und dazu brauch ich Sie, Herr Exbürgermeister? Wusste gar nicht, dass Sie Ihr Jurastudium beendet haben. Ich habe einen Anwalt, danke.«

Meier ließ sich nicht aus der Reserve locken. Er schauspielerte weiter den Jovialen. »Was Sie über mich alles wissen.« Er lachte gekünstelt. »Stimmt, ich hab mal ein paar Semester Jura studiert. Aber nein, Anwalt, das ist nichts für mich. Mich interessiert mehr das Erschaffen von bleibenden Werten. Ich habe das Makeln angefangen. Immobilien, Sie verstehen?«

Kathi Mitterer verstand nur zu gut. Vielleicht war das die richtige Zeit, um die alte Wehrmachts-Pistole ihres Opas aus dem Keller zu holen. Wenn man einem Immobilienmakler ein Loch in den Pelz brannte, bekam man sicher nicht nur mildernde Umstände von einem Schwurgericht zugesprochen, sondern auch von der einen oder anderen Menschenrechtsorganisation eine Auszeichnung verliehen. Doch bevor sie zur Tat schritt, wollte sie erst einmal wissen, was dieser Unsympath genau von ihr wollte. Sie ließ ihn reden.

»Ja, und weil ich nun mal so ein konstruktiver Mensch

bin, Frau Mitterer, habe ich mir gedacht, wir könnten da etwas … äh, konstruieren halt. Gell, Frau Mitterer?«

Kathi Mitterer traute Hans Wilhelm Meier ungefähr so weit, wie sie ihn werfen konnte. »Wir? Was konstruieren wir, ha?«, fragte sie so unwirsch wie irgend möglich und mit argwöhnisch zusammengekniffenen Augen nach.

»Genau. Wir. Also … ich. Ich habe da eine konstruktive Idee. Das Verschwinden der Pläne, die es ja vielleicht einmal gegeben haben könnte, aus dem Archiv der Gemeinde … man könnte es erklären.«

»Mit einer konstruktiven Idee erklären. Aha. Damit meinen Sie, mit einer Lügengeschichte«, sagte Kathi.

»Jetzt sind Sie halt nicht so haarspalterisch, Frau Mitterer. Sollen wir nicht lieber ins Haus …«

Die Augen der Mittererhofbäuerin verengten sich noch stärker. Sie schaute Meier scharf von der Seite an, so wie das vor ihr Generationen von Mittererhofbäuerinnen gemacht hatten, wenn ihre Mittererhofbauern morgens um halb vier nach Hause gekommen waren und eine Story aufgetischt hatten: von einem Unfall eines in der Partnachklamm nachts Holz triftenden Knechts, von einem umgestürzten Baum unten am Sägewerk oder von der Sturzgeburt eines Kalbes bei einem befreundeten Bauern im Tal. Kein Wort glaubte die Katharina Mitterer dem Kerl, der mit schwitzender Halbglatze vor ihr stand. Obwohl der so weit davon entfernt war, mit ihr verheiratet zu sein, wie die Erde von Beteigeuze. Diesen Typen, den leibhaftigen Meier Hans, sollte sie in ihr Haus lassen? Dann würde sie aber das Nudelholz in Griffweite haben.

So einem Politiker war alles zuzutrauen. Was wusste man schon, welche Allmachtsphantasien sich da durch jahrzehntelangen Machtmissbrauch als geistige Schlacken im Resthirn abgelagert hatten? Wenn er jetzt einfach das Spinnen angefangen hatte, der Meier, und ein Ventil brauchte für irgendeinen Schaden, den die Seele durch das Politikerleben zweifelsohne davongetragen hatte? War er heraufgekommen nach Graseck, um über sie herzufallen? Als Rache für etwas, was der Karl-Heinz ihm angetan hatte?

Dass der Exbürgermeister sich Exbürgermeister heißen lassen musste, das war das Verdienst von Karl-Heinz Hartinger. Ursächlich verantwortlich dafür war natürlich die mit Gier gepaarte Dummheit des Hans Wilhelm Meier, aber dass das alles herausgekommen war, daran war schon der Hartinger schuld, überlegte sie.

Meier wurde ungeduldig. »Also, was ist jetzt? Ich habe Ihnen einen Vorschlag zu machen. Beziehungsweise Ihrem ... na, was ist er denn eigentlich?«

»Neugierig ist der Herr Exbürgermeister auch noch. Nennen Sie ihn einfach meinen Mieter. Mehr ist der Herr Hartinger ganz sicher nicht für mich.«

Meier quittierte die Erklärung mit einem spöttischen Grinsen. »Ja dann«, meinte er nur.

»Genau.« Sie glaubte sich das selbst nicht, wie sollte es dann ein Dritter glauben. Doch sie trat zur Seite, um Meier den Weg ins Haus freizugeben.

»Einen Kaffee haben Sie doch sicher auch für mich, Frau Mitterer«, sagte der, als er auf die niedrige Tür des uralten Hofes zuschritt.

»Einen Caro kann ich Ihnen aufgießen, weil wir trinken nur Brennnesseltee da heroben. Zu mehr reicht's nicht«, schwindelte sie. So weit kam's noch, dass sie dem Meier am Ruhetag Kaffee kochte.

»Verzichte dankend.« Meier ging in das alte Bauernhaus, als wäre es seins. Er bog zielstrebig nach links in die Küche ab und pflanzte seinen in vielen Amtsjahren breit gesessenen Hintern auf die Eckbank hinter den quadratischen Tisch.

Sein unter der schwammigen Kopfschwarte und den

rausgefutterten Backerln einmal kantig gewesener Partenkirchner Schädel passte unter den Herrgottswinkel wie gemalt, das musste Kathi Mitterer zugeben. Meier sah aus, als würde er in der Küche des Mittererhofs als Nebendarsteller in einem Stück des Partenkirchner Bauerntheaters auftreten. Doch das, um was es hier ging, hatte einen ernsteren Hintergrund als die bei Einheimischen und Gästen beliebten Dreiakter, die auf der Bühne im Gasthof Zum Rassen gegeben wurden. Es ging um mehr als nur »A Zipferl vom Glück«, und es würde sich erst zeigen müssen, ob Kathi Mitterer so schlau war wie »Die pfiffige Urschl«.

Sie änderte ihre Taktik, wenn auch nur widerstrebend. Vielleicht war es in diesem Fall ja gut, nicht auf Kollisionskurs zu segeln. Wenn es um etwas Amtliches ging wie Baupläne aus dem Gemeindearchiv von Garmisch-Partenkirchen, konnten ihr auch die besten Kontakte in Münchner Ministerien und Machtzirkeln unter Umständen nichts nutzen. Wer würde sich auf diese Ebene herablassen? »Also, Herr Meier, einen Kaffee … Irgendwo hab ich sicher noch ein paar Bohnen. Muss ich halt schnell mahlen.« Sie griff zur Kaffeemühle im Regal über der Spüle. Das Erbstück konnte sie ihm notfalls über die Fleischmütze ziehen, dachte sie. So ganz traute sie der ganzen Sache immer noch nicht.

»Lassen Sie's gut sein«, winkte Meier ab. »Ein Glasl Wasser würde schon langen.«

»Gern.« Sie nahm einen Becher aus dem Küchenbuffet, füllte ihn am Hahn und stellte ihn vor Meier auf den Tisch.

Der leerte das ehemalige Senfglas in einem Zug. »Ahhh«, machte er. »Kommen wir zur Sache.«

Kathi stand immer noch an der Spüle und hielt die Kaffeemühle bereit.

»Jetzt setzen's sich doch her zu mir«, sagte Meier.

»Ich steh lieber.«

»Auch gut. Also, Ihr … Mieter. Es muss aufhören, Frau

Mitterer. Es geht nicht mehr. Der kann nicht ständig über diesen Ort schreiben, was ihm einfällt. Hier leben Leut, darauf muss er auch einmal Rücksicht nehmen.«

»Da können Sie recht haben. Aber was hat das mit der Baugenehmigung für meinen Hof zu tun?«

»Jetzt stellen Sie sich mal vor, Sie müssen den Hof …«

»… wegreißen? Da müsst's mich aber mit wegreißen. Ich kette mich an den Türstock!« Kathi umfasste die Kurbel der Kaffeemühle ein wenig stärker.

»Nein, nein, woher! Aber nein. Wegreißen, so einen schönen Hof, nein, das geht doch nicht. Aber stellen Sie sich vor, Sie müssen gewisse Umbauten vornehmen oder Rückbauten. Oder, um den Teufel an die Wand zu malen, eine Kanalisation graben lassen, weil man Ihnen die Sickergrube da heroben nicht länger genehmigt. Bisher *war* die ja wohl genehmigt, oder, Frau Mitterer? O mein Gott, stellen Sie sich das vor, liebe Frau Mitterer, was das kostet … einen Kanal graben bis runter ins Tal. Wenn das überhaupt genehmigungsfähig ist. Man muss ja durch den naturgeschützten Bergwald … Wenn ich mir das so überlege … Sie werden jegliche Unterstützung brauchen, um erst einmal das Planfeststellungsverfahren für den Kanal durchzustehen. Naturschützer, Grüne … die interessiert ja nicht der Mensch, der hier heroben seit Urzeiten lebt, und sein Abwasser. Die interessiert der Grottenolm, der vor zehn Jahren da unten in der Partnachklamm das letzte Mal gesichtet wurde. Ja, Frau Mitterer, da werden Sie Freunde brauchen. Gute Freunde.«

Meier genoss seine gönnerhafte Rolle sehr. So wie früher, wenn er dann und wann doch einmal einen um gemeindliche Zustimmung winselnden Einwohner seines Ortes zu sich durchgelassen hatte. In Ausnahmefällen hatte er das getan, selbstredend nur in absoluten Ausnahmefällen. Wenn der Antragsteller halt auch etwas zu bieten gehabt hatte. Etwa eine Stimme bei der kommenden Gemeinderatssitzung. Oder wenn sie der Meinungsführer in Wirtschaftsverbänden, Werbegemeinschaften oder Trachtenvereinen davon überzeugen konnte, irgendein Meier'sches Vorhaben zu unterstützen. Wenn der Bittsteller so etwas anzubieten hatte, dann, aber nur dann, hatte Meier in seinem schönen großen Büro im Rathaus eine Audienz gegeben. Und dann konnte der Besucher auch damit rechnen, dass ihm geholfen wurde. So manche Baugenehmigung einer Villa im alpenländisch-toskanischen Stil und das eine oder andere das Ortsbild nachhaltig versauende Einkaufszentrum hatte so den Weg an jeglichen geschmäcklerischen Einwänden vorbei in die betönerne Wirklichkeit gefunden.

»Ja mei«, musste Kathi leise zustimmen, »wissens, Geld hab ich nicht viel, ganz ehrlich. Und Freunde …«

»Sie haben ja jetzt mich, Frau Mitterer. Ich bin der ehemalige Bürgermeister. Und wenn es nach vielen, vielen Menschen in unserem schönen Tal geht, bin ich auch der zukünftige Bürgermeister. Weil ich bin für die *Menschen* da, nicht für die Amphibien. Und wenn ich Ihnen einen guten Rat geben darf: Wir bringen am besten einen neuen Plan herbei. Beziehungsweise lassen einen neuen zeichnen. Und der wird beglaubigt. Weil der alte ist verloren gegangen, also, Sie verstehen, als vermisst erklärt, amtlich. Sozusagen. Kann ich bezeugen, dass das während meiner Amtszeit passiert ist.«

Katharina Mitterer verstand nicht ganz, worauf Meier hinauswollte. »Vermisst? Amtlich?«

»Na ja, könnte ja sein, dass durchaus ein alter Plan dieses Hauses existiert hat – sagen wir, von 1880 – und dann aber von einem Bearbeiter der Gemeinde aus dem Archiv geholt wurde. Um irgendwas zu prüfen. Vielleicht die Versitzgruben, Frau Mitterer. Und der Gemeindemitarbeiter hat ihn dann verloren. Hat ihn mit nach Hause genommen. Unsere braven Beamten arbeiten ja auch mal am Wochenende. Und dann ist bei dem zu Hause irgend so eine Naturkatastrophe passiert. Hochwasser, Wohnungsbrand, polnische Putzfrau. Sie verstehen, Frau Mitterer? Futsch, weg, aus der Welt, der historische Plan. Was soll man machen? Man muss einen neuen Plan zeichnen. Und dann zeichnet man halt das Haus ab, das heute besteht – und damit ist der Schwarzbau genehmigt. Mitsamt den Sickergruben.«

Kathi Mitterer ging ein Weihnachtsbaum voll Lichtern auf. »Verstehe. Könnte es sein, dass das eine eher gängige Praxis Ihrer – Entschuldigung – ehemaligen Amtsführung beschreibt, Herr Meier?«

»Tut nix zur Sache. Also, was halten Sie von der Legalisierung Ihres Hofes?« Meier hatte vom Reden einen trockenen Mund bekommen. Wortlos hielt er Kathi Mitterer das leere Senfglas zwecks Nachfüllung hin.

»Von einem wie Ihnen krieg ich doch nichts geschenkt!«, wusste die Hausherrin, die von dem Glas keine Notiz zu nehmen schien.

»Das ist richtig, Frau Mitterer. Mir gefällt Ihr Realitätssinn. Die bodenständige Vernunft, die dem in unzähligen harten Wintern gestählten Überlebenswillen entspringt. Da hört man das Herz einer Bergbäuerin schlagen in Ihrer … ähh, Brust.« Meier konnte nicht anders, er musste an dieser Stelle seiner Politikerbrabbelei den Blick auf Kathi Mitterers Dirndlausschnitt werfen.

»Lassens meine Brust aus dem Spiel, Herr Meier.«

»Also, nicht, dass Sie meinen, dass ich … ich meine, vielmals Entschuldigung, echt sorry, ich hab das ganz anders … Ich … äh, ich bin ja nicht der Dings … Wie hat der gleich geheißen, der alte Depp von denen …? Also echt, vielmals sorry …«

Meier nahm sich vor, ausschließlich das Dreieck aus Augenwinkeln und Nasenspitze im Gesicht seiner Gesprächspartnerin zu fixieren. So, wie sie ihm das im Online-Seminar »Gender-optimierte Direktkommunikation mit WählerInnen« kurz vor seiner Abwahl noch beigebracht hatten. Die Partei hatte diese Lektion jedem ihrer männlichen Mitglieder zur Pflicht gemacht, das sich um ein Amt im Freistaat bewarb. Ihm hatte dies ebenso wenig gebracht wie vielen anderen der Internet-Kursus »Grenzen der Ko-Finanzierung privater Feierlichkeiten durch gemeinde- und landkreiseigene Unternehmen«, die die Grundsatzabteilung schon bald nach dem katastrophalen Abschneiden bei der Wahl ihren Bürgermeistern und Landräten landesweit aufs Auge gedrückt hatte. Derzeit arbeitete man an Teil drei der parteieigenen »Compliance Academy«, dem Webinar »Moralische Grundlagen der Vermengung von Privatgeschäften mit hoheitlichen Aufgaben in der Bauwirtschaft, der Jurisprudenz sowie des Heil- und Sozialwesens«. Dieses Training sollten auch Ministerinnen und Minister absolvieren müssen.

Doch es gab die ersten Warner in der Partei, die an den Stammtischen und in den Hinterzimmern die Frage stellten, ob die Genetik der Parteimitglieder überhaupt die Aufnahme solcher Lerninhalte zuließe, geschweige denn sich daraus abzuleitende Verhaltensänderungen ermögliche. Ob denn das nicht alles rausgeschmissenes Geld sei, fragten diese Unken, die nicht zu den unwesentlichen Stimmen in der Partei gehörten. Und, so fragten sie weiter, was denn so Schlimmes daran sei, dass sich einer ihrer bekanntesten Bundestagsabgeordneten die gleichzeitige Ranglistenführung in den Disziplinen »Abwesenheit bei namentlichen Abstimmungen« und »Veröffentlichungspflichtige Nebeneinkünfte« erarbeitet hatte. »Wir wollen Leute in den Parlamenten, die im Leben stehen, und nicht nur Lehrer und Beamte!«, hieß es immer wieder hinter verschlossenen Türen.

Gerade aufgrund der Gegenstimmung zum allgemeinen Sauberkeitstrend rechnete sich Hans Wilhelm Meier gute Chancen aus, in der nächsten Legislaturperiode wieder das Ruder in der Hand zu halten. In Garmisch-Partenkirchen oder gleich auf Landesebene. Kathi Mitterer und das, was er mit ihr vorhatte, waren nur Fingerübungen, Etüden in bayerischer politischer Basisarbeit. Seine unbestreitbaren Fähigkeiten auf diesem Gebiet galt es zu erhalten.

»Passt schon«, sprach ihn Kathi frei. »Also, auf was wollen Sie hinaus, Herr Meier?«

»Ich hab's doch schon gesagt«, entgegnete Meier genervt. »Der Herr Hartinger soll damit aufhören, über Garmisch-Partenkirchen Internetartikel zu verfassen, Interviews zu geben bei CNN und Al-Jazeera. Einfach: Ruhe einkehren lassen. Das Maul halten.«

»Das würde euch allen so passen. Und von was soll er dann leben? Der hat Alimente zu zahlen. Ich halt den nicht aus«, zürnte Kathi sofort wieder los. »Und können tut er ja nix. Da, schauns mal raus aus dem Küchenfenster. Sehens des da draußen? Den Stapel mit den Fensterläden? Die schleift er seit zwei Jahren ab. Also, angeblich. Passiert ist nichts. Den nimmt doch keiner als Handlanger im ganzen Ort.«

»Der Laden vom Buidlmacher ist gerade frei geworden.«

»Ein Fotolabor? Ja, wo leben Sie denn, Herr Exbürgermeister? Das braucht doch keiner mehr. Digitalisierung! Soll ich's Ihnen aufschreiben?«

»Es gibt immer was. Man muss nur arbeiten wollen. Außerdem …« Meier machte eine lange Pause. »Außerdem, liebe Frau Mitterer, habe ich noch einen ganz interessanten weiteren Vorschlag für Sie. Der könnte Sie für den Rest des Lebens sorgenfrei machen. Und Ihren Sohn auch. Ob Sie dem Hartinger was abgeben, was kümmert's mich …«

»Jetzt bin ich aber gespannt.« Kathi Mitterer setzte sich nun doch auf den Bauernstuhl. Auf den, der am weitesten von Hans Wilhelm Meier entfernt stand. Zuvor füllte sie schnell das Wasserglas ihres Gastes und stellte es vor diesem auf den blank geschrubbten Tisch.

»Wegen dem Bauplan. Also, den machen wir neu, verstehens, Frau Mitterer? Und da können wir im gleichen Aufwasch … na ja, eine Umwidmung des Geländes …« Meier hatte seine Mimik nicht im Griff. Immer wenn es um landwirtschaftliche Grundstücke ging, die sich in Bauplätze verwandeln sollten, nahm ein schmieriges Grinsen sein Gesicht ein und seine fleischige Zunge leckte die Oberlippe. »Sie wissen schon, dass Sie da heroben auf einem Kleinod sitzen. Was man da draus machen könnt … so rein, äh, touristisch gesehen …«

»Ein Hotel oder so was?« Kathi riss die Augen entsetzt auf.

»Gott bewahre! Ein Hotel … Nein, Frau Mitterer, wo denken Sie hin? Viel besser. Keinen Betonklotz in diese unsere wunderschöne Landschaft! Bewahre! Nein, ganz anders. Viele kleine Einheiten. Aus Holz. So wie früher. Da war auch alles aus Holz. Handwerk, Beständigkeit, Nachhaltigkeit. Verstehens, Frau Mitterer? Ein Almdorf. Das passt doch eher hierher.«

»Ein bitte was?«

»Ein Almdorf. Wenn der Weg hier herauf nicht so beschwerlich gewesen wäre für Ihre Vorfahren und die Erträge, die sie dem Boden im Schweiße des Angesichts abgerungen hätten, nicht so gering, dann gäbe es doch an dieser Stelle eins. Also holen wir das jetzt nach.«

»Wir? Holen ein Almdorf nach?« Es tat Kathi Mitterer sehr leid, dass sie die Kaffeemühle auf der Spüle abgestellt hatte. Auf einmal verspürte sie das ungemeine Verlangen, dem Meier damit einen Scheitel zu ziehen.

»Genau. Schauen Sie sich das mal an im Internet. Machen die Österreicher schon. Almdorf Anno Dazumal heißt das bei denen. Wunderschöne Hütten und Chalets. Fünf Sterne. Wellness. Und das stellen Sie sich bitte vor an diesem gottgeküssten Ort, verehrte Frau Mitterer. Sie müssen auch mal an die Zukunft denken. An die eigene vor allem. Wie soll denn das hier heroben weitergehen? Ihr Sohn ist jetzt sechzehn. Der macht bald Abitur. Dann studiert er. Dann geht er in die Stadt. Da wird er sich doch einen Job suchen. Mit Dampfnudelnkochen für Tagesgäste oder für die eine oder andere chinesische Delegation wird der sich nicht zufriedengeben. Aber wenn Sie ihm hier heroben eine Perspektive bieten, ein florierendes Geschäft aufbauen … Denken Sie nach, Frau Mitterer.«

Das tat die Kathi bereits. Sie sollte den Hof, die Wiesen, die ihre Vorfahren den Steilhängen abgetrotzt hatten, den betuchten Wellnesstouristen aus Niederkassel oder, schlimmer, Hannover vorwerfen? Damit sie mit ihren Porsche Cayennes zum Mittererhof raufbrausten und sich einreden konnten, ein unverfälschtes Bergleben zu führen? Mit Fünfsterneluxus? Unvorstellbar. Und wie sollte sie das überhaupt anstellen? Sie hatte von Projektentwicklung keine Ahnung. Und schon gar kein Geld dafür.

»So ein Quadratschmarrn, Herr Meier.« Sie schüttelte energisch den Kopf und vergaß vor Erregung den »Exbürgermeister«. »Das will ich nicht. Und das kann ich nicht.«

»Woran scheiterts denn, Frau Mitterer?«

»Na ja, schon allein am Geld. Haben Sie schon mal einer Nackerten in die Tasche gelangt?«

Genau das hätte der Meier bei Kathi Mitterer allzu gerne getan, aber er riss sich am Riemen und starrte stur auf das Augendreieck. »Geld, das ist doch nicht das Problem. Wo ein Wille ist, da ist auch ein Investor.«

»Ich glaube nicht, dass das etwas für mich ist, Herr Meier.

Und außerdem, was soll denn da der Karl-Heinz damit anfangen? Soll er die Dumpfbacken knipsen, wie sie nackert im Whirlpool vor Alpenkulisse sitzen und Champagner saufen? Das macht der nie.«

»Wie gesagt, Frau Mitterer, wenn man das richtig aufzieht, dann langt die Rendite bis zur nächsten Eiszeit. Da muss er vielleicht *gar nichts* mehr knipsen. Und kann endlich Ruhe geben. Vielleicht so einen Alpenkrimi schreiben von hier oben aus. So was Harmloses, die gehen doch zurzeit recht gut. Hauptsache, man druckt eine Kuh oder einen Hirschen vorne drauf. Notfalls Gams, Ziege oder mal einen Biber. Die Buchhandlungen in beiden Ortsteilen sind voll davon!«

Kathi Mitterer fand, es wäre an der Zeit, den Gast hinauszukomplimentieren. »Ja, ich überleg's mir mal. Muss ich auch mit meinem Sohn besprechen.« Sie stand auf und bewegte sich in Richtung Küchentür.

Doch Meier dachte gar nicht daran, auf den freundlichen Rauswurf einzugehen. Er lachte sein Gschaftlhuberlachen. »Ja, liebe Frau Mitterer, ich glaube, Sie haben die Zusammenhänge noch nicht ganz verstanden. Darf ich alles noch einmal für Sie zusammenfassen?«

Kathi stand wieder mit in die Hüften gestemmten Fäusten in der Küchentür. Langsam reichte es ihr wirklich. Der Kerl hielt sie auch noch für bescheuert. »Es passt schon, Herr Meier. Ich hab noch was zu tun. Die nächste Delegation aus München ... Minister, Staatssekretäre ... Sie sind doch noch Parteimitglied, oder? Wen soll ich denn das nächste Mal schön von Ihnen grüßen, wenn er bei mir sitzt und an der Dampfnudel kaut?«

Wie von der Tarantel gestochen stand Meier auf, fegte aus dem Herrgottswinkel und um den Tisch herum. Er sprang auf Kathi zu und packte sie mit Daumen und Zeigefinger am Kinn. »So, jetzt reicht's mir aber, du Flitscherl, du einschichtiges. Drohen brauchst du mir nicht. Ich kau dir gleich an deiner Dampfnudel, da wirst schaun. Hast mich nicht verstanden? Entweder du verlierst den Hof, weil er ein Schwarzbau ist, oder du machst mit und hast was davon. Überleg's dir. Überleg's dir gut. Aber nicht zu lang.« Er schürzte die Lippen, machte ein Bussi in die Luft vor Kathis Gesicht und stampfte durch die offen stehende Haustüre davon.

Kathi Mitterer stand wie paralysiert in ihrer Küche. Hätte sie doch nur nicht die Kaffeemühle aus der Hand gegeben. Aber wahrscheinlich war es gut, dass sie in den letzten zwanzig Sekunden kein Schlagwerkzeug zur Verfügung gehabt hatte. Wer konnte sagen, ob sie sonst nicht in ebendiesem Moment, in dem sie durch das Küchenfenster Meier in seinen Audi steigen sah, zum Schuppen gegangen wäre, um einen Spaten zu holen. Um das Loch auszuheben, in dem sie den Exbürgermeister mit seinem gespaltenen Quadratschädel entsorgt hätte.

Aber nein, sagte sie sich dann, sie hätte sie nicht umgebracht, diese Sau, sie wäre mit oder ohne Kaffeemühle in der Hand schockerstarrt dagestanden, als er sie am Kinn gepackt hatte. Wie ein kleines Schulmädchen hatte er sie getadelt, und sie hatte sich nicht gerührt. Und der Typ hatte das gewusst. Er hatte keine Sekunde daran gezweifelt, dass er damit ungeschoren davonkommen würde. Der hatte so etwas sicher schon des Öfteren abgeliefert. Am ärgerlichsten war nicht die unfassbare Frechheit, mit der Meier vorgegangen war, sondern ihre eigene Passivität. Das nächste Mal würde er weitergehen. »Na wart, du Drecksau, wart's nur ab«, zischelte sie dem Audi hinterher. Das würde ihr nicht noch mal passieren. Sie schüttelte sich.

Dann marschierte sie in den Keller. Opas P.38 lag in ein geöltes Tuch gewickelt hinter den Winteräpfeln im Regal.

Sie spürte die Kälte des Stahls durch das ölgetränkte Tuch, in das die Wehrmachtspistole gewickelt war. Die zugehörige Munition musste irgendwo oben auf dem Speicher versteckt sein. Sie stieg hinauf. Hartingers Bett, der alte Schrank, die Hemden des Großvaters darin, aus deren Bestand sich Hartinger nun seit zwei Jahren kleidete. Sie ließ den offenen Schrank stehen, darin war keine Munition. Nach dem Tod des Großvaters hatte sie alle seine Sachen hier nach oben gebracht. In der alten Holztruhe, die Hartinger unter das Fenster der Dachschräge gestellt hatte, damit er sich daraufstellen und dann und wann ein Pfeifchen nach draußen paffen konnte, in der hatte sie doch damals die Munition versteckt. Und die Pistole im Keller. Auf diese Weise hatte sie verhindern wollen, dass Anton beides fand. Sie öffnete die Truhe und kramte in den wenigen Habseligkeiten herum, die der Großvater hinterlassen hatte. Ein in Leder gebundenes Gotteslob; das hatte er wohl selbst geerbt, von der Oma, die gestorben war, als Kathi noch ganz klein gewesen war. In einer Zigarrenschachtel ein paar Zigarettenbilder zum Einkleben in ein Album; sie zeigten die Berge rings um Garmisch-Partenkirchen. »Vorkrieg … was die wohl auf eBay wert sind?«, murmelte sie. Feldpost von Onkel Paul, der in Frankreich geblieben war. Eine Junghans-Uhr; die könnte sie doch dem Karl-Heinz … Wo war der eigentlich? Und der Hund? Seit gestern verschollen. Der wird doch nicht den Bärli mit in die Stadt zu seinem Gschbusi genommen haben? Egal. Was kümmerte sie ihr Mieter und sein Monsterhund. Aber gut gewesen wär's schon, wenn der Bärli da gewesen wäre. Ausgerechnet, wenn so was passierte, hatte ihn der Karl-Heinz mitgenommen. Sieht ihm ähnlich, dachte Kathi. So sind sie, die Männer. Und die Hunde anscheinend neuerdings auch: Wenn man sie braucht, sind sie nicht da. »Da sind sie ja, die Kugeln«, freute sie sich, als sie die Schachtel aus zartrosa Karton mit dem Aufdruck »Kal. 9 mm Parabellum« am Boden der Kiste fand. Die Truhe war mit einer alten Zeitungsausgabe ausgelegt. Kathi konnte nicht anders, sie musste sehen, wann, an welchem Tag die Oma – und es konnte ja nur die Oma gewesen sein – die Kiste ausgeschlagen hatte. »Samstag/Sonntag, 15./16. April 1962« las sie unter dem Kopf der Titelseite des Garmisch-Partenkirchner Tagblatts.

Mensch, Oma, zwei Jahre später bist du gestorben, dachte Kathi. Das hast du dir an dem Wochenende auch nicht denken lassen, dass dich die Anni im Stall erdrückt. Seitdem haben wir keine Kühe mehr. Der Opa hat alle sieben mit der Walther P.38 hier erschossen. Und die Anni als Letzte. Damit sie mit ihren blöden Kuhaugen zuschauen kann, wie ihre Verwandten sterben. So, wie er das mit den Partisanen auf Kreta wahrscheinlich auch gemacht hat, der alte Depp.

Sie wickelte das alte Schießeisen aus dem Öltuch und wog es in der Hand. Nur, um zu sehen, ob die Waffe noch funktionierte, zog sie den Hahn vorsichtig nach hinten und drückte ab.

Ein Schuss löste sich mit dem sprichwörtlich ohrenbetäubenden Knall, und die Kugel schlug am anderen Ende des Speichers in einen Dachbalken. Kathi schimpfte los: »Zäfix, Opa, des kannst doch wirklich nicht machen! Lässt eine Kugel drin, also weißt es!«

Und wie bekommt man raus, ob sie leer ist, ohne sich zu erschießen? Das hättest du mir mal beibringen sollen, grollte sie ihrem Großvater in Gedanken hinterher. Anstatt dass ich dir deinen Schweinsbraten jeden Sonntag Punkt zwölf auf den Tisch gestellt und deine karierten Hemden gebügelt habe, seit ich vierzehn war!

Schnell packte sie das Wehrmachtsgerät wieder in das Tuch, bevor es womöglich noch einmal losknallte. Dann vertiefte sie sich wieder in die Lektüre der alten Zeitung. »Frankfurter Bankier stiftet dem Garmischer Kreiskrankenhaus neue Geburtsstation«, las sie als Schlagzeile. »Das ist ja der alte von Bürstner! Der Eduard!«, rief sie laut aus. »Das muss ich dem Karl-Heinz zeigen, das ist ja unglaublich!« Was steht da?, fuhr sie in Gedanken fort. Experimentelle Station? Was, bitte, ist bei einem Kreißsaal experimentell? Mehr als diese Information gab der Artikel nicht her.

Ich wollte sowieso zum Einkaufen in den Ort, sagte sich Kathi. Schau ich doch beim Onkel Albert vorbei, ob der nicht mehr darüber weiß.

Vorsichtig löste sie die Zeitungsseiten vom Boden der Truhe. Sie musste ohnehin mit dem Onkel sprechen, über das mit dem Meier und der Baugenehmigung.

31

Hartinger schreckte auf. Wo war er? Hatte er geschlafen? War er bewusstlos gewesen? Er musste geschlafen haben.

Er berührte die Seitenwände. Ja, es war wahr. Immer noch. Er war in dieser Kiste. Er lag in einem Sarg. Wie lange nun schon? Wie viele Stunden?

Er schrie. Panik erfasste ihn am ganzen Körper. Das war das Ende. Er schlug mit aller Kraft um sich. Es gab keine Beherrschung mehr. Nichts hatte geholfen. Kein Tritt mit dem Fuß, nicht nach rechts, nicht nach links, nicht nach unten. Es war heiß, und es wurde immer noch heißer. So zu sterben war unwürdig. Er hatte die frische Luft geliebt. Das Licht. Und sollte sich nun selbst in dieser dunklen, stickigen Kiste beim Sterben zuhören. Es rauschte in den Ohren. Hundertzwanzig Phon musste das Rauschen haben. Wenn er nur gewusst hätte, was da draußen um ihn herum geschah. Wo er war? Noch in diesem Beerdigungsinstitut? Oder hatten sie ihn begraben? Lebendig begraben?

Nein, das hatten sie nicht, dann wäre die Luft bereits knapp geworden, redete er sich ein. Er war noch über der Erde. Noch. Was hatten sie mit ihm vor?

Und wann ging endlich dieser berühmte Film los, der das Leben zeigte, von Anfang bis Ende, rasend schnell vor dem inneren Auge ablaufend? Oder hatte man das nur bei einem Unfall? Wann würde er sich in dieser Kiste liegen sehen, während sein Bewusstsein aufstieg, dem weißen Licht am Ende des Tunnels entgegen? Er freute sich darauf. Ja, irgendwann würde es vorbei sein, würden sich Körper und Seele trennen. Er konnte es kaum mehr erwarten. Todessehnsucht. Nun wusste er, wie sie sich fühlten, die dem Tod Geweihten in ihren Krankenhausbetten, auf den Pflegestationen, in den Hospizen, wenn sie dalagen, nichts anderes mehr konnten außer zu liegen, und schließlich den erlösenden Tod herbeisehnten. Wie hatte er sie verabscheut, die Selbstmörder, die Depressiven, von denen man las, dass sie das Leben nicht mehr aushielten, in ihr Zimmer gingen und sich mit dem Gürtel an der Klinke erhängten. Er hatte es immer als größte Feigheit angesehen, wenn sie das taten, sich einfach so den Tod wünschten. Doch war eine solche Depression vielleicht so wie das, was er seit vielen Stunden – oder waren es Tage? – spürte? Nichts als dumpfe Stille, die nicht so still war, denn da war die Stimme von innen, da war das Rauschen des Blutes in den Ohren, das immer lauter wurde. Wenn sich die dumpfesten der dumpfen Depressionen so anfühlten, wie bei lebendigem Leib eingesargt zu sein, ja, dann verstand er es doch, dass man zu einem Gürtel griff, das gelochte Ende durch die Schließe schob, sich die Schlinge um den Hals legte, das

Ende an der Türklinke festknotete und sich nach unten fallen ließ.

Sollte er auch … könnte er es überhaupt … seinen Tod beschleunigen? Ja, genau, damit würde er ihnen ein Schnippchen schlagen, denen da draußen, die ihn quälen wollten. Haha, das wäre etwas, wenn sie ihn irgendwann herausholen würden, wenn sie nachsehen wollten, wie er sich am Schluss gequält hatte, wenn sie das von seinem verzerrten Gesicht ablesen wollten, wenn sie dann sahen, dass er ihnen entkommen war, einfach deshalb schon, weil er, Karl-Heinz Hartinger, niemand war, der es irgendjemand anderem gestattete, über ihn und das Wenn und Wie zu entscheiden!

Ja, das war es. Er musste eine Methode finden, sich selbst zu töten in dieser Kiste. Er wurde ruhig. Sein Gehirn hatte eine neue Aufgabe. Es entwickelte einen Plan. Er freute sich darauf, wie blöd sie schauen würden. Auch wenn er das nicht mehr erleben würde. Aber sie würden saudumm aus der Wäsche glotzen, die Arschlöcher.

Er atmete flacher. Seine Glieder entspannten sich. Er lächelte.

Er konzentrierte sich auf den Job, der vor ihm lag. Auf seinen letzten. Wie sollte er es anstellen, sich ohne Werkzeug und in der Enge des Raumes selbst zu töten?

32

Da vorne stand er. An der Bushaltestelle. Wie an jedem Tag. Wollte mittags nach Hause fahren. Mittagessen, kurzes Nickerchen, Kaffee, um 14 Uhr wieder ins Amt. Um 12 Uhr 10 würde der hellblaue Eibseebus aus der Ludwigstraße heranrauschen und über die Rathauskreuzung rollen, um fünfzig Meter dahinter auf der kopfsteingepflasterten Bucht der Bushaltestelle vor dem Rathausplatz eine Punktlandung hinzulegen.

Er würde zirka eine Minute dort stehen, der Eibseebus, und dann pünktlich um 12 Uhr 11 in Richtung Zugspitze abfahren. Die Rathausuhr zeigte neun nach zwölf. Man konnte den Eibseebus fünfhundert Meter weiter die Straße hinauf sehen, wie er sich am Sebastianskircherl in Bewegung setzte. Wenn er da war, der Eibseebus, würde er erst ab der Hälfte der Haltestellenbucht bremsen. Weil er ganz vorn zum Stehen kommen musste.

Hinter ihm würde er Platz lassen für den lindgrünen Ortsbus, der ihm folgte, weil er laut Fahrplan eine Minute später am Sebastianskircherl losfahren würde. Eine Minute hinter dem Eibseebus würde der lindgrüne Ortsbus am Rathaus haltmachen. Nach Fahrplan. Und eine Minute nach dem Eibseebus, um 12 Uhr 12, würde sich der Ortsbus in Richtung Bahnhof in Bewegung setzen.

Weil der Eibseebus viel weniger Haltestellen anzufahren hatte als der Ortsbus, hatte man die beiden Fahrpläne so getaktet, dass der Eibseebus hier am Anfang seiner Route eine Minute Vorsprung hatte. Und tatsächlich ließen die Fahrer der Ortsbusse den Kollegen des Privatunternehmens den Vortritt. Dort hinten, am Sebastianskircherl, wo die Strecke des Eibseebusses begann.

Allerdings hielten sich die Ortsbusfahrer nicht an die volle Minute Abstand, die ihnen der Fahrplan vorschrieb. Der lindgrüne Ortsbus brauste immer mit nur wenigen Sekunden Verzögerung hinter dem hellblauen Eibseebus von der Sebastianskirche aus hierher zur Haltestelle am Rathaus. Das war an allen Tagen der vergangenen Wochen so gewesen. Zu jeder Tageszeit. Auch an diesem Tag würde es so sein und das Gespann aus blauem und grünem Bus um 12 Uhr 10 hintereinander auf die Bushaltestelle am Rathaus zurasen.

Es war zudem Mittwoch. In den vergangenen Wochen hatte am Mittwoch immer der junge Busfahrer der Eibsee-Verkehrsgesellschaft im blauen Bus Dienst gehabt, der mit besonders viel Karacho in die Haltebucht rauschte. Auch an diesem Mittwoch saß der junge Mann am Steuer. Das war schon von Weitem zu erkennen, denn der junge Mann trug einen beeindruckenden Vollbart.

Nichts ahnend stand Bauamtsleiter Martin Ganslander in der Mitte der Haltestelle und wartete auf das Herannahen der beiden Busse. Natürlich wartete er eigentlich nur auf den hinteren, auf den lindgrünen Ortsbus. Mit dem wollte er hinüberfahren, auf die andere Seite, in den Ortsteil Garmisch. An der Haltestelle Rießerkopfstraße wollte er gute zehn Minuten später aussteigen und die paar hundert Meter in die Von-Kobell-Straße zu seinem Haus marschieren, wo ihn seine Frau um Schlag halb ein Uhr zum Mittagessen erwartete.

An diesem Mittwoch standen außer Ganslander rund dreißig Menschen an der Doppelhaltestelle. Ein paar Einheimische, die meisten jedoch Touristen, die auf die Zugspitze wollten und auf den Eibseebus warteten. Das machte die Situation so besonders geeignet.

Als die Busse herannahten und der Eibseebus mit den Vorderrädern die ersten zwanzig Meter auf dem Kopfsteinpflaster der Haltebucht zurückgelegt hatte – immer noch, ohne dass der Fahrer bremste –, war der ideale Zeitpunkt gekommen. Es war ein Leichtes, aus dem Gebüsch zu treten, das den Gehsteig vom großen Parkplatz des Rathauses trennte, und Martin Ganslander einen Stoß zu versetzen, just in dem Moment, da der Eibseebus in die Haltebucht rollte. Ungebremst. Martin Ganslander knallte mit dem Kopf an die Scheibe und mit dem Körper an die Frontseite des Busses. Als die Wand aus Sicherheitsglas und Blech mit dreizehn Tonnen Gewicht und vierzig Stundenkilometer auf den weichen Beamtenkörper traf, verursachte das ein spontanes Komplettversagen sämtlicher Organe und des Gehirns des Bauamtsleiters.

Martin Ganslander war schon tot, bevor er unter den Bus rutschte und der junge Busfahrer reagieren konnte. Er riss eine ewig dauernde Schrecksekunde lang die Augen auf, während der Bus zehn Meter weiterschoss. Als er endlich mit dem rechten Fuß voll in die Eisen stieg, bohrte sich der Ortsbus in das Heck des Eibseebusses und schob diesen weiter bis ans Ende der Haltestelle. Martin Ganslanders Körper wurde unter dem Unterboden des hellblauen Busses zu einem klebrigen Klumpen zusammengerollt.

Niemand hatte gesehen, welche Hand den Mann gestoßen hatte. Und auch über die Frage, ob da überhaupt eine Hand und eine zur Hand gehörende Person gewesen war, die gestoßen hatte, stritten sich die Augenzeugen auf Japanisch, Amerikanisch und Sächsisch. Die Einheimischen unter den Zeugen hatten sich längst verdünnisiert, bevor der erste Einsatzwagen der Polizei am Unfallort eintraf.

Am Nachmittag des gleichen Tages zog diese Hand, von der niemand wusste, dass oder ob es sie gab, die schwarze Kladde am Rücken aus dem zweitobersten Fach des Bücherregals. Die Hand umfasste das Buch und legte es mit der Vorderseite nach unten auf den Couchtisch. Der Daumen blätterte die Seite mit der Liste auf. Zusammen mit dem Zeigefinger umfasste der Daumen das Schreibgerät. Bald ging ein Strich, wie mit einem Lineal gezogen, durch einen Namen auf der Liste. Es war der dritte Eintrag von fünf. Er lautete:

~~*Martin Ganslander, geb. 21.09.1969*~~

33

Onkel Alberts Häuserl im Gaifweg, das er sich von seinen Lehrerbezügen zusammengespart hatte, lag geduckt zwischen zwei doppelt so hohen Häusern, die es in Schutz zu nehmen schienen. Zur Straße hin war der einstöckige Bau mit einer wilden Buschhecke abgeschirmt. Niemand, der in der ruhigen Wohnstraße in Partenkirchen an dem kleinen Grundstück vorbeiging, ahnte, dass auf den kaum neunzig Quadratmetern Wohnfläche das Gedächtnis und das Gewissen Garmisch-Partenkirchens wohnten. Der ehemalige Oberstudiendirektor, Lehrer für Deutsch, Sozialkunde und Geschichte am hiesigen Werdenfels-Gymnasium, hatte nach der Pensionierung seinen Beruf zum Hobby gemacht. Albert Frey förderte häufig Wahrheiten aus den Tiefen des noch nicht allzu lange vergangenen 20. Jahrhunderts hervor, die nicht immer allen Bewohnern des sich gerne nach außen hin als so weltoffen und fremdenfreundlich gebenden Gebirgstals schmeckten. Seine Website zur GAP-Geschichte war immer wieder Gesprächsthema im ganzen Ort, wenn darauf dokumentiert wurde, welcher Großvater welches Garmisch-Partenkirchner Geschäftsmannes im sogenannten »Dritten Reich« sich als besonders tausendjährig hervorgetan hatte, bevor er dies nach bereits zwölf Jahren wieder vergessen hatte.

Für Kathi war Albert Frey einfach Onkel Albert, der Cousin ihrer verstorbenen Mutter und – mit Ausnahme ihres Sohnes Anton – der einzige lebende Verwandte. Er war für sie Ratgeber in allen Lebenslagen und oft genug Retter in letzter Minute. Immer, wenn sie nicht weiterwusste, konnte Onkel Albert mehrere Wege aufzeigen, unter denen auch immer der richtige war.

Ob sie diesen auch tatsächlich stets beschritten hatte,

stand auf einem anderen Blatt. Immerhin hatte Albert ihr damals vor siebzehn Jahren davon abgeraten, ein Praktikum in München bei der Süddeutschen zu machen. Er hatte gewusst, dass dort ein gewisser Karl-Heinz Hartinger als Polizeifotograf arbeitete und sein Unwesen unter der weiblichen Belegschaft von Redaktion und Verlag trieb. Die Charaktereigenschaften des einige Jahre zuvor aus Garmisch-Partenkirchen vertriebenen Hartinger kannte Albert Frey nur zu gut. Immerhin hatte er ihn lange genug als Schüler gehabt und auch mitgeholfen, den begabten Revoluzzer durch das Abitur zu boxen.

Als sich nun seine einzige Nichte Katharina in den Kopf gesetzt hatte, in München Kommunikationswissenschaften zu studieren, anstatt den Berghof vom Großvater zu übernehmen, hatte Frey dies zunächst gutgeheißen. Doch dass sie bereits während des ersten Praxisaufenthalts bei der Zeitung an den Hartinger geraten und prompt von ihm geschwängert worden war, das war etwas, was ihn immer noch wurmte. Hätte er sich damals doch nur vehementer für eine andere Praktikumsstelle eingesetzt …

Doch wer konnte sagen, was bei Münchner Merkur, tz oder Abendzeitung passiert wäre. Überall die gleichen Hallodris, diese Journalisten … Was wollte er als Onkel schon von Garmisch aus tun? Die Zeiten von Keuschheitsgürteln waren nun einmal vorbei gewesen. Und so kam es, wie es kommen musste. Die Nichte Kathi kam mit dem Bankert nach Hause auf den Mittererhof, schmiss dem Großvater bis zu dessen Tod den Haushalt und machte heute statt Investigation gegen die Mächtigen Dampfnudeln für Spaziergänger und Wirtschaftsdelegationen.

Karl-Heinz Hartinger war zu allem Überfluss ebenfalls vor einigen Jahren abgebrannt aus München zurück in die Heimat gekommen – und hatte seither nichts als Scherereien gehabt und verursacht. Dass er bei der Kathi unter dem Dach wohnte, weil er sich keine andere Bleibe mehr leisten konnte, hatte Albert Frey unter »Ironie der Geschichte« verbucht und es mittlerweile akzeptiert. Wenigstens sah so sein Großneffe Anton seinen Vater öfter, als so manch andere Scheidungskinder von sich behaupten konnten. Vielleicht würde aus dem einmal etwas werden.

Kathi berichtete ihrem Onkel, was sich der Exbürgermeister Meier vor einer knappen Stunde bei ihr oben im Mittererhof geleistet hatte.

»Ich habe da ja nichts zu sagen, weil ich von deiner Mutter keinen Hofanteil geerbt habe. Aber an deiner Stelle würde ich das ernst nehmen«, riet Albert Frey.

»Das mit der Baugenehmigung?«

»Das sowieso. Die sperren dir den Hof wegen der fehlenden Kanalisation. Das haben die mit dem Reintaler Hof auf der anderen Seite der Klamm auch schon gemacht. So ein Blödsinn, als könnte man das heute nicht mit anderen Mitteln lösen. Jede Alpenvereinshütte hat eine Kompostieranlage.«

»Die kann ich mir aber auch nicht mit den Dampfnudeln erkochen, Onkel Albert. Ich komm gerade mal so über die Runden. Und wenn der Anton in drei Jahren studiert … Ich kann ihm eigentlich nur raten, zur Bundeswehr zu gehen. Und dann erschießen sie mir den Buben in Afghanistan!«

»Jetzt beruhige dich. Erstens sind das sehr gute Jobs, die sie einem da mittlerweile anbieten. Inklusive Studium. Und zweitens solltest du auch das andere ernst nehmen.«

»Das mit dem Almdorf? Onkel Albert! Graseck in ein Almdorf Anno Stumpfsinn verwandeln?« Das Entsetzen stand Kathi ins Gesicht geschrieben.

»Schau doch deine steilen Wiesen da oben an. Du findest ja jetzt schon kaum noch einen, der sie für dich schneidet. Das Gras und das Heu braucht doch keiner mehr. Hat doch keiner mehr Viecher. Und wenn, dann kaufen sie Kraftfutter zu. Ist doch viel weniger anstrengend. Und dann, der alte Hof, der muss erhalten werden. Ihr da oben schafft es ja nicht einmal, die Fensterläden zu streichen. Apropos, was sagt eigentlich dein Kindsvater zu dem Ganzen?«

»Der … der turnt wahrscheinlich irgendwo in München rum. Der weiß auch nicht, was er tut. Macht einen auf Korrespondent und schreibt Meldungen, und am nächsten Tag stehen die Rechtsanwälte vor der Tür und wollen Zigtausende von ihm.« Kathi ließ sich erschöpft auf die kleine Eckbank in Freys Küche sinken und vergrub das Gesicht in den Händen. »Ach, Onkel Albert. Vielleicht hast du ja recht …«

»Wenn du einen Deal mit denen machst, könntest du doch das Beste für dich und den Anton rausholen. Die sollen den Hof nach allen Regeln des Denkmalschutzes behutsam renovieren und dem Anton und dir auf Lebzeit das Wohnrecht kostenlos gewähren. Und dann gibst du ihnen den Hof und die ganzen Wiesen auf neunundneunzig Jahre in Erbpacht. Mit Rückbaupflicht. Dann habt ihr erst einmal Sicherheit, und dabei hast auch für die zukünftigen Generationen vorgesorgt. Wenn das dann mal wegmuss, dann kommt's auch wieder weg.«

»Rückbaupflicht! Dass ich nicht lache! Da steckt doch sicher der Gruber dahinter, der Versager. Der macht Pleite, und dann war's das mit der Rückbaupflicht.«

»Musst ja nicht immer gleich das Schlimmste denken.«

»Onkel Albert, überleg's doch nur mal! Lauter holzverbaute Häuserl und Chalets – wenn ich das schon höre, ›Chalet‹ – auf unseren Wiesen!«

»Tempora mutantur, nos et mutamur in illis – Die Zeiten ändern sich, und wir ändern uns in ihnen, liebe Nichte.«

»Nur die schlauen Sprüche der alten weisen Männer bleiben gleich. Seit der Römerzeit«, gab Kathi trotzig zurück. »Und danke für die Übersetzung. Aber ich war auch einmal auf der Lateinschul'.«

»Jetzt denk doch mal drüber nach. Als Allererstes würde ich zum Meier sagen, dass du dir einmal dieses Almdorf Anno Tobak, oder wie das heißt, in Österreich einmal ansehen willst. Eine Woche lang. Auf seine Kosten. Und alleine. Na ja, vielleicht gibt es ja einen jungen Mann, den du mitnehmen willst?«

»Ich? Einen jungen Mann? Danke, bin bedient. Ich brauch einen jungen Mann wie ein Loch im Kopf. Außerdem, um bei antiken Sprüchen zu bleiben: Man muss ja nicht Eulen nach Athen tragen.« Sie lachte herzhaft. »Ich alte Schachtel reiß mir einen Ösi-Touristinnenbeschäler auf, das ist es, Onkel Albert. Wie heißt's so schön im österreichischen Volksgut: ›Meine gigaschlanken Wadln san a Wahnsinn für die Madln ...‹«

Albert Frey schaute pikiert zum Fenster hinaus. So genau hatte er es gar nicht wissen wollen. »Ja, also, zurück zum Ernst des Lebens: Du überlegst es dir?«

»Du meinst also, ich soll den Meier vorerst nicht damit abknallen?« Sie langte in die Tasche des Dirndlkleides, die unter der Schürze eingenäht war, zog die Walther P.38 heraus, wickelte sie aus dem Öltuch und knallte sie auf Albert Freys Küchentisch.

»Bist du von allen guten Geistern verlassen?«, japste Frey. »Was macht das Mordwerkzeug in meinem Haus? Ist mein Einfluss als Pazifist so gering auf dich, dass du mit Revolvern durch die Gegend rennst?«

»Das ist kein Revolver, Onkel Albert. Ein Revolver hat eine Trommel.«

»Egal! Wo hast du das Ding her?«

»Aus dem Keller. Hat mir der Opa vermacht.«

»Solange du keine Munition dafür hast ...«

Sie langte noch einmal in die Tasche und ließ ein paar Patronen auf den Tisch klimpern.

»Spinnst du?«

»Ich habe gedacht, du könntest mir zeigen, wie man damit umgeht. Weil ich habe keine Ahnung, wie man die lädt.«

»Ich? Ich habe es gerade doch gesagt: Ich bin Pazifist. Ich rühre so was nicht an. Und dir würde ich raten, das auch nicht zu tun. Du weißt, dass man die alten Waffen, die man findet, abgeben muss?«

»Hm. Wenn ich mir das Ding so anschaue … Vorhin habe ich damit schon ein Loch in den Dachboden geballert.«

»Du hast was?«

»Wollte wissen, ob sie noch funktioniert. Sie funktioniert noch. Und eine Patrone war wohl auch drin.«

»Dann aber nichts wie ab zur Polizei damit. Soll ich mit?«

»Na gut. Aber ich fahr alleine hin, Onkel Albert. Vielleicht könntest du in der Zwischenzeit etwas anderes herausbekommen für mich?« Sie legte das alte Zeitungsblatt aus der Truhe auf den Küchentisch, nachdem sie Pistole und Munition wieder unter ihrer Schürze verstaut hatte. »Schau, hier steht, dass der alte Bürstner dem Kreiskrankenhaus, also dem heutigen Klinikum, 1962 eine Entbindungsstation gestiftet hat. Ist doch schon einmal ungewöhnlich. Ich meine, hatten die keine? Und dann steht da auch noch etwas von ›experimenteller Station‹. Was soll das sein? Weißt du da etwas darüber?«

Albert Frey drehte das Papier zu sich, sodass er es lesen konnte. Er las den Artikel drei Mal, bevor er etwas dazu sagte. »Damals war ich in München beim Studium. Nein, keine Ahnung. Da muss sogar ich passen. Aber ich kann im Marktarchiv nachsehen, ob da irgendwelche Unterlagen zum Bau und Ausbau des Krankenhauses vorhanden sind.

Wenn ich mich nicht täusche, ist das Kreiskrankenhaus 1959 in Betrieb genommen worden. Ja, die Vierzig-Jahr-Feier war in der Aula vom Gymnasium, das war … Lass mich nachdenken … Ja, genau, stimmt, in dem Jahr, in dem das Michael-Ende-Museum eröffnet wurde, ich erinnere mich.«

»Und drei Jahre später spendiert ein Privatbankier aus Frankfurt dem nagelneuen Kreiskrankenhaus eine experimentelle Geburtsstation? Seltsam, oder?«

»Ich glaube, der ist um die Zeit hierhergezogen, in die Villa seiner Familie dort oben in den Riedhängen. Das müsste so um 1960 rum gewesen sein.«

»Schön und gut, aber hat er vorgehabt, sich hier auch derart zu vermehren, dass er gleich eine Geburtsstation spendiert? Und, wie gesagt, experimentell? Und letztendlich hat er ja nur die eine Tochter, die Annabella, die jetzt mit dem Seidl Leo verheiratet ist.«

»Ich werde mal ein paar alte Akten wälzen, wenn du meinst, Kathi. Nimmst du mich mit?«

»Wohin?«

»Na, ins Rathaus. Du kommst ja daran vorbei, wenn du zur Polizeiinspektion fährst. Ich geh davon aus, dass du den Schießprügel loshaben willst und dort abgibst. Ich verbringe den Nachmittag im Marktarchiv und krame herum.«

»Vielleicht findest du ja den Bauplan meines Hofes«, scherzte Kathi. Sie wusste, dass es niemals einen gegeben hatte.

»Also los. Mein Radl können wir doch in den Kombi werfen. Es fängt zwar gerade zu tröpfeln an, aber später fahre ich dann damit nach Hause. Auf geht's!«

Immer wenn es einen neuen Aspekt in der jüngeren Geschichte seines Heimatortes zu entdecken gab, wurde Albert Frey sehr zielstrebig. Außerdem wollte er endlich diese Pistole aus seinem Haus haben.

Wenige Minuten später hatten sie das alte Herkules-Rad auf die Ladefläche von Kathis weißem Subaru gelegt. Die Heckklappe ließ sich nicht schließen, dennoch konnte Kathi den sonst so peniblen Onkel überzeugen, dass sie für den knappen Kilometer zum Rathaus kein rotes Fähnchen am Kofferraumdeckel anzubringen brauchte. Sie fuhren auf die Fritz-Müller-Straße, über die Schornstraße und wollten am Ende der Reintalstraße nach rechts zum Rathaus abbiegen. Doch schon an der Kreuzung zur Bahnhofstraße sahen sie, dass der Rathausplatz mit einer Unmenge Feuerwehrautos, Notarztwägen und Einsatzfahrzeugen der Polizei vollgestellt war. Zwanzig Meter vor ihnen hatte die Letztgenannte die Hauptverkehrsader des Doppelorts in beiden Richtungen gesperrt.

»Was ist denn da passiert?«, fragte Albert Frey. »Muss ich mir ansehen.« Schon war der Pensionär aus der Beifahrertür, zerrte sein Radl von der Ladefläche, knallte die Klappe zu und sagte durch das offene Schiebedach: »Ich melde mich am Abend bei dir. Fahr du mal an der Schule vorbei runter zur Polizei. Auch wenn da eine ganze Hundertschaft von denen rumspringt, einen werden sie schon dagelassen haben, der die Stellung hält.«

34

Kathi hätte auch ohne die Wegbeschreibung ihres Onkels gewusst, dass sie nach links in die Bahnhofstraße und dann durch die Wetterstraße fahren musste, um die Sperrung des Rathausplatzes zu umgehen. Sie überquerte die Brücke am Zusammenfluss von Kanker und Loisach und bog nach rechts auf die Hindenburgstraße, von der sie sich schließlich in Richtung Polizeiinspektion auf die Münchner Straße reihte. Sie passierte das große Autohaus am Garmisch-Partenkirchner Ortsausgang und hielt sich ganz rechts, um schließlich auf den Parkplatz der PI abzubiegen.

Gerade als sie den Blinker setzte, erahnte sie mehr, als dass sie ihn sah, einen grünen Volvo 760 in der Unterfeldstraße. Von diesem Auto gab es nur wenige und nur eines mit Garmischer Nummernschild auf einem durch einen Auffahrunfall eingedrückten und nur notdürftig ausgedengelten Heck. Das war Hartingers Auto.

Was der wohl da drüben tat? Das Grab eines Freundes besuchen? Sie schüttelte den Kopf, blinkte und bog auf den Parkplatz der PI ab. Als sie den Subaru geparkt und abgesperrt hatte, dachte sie noch einmal darüber nach, was Hartinger wohl auf dem Friedhof zu suchen hatte. Doch der machte sicher den ganzen Tag eine ganze Menge Dinge, von denen sie nichts wusste.

Sie blieb vor dem Haupteingang der Inspektion stehen und klingelte. Als der Summer erklang, drückte sie die Tür auf, ging nach rechts in das erste Zimmer – und wurde von einem hellgelben Monster angefallen.

Bärli war über den Tresen gesprungen und wollte offenbar in die Arme genommen werden – was bei seinem Lebendgewicht von 65 Kilo dazu führte, dass Kathi unversehens auf dem Hintern landete. Anschließend hatte sie ihre liebe Not, unter dem Hund hervorzukriechen, der ihr das Gesicht leckte, als gäbe es keine bessere Delikatesse auf der Welt. »Bärli, aus!«, rief sie und schob das Tier mit beiden Händen von sich.

»Ist das Ihrer?«, fragte ein ob des unvermittelten Sprungs ebenso verblüffter Polizeibeamter. Nun, Polizeilehrling war wohl die passendere Bezeichnung, dachte sich Kathi, als sie endlich am Tresen stand. Den pickeligen Burschen, der aussah wie sechzehn, hatten sie hiergelassen, um auf die Inspektion aufzupassen? Der hatte die Verstärkung eines

Mastiff-Mischlings gut brauchen können. Nur … wie kam Hartingers Hund hierher?

»Na ja, meiner nicht direkt, er wohnt bei mir«, sagte Kathi zu dem Jüngelchen.

»Also Ihr Pflegehund«, stellte der junge Mann fest.

»Sozusagen.«

»Sie müssen mir hier dieses Formular ausfüllen, dann können Sie ihn mitnehmen. Habens einen Ausweis dabei?«

»Ähhh … nein.«

»Aber aus Garmisch sind Sie schon?«

»Nein, aus Partenkirchen.«

»Ich meine, in Garmisch-Partenkirchen ansässig. Wohnhaft. Amtlich gemeldet.« Der Polizist in der viel zu weiten Uniform tippte etwas in den Computer. »Name, Vorname, Geburtsdatum, Wohnsitz?«

Kathi gab ihre Personalien an.

»Aha. Also nicht der Halter des Volvo mit dem amtlichen Kennzeichen GAP-MR 1810?«

»Nein.«

»Stimmt. Das ist nämlich ein gewisser Karl-Heinz Hartinger.«

»Richtig«, bestätigte Kathi.

»In dem seinem Auto haben wir nämlich den Hund gefunden. Heute Vormittag. Nachdem er dreimal wegen Parkens im Parkverbot verwarnt wurde, der Volvo, also sein Halter, der Herr …«

»… Hartinger.«

»Genau. Kennen Sie seinen derzeitigen Aufenthaltsort?«

»Nein, aber sagens, in dem seinem Auto haben Sie den Hund gefunden?«

»Jawoll. Ziemlich dehydriert, das Tier. Hat hier einen ganzen Eimer ausgesoffen. Wie ein Kamel nach der Wüstendurchquerung. War bestimmt die ganze Nacht da drin in dem Auto. Unverantwortlich. Und dabei hat er Glück, der Hund, dass es heute nicht so heiß ist.«

»So was.« Kathi wunderte sich. Wieso hatte Hartinger seinen Hund im Volvo gelassen? Und wo war er jetzt, der Hartinger? »Aber den Herrn Hartinger haben Sie nicht irgendwo gefunden?«

»Sonst würd ich Sie ja nicht nach ihm fragen. Wie heißt das Tier?«

»Bärli. Nachname unbekannt.«

»Passt scho. Rasse?

»Ich glaube Dogo Argentino, Mastiff, Boxer oder so ähnlich.«

»Na ja, verwechseln kann man den schlecht.« Er klickte mit der Maus, und Kathi hörte ein Klacken und Rattern, als der Drucker unter dem Tresen seine Arbeit aufnahm. Der junge Polizist langte nach unten. »So, jetzt unterschreiben Sie das bitte, dass Sie den Hund ausgehändigt bekommen haben.«

Kathi unterzeichnete. »Danke.«

»Habens ihn lange gesucht, gell? Sinds froh, gell?«

»Äh … ja mei.«

»Also dann, bis zum nächsten Mal. Und passens auf Ihren Hund besser auf.« Trotz seiner Jugend hatte sich der Beamte bereits den pastoral-belehrenden Ton des Dorfpolizisten angeeignet. »Schöner Kerl an sich. Wär ja schad drum.«

Kathi langte unter die Schürze, um die Walther und die Munition auszupacken. Da kam ein Funkspruch über das Walkie-Talkie, das der Wachhabende auf seinem Schreibtisch liegen hatte. »Loisach 1 für Zentrale. Kommen.«

»Zentrale hört«, antwortete der junge Mann.

»Der Tote vom Rathaus ist der Ganslander Martin. Kannst du eine Streife zu seiner Frau schicken? Die wohnt irgendwo in Garmisch drüben. Ende.«

Kathi blieb beinahe das Herz stehen, als sie den Namen des Bauamtsleiters hörte. Sie packte Bärli am Halsband, der um ihre Beine scharwenzelte wie ein ganzer Wurf hungriger Katzen. Schnell hauchte sie ein »Danke, Wiederschaun« in die Amtsstube und verschwand. Der junge Polizist betrachtete die Hundeübergabe als erfolgreich beendet und achtete nicht weiter auf die Frau.

Draußen entleerte Bärli zunächst seine mit einem Eimer Wasser gefüllte Blase an einem jungen Bäumchen und dann den Darm auf dem Zierrasen vor der Polizeistation. Kathi raste zum Auto vor – sie hatte keine Zeit, darauf zu warten, bis der Riesenhund all seine Geschäfte erledigt hatte – und ließ schon mal den Motor an, um den Ort schnellstmöglich verlassen zu können. Denn unter den vielen Gedankenfetzen, die ihr durch den Kopf sausten, verdichteten sich einige zu einer Vision, und in der ging es um die örtlichen Polizisten, deren beschränkte Urteilskraft, einen toten Bauamtsleiter und ein mögliches Motiv, das man jemandem unterstellen konnte, der in jüngerer Zeit ein massives Problem mit einem Bau, dem Amt und dessen Leiter gehabt hatte. Dieser Jemand war sie.

Sie stieß aus der Parklücke zurück, lehnte sich zur Beifahrertür hinüber und öffnete sie. Auf ihren scharfen Pfiff hin spitzte der mittlerweile mit den Hinterläufen tiefe Riefen in den Rasen kratzende Hund zwar die Stummelöhrchen, aber er dachte nicht daran, sich in die Richtung der Pfeifenden zu bewegen. Da nun der hintere Teil des Verdauungsapparats ruhig gestellt war, rutschte eine andere Priorität im Hundehirn an oberste Stelle: Futter. Und Futter verabreichte ja immer der große Mann im Schafwolljanker und eher selten die schmale Frau im Dirndlkleid. Die hatte eher die Eigenschaft, den Hund anzuplärren und von einer Ecke der Bauernstube in die andere zu schubsen. Darum, so schloss das Hundehirn, musste der Mann gesucht werden. Und in das Hundehirn schlich sich auch bereits eine Ahnung, wo sich die Futterquelle gerade aufhalten könnte. Irgendwo dort drüben, auf der anderen Straßenseite, von wo der einzigartige Geruch aus Männerhormonen und Schafwolle herrührte, kurz, von wo es ganz zart nach Hartinger roch.

Ehe Kathi sich versah, sprintete Bärli im Schweinsgalopp über die Münchner Straße. Die sich auch an dieser Stelle, direkt vor der Polizeiinspektion, nicht um die innerorts geltende Höchstgeschwindigkeit scherenden Autofahrer wurden zu quietschenden Brems- und wilden Ausweichmanövern gezwungen. Der besonders rasant sich nähernde Kleinbusfahrer eines örtlichen Betonschneideunternehmen kam erst auf der Wiese vor der PI zum Stehen, wo er das eherne Polizeiwappen auf seiner Betonstele ganz ohne Einsatz seines Werkzeugarsenals umlegte.

Die gerade wieder anfahrenden Fahrzeuge mussten ein zweites Mal abbremsen, und ihre Insassen hupten verärgert, als Kathi dem riesigen Tier hinterherlief. Sie sah gerade noch, wie Bärli die Hundeverbotsschilder am schmiedeeisernen Tor missachtend auf den Friedhof preschte.

35

Die Luft anzuhalten hatte nicht funktioniert. Der Atemreflex war stärker als alle Gewalt, mit der er sich selbst befahl, keinen Sauerstoff mehr in seinen Kreislauf zu lassen.

Mit dem Kopf immer wieder nach oben an den Deckel des Sarges zu schlagen, hatte er nach wenigen Versuchen auch aufgegeben. Er würde auf den wenigen Zentimetern nie genug Schwung bekommen, um sich damit selbst ins Jenseits zu befördern.

Er erinnerte sich an die Todesart von Rockstars: Ersticken an Erbrochenem. Das war doch angeblich Jimi Hendrix und Bon Scott passiert. Wenn das stimmte, dann hatte Hartinger aber zu wenig Unverdautes und weder Alkohol noch Drogen im Körper.

Halt, da war noch etwas: die Zunge. Hatte er nicht irgendwo gelesen, dass Menschen an ihrer eigenen Zunge ersticken konnten? Richtig. Im Erste-Hilfe-Kurs lernte man doch, dass man Bewusstlose auf der Seite lagern solle, damit sie nicht an der eigenen Zunge erstickten. Konnten das vielleicht nur Bewusstlose? Wurde nur bei ihnen die Muskulatur in Zunge und Hals so schlaff, dass die eine in den anderen hineinrutschen und ihn verschließen konnte? Er verwendete seine ganze Konzentration darauf, seine Zunge zu entspannen. Ein Yogi könnte das. Warum sollte es dann nicht irgendein anderer Mensch können? Karl-Heinz Hartinger zum Beispiel. Er würde es schaffen, würde seine Zunge so locker meditieren, bis sie erschlafft in seinem Rachen einen Atemstau verursachte. Ja, ganz ruhig, ganz entspannt, Hartinger, so machst du es richtig, sagte er sich. Er wurde immer ruhiger.

Doch zunächst entspannte sich sein Harnröhrenmuskel und gab der seit Stunden angestauten Flüssigkeit den Weg frei. Hartinger achtete nicht darauf, er befand sich bereits in einem Dämmerschlaf.

An sein Unterbewusstsein drangen ein Kratzen und Hecheln. Das musste der Teufel sein, der am Tor zwischen Leben und Tod stand und auf seine Seele wartete. Hartinger war erfüllt von Glücksgefühlen. Wenn sich der Teufel schon bemerkbar machte, dann musste er das Tor bald durchschritten haben. Von wegen weißes Licht. Von wegen Engel. Schwärzestes Schwarz und das Kratzen und Hecheln des Höllenhundes.

Gedämpft klang eine Stimme an sein Ohr. Eine Frauenstimme. Doch ein Engel? Würde der Engel ihn an die Hand nehmen, ihn aus seinem Körper führen nach oben? In das weiße Licht? Wo war das weiße Licht? Wenn er die Augen öffnete, um zu sehen, ob es da war, würde er dann aufwachen? Wäre dann die Entspannung dahin?

Der Teufel kratzte immer heftiger an seinem Sarg. Und er belferte wie ein heiserer Wolfshund. Während der Engel immer lauter rief. Die beiden stritten wohl um seine Seele. Hartinger war gespannt darauf, wer von beiden gewinnen würde. Oder nein, es war ihm klar, wer die Oberhand behalten sollte, wenn es um seine Seele ging. Was rief der Engel da? Seinen Namen? Nein, er rief: »Bärli!« Warum rief der Engel den Namen seines Hundes? Warum belferte der Teufelshund wie *sein* Hund? Wie … Bärli!

Mit einem Mal war Hartinger hellwach. Sämtliche Entspannung und Lethargie fiel von ihm ab. Mit allem, was er hatte, mit seinen Fäusten in Hüfthöhe, mit seinen Fußspitzen, mit seinen Knien, mit seiner Stirn schlug er gegen den Deckel des Sarges.

Daraufhin rief der Engel seinen Namen. Hartinger stellte sein Klopfen, Pochen, Hämmern ein, um zu lauschen, was da dumpf durch das Holz klang.

»Karl-Heinz, bist du da unten?«, rief der Engel mit der Stimme von Katharina Mitterer.

Dann hörte Hartinger wieder den Hund. Er grub seine Krallen in den Holzdeckel und winselte wie ein Baby.

»Kathi, ich bin hier unten, hol mich hier raus!«, schrie Hartinger mit letzter Kraft. Er gab sich alle erdenkliche Mühe, nur nicht wieder panisch zu werden. Sie waren da. »Ruhig, sie sind da. Sie holen dich raus«, sagte er laut zu sich selbst, »sie müssen nur erst Werkzeug holen. Einen dieser kleinen Bagger. Sonst geht der Deckel nicht auf. Die ganze Erde muss weg, sonst bekommen sie den Deckel nicht weg … Verdammte Hacke, ich war wirklich eingegraben. Nein, Shit, ich bin immer noch eingegraben. Beruhig dich, Hartinger, Kathi kommt mit dem Bagger, und dann holen sie dich da raus.«

36

»Ja mei ...« Mehr fiel Ludwig Bernbacher einfach nicht ein. Da konnte der LKA-Hengst vor ihm auch mit einem Puls von hundertneunzig durch die Amtsstube springen, wo kein Zusammenhang war, da war halt keiner. Zumindest nicht da, wo Bernbacher keinen erkennen konnte.

»Drei Leichen in einer Woche! Hören Sie auf, Bernbacher, wenn es da nichts gibt, was die verbindet!« Bernd Schneider bedrängte Garmisch-Partenkirchens ersten Polizisten, als wenn der ein Hauptverdächtiger wäre. »Beim Ersten haben Sie einen unbeteiligten Förster hopsgenommen, obwohl Ihnen die politische Reichweite bewusst war. Die zweite Leiche ist eine grüne Landtagsabgeordnete, die mit der Energiewirtschaft verbandelt war. Wird umgebracht an dem Tag, an dem der bayerische Wirtschaftsminister und die neue Bürgermeisterin hier eine Anlage präsentieren, bei der Dr. No und Goldfinger beide blass geworden wären. Und der dritte Tote ist der Leiter des Bauamts. Der Mann, der für sämtliche Baugenehmigungen zuständig ist, egal, ob innerorts oder in den Wäldern und auf den Bergen. Fällt vor den Ortsbus. Dass ich nicht lache.«

»Eibseebus«, korrigierte Bernbacher.

»Wie?«

»Der Ganslander ist vor den Eibseebus geflogen heute Mittag. Oder vielleicht gesprungen?« Bernbacher versuchte intelligent dreinzuschauen. Mit mäßigem Erfolg.

»Oder vielleicht gestoßen worden! Und jetzt versuchen Sie mir das als Suizid anzudrehen? Bernbacher, Bernbacher! Ich habe langsam das Gefühl, dass Sie mehr wissen, als Sie mir sagen.«

Bernbacher streckte sich in seinem Chefsessel aus und zog die Uniformhose nach oben. »Ja mei«, schnaubte er.

»So weit waren wir schon. Also, raus mit der Sprache, Herr Polizeihauptkommissar Bernbacher. Was geht da ab in Ihrer seltsamen Gemeinde?«

»Also, wenn Sie mich fragen, Herr Erster Polizeihauptkommissar Schneider, dann hat das alles mit ... wie soll ich's sagen ...«

»So, wie's ist!«

»Also gut, mit Kinderpornos hat's zu tun.«

Schneider froren die Gesichtszüge ein. »Mit was?«

»Nackerte Kinder. Bilder. Internet. Sie wissen schon.«

»Eine grüne Landtagsabgeordnete?«

»Ja mei.«

»Und wie kommen Sie darauf, Herr Bernbacher?«

»Ähhh ... Hinweise aus der Bevölkerung, Herr Schneider.«

»Hinweise aus der Bevölkerung? Geht's konkreter?«

»Ähhh ... ja mei, Zeugenschutz, wissens, ich kann die Quelle nicht so einfach preisgeben ...«

»Quelle preisgeben? Sie sind weder Geheimdienstler noch Journalist, Herr Bernbacher, Sie sind bayerischer Polizeibeamter der dritten Ebene. Ziemlich weit oben auf der dritten Ebene, wenn mich nicht alles täuscht, knapp unter A 12. Da schützt man keine Quellen, da schreibt man einen Bericht und leitet ihn an die übergeordneten Stellen weiter. Zum Beispiel ans LKA.«

»Ja mei, das LKA ... Des ist in München, ich muss aber tagein, tagaus mit den Menschen hier im Tal ...«

»Im Moment sitzt das Bayerische Landeskriminalamt

in Form des Ersten Polizeihauptkommissars Bernd Schneider vor Ihnen, Herr Bernbacher. Ich habe einen Doppelstern mehr auf der Schulterklappe als Sie. Und ich befehle Ihnen hiermit: Rücken Sie raus mit der Sprache! Was geht hier vor?«

Bernbacher lehnte sich erneut zurück, zog den Bund der Hose über den Wampenansatz und holte tief Luft. »Okay, ich sag's Ihnen«, nahm er Anlauf. Doch weiter kam er nicht, denn jemand klopfte Sturm an der Bürotür.

Ohne auf ein »Herein« zu warten, riss Polizeimeisterin Nathalie Berchtenbreiter die Tür auf und platzte in die Unterhaltung. »Chef, Sie glauben's nicht! Ein Scheintoter, drüben auf dem Friedhof! Frisch eingegraben und schon wieder aufgewacht!«

37

München (dpa) – Die unheimliche Serie von Todesfällen in Garmisch-Partenkirchen reißt nicht ab. Am Mittwochmittag wurde auf dem Friedhof des Ortsteils Partenkirchen ein Mann entdeckt, der bei lebendigem Leib begraben wurde. Der 47-jährige Karl-Heinz H. wurde von seinem Hund und seiner Verlobten gefunden. Obwohl das Herz des Opfers bei der Bergung noch schlug, verstarb der Mann auf dem Weg ins nahe gelegene Klinikum.

Karl-Heinz H. war in Garmisch-Partenkirchen und Umgebung als Fotograf der örtlichen Lokalzeitung bekannt. »Ein Zusammenhang mit seiner Arbeit für unsere Zeitung kann ausgeschlossen werden«, sagte der Redaktionsleiter des Garmisch-Partenkirchner Tagblatts *der dpa. »Wir haben uns vor Kurzem einvernehmlich voneinander getrennt.«*

Vollkommen ratlos scheint sowohl die Friedhofsverwaltung als auch die Garmisch-Partenkirchner Polizei. »Wie Herr H. in den Sarg gekommen ist und wer ihn in einem frisch ausgehobenen Grab bestattet hat, wissen wir nicht. Wir setzen aber jede verfügbare Kraft ein, um diesen abscheulichen Mord aufzuklären«, versicherte Hauptkommissar Ludwig Bernbacher. Einen Zusammenhang mit dem Sturz des Garmisch-Partenkirchner Bestattungsunternehmers Mathias K. (48) in eine Schlucht, der sich am Samstag ereignete, wollte die Polizei weder bestätigen noch ausschließen.

Neben diesen beiden ungewöhnlichen Todesfällen beschäftigt der gewaltsame Tod der Landtagsabgeordneten Veronika Pilz (49) sowie der mutmaßliche Unfall des örtlichen Bauamtsleiters Martin G. (49) die Ermittler. Pilz war am Montag in einem Waldstück oberhalb Partenkirchens aufgefunden worden, nachdem sie einen steilen Hang hinabgefallen war. G. war am Mittwoch ebenfalls in Partenkirchen vor einen Ortsbus gestürzt.

»So eine stilistische Katastrophe!«, raunzte Hartinger. »Diese dpa-Burschen schreiben auch immer schlechter.« Er klappte den Laptop-Computer zu, den ihm Bernd Schneider auf das Krankenhauslaken gestellt hatte. »Außerdem stimmt das doch nicht!«

»Ich weiß, es war ein Eibseebus, kein Ortsbus«, sagte Bernd Schneider.

»Nein, das meine ich nicht. Das mit der Verlobten. Ich war nie mit der Kathi verlobt. Und werde es auch nie sein.«

»Na ja, jetzt hat sie nicht nur ihrem Sohn, sondern auch Ihnen das Leben geschenkt, Hartinger.«

»Beides kein Grund zum Verloben. Und gefunden hat mich ja wohl der Hund.«

»Dem sollten Sie einen großen Ring Lyoner kaufen.«

»Verträgt er nicht. Ist allergisch auf Nitritpökelsalz. Der Hund wird gebarft.«

»Was auch immer. Jedenfalls, wenn der nicht gewesen wäre …«

»… dann hätte ich Ihnen jetzt ganz schön was voraus, Schneider.« Hartinger schaute aus dem Fenster seines Einzelzimmers. Es ging nach hinten in Richtung Wetterstein hinaus. »Wunderschön, die Erde, das sag ich Ihnen. Solange man auf ihr wandelt und nicht einen Meter davon auf sich liegen hat. Schauen Sie, da unten, das Kainzenbad. Meine Jugend habe ich da verbracht. Hätte ich beinahe nie mehr gesehen. Ich spring da morgen rein.«

»Sieht geschlossen aus. Macht vielleicht erst im Juni auf.«

»Ich klettere über den Zaun.«

»So schnell wird das nichts, Hartinger. Erst kommen die Umgestaltungsmaßnahmen dran.«

Hartinger schüttelte den Kopf. »Sie wollen es wirklich tun?«

»Die Frage lautet: Wollen *Sie* es tun?«

»Ich hatte mit meinem Leben abgeschlossen, da unten in der Kiste. Da macht es nichts, wenn ich es jetzt ablege. Und ein neues beginne.«

»Kathi und Ihr Sohn? Sie wissen, dass kein Kontakt möglich sein wird.«

»Er ist bald erwachsen.«

»Dotti?«

»Steht auch auf Typen wie mich, wenn mein Gesicht anders aussieht.«

»Sie wollen sie also wiedersehen?«

»Mein Gott, Schneider, Sie wollen mich doch in Bayern

einsetzen. Ich soll doch hier für Sie ermitteln und nicht in der Kalahari. Dann werde ich ein paar Menschen wiedersehen. Die vollkommen vertrauenswürdig sind. Dotti, zum Beispiel. Vielleicht auch Kathi und den Anton. Das ist meine Bedingung.«

Schneider holte tief Luft, doch er sagte nichts. Er wusste nur zu gut, dass sich die Hundertprozentigen, wie sie die freien Mitarbeiter des Dienstes nannten, denen sie neue Identitäten und ein verändertes Aussehen gaben, selten an Abmachungen hielten. Da war es ihm lieber, wenn Hartinger gar nicht erst so tat, als wollte er nie wieder Kontakt zu den Menschen, die ihm am nächsten standen.

»Vielleicht ist das auch alles ein kompletter Blödsinn, Schneider. Die Leute erkennen doch einen wie mich an der Statur und am Gang. Und ich soll doch eigentlich gleich, also umgehend, für Sie in die Ermittlungen dieser irrsinnigen Todesfälle hier am Ort eingreifen.«

Schneider nickte. »Das Gesicht bekommen wir mittlerweile ambulant hin. Da werden minimalinvasiv ein paar Silikonpolster implantiert. Wangenknochen, Stirn, Kiefer. Da erschrecken Sie selbst.«

»Wann geht dann diese dpa-Meldung raus?«, fragte Hartinger.

»In dem Moment, in dem Sie unterzeichnet haben.« Schneider zeigte ihm den Schnellhefter mit dem Vertrag.

»Ein Vertrag, den man nicht einmal seinem Anwalt zur Prüfung vorlegen darf«, spottete Hartinger.

»Haben Sie einen Anwalt? Ich dachte, Sie hätten eher Schulden bei Anwälten.«

»Klar, dass Sie das wissen.«

»Ich weiß auch, dass der Hof Ihrer Nicht-Verlobten bedroht ist. Vom Bauamtsleiter. Oh, sorry, bedroht *wurde*. Vom tragisch *verunglückten* Bauamtsleiter …«

»Wollen Sie mir das anhängen?«

»Einem Toten kann man nichts anhängen.«

»Falsch. Einem Toten können Sie alles Mögliche anhängen. Ist es das, was Sie wollen? Mich als Mörder vom Kupfer, der Pilz und vom Ganslander ausrufen, nachdem Sie mich offiziell für tot erklärt haben?«

»Gute Idee.« Schneider grinste. »Und in der Zwischenzeit suchen Sie den echten Mörder.«

»Oder die. Es sind ja vielleicht unterschiedliche Täter.«

»Vielleicht.«

»Wissen Sie was, Schneider? Die Sache ist hochgradiger Schwachsinn. So verzweifelt bin ich noch nicht, dass ich mir von Ihnen Implantate auf die Backenknochen kleben lasse und als Zombie durch die Gegend renne. Und den Rest meines gerade geschenkten Lebens von Ihnen total abhängig bin.«

»Denken Sie nach, Hartinger. Die Schulden: weg. Ein festes Einkommen: lebenslang 150 000 pro Jahr, steuerfrei. Der Hof von Frau Mitterer: gerettet. Ihr Sohn: bekommt eine Zukunft.«

»Das alles kann Ihr Dienst einrichten?«

»Das kann er. Sie wissen, zu was wir fähig sind.«

Hartinger richtete sich im Bett auf, schaute hinüber zur Alpspitze, riss sich die Kanüle aus dem Handrücken und stand auf. »Ich bin raus aus der Nummer hier, Schneider. Und Sie sollten sich dünnmachen, bevor der nächste Mord in diesem schönen Land passiert.«

»Das werden Sie bereuen, Herr Hartinger!«

»Das werden wir sehen, Herr Schneider.«

Hartinger kümmerte es nicht, dass er nichts weiter am Körper hatte als das hinten offene Krankenhaus-Nachthemd. Er musste einfach raus aus dieser Klinik. Ihm fehlte nichts. Er war einige Stunden in einem Grab gelegen und hatte sich die Füße, die Knie und die Stirn aufgeschlagen, das war alles. Psychische Schäden? Die mochten kommen oder nicht, aber diese zu bewältigen würden ihm weder die Doktoren noch der seltsame Geheimagent Bernd Schneider helfen.

Draußen auf dem Klinikflur sah er niemanden. Er ging an einem Rollwagen vorbei, auf dem Getränke abgestellt waren. Irgendwann würde eine Schwester sie wohl verteilen. Es war 10 Uhr 30 an diesem Donnerstagmorgen, und bald nach der Tränkung der Insassen würde es wohl dieses furchtbare Mittagessen geben, dessen Geruch sich von der Großküche im Keller schon durch das Haus fraß und mit dem von Desinfektionsmitteln und Seniorenpipi auf dieser Inneren Station mischte.

Nein, ein Gesunder hatte hier nichts verloren. Und sie wollten ihn sogar für tot erklären. Das hätte denen so gepasst.

Auf dem kleinen grauen Schild an der dritten Tür hinter dem grauen Getränkewagen stand »Bekleidung – Nur für Personal«. Er öffnete die unversperrte Tür, schloss sie hinter sich und schlüpfte in die weißen Klamotten eines Krankenpflegers. Auch passende Gummi-Clogs fand er in einem Regal. Derart ausgestattet ging er wieder hinaus auf den Gang.

Ob Schneider noch in seinem Zimmer wartete oder das Weite gesucht hatte, war ihm herzlich egal. Er stieß die Milchglas-Schwingtür zum Treppenhaus auf und hastete bis zum ersten Absatz hinab, wobei er fast Kathi über den Haufen gerannt hätte, die mit Anton im Schlepp die Stufen heraufkam.

»Servus, ihr zwei«, sagte Hartinger. »Danke, übrigens, fürs Finden«, schob er schnell an Kathis Adresse hinterher.

»Passt schon«, erwiderte Kathi. »War der Hund mehr als ich.«

Anton fiel ihm um den Hals. »Mensch, Papa, was machst du für Sachen?«

»Pschscht, ich erzähl euch schon alles, aber zuerst muss ich hier raus. Wo habt ihr geparkt?«

»Wär ganz gut, wenn du ein paar Tage hier drinnen bleiben würdest, Karl-Heinz«, mahnte Kathi.

»Nicht in zehn kalten Wintern. In einem Krankenhaus wird man krank. Drum heißt's ja so. Los, kommt, worauf wartet ihr?« Hartinger stieg schon die nächsten Stufen hinab.

»Jetzt warte. Ich muss dir was sagen«, insistierte Kathi.

»Ich werde auch daheim auf der Ofenbank gesund. Mir fehlt eh nix.«

»Nein, darum geht's ned!«, rief Kathi ihm hinterher. Schnell rannte sie ihm nach und packte ihn an der Schulter. »Jetzt wart! Es geht um die Morde.«

Hartinger blieb entnervt stehen. »Was interessieren mich die Morde? Ich will wissen, wer mich lebendig begraben hat. Die Polizei scheint das nicht zu beschäftigen. Stell dir vor, sie wollten mich für tot erklären und mit einer neuen Identität ausstatten. Als Geheimagent.«

»Dich?« Kathi musste dem Ernst der Lage zum Trotz lachen.

»Wieso *nicht* mich?«, fragte Hartinger empört.

»Ja, wenn du meinst. Aber was diese Todesfälle betrifft, ich sage dir, da gibt es einen Zusammenhang. Und der hat mit dem alten Bürstner zu tun. Und mit diesem Krankenhaus.«

»Was spinnst du dir da zusammen?«, wunderte sich Hartinger. »Soll ich dir mal was verraten?« Er schaute über die hölzernen Handläufe im Treppenhaus nach oben und nach unten, dann senkte er die Stimme. »Ich habe eine Haschisch-Plantage im Bestattungsinstitut entdeckt. Und dann haben sie mich niedergeschlagen und eingegraben.«

»Das soll die Polizei klären, Karl-Heinz. Wenn das stimmt, was du sagst, werden sie das ja wohl rausbekommen. So was hinterlässt ja Spuren.«

»Und was soll dann ich deiner Meinung nach machen?«

»Leg dich da oben ins Bett. Und nutz die Position, um hier ein bisserl rumzuschnüffeln. Ich versorg dich mit Informationen. Und du musst sie verifizieren.«

»Was für Informationen?«

»Wirst sehen. Morgen komme ich wieder. Vertrau mir, das wird ein großes Ding werden.«

Hartinger klappte das Kinn auf die Brust. Damals, vor knapp zwanzig Jahren, bei der großen Zeitung in der großen Stadt, als sie seine Praktikantin war, da hatte sie das Zeug gehabt, eine gute Polizeireporterin zu werden. Neugierig, schlau, zu einem gewissen Maß skrupellos. »Direkt« würde man wohl sagen, wenn man es hätte freundschaftlich ausdrücken wollen. Dann war sie schwanger geworden, und anstatt sich in der Stadt durchzuboxen, war sie zurück nach Hause auf diesen Berghof gegangen. Sicher, auch des Großvaters wegen. Und da saß sie nun seit beinahe zwei Jahrzehnten, machte mit dem Buben Hausaufgaben, putzte das Bauernhaus, versuchte es – mehr schlecht als recht – in Schuss zu halten und kochte Dampfnudeln für die Delegationen der bayerischen Staatsregierung.

Nun wollte diese Kathi Mitterer in einer der verzwicktesten Mordserien (oder war es nur eine Tatreihenfolge?) ermitteln. Wo doch die örtliche Polizei im Dunkeln tappte (sich also in ihrem natürlichen Lebensraum bewegte), das LKA keine einzige Spur hatte (also auch keine Laterne anzündete) und sogar der Staatsschützer Schneider ahnungslos war (oder zumindest so tat, was eine seiner Spezialitäten war), sodass sie sogar ihn, den Desperado Hartinger, als Undercover-Agent einsetzen wollten. Ausgerechnet in diesem Konglomerat von Mächten, die Klimanetze über ganze Gebirgstäler spannen wollten und wahrscheinlich auch konnten, in einem Gewirr an Plänen, die von Sonnenkraftwerken bis Pumpspeichern reichten (warum hatte eigentlich noch niemand ein Gezeitenkraftwerk am Eibsee geplant?), just inmitten dieses Irrsinns, in dem ein toter Totengräber Drogen in der Garage anbaute, die eine Landtagsabgeordnete so gern auf dem Klo des Maximilianeums rauchte, trat Katharina Barbara Creszenzia Mitterer auf den Plan, um durch ominöse »Informationen« Klärung herbeizuführen.

Hartinger ergab sich in sein Schicksal. Was sollte er dort draußen? Er konnte ruhig ein paar Tage einen von der Krankenkasse bezahlten Urlaub nehmen.

»Okay. Aber nur bis Montag. Dann bin ich hier draußen«, ließ er Kathi und Anton wissen.

Als er die wenigen Stufen zurück nach oben in den dritten Stock stieg, merkte er erst, wie fertig er war. Nach einer halben Treppe war er vollkommen außer Atem. Seine Knie, sein Rücken, sein Schädel, einfach alles tat ihm weh. Oben angekommen schlich er wie ein alter Mann den Gang entlang, entledigte sich in der Kleiderkammer seiner Tarnung als Pfleger, zog das Nachthemd wieder an und kroch in sein Einzelzimmer zurück.

Schneider war weg. Wenigstens etwas. Nun mochten sie kommen, die Informationen von Kathi. Doch zunächst kamen sie und Anton mit einem Blumenstrauß in einer Vase in sein Zimmer. Hartinger hatte im Treppenhaus gar nicht gesehen, dass sie Blumen dabeigehabt hatten.

»Sag mal, arbeitet denn auf dieser Station niemand?«, staunte Kathi. »Die Vase haben wir uns einfach da vorne aus dem Schwesternzimmer geholt. Kein Mensch da.«

»Werden rauchen gegangen sein. Macht man noch in Heilberufen«, meinte Hartinger.

Kathi wurde ungeduldig. »Jetzt erzähl von der Haschplantage!«, drängte sie.

Hartinger berichtete nicht von der Fahrt nach München oder von der seltsamen Begegnung am Flughafen, wo er Klaus Westphal und den Exbürgermeister gesehen hatte. Er beschränkte sich auf seinen Abend im Schumann's und was Kurt Weißhaupt dort über Menschenschmuggel in Särgen berichtet hatte. Und dass er daraufhin dem Kupfer'schen Institut einen Besuch hatte abstatten wollen. Einen Kurzbesuch, sonst hätte er Bärli natürlich nicht im Auto gelassen. Wobei man das Glück ja gar nicht fassen könne, man sollte wohl immer einen Hund draußen warten lassen, wenn man irgendwo zum Recherchieren ging. Jedenfalls, so Hartinger, hatte er keine geschmuggelten Afrikaner oder Afghanen oder sonst geschmuggelte Leute gefunden, sondern die Plantage entdeckt.

»Eine Plantage mit allem Drum und Dran«, schloss er. Zu genau wollte er weder auf das Drum noch auf das Dran eingehen, denn sein Sohn starrte bei diesem Thema doch eine Spur zu desinteressiert aus dem Fenster in Richtung Wetterstein, als dass man ihm abnehmen konnte, die Einrichtung einer grünen Drogenhölle ließe ihn vollkommen kalt.

38

Nachdem Kathi und Anton ihren Krankenbesuch beendet hatten – nicht, ohne dass sich Kathi für den kommenden Tag mit weiteren Informationen ankündigte –, schlief Hartinger im Krankenhausbett ein. Nach wie vielen Stunden er wieder erwachte, hätte er nicht zu sagen vermocht. Er sah nur, dass sich der Gipfel der Alpspitze in eine Mischung aus

Zartblau, Orange und Violett gekleidet hatte. War das ein Abend- oder ein Morgenrot?

Hartinger war das einerlei. Er hatte es warm und kuschelig in diesem Bett. Er lebte und konnte aus dem bodenhohen Panoramafenster seines Einzelzimmers stieren. Was für ein Gewinn für einen nur vor kurzer Zeit lebendig Begrabenen. Er machte sich nur kurz Gedanken darüber, wer für die First-Class-Unterbringung in der Pflegestation des Klinikums Garmisch-Partenkirchen gesorgt und wer dafür zu bezahlen hatte. Die Allgemeine Ortskrankenkasse würde dafür nicht geradestehen, nicht bei seinem Arme-Leute-Tarif. Wenn sein Versicherungsschutz nicht schon längst erloschen war, immerhin war er die letzten Prämien ausständig geblieben.

Doch sicher würde der Dienst, dem Schneider angehörte, für die Kosten aufkommen. Und genauso sicher war, dass Schneider spätestens morgen (wenn es nicht bereits morgen war) wieder aufkreuzen würde, um Hartinger erneut ein komfortables, wenn auch geheimes Dienstverhältnis anzubieten. Einer wie der Schneider, der offiziell beim LKA, inoffiziell aber beim Geheimdienst beschäftigt war, schuf sich ein eigenes Netz von Unteragenten. Wahrscheinlich hatte der ein gewisses Budget dafür. 150 000 Euro Gehalt pro Jahr ... Mannomann, das war fast mehr, als Hartinger in zehn Jahren beim Tagblatt als Knipser verdienen konnte. Und diesen schlecht bezahlten Job hatte er ja auch nicht mehr.

Ein bisschen geschmeidig sein, und er wäre seinen Status als Hungerleider endlich los, könnte seine Steuerschulden begleichen, Kathi bei der Renovierung des Mittererhofes unter die Arme greifen – und letztendlich auch mal wieder eigene Klamotten kaufen, anstatt in den abgetragenen Hemden von Kathis Großvater herumzulaufen.

Er schaute auf die Ostflanke der Alpspitze. Noch nie war

er dort oben gewesen, ein Frevel für einen, der hier geboren und aufgewachsen war. Er könnte sich als Geheimdienstler sicher einige Tage freischaufeln, im Sommer wie im Winter, und endlich das nachholen, was er seit seiner Jugend eigentlich immer vorgehabt hatte: Skitouren, Klettern, Mountainbiken, Kajakfahren auf der Loisach, ja, auch ein bisschen mit einem Motorrad über die Passstraßen in Österreich, der Schweiz und Südtirol touren. All das hatte er als junger Mann einmal machen wollen, dann hatten sie ihn aus dem Tal gejagt. In München war er damals beruflich erst einmal gut untergekommen bei der großen Zeitung – doch seine sportlichen und abenteuerlichen Ambitionen waren mit den langen Abenden in der Redaktion und den Nächten an Tatorten, die er zu fotografieren hatte (und die im Schumann's und wesentlich schlimmeren Etablissements endeten), versandet.

In wenigen Jahren würde er seinen Fünfzigsten feiern. Was hieß da »feiern«? Er würde den Geburtstag »begehen«, so wie man eine Trauerfeier beging. Denn so ein Fuchziger war ja eine vorverlegte Beerdigung. Kurz danach war Schluss mit lustig. Was hatte er da neulich irgendwo gelesen? *Was ist das Gegenteil von Jugend? – Tod.* Wie es sich anfühlte, wenn man in einem kalten engen Sarg lag, wusste er seit der vergangenen Nacht. Und eigentlich war er bereits an diesem sonnigen Spätfrühjahrstag so gut wie tot, redete er sich ein. Und wie weit hatte er es gebracht? Seine Lebensbilanz hatte eine äußerst überschaubare Habenseite: Zu mehr als einem alten verbeulten Volvo, den ihm demnächst der TÜV entreißen würde, einem riesigen Hund, dessen Futter er sich selbst vom Munde absparte, und zu einer Dachkammer bei seiner Kindsmutter (die ihn bald hinauswarf, wenn er nicht endlich wenigstens die Fensterläden streichen würde) hatte es im Leben des Karl-Heinz Hartinger nicht gereicht. Und zum Spitznamen »Gonzo«.

Okay, das war etwas, was nicht jeder von sich behaupten konnte.

Er musste lachen. Doch davon tat ihm der Schädel weh. Mehr als beim Nachdenken. Darum richtete er den Blick wieder auf die Flanke der Alpspitze. Ja, richtig, da war er stehen geblieben. Diesen Berg im Winter zu bezwingen, ihn mit Tourenski über die Schöngänge und das Oberkar unter Anleitung eines kundigen Bergführers aufzusteigen, um anschließend diesen phantastischen Osthang hinabzugleiten, das müsste doch auch ihm noch möglich sein. Mit Ende vierzig ging das noch. Ob das zehn Jahre später noch drin wäre?

Außerdem, was sollte er denn anstellen, um sich die nächsten zehn Jahre überhaupt finanziell über Wasser zu halten? Die paar Artikelchen, die er an die internationalen Sender und Agenturen abgesetzt hatte am Wochenende, würden ihn vielleicht durch diesen April füttern. Wenn da nicht die Forderungen der von Bürstner'schen Anwälte wären. Und selbst wenn Kathis Münchner Anwalt die wegverhandeln könnte: Was sollte er die nächsten zehn Jahre tun? Zwanzig? Dreißig? Was, zum Henker, sollte er mit diesem Leben anfangen, das die Hälfte überschritten hatte, aber halt auch gerade einmal die Hälfte, wenn es gut lief – oder schlecht, je nach Betrachtungsweise und Kontostand.

Ja, die Alpspitze dort drüben, ihr wäre das vollkommen wurscht, ob ein weiterer Depp auf sie hinaufkraxelte und über ihre Ostflanke hinabfuhr. Es war ihr schon weitÜbleres widerfahren. Sie hatten Unmengen von Stahlstiften in ihren Muschelkalk getrieben, Fixseile daran befestigt, damit sich auch jeder Plattfußindianer auf sie hinaufhieven konnte. Das war ihr vollkommen egal, sie wusste, dass sie auch noch die Zeit erleben würde, da niemand mehr an ihr hochkletterte. Entweder, weil die Spezies, die derzeit das Bergsteigen betrieb, die Lust daran verloren hatte. Immerhin hatte diese seltsamste aller Spezies damit erst vor gut hundert Jahren begonnen, und die Alpspitze war alt und darum weise genug, um zu wissen, dass diese Spezies ziemlich schnell die Laune an ihren Lieblingsbeschäftigungen verlor. Oder, so weit konnte die Alpspitze mit ihren dreißig Millionen Jahren Lebenserfahrung vorausdenken, weil es diese Spezies einfach nicht mehr geben würde, die nur aus Spaß an der Freud auf Berge kletterte. Dann würde sie einfach die Stahlstifte aus ihrem Kalkgestein herausrosten lassen, das ihre Spitze zu einer Devotionalie verunzierende Kreuz abwerfen und wieder sie selbst sein.

Wenn Hartinger nur Ähnliches könnte. Doch er hatte nicht dreißig Millionen Jahre, er hatte vielleicht noch dreißig, und diese wollte er nicht in Armut dahinvegetieren. Also doch auf das unmoralische Angebot Schneiders eingehen? Welcher Job war schon uneingeschränkt moralisch? Selbst beim Roten Kreuz wurde Spenderblut gepanscht und Spendergeld verschwendet, wie man dann und wann in der Zeitung lesen konnte. Abgesehen davon, waren die hehren Zwecke solcher Organisationen am Ende wirklich ein Segen für die Menschheit? Hatten die Rotkreuzler vielleicht durch die Rettung und Pflege von Verwundeten Kriege verlängert, was zum Ergebnis gehabt hatte, dass noch mehr Menschen gestorben waren? Machten die Hilfsorganisationen, die in Afrika Brunnen bohrten, das Leben dort besser oder forcierten sie damit die Bevölkerungsexplosion und letztendlich das große Sterben?

Kein Grund, ein zynischer Misanthrop zu werden, Hartinger, schalt er sich selbst. Aber sollte er nicht auch wie so viele andere (eigentlich wie alle anderen) einmal im Leben auf sich selbst schauen? Klar, der Schneider konnte ihn brauchen als geheime Quelle an einem solchen Ort, wo der Wahnsinn zu sprießen schien wie anderswo in Deutschland der Biosprit-Mais. Wo sie auch noch einen eigenen Himmel einziehen wollten, nachdem sie es geschafft hatten, die einst unbezwingbaren Berge mit Bahnen für Turnschuh-Araber befahrbar zu machen und den Schnee schneien zu lassen, wann es den Holländern passte. Nun musste eben Sommer gemacht werden.

Bei solchen irrsinnigen Unterfangen gab es vielleicht Anschläge. Auf jeden Fall aber noch irrsinnigere Leute, die den amtlichen Irrsinn verhindern wollten. Allein die drei Todesfälle dieser Woche ... Hartinger hatte mehr als nur das Gefühl, dass das alles mit den Energie- und Klima-Bauplänen in der Kuhflucht, auf dem Esterberg, an der Frauenmahd sowie den umliegenden Gipfeln, die das Netz halten sollten, zu tun hatte.

Nur warum zur Hölle wollte ihn Schneider mit modifiziertem Gesicht und neuem Namen ausstatten? Er wäre doch nicht von Nutzen, wenn ihn die Leute in Garmisch-Partenkirchen nicht mehr erkannten. Oder wollte er ihn gar nicht hier einsetzen? Sondern irgendwo, wo sie ihn eben nicht kannten? Aber dann konnte er erst recht so bleiben, wie er war.

Man wurde aus diesen Geheimdienstlern einfach nicht schlau. Er würde Schneider noch einmal dazu befragen, denn vollkommen unvorteilhaft wäre dessen Angebot ja nicht für ihn. Er musste sich eben nur dieses eine Mal dazu durchringen, eine lukrative Weichenstellung dem tapferen, aber brotlosen Heldentum vorzuziehen.

Er schaute auf die Uhr, die sie ihm abgenommen und auf das rollbare Nachtkästchen gelegt hatten. Kurz vor sieben. Er klickte den Fernseher mit der Fernbedienung an, die ebenfalls auf dem Kasten gelegen hatte. Im Zweiten lief ein Werbespot in einem Bildschirmfenster, das bereits die um 19 Uhr beginnende *heute*-Sendung ankündigte. Sieben Uhr am Abend also, dachte Hartinger. »Donnerstag« stand da auf dem Bildschirm mit der ZDF-Uhr.

»Himmelherrgottsakramentzäfixhalleluja!«, fluchte er. »Der Stammtisch vom Tomboy Suldinger in der Linde! Am Donnerstag um sieben!« Er sprang aus dem Bett, rannte ins Bad, sah sich im Spiegel im Nachthemd dastehen und dachte, dass dies kein passender Aufzug für einen Einheimischenstammtisch war, verwarf aber den naheliegenden Gedanken, sich erneut in der Kleiderkammer des Personals auszustaffieren. In der Linde in einer Krankenpflegerkluft aufzutauchen würde die Auskunftsfreude seines alten Kumpels Tomboy und seiner Saufkumpane sicherlich nicht drastisch steigern.

Er ging zurück ins Krankenzimmer und riss den Schrank auf. Leer. Er sah sich im Zimmer um. Da lag eine Plastiktüte auf dem Besucherstuhl, und darin befanden sich eine alte Arbeitshose, ein kariertes Hemd, eine Garnitur Unterwäsche, Socken und ein ausgelatschtes, aber relativ sauberes Paar Turnschuhe, das Kathi unter seinem Bett gefunden haben mochte.

»Du bist ein Engel!«, flüsterte er durch das Panoramafenster in Richtung Eckbauergipfel, hinter dem er Mittergraseck, den Mittererhof und Katharina Mitterer wusste.

Hartinger wollte gerade in die Sachen schlüpfen, da klopfte es an der Zimmertür. Schnell stopfte er Hemd und Hose wieder in die Tüte, legte sich ins Bett und rief: »Herein!«

Die Tür öffnete sich, und dann standen zwei Polizisten im Zimmer, ein kleiner Dicker und ein langer Dünner. »Guten Abend, Herr Hartinger, Polizeimeister Schandl«, sagte der kleine Dicke. »Wir müssen Sie zu Ihrem ... na ja, unterirdischen Aufenthalt befragen. Sie haben doch heute Abend nichts vor?«

»Doch, ich muss noch einen Ultraschall machen lassen«, log Hartinger. »Können wir die Befragung nicht auf morgen früh verschieben?«

»Eigentlich nicht«, sagte der lange dürre Uniformierte, der es nicht für nötig fand, sich vorzustellen. »Es ist schon ein ganzer Tag vergangen.«

»Gut, befragen Sie mich. Auf Ihre Verantwortung. Es besteht Verdacht auf einen angebrochenen Wirbel. Da hinten. Wenn das was Schlimmeres ist und was passiert, dann geht das auf Sie.«

»Eine Kurzversion jetzt und dann morgen eine ausführliche Einvernahme?«, schlug der namenlose Beamte vor.

»Gut«, stimmte Hartinger zu und begann zu erzählen: »Ich wollte gestern Abend meinen Hund ausführen, hörte ein Geräusch hinter mir, bekam einen Schlag auf den Hinterkopf und bin in einem Sarg aufgewacht. Das war die Kurzversion. Morgen mehr. Ich muss jetzt los.« Hartinger sprang aus dem Bett.

»Sie gehen da selbst hin? Zum Ultraschall? Mit dem Wirbelbruch?«, staunte Polizist Schandl.

»Erstens ist er nur angebrochen, der Wirbel, zweitens bin ich nur gesetzlich versichert. Keine Beamtenbeihilfe, Sie verstehen.« Hartinger schaute an seinen nackten Beinen hinab. »Wenn Sie jetzt so freundlich wären …«

Die Polizisten nickten und verabschiedeten sich. »Morgen um neun kommen wir wieder!«, sagte Schandl, bevor er mit seinem Kollegen aus dem Zimmer verschwand.

»Ja, ja, dann kommts ihr mal«, sagte Hartinger zur geschlossenen Tür. »Aber das Haschischdepot im Bestattungsinstitut heb ich selbst aus!«

39

»Vergessen können Sie's, aber so was von vergessen! Alles und jedes, was hier einmal geplant war. Oder immer noch ist. Nicht eine einzige Ortsumfahrung werden die in Berlin bezuschussen, weder hier in Garmisch noch in Partenkirchen oder in Oberau. Sie können ganz gepflegt ein Ei drüberhauen, meine Herren!«

Der, der das sagte, machte ganz den Anschein, als wisse er, was er da von sich gab. Und Ex- und Möchte-gern-bald-wieder-Bürgermeister Hans Wilhelm Meier hatte ihn ja auch nicht umsonst am Münchner Flughafen abgepasst und unter Inaussichtstellung eines großen PR-Auftrags einer internationalen Tourismus-Firma ins Werdenfelser Land zurückgelockt.

Klaus Westphal verwünschte zwar seinen Entschluss, zu dem untersetzten Mann in den Audi gestiegen zu sein, bereits zum vierten oder fünften Mal (die ersten Male war es noch wegen des unkonventionellen und rustikalen Fahrstils gewesen, mit dem sich Meier von München-Erding nach Garmisch durchgeschlagen hatte). Doch irgendwie interessant fand er es schon, mit diesen Strippenziehern zusammenzusitzen. Hier ging es im Kleinen genauso zu wie in Berlin oder Brüssel im Großen, nur dass er hier als der große Zampano aus der Hauptstadt gewürdigt wurde, anstatt wie sonst einer von Zigtausenden von Lobbyisten zu sein, die die politischen Metropolen bevölkerten.

»Wie meinens des jetzt, vergessen?«, hakte Veit Gruber nach. Er war schon beim dritten Grappa und zweiten Weißbier dieser abendlichen Besprechung in seinem Büro-Kabuff im Berggasthof Panorama angelangt. Sein Denkapparat reagierte auf den Alkohol nicht mit Ausfallerscheinungen, dafür war Grubers Hirn zu sehr an die Substanz gewöhnt. Er hatte lediglich ein gravierendes Problem damit, sich Sachen aus dem Kopf zu schlagen, die er sich selbst fest eingeredet hatte.

»Was ist daran so schwer zu verstehen, meine Herren? Sie haben es fertiggebracht, das Bundesenergieministerium zu düpieren. Vor der gesamten deutschen … ach was, vor der Weltöffentlichkeit. Und das Konsortium dazu. Mit diesem seltsamen Klimanetz, das der spinnerte Professor zusammen mit Ihrer neuen Bürgermeisterin und dem bayerischen Wirtschaftsminister da ausgeheckt hat. Sind Sie sich bewusst, was es bedeutet, wenn zwei Ministerien des gleichen Zuschnitts auf Länder- und Bundesebene zusammenknallen? Da gibt's ein derartiges Erdbeben, da bleibt kein Stein auf dem anderen!« Klaus Westphal musste sein Entsetzen über die politische Naivität seiner Gesprächspartner mit einem Schluck Weißbier hinunterspülen.

»Also, ich spür nix von einem Erdbeben«, meinte Meier.

»Ich auch ned.« Gruber prüfte die Standfestigkeit seines Bürostuhls, indem er seinen fetten Hintern drei Mal anhob und in das Möbel plumpsen ließ.

»Das werden Leute wie Sie auch nicht spüren. Und nichts davon sehen. So, wie neunundneunzig Komma neunundneunzig Prozent der Bevölkerung es nicht spüren und sehen werden. Nach außen werden alle Beteiligten die Pläne der jeweiligen Gegenpartei begrüßen. Aber hinter den Kulissen, da rumpelt's jetzt schon. Da werden die langen Messer gewetzt, meine Herren.«

»So?«, meinte Gruber.

»Ah, geh«, sagte Meier.

Klaus Westphal tippte auf den Zeitungsstapel auf Grubers Schreibtisch. »Und dann auch noch diese Toten. Die toppen ja alles. Dieses Erdbeben in den Schlagzeilen bekommen Sie ja wohl dann doch mit, oder?«

»Ja mei«, sagten die beiden Geschäftsspezln wie aus einem Munde.

»Nichts ›ja mei‹, meine Herren. Sie glauben, das sitzen Sie aus? Den Tod einer Abgeordneten? Die beiden Einheimischen würden ja noch okay gehen, aber die Pilz? Guter Gott, das steht in zwanzig Jahren noch im *Spiegel*. Wenn es den dann noch gibt. Und wenn nicht, dann steht's auf hunderttausend Websites in allen Sprachen dieser Welt. Und Sie haben Glück, dass Sie derzeit nicht amtieren, Herr Meier. Denn sonst hätten Sie als Bürgermeister sicher das eine oder andere Interview gegeben und stünden in besagten Artikeln auf all diesen Websites. Und in Zukunft, wenn irgendjemand im Internet nach Ihrem Namen sucht, dann würde er auf einem Artikel landen, in dem es um den Tod einer Politikerin geht. Na, denn prost.« Westphal nahm einen weiteren großen Schluck von seinem Weißbier.

»Ich bin ja nicht Bürgermeister«, feixte Meier.

»Er ist ja nicht Bürgermeister«, sekundierte Gruber, wobei er auf Meier deutete und dann kicherte.

»Weil Bürgermeistersein, das ist gar nicht so wichtig.« Auch Meier begann zu kichern.

Westphal sagte nichts. Er schaute sich die beiden Konsorten an und fühlte sich in eine Aufzeichnung des *Komödienstadls* versetzt. Hatten die beiden vielleicht ein paar Grappa zu viel intus?

»Aber jetzt im Ernst«, sagte Hans Wilhelm Meier, »das wird doch nix, dieses Klimanetz. Vollkommener Blödsinn.«

»Lieber Herr Meier. Sie kennen doch Ihre Partei besser als ich. Wenn die in München etwas in Bayern umsetzen wollen, dann tun die das auch. Da kommen wir aus Berlin einfach nicht durch. Und leider konkurriert halt das Klimanetz mit unserem Energiepark am Esterberg. Da werden wir uns zurückziehen, denn einen solchen Kommunikationswettbewerb werden wir nicht eingehen. Ist doch ganz klar. Was soll man denn gewinnen, ich meine, kommunikationstechnisch, wenn man das weit weniger visionäre Konzept bietet? Und jetzt sind die damit vorgeprescht und haben uns kalt erwischt. Wir wollten unsere Pressekonferenz in dieser Woche abhalten, haben sie verschoben wegen der Toten. Aber die Frau Bürgermeisterin, der bayerische Minister und der gschpinnerte Professor haben einfach Tote Tote sein lassen und ihre eigene PK veranstaltet. Unfassbar. Am Tag des Todes einer Landtagsabgeordneten. Unfassbar.« Klaus Westphal zuzelte die letzten Schaumreste aus dem Weißbierglas.

»Noch ein Bierchen, Herr Westphal?«, fragte Veit Gruber. »Weil Sie werden's brauchen. Hören's mal dem Hansi zu, was der herausgefunden hat. Hansi, komm, erzähl's dem Herrn Westphal.« Gruber musste wieder kichern. Dann riss er sich zusammen und brüllte durch die geschlossene Bürotür: »Hey, da draußen, noch drei Weißbier und drei Grappa, aber ein bisserl zackig!«

»Also, Herr Westphal, Sie müssen weitermachen. Mit dem Energiezeugsl da auf dem Esterberg«, begann der Exbürgermeister. »Und Sie bekommen auch den Auftrag der Spirit-of-the-Alps GmbH vom Veit. Weil das wollen wir beides haben. Also wir beide wollen beides. Und auch oberste Kreise wollen das«, erklärte Meier. »Die ganze Sache mit dem Klimanetz – wie soll ich es sagen? – ist eine Idee vom Ministerpräsidenten.« Meier kicherte.

Es klopfte vorsichtig an der Tür, und auf den Ruf Grubers hin trat eine verängstigte Bedienung in den Verschlag und stellte drei doppelte Grappa auf den Schreibtisch. »Die drei Weizen kommen gleich«, flüsterte sie.

»Das heißt Weißbier, nicht Weizen wie bei dir daheim in Sachsen!«, sagte Gruber gönnerhaft. Als sich die Belehrte umdrehte, gab er ihr einen Klaps auf den Po. »Des bring ich dir auch noch bei, Jacqueline.« Nachdem die Angetatschte mit einem hellen Quieken aus der Tür gesprungen war, erklärte er seinen beiden Gästen: »Man muss froh sein, wenn man noch Bedienungen bekommt, die einem nicht das Hemd unter der Jacke rausklauen. Mit der hab ich Glück gehabt. Eine ehrliche Haut.« Er kippte den Grappa. »Und auch ganz weich und glatt.« Gruber und Meier bogen sich vor dreckigem Lachen.

Klaus Westphal war das Altherrengetue peinlich. Wenn sie ihn in Berlin in einer solchen Gesellschaft gesehen hätten, er wäre bei sämtlichen Gleichstellungs- und Genderbeauftragtlnnen unten durch gewesen. Er mahnte seine Gesprächspartner, zur Sache zurückzukommen. »Könnten Sie mir jetzt bitte den Grund für Ihre Heiterkeit verraten? Und das mit den obersten Kreisen bitte wiederholen? Denn wenn das wahr ist, dass Ihr Ministerpräsident hinter dem Klimanetz steckt, dann können wir unseren Energiepark doch erst recht vergessen. Und damit Ihre Pläne des spirituellen Spirit-Esoterik-Zentrums auf der anderen Bergseite auch, Herr Gruber.«

»Sie verstehen nicht, Herr Westphal. Der MP, also der Ministerpräsident, der hat das erfunden.« Meier grinste von einem Ohr zum anderen. »Er hat auch den Professor erfunden. Also den ganzen Klimanetzschmarrn. Es ist eine Schämire, eine Ullis… na ja, ein rechter Schafscheiß halt! Ein genialer Schafscheiß. Der Professor ist in Wahrheit Insasse einer geschlossenen Anstalt. Der erfindet da drinnen lauter so phantastische Sachen. Rapsöl-Raumschiffe, Aufzüge zum Mond … so einen Schmarrn halt. Den hat sich der MP da ausgeliehen. Und dem Wirtschaftsminister vorgestellt. Verstehens jetzt?«

»Der bayerische Ministerpräsident hat sich einen Irren aus einer Anstalt ausgeliehen und seinem Wirtschaftsminister vorgestellt – als Klimapapst?« Nun kippte Westphal seinen Grappa hinunter.

»Genau. Als Test. Bewährungsprobe quasi.«

»Für den Irren?«

»Ja, also: naa, für den Minister. Verstehens das nicht? So was macht der doch andauernd. Siehe Pkw-Maut, die hat der einfach während einer Fernsehdebatte erfunden, aus dem Stegreif, so sagt man doch, und damit dann eine Wahl haushoch gewonnen und dann das Thema einem Mann als Verkehrsminister zur Aufgabe gemacht, den er testen will. Und den er dann sicher loshat, wenn er's nicht derpackt. Und ganz nebenbei spaltet er damit die eigene Partei. Teile und herrsche. Und kann auf Europa schimpfen. Genial, oder? Da muss man erst einmal drauf kommen. Und ich sage Ihnen, auf so was kommt der andauernd! Aus dem Stegreif! Wehe, wenn der erst einmal nachdenken würde. Was dem dann wohl alles einfallen tät! Einfach phänomenal, der Mann!« Jetzt war es an Meier, einen Grappa zu trinken, und er tat es, so schien es, auf sein großes politisches Vorbild.

Klaus Westphal wähnte sich im vollkommen falschen Film. »Und dazu leiht er sich einen Wahnsinnigen aus und macht ihn zum Professor? Aus einer staatlichen Institution?«

»O mei, o mei, Herr Westphal. Sie sind doch aus Berlin, da sollten Sie doch wissen, was alles geht. Da dürfen ehemalige technische Zeichner einen ganzen Flughafen planen. Ob nun in einer bayerischen geschlossenen Anstalt ein perverser Mörder für eine Politikerin teure Modellautos zusammenbastelt und mit ihr zusammen in den Urlaub fährt oder ob ein wahnsinniger Professor für den Ministerpräsidenten eine Schau abzieht, das ist doch egal. Außerdem … der Mann ist sogar ein *echter* Professor, das ist das Herrliche daran. Nur hat er leider nicht nur Klima-Visionen, sondern auch … Nein, das ist jetzt ein bisserl zu unappetitlich. Drum sitzt der eigentlich bis ans Ende seiner

Tage in Sicherheitsverwahrung. Aber das weiß weder der Wirtschaftsminister dieses herrlichen Landes noch die Bürgermeisterin dieses unseres schönen Ortes, dass er seine Wolkenkuckucksheime im Bezirkskrankenhaus Haar zimmert und auf Freigang ist, wenn er eine Präsentation abhält.«

Das Lachen von Meier, in das Gruber einfiel, wurde von Jacqueline unterbrochen, die ein Tablett mit drei Weißbieren auf den Tisch stellte. Diesmal blieb sie sexuell unbelästigt, das Geschäft ging den Männern vor.

Klaus Westphal schwieg. Er hatte schon öfters das Gefühl gehabt, dass nicht nur in Bayern echte Irre große Pläne schmiedeten. Dass die Grenzen zwischen Politik und Psychiatrie durchlässig waren. Er trank das Weißbier mit einem Zug halb aus. Dann wischte er sich, die Landessitte nachahmend, mit dem Handrücken den Schaum vom Mund und sagte: »Und wenn die Presse von dem Klimanetz erst so richtig schwärmt, dann kommt der MP von hinten, lässt irgendwo am Rande eine Bemerkung fallen, von wegen, dass man nicht sicher sein kann, wer der Professor eigentlich ist, dann recherchiert so ein Bild-Mann aus Berlin, dass der bayerische Wirtschaftsminister auf einen Irren reingefallen ist, und man schlachtet den armen Minister. Und die Bürgermeisterin dazu.«

»Sie werden es sehen«, prophezeite Gruber. »Spätestens nächste Woche.«

»Aber verraten Sie mir eines, Herr Meier«, verlangte Westphal zu wissen. »Hat er Ihnen das erzählt, der MP?«

»Logisch. Ich bin das Leck, verstehens?«

»Aber der Hansi ist nicht so blöd, das gratis zu spielen, das Leck«, freute sich Gruber. »Na los, sag's ihm, Hansi.«

»Ich hab ihm gesagt, dass der Bild-Mann hier rumgeistert und ich den noch von früher kenn. Und … dass ich Landrat werden will. Bei nächster Gelegenheit.«

»Nicht wieder Bürgermeister?«, wunderte sich Westphal.

»Naa.« Meier schüttelte den Kopf, langte nach seinem Weißbierglas und hob es in Vorfreude auf seine Pointe an. »Den macht der Veit!«

Voll Elan stießen Hans Wilhelm Meier und Veit Gruber auf ihren Deal und die gemeinsame Zukunft an. Der helle Klang der aufeinandertreffenden Weißbierglasböden war von einer Reinheit, wie sie in der bayerischen Politik höchst selten vorkam.

40

Vom Klinikum, das er vorsichtshalber durch den Lieferanteneingang des Versorgungs-Untergeschosses verlassen hatte, bis zum Gasthof zur Linde in der Badgasse brauchte Hartinger zu Fuß keine halbe Stunde. Er ging nicht die Hauptstraße entlang, denn die Gefahr, von einer patrouillierenden Polizeistreife erkannt und angehalten zu werden, war ihm zu groß.

Nach drei Morden innerhalb einer knappen Woche war in Garmisch-Partenkirchen die Mannschaftsstärke der Ordnungshüter drastisch erhöht worden, das war Hartinger klar. In beiden Ortsteilen und auf umliegenden Wanderwegen streiften Polizisten sowohl in Uniform als auch in Zivil umher.

Hartinger benutzte den versteckt im Wald gelegenen Spazierweg, der zwischen Riedweg und Dr.-Wigger-Straße angelegt war, in der Hoffnung, unbemerkt und unbehelligt Alt-Partenkirchen zu erreichen. Dieser Spazierweg endete ausgerechnet auf Höhe des von Bürstner'schen Anwesens. Als er die lange ockergelbe Mauer passierte, nahm sich Hartinger fest vor, sich spätestens am morgigen Freitag wieder intensiver mit den Bewohnern dieses kleinen Schlösschens zu befassen. Einerseits wegen der immer noch im Raum stehenden Vermutung – oder war es nur eine Verleumdung? – des Oberpolizisten Bernbacher, dass Leo Seidl etwas mit Kinderpornos zu schaffen hatte. Andererseits weil der Energiepark, der auf der anderen Seite des Wanks entstehen sollte, auf von Bürstner'schem Grund stand, wie er von Klaus Westphal erfahren hatte. Und drittens wegen der Informationen, die Kathi für ihn ausgraben wollte. Auch sie hatte von dem alten von Bürstner orakelt. Ein bisschen viel von Bürstner für Hartingers Geschmack.

Klaus Westphal, dachte er, das war die nächste Ungereimtheit. Hartinger hatte ihn bei Exbürgermeister Meier im Audi am Münchner Flughafen gesehen, da war er ganz sicher. Das hatte er nicht geträumt oder da drunten in dem Sarg zusammendiliriert.

Hartinger ging zügig an der Außenmauer der Bürstner-Residenz vorbei und hielt dabei den Kopf gesenkt, denn es waren sicher Kameras versteckt installiert, die die ganze Länge der Mauer erfassten. Den Blick auf die eigenen Schuhspitzen gerichtet, lief er in einen breiten Rücken hinein, der in einer schwarzen Lederjacke steckte.

Der Träger der Jacke drehte sich blitzschnell um, zog eine Pistole und hielt Hartinger die Mündung vors Gesicht.

»Bernbacher, Respekt!«, lobte Hartinger nicht ohne Staunen. »Schneller als Lucky Luke!«

»Verdammt, Hartinger, das kann ganz böse ins Auge gehen, so was. Was springst mich denn so an? Mitten im Wald? Neben dem Bürstner-Haus. Das ist doch alles aber kein Zufall, dass du da rumhupfst!«

»Meinst, dass ich dich absichtlich anspringe, wenn ich etwas ganz furchtbar Geheimes hier zu tun hätte? So ein Schmarrn. Nein, ich geh ganz einfach hier spazieren und hab dich in der Dämmerung nicht gesehen.«

»So? Das kannst deiner Oma erzählen, aber … Was soll's«, beruhigte sich der Dorfpolizist wieder. »Du bist mir einer. Lässt sich bei lebendigem Leib begraben. Was war los da gestern? Der Schneider hat mir nichts gesagt. Hat ein Mordsgewese gemacht von wegen Geheimnis, wichtig für die Aufklärung, Hartinger untersteht ganz meiner Obhut und lauter so Schmarrn. Hat dich ins Krankenhaus bringen lassen. Und erst heute Abend hat er uns gesagt, dass wir jetzt dran sind. Waren meine Beamten nicht bei dir?«

»Äh, nein, da muss ich gerade im Ultraschall gewesen sein. Wirbel angebrochen, weißt?«

»Und da lassen die dich da rumrennen? Sind die ganz narrisch in der Klinik dahinten?« Bernbachers Besorgnis um Hartingers Wohlergehen war nicht einmal gespielt. Wie jedes Provinzkrankenhaus hatte sich auch das Garmisch-Partenkirchner Klinikum bei der örtlichen Bevölkerung einen schlechten Ruf erarbeitet. Es gab keinen Talbewohner, der nicht irgendeine Horrorgeschichte darüber zu erzählen hatte, was ihm, seinem Nachbarn oder dem Cousin des Bruders des Trainers der Fußballmannschaft des Klassenkameraden eines Kollegenkindes dort angeblich widerfahren war. In dieses Gruselszenario mischte sich der unbändige Stolz, dass ebendieses Klinikum die Weltrangliste im Einbau künstlicher Hüft- und Kniegelenke anführte.

»Ich soll mir die Beine vertreten, haben sie gesagt«, log Hartinger. »Der Wirbel wächst von allein wieder zusammen.« Allmählich glaubte er seine Schwindelei selbst und langte sich in den Nacken, weil er dort ein Ziehen verspürte. Schnell konzentrierte er seine Gedanken auf den Fortgang seiner Ermittlungen, um nicht einen hypochondrischen Anfall zu erleiden. »Was machst du da?«, fragte er Bernbacher.

»Ich leite den Schutzeinsatz hier. Familie Bürstner wird streng bewacht. Klare Sache bei dem, was hier los ist. Alle werden bewacht, die irgendwie was sind oder was waren. Ich weiß gar nicht, welche Abteilung unserer Polizei nicht in meinen Ort eingefallen ist. Und wenn du da in der Dienststelle rumhängst, dann hörst bloß blöde Fragen. Von Kripo, Kriminaldauerdienst, LKA und so weiter und so fort. Deshalb bin auch ich heute mal in den Außendienst. Es müssen ja auch die erfahrenen Beamten an die Front, so was kann man nicht immer nur den Nachwuchs machen lassen.« Bernbacher straffte sich, als er das sagte, gerade so, als wäre er mit seinem Einsatz persönlich verantwortlich für das Leben des amerikanischen Präsidenten. Dann senkte er die Stimme, beugte sich vor und flüsterte Hartinger ins Ohr: »Und, bist weitergekommen mit deiner Recherche? Hast was rausbekommen über dem Seidl seine Sauereien?«

»Du, weißt … also, das ist nicht ganz so leicht«, druckste Hartinger herum. »Ich hab ja keine illegale Überwachungstechnik zur Verfügung. Ich mach das auf die klassische Weise. Aber sag, Ludwig, du warst doch mit dem Seidl Leo in der Klasse. Du kennst den doch am besten. Ich hab ja immer gedacht, dass ihr Freunde seids.«

»Ah, das ist lang her«, sinnierte Bernbacher. »Irgendwie, beim Bund, damals in Mittenwald, da hat er sich verändert. Das mit dem Befehlen hat ihm nicht so zugesagt. Besonders das mit dem Befehle empfangen.«

Hartinger schwante, dass hier die Freundschaft der beiden Schulspezln zu Ende gegangen war. »Der Leo, der war Wehrdienstleistender, oder? Und du, du warst Zeitsoldat, stimmt's?«

»Stimmt genau. Zett zwo, zwei Jahre, verstehst? Nicht so ein pazifistischer Hinternauswischer wie du.«

»Und so ein Zettler, der war doch schneller wer in der Hierarchie als so ein Wehrpflichtiger, hab ich recht?«

»Richtig, wir Zettler waren gleich Hauptgefreite und

durften die anderen fi…« Er brach mitten im Wort ab und fügte dann rasch an: »Aber das ist lang her.«

»Und da hast du vielleicht den Leo auch einmal gefi…? Ich mein, mit der Zahnbürste einen Panzer schrubben lassen oder die Latrinen reinigen mit seiner Unterhose, die er danach anziehen musste? So was habt ihr doch gemacht, während wir Arschauswischer beim Zivildienst mit alten Damen spazieren gegangen sind, oder?«

»Könnt schon sein«, murmelte Bernbacher.

»Aha, daher also das gespannte Verhältnis zum Leo«, begriff Hartinger. »Auch wenn's lang her ist, manche Sachen verjähren halt nicht. Besonders nicht die Initiationsriten der Gebirgsjäger, gell?«

»Also, wo waren wir stehen geblieben?« Schnell versuchte Bernbacher vom Thema wegzukommen. »Ah ja, ich muss also jetzt hier das Grundstück sichern. Meine Kollegen warten drüben auf mich. Und auf meine Anweisungen. Ich seh dich morgen.«

»Ach, haben wir einen Termin ausgemacht?«

»Du wirst mir doch erzählen wollen, wie du in den Sarg gekommen bist, oder?« Damit machte Bernbacher auf der Ferse kehrt und ging den Weg, der sich nach zwanzig Metern gabelte, nach oben, wohl um das Haupttor des Bürstner-Anwesens zu bestreifen.

»So ein Depp«, raunte Hartinger und ging an der Gabelung nach unten in Richtung Riedweg. Er war sowieso spät dran und beschleunigte seine Schritte. Je schneller er ging, desto mehr federte sein Rücken, und das leichte Ziehen, das er eben im Nacken verspürt hatte, wuchs sich zu einem stechenden Schmerz aus. Er nahm sich vor, in der Linde nach ein paar Aspirin zu fragen, als er vom Riedweg aus die Ludwigstraße querte und den Hammerschmiedweg nahm, der ihn, wie er hoffte, ohne weitere Begegnungen mit der Polizei in die Badgasse führen würde.

Im Gasthof zur Linde musste Hartinger nicht erst nach seinem Freund Suldinger und dessen Spezln suchen. Vor dem Gasthof, unter dem mehrhundertjährigen Lindenbaum, hatten sich die Männer des Stammtisches »D'Übergriabigen« im sogenannten Wirtsgarten niedergelassen, einer glas- und holzüberbauten Terrasse, die auch bei Übergangswetter Regenschutz und von Gasstrahlern erzeugte heimelige Wärme bot. Und in Garmisch-Partenkirchen war das Wetter ja eigentlich immer im Übergang begriffen – von einem Winter in den nächsten.

Mit großem Hallo begrüßten die Stammtischbrüder den stadt- und landbekannten Gast. Tomboy Suldinger hatte also bereits Reklame für Hartingers Erscheinen an diesem Abend gemacht. Und die Stimmung war, eine Dreiviertelstunde nach Beginn der Runde, bereits gelockert. An den Strichen auf den Bierdeckeln erkannte Hartinger, dass die meisten der »Übergriabigen« bereits hinter ihrer dritten Halben Bier saßen.

»Von den Toten auferstanden – und sofort an den wichtigsten Stammtisch im Talkessel! So muss es sein!«, grölte einer Hartinger ins Ohr und zog ihn praktisch auf die Bank neben sich. »Da, hock dich her zu mir!« Es war der Rumpertshofer Xaver, Inhaber einer kleinen Autowerkstatt, wie sich Hartinger zu erinnern glaubte.

»Woher wissts ihr des?«, fragte Hartinger erstaunt. Aber die Antwort konnte er sich selbst geben: Immerhin waren untere bis mittlere Chargen der örtlichen Polizei zu ihm gekommen, um ihn zu befragen, also wussten alle Beamtinnen und Beamten an der Münchner Straße Bescheid. Und die Nachrichtensperre, die Bernd Schneider über seinem Fall verhängt hatte, war ja aufgehoben worden, wie Hartinger von Bernbacher wusste. Außerdem war die sicher nie so undurchlässig gewesen, wie sich Schneider das vorgestellt haben mochte. Immerhin musste da ein Mann der Friedhofsverwaltung Hartinger ausgegraben haben, und da waren auch noch die drei bis vier Mann Besatzung jenes Krankenwagens, der ihn ins Klinikum transportiert hatte. Und das Personal dort … Kurzum, wahrscheinlich wusste zur Stunde der ganze Ort von der Beinahebeerdigung des Karl-Heinz Hartinger.

»Erzähl, wie fühlt man sich da unten?«, wollte ein anderer wissen. »Ich hätt mir, ganz ehrlich, vor lauter Angst in die Hosen gemacht.«

»Das hab ich auch«, gab Hartinger unumwunden zu. Und erntete mit diesem Bekenntnis keineswegs Spott, sondern anerkennendes Nicken und einige Schulterklopfer.

»Jetzt lassts ihn halt erst amal was trinken!«, ermahnte Tomboy Suldinger die Runde und bestellte mit einem Nicken in Richtung Bedienung ein Bier.

»Alkoholfreies Weißbier!«, korrigierte Hartinger die unausgesprochene Bestellung. An diesem Abend könnte er sich hier sicher selbst das erlauben. »Und zwei oder drei Aspirin«, schob er nach. Der Nacken zwickte jetzt schon im Sitzen.

»Dass jetzt schon unbescholtene Bürger auf der Straße überfallen und einfach so vergraben werden!«, regte sich ein Stammtischler auf. »Und das bei uns! Unglaublich!«

»Und nicht nur unbescholtene, auch solche wie der Gonzo«, feixte Suldinger. »Aber du hast vollkommen recht. Direkt gegenüber von der Polizei. Ich glaub, es wird Zeit, dass wir hier eine Bürgerwehr aufstellen!«

Der Vorschlag erntete einhellige Zustimmung.

»Ich komm schon noch drauf, wer das war, lassts das mal meine Sorge sein«, beschwichtigte Hartinger die Gemüter. Er beugte sich vor und senkte die Stimme: »Sagts mir lieber: Wissts ihr was über den Kupfer Hias, was die Polizei nicht weiß?«

Rund um den Wirtshaustisch gingen die Oberkörper und Köpfe nach vorne. Doch keiner sagte etwas.

»Los, jetzt raus mit der Sprache, Xaver!«, forderte Suldinger den Automechaniker auf.

Xaver Rumpertshofer räusperte sich ausgiebig. Dann flüsterte er in die Runde: »Von mir habts ihr des nicht, gell? Aber die Luise, die Frau vom Kupfer Hias – Gott sei seiner armen Seele gnädig – also, die Luise, die lässt die Leichenautos bei mir reparieren. Ich bin ja viel billiger als die Mercedes-Werkstatt. Und besser auch.«

»Meinst jetzt, seitdem der Hias in die Kuhflucht gefallen ist?«, fragte Hartinger nach.

»Naa, Schmarrn, des war ja erst am Samstag. Schon immer. Ihr müssts wissen: Die Autos sind nicht auf den Hias zugelassen. Die ganze Firma läuft auf die Luise. Ich weiß es aus den Autopapieren. Sie kauft die, verkauft die, sie zahlt die Rechnungen, übrigens immer bar.«

»Das Bestattungsinstitut läuft also auf die Luise«, resümierte Hartinger. »Sie hat die Hosen an. Noch nichts Strafbares dabei.«

»Das Interessante: Was für Autos die sonst so zum Richten bringt bei mir. Ich sag's euch, die reinsten Exoten. Habts ihr schon mal einen Lamborghini Jeep gesehen? Oder einen Excalibur? Oder einen Veritas? Lauter solche Einzelstücke hat die am Start. Gebracht werden die nachts. Auf dem Anhänger. Geschlossener Anhänger, verstehts ihr? Und die sieht auch sonst keiner. Nie hab ich die durch den Ort fahren sehen. Ich glaub, die hat ein ganzes Lager an Oldtimern und Exoten irgendwo. Das Bestattungsgeschäft muss ganz hervorragend laufen«.

»Und wer bringt die Autos und holt sie wieder ab?«, fragte Hartinger.

»Genau, gute Frage. Das sind Typen, die siehst du auch nicht im Ort. Immer ziemlich junge, recht sportliche Typen.

Immer groß. Und natürlich alle – na, wie sagt man heutzutage? – Migrationshintergrund. Und die Hälfte von denen aus einem ganz anderen Kulturkreis.«

»Jetzt red nicht so saugeschwollen daher, Xaver!«, zischte Suldinger. »Sag's halt so, wie's ist. Wir sind doch unter uns!«

»Ja, gut. Also, die Typen sind entweder kernige Russen oder … ja mei, halt stark pigmentiert. Echt sehr stark pigmentiert.«

Die Mehrheit der Runde schaute grübelnd auf den großen Aschenbecher in der Mitte des Tisches. Um die kantig geschliffene Glasschale ging ein metallener Ring, an dem ein gewundener Bogen angelötet war. Auf diesem schwarzen Metallbügel hatte der örtliche Niedriglohn-Schuster, Schlüssel- und Schildermacher das Messingschild mit der Gravur »Stammtisch D'Übergriabigen« angebracht, was das Produkt billigster chinesischer Massenherstellung zum zentralen Fetisch ihres eingeborenen oberbayerischen Stammes machte.

»Meinst jetzt: Neger?«, fragte schließlich einer.

»Ja freilich! Seitdem die dieses Flüchtlingsheim haben, da drunten, in dem ehemaligen Altersheim, da rennt doch bei uns halb Uganda umananda!« Vor lauter Abscheu musste sich Xaver Rumpertshofer eine große Portion Schnupftabak in die Nase ziehen und schnäuzte dann das ganze dunkle Zeugs in ein riesiges kariertes Tuch, das er aus seiner Jeans zog. Während er es wegstopfte, legte er nach: »Und von denen hält sich die Kupferin einige. Ich sag's ja ungern, aber die sorgen wahrscheinlich nicht nur dafür, dass der ihre Autos sauber ausgedengelt sind. Die halten bei der auch noch was ganz anderes in Schuss.« Es war an sich überflüssig, aber damit auch die Langsameren am Tisch verstanden, was er meinte, schlug er dreimal mit der flachen rechten Hand auf die zur Faust geballte Linke.

Den Stammtischlern blieb die Spucke weg. Sie ließen alle Konspiration und Contenance fahren und ihrer Empörung freien Lauf. Es war ja ortsbekannt, dass die Kupfer Luise kein Kind von Traurigkeit war. Erst mit dem Seidl Leo, dann mit dem Kupfer Hias. Und dazwischen so einige, Stichwort John's Club. Nicht nur zur Weihnachtszeit. Holländer, Rheinländer und jetzt: Schwellenländer. Wahnsinn. Schwarzafrikaner aus dem Asylbewerberheim? Da musste man ja Ebola-Panik bekommen. Klar, wie die unten rum so bestückt sind, das wusste man ja. Stramme Russen konnte man noch halbwegs durchgehen lassen. Obwohl – hatte nicht mindestens jeder Zweite von ihnen einen Opa in Stalingrad verloren? Einige ihrer Familien hatten gar vor den heranpreschenden Osthorden aus dem Sudeten- ins Werdenfelser Land fliehen müssen. Von so einer sollten sie sich dereinst beerdigen lassen? Nein, dann lieber in die Erde des anderen Ortsteils Garmisch. Oder verbrennen lassen und die Asche in die Partnach. Oder noch besser: vor dem Schachenschloss verstreuen, der ehemaligen Jagdhütte des Königs, das der ja bekanntermaßen an eine Stelle hatte bauen lassen, von der aus man nur Partenkirchen, nicht aber Garmisch sah. Wobei ... bei so einem Schwuli im Vorgarten liegen? Nein, kam auch nicht infrage. Es gab nur eines ... Die Kupferin musste weg!

Nur mit großer Mühe konnte Hartinger die Stammtischler davon abhalten, mit Axt, Schraubenschlüssel und Motorsäge bewaffnet gen Friedhof zu ziehen. »Lassts mich das nur machen«, beruhigte er sie. »Ich hab noch was anderes in der Hand. Kann ich euch jetzt nicht sagen, aber wenn das bewiesen wird, dann ist das etwas wirklich Strafbewehrtes.«

»Aha, hat sie doch ihren Mann in die Kuhflucht geschmissen!«, brüllte einer, dass man es noch in der nahe gelegenen Ludwigstraße hören konnte.

»Wird sich zeigen«, orakelte Hartinger. »Aber jetzt noch was anderes. Weil wir gerade dabei sind, hat einer von euch irgendwas mitbekommen, dass der Seidl Leo oder der Kupfer Hias was mit Kinderpornos zu schaffen hatten?«

So aufgeregt die Diskussion um die moralischen Verfehlungen der Bestatterin Luise Kupfer gerade noch gewesen war, so still wurde es mit einem Schlag in der Männerrunde.

»Wir? Naa, Gonzo, von so was haben wir ganz bestimmt gar nie nichts gehört, das ist absolut ausgeschlossen«, gab Tomboy Suldinger für alle ein Statement ab.

Hartinger nahm ihm dieses Dementi ebenso wenig ab wie einem Parteivorsitzenden die Solidaritätsbekundungen für einen in zweifelhaften Ruf geratenen Spitzenpolitiker. Doch er wusste genau, dass er das Wohlwollen der Stammtischrunde mit weiterem Nachbohren in Bruchteilen von Sekunden verbraucht hätte.

Das peinliche Schweigen wurde von einer schneidenden Stimme unterbrochen, die Hartinger zu kennen glaubte. Er drehte sich um und erblickte in der Tür zum Innenraum der Linde Gabriele Suldinger. »Feierabend!«, ließ sie ihren Mann wissen. »Ich geh jetzt!«

Tomboy Suldinger warf einen Schein auf den Tisch und verabschiedete sich von der Runde, indem er dreimal mit den Knöcheln der rechten Faust auf den Tisch klopfte. »Gut Nacht, die Herren«, sagte er. »Habe die Ehre.«

Hartinger schaute verdutzt. Nachdem sich das Ehepaar Suldinger entfernt hatte, sagte einer der Stammtischler zu ihm: »Weiberstammtisch ›De Damischen‹. Die Suldingerin ist da die Anführerin.«

Nicht nur am Stammtisch ist sie das, dachte sich Hartinger, machte den Klopf-Gruß Tomboy Suldingers nach und empfahl sich. Dann, auf der Badgasse, folgte er den Suldingers in einigem Abstand. Sie gingen in Richtung Gasthof

Zum Rassen und bogen dort nach rechts auf die Ludwigstraße ab. Sie unterhielten sich während ihres Spaziergangs lautstark, was nichts anderes bedeutete, als dass Gabriele Suldinger ihrem Mann, der sie fast um ihre eigene Körperlänge überragte und sicher ihr Gewicht verdreifacht auf die Waage brachte, eine Standpauke hielt.

Die Wort- und Satzfetzen, die an Hartingers Ohr drangen, legten den Schluss nahe, dass es um seine Anwesenheit im erlauchten Kreis der »Übergriabigen« ging und was ihm dort an Informationen zugetragen worden war. Offenbar hatte der Frauenstammtisch im Innenraum der Linde direkt hinter dem offenen Fenster, das auf den Wirtsgarten hinausging, getagt, und die Damen hatten alles mitbekommen, zumindest deren Anführerin, was die Herren von sich gegeben hatten. Hartinger wunderte sich, dass die Suldingers am Ende der Ludwigstraße nicht in Richtung des heimatlichen Domizils marschierten, das Hartinger in der Nähe seiner alten Wohnung in der Dreitorspitzstraße wusste. Stattdessen nahmen sie die Dr.-Wigger-Straße, stapften den Berg hinauf und strebten der gemeinsamen Arbeitsstätte, dem Anwesen der Familie von Bürstner, zu.

Das nenne ich Arbeitseifer, dachte Hartinger, um halb zehn noch mal bei den Chefs vorbeischauen, ob alles in Ordnung ist. Er versuchte sich vor den Blicken der immer noch vor dem schmiedeeisernen Tor der Villa auf und abgehenden Polizisten zu verbergen, indem er sich am linken Fahrbahnrand in die Büsche schlug. Vom steilen Hang aus konnte er sehen, wie sich das automatische Tor hinter dem Ehepaar Suldinger schloss. Ihre Schritte knirschten auf dem Kies. Dann verschwanden der Hüne und seine im Vergleich zu ihm zwergenhafte Frau in der Dunkelheit.

Hartinger blickte auf das Herrenhaus mit seinen hell erleuchteten Fenstern. Was für eine komplett andere Welt sich doch hinter diesen Mauern verbarg. Gerade als er über

Geld, dessen ungerechte Verteilung und Maßnahmen, diese abzuschaffen, nachzugrübeln begann, öffnete sich das Tor erneut, und ein weißer Kastenwagen rollte vom Anwesen. Die Scheinwerfer blendeten Hartinger, er konnte den Fahrer nicht erkennen. Er sah nur, dass einer der patrouillierenden Polizisten die Hand an die Mütze legte, um zu grüßen. Zu Hartingers Überraschung wurde das Lieferauto weder nach unten in Richtung Partenkirchen noch nach oben in Richtung der am Ende der Straße befindlichen Vogelschutzwarte gelenkt. Der Wagen überquerte stattdessen die Dr.-Wigger-Straße und fuhr gegenüber dem Anwesen, direkt oberhalb von Hartingers Versteck, in den Humplmayrweg ein.

Durch die Bäume konnte Hartinger ausmachen, dass der Lieferwagen mit einem großen Kastenaufbau mit zur Hälfte milchverglasten Scheiben versehen war. Aus dem Innern des Kastens schien ein helles, steriles Licht. Das Auto sah aus wie ein Rettungswagen, nur ohne Blaulicht und ohne jedwedes Logo eines Sanitätsdienstes. Am Steuer glaube Hartinger Thomas Suldinger auszumachen.

Schnell kletterte Hartinger durch das Unterholz nach oben. Da der Humplmayrweg schlecht beleuchtet war, durfte er hoffen, weiterhin unentdeckt zu bleiben, wenn er sich an dessen Rand zwischen den Bäumen hielt. Das heutzutage vollkommen unbedeutende Sträßchen oberhalb von Partenkirchen war eng und schlecht beleuchtet. Dabei handelte es sich mit großer Wahrscheinlichkeit um eine alte Römerstraße, die vor Jahrtausenden eine der wichtigsten Handelsrouten des Kontinents gewesen sein mochte.

Der Fahrer des Kastenwagens fuhr sehr langsam und wich den vielen Schlaglöchern achtsam aus. So gelang es Hartinger, dem Auto geduckt im Laufschritt zu folgen. Lange musste er nicht rennen, denn bereits nach gut hundert Metern bog der Wagen in die Auffahrt einer weiteren Villa ein, die an dieser Stelle über dem Talkessel thronte. Wieder öffneten und schlossen sich Eisentore, wenn auch nicht so edel geschmiedete wie weiter unten an der Bürstner-Villa. Es waren Hochsicherheitstore, wie sie auch stark gesicherte Bundesbehörden vor der Außenwelt abschirmten.

Hartinger achtete darauf, nicht aus dem Schatten des Waldes herauszutreten, denn er hätte jede Summe gewettet, dass auf das Tor und die letzten Meter Straße versteckte Überwachungskameras gerichtet waren. Doch er sah auch aus zwanzig Metern Abstand genug.

Bei dem Auto handelte es sich tatsächlich um einen Krankenwagen. Kaum dass er zum Stehen gekommen war, sprangen auf der Fahrerseite Tomboy Suldinger und auf der Beifahrerseite ein Hartinger unbekannter Mann ins Freie. Letzterer trug weiße Kleidung, die Hartinger an seinen eigenen Aufzug am Morgen dieses Donnerstags erinnerte: Es war die eines Krankenpflegers. Der Weißgekleidete ging zusammen mit Suldinger zum Heck des Autos. Sie öffneten die großen Türen und zogen eine Krankentrage aus dem Kastenaufbau. Unter der Trage klappte ein Fahrgestell aus, und auf der Trage unter einem weißen Laken musste ein Mensch liegen, das war deutlich zu erkennen.

Gabriele Suldinger stieg aus dem Kasten und tätschelte dem Transportierten den Arm, während die beiden Männer die Trage zur Villa rollten. Hartinger spitzte die Ohren und hielt den Atem an in der Hoffnung, irgendeinen Hinweis auf die Identität der Person auf der Trage aufzuschnappen. Doch niemand sagte ein Wort, als wäre jeder Handgriff längst Routine. Schließlich schoben die beiden Männer die Trage auf ihrem Gestell aus Hartingers Blickfeld.

Hartinger verharrte zunächst unbewegt im Schatten eines Baumes. Nach einiger Zeit – es mochte eine Viertelstunde vergangen sein – öffnete sich das Eisentor erneut, und die Suldingers kamen heraus. Als sie an Hartinger vorbeimarschierten, glaubte er, Gabriele Suldinger den Satz »Es geht bald zu Ende« sagen zu hören.

Hartinger wollte schon aus seinem Versteck hervorspringen, doch er hielt sich zurück. Er musste erst einmal Ordnung in seine Gedanken bringen. Zurück ins Krankenhaus? Er fasste bereits den Entschluss, dass dies wohl die beste Idee war, um sich ein wenig zu erholen und über das Gesehene nachzudenken. Da aber kam ihm ein anderer Gedanke: Was, wenn derjenige, der ihn in der Nacht zuvor ausgeknipst und verscharrt hatte, sein Werk vollenden wollte? In der Klinik würde er den Hartinger als Erstes vermuten. Dann schon lieber in der Hütte hinter dem Mittererhof. Den ausgebauten Stadel kannte niemand außer Kathi, Anton und ihm, und er hoffte, dass Anton dort oben nicht gerade eine Party abhielt.

Also schlich er über den Riedweg in Richtung Skistadion und Partnachklamm, von wo aus es steil hinauf nach Mittergraseck ging.

41

Als Hartinger am nächsten Morgen zum Frühstück bei Kathi im Mittererhof erschien, rastete diese beinahe aus. Wie er nur so unverantwortlich sein könne, das Krankenhaus auf eigene Gefahr zu verlassen. Einfach abzuhauen, das ginge nicht. Wenn ihm schon nicht seine eigene Gesundheit wichtig genug sei, so solle er doch an die armen Krankenschwestern denken, die dafür in Haftung genommen würden, wenn ein Patient abginge, und so weiter und so fort.

Hartinger wollte nichts lieber als einen starken Kaffee

und eine Wurstsemmel, doch bevor er beides bekam, musste Kathi ihm auch noch unter die Nase reiben, dass er mit ziemlicher Sicherheit eine posttraumatische Störung zu erwarten habe; sie habe sich die ganze Nacht durch das Internet gekämpft und schreckliche Geschichten gefunden, nicht nur von Soldaten, die Kampfeinsätze erlebt hatten, sondern auch von Leuten, die in engen Räumen eingeschlossen waren. Mit der abschließenden Bemerkung, eigentlich gehöre Hartinger sofort in psychiatrische Behandlung, stellte sie ihm endlich das Kaffeehaferl auf den Tisch.

Einen ganz anderen Empfang hatte ihm zuvor Bärli bereitet. Der Hund hatte sich auf den Rücken geworfen und musste erst ausgiebig am Bauch gekrault werden, bevor er zum Schmuseangriff übergegangen war und Hartinger mit Zunge und Lefzen die Morgenwäsche des Gesichts abgenommen hatte.

Anders wiederum Anton: Der hatte seinem Vater schon am Vortag zur Auferstehung artig gratuliert und konnte nun seinen Hang zur Morgenmuffelei ausleben. Er hatte am Küchentisch gesessen und lustlos in den Cornflakes gerührt, bevor er sich mit einem »Ciao« davongemacht hatte und hinunter ins Tal in die Schule geradelt war.

Hartinger trank den Kaffee mit gierigen Schlucken. Es machte ihm Spaß, wieder zu leben, auch wenn seine Vermieterin und Kindsmutter in ihrer Predigt nicht nachließ. »Und überhaupt. Dass du es nicht einmal für notwendig erachtest, anwesend zu sein, wenn der Dr. Rubinstein da raufkommt zu mir. Er wird dich da raushauen, hat er mir versprochen, der kennt natürlich die andere Kanzlei sehr gut. Die setzen das als Firmenausflug in die Berge ab, Teambuilding-Maßnahme oder so was. Bitte schön.« Damit landete ein Teller mit einer Wurstsemmel vor Hartinger. »Aber was du nicht weißt und was eigentlich der Grund dafür ist, dass ich dich gefunden habe … also der Bärli … Jedenfalls der Meier, dieser Schmierlappen, dieser ganz ausgschamte, war da gesessen – ja, da, wo du jetzt sitzt – und hat mir angeboten, dass er ein touristisches Almhüttendorf anno Tobak hier errichtet.«

»Moment«, schmatzte Hartinger. »Der Meier will hier was bauen? Seit wann ist der im Baugeschäft? Ich hab gedacht, der ist nur im Handaufhalten-Business.«

»Ist er auch weiter. Er ist jetzt Makler. Bauen tut's natürlich der Gruber Veit, was denkst du denn?«

»Aber leider ist das ja alles ein Schwarzbau, und einen Bebauungsplan für die Wiesen da heroben gibt es nicht.« Hartinger leerte den Kaffee und winkte mit der Tasse um Nachschub.

Kathi ignorierte die Macho-Geste nicht einmal. Sie drehte sich um zum Küchenbuffet und räumte irgendetwas darin herum. Nebenbei sagte sie: »Was du auch nicht weißt: Der Meier hat auch eine Idee, wie der Bauplan von diesem Haus wieder auftaucht. Und damit auch ein Bebauungsplan für den Grund.«

»Soso, der Herr Meier, noch ein Tausendsassa im Leben der Katharina Mitterer«, spottete Hartinger. »Wenn da mal nicht der brave Beamte Ganslander vom Bauamt dazwischenfährt.«

Kathi drehte sich wieder um und schenkte Hartinger nun doch ein. Bei dem, was sie ihm jetzt sagen müsste, würde er einen Kaffee brauchen. »Na ja, der Ganslander … Der ist auf alle Fälle tot. Vor den Eibseebus gefallen. Oder gefallen worden.«

Hartinger verschluckte sich gehörig an seiner Semmel. »Was?«, hustete er. »Wann war das?«

»Na, gestern, als ich die alte Buffn vom Opa zur Polizei bringen wollte.«

»Die was?«

»Die Walther P.38 vom Opa halt. Da, schau her.« Kathi langte in ihre Schürze und zog die Pistole hervor.

Hartinger fielen beinahe die Augen auf den Semmelteller. »Also, jetzt langsam. Der Ganslander Martin vom Bauamt kommt hier rauf, erklärt uns, dass das ein Schwarzbau ist. Am nächsten Tag kommt der Exbürgermeister und bietet dir einen Plan für das alles an. Und dann stirbt der Ganslander bei einem Verkehrsunfall. Am gleichen Tag. Und du rennst mit dem Revolver aus dem Weltkrieg in der Schürze rum. Seids ihr jetzt alle narrisch? Kann man sich nicht einmal mehr für eine Nacht eingraben lassen?«

»Pistole, nicht Revolver.«

»Von mir aus. Warum hast du die nicht bei der Polizei gelassen?«

»Na ja …« Kathi wollte ihrem Karl-Heinz vor allem nicht auf die Nase binden, warum sie die Faustfeuerwaffe mit sich herumtrug. Hätte Hartinger erfahren, dass Meier ihr eigentlich nicht nur ein Almhüttendorf bauen, sondern ihr auch an die Wäsche gehen wollte, er wäre umgehend nach Garmisch-Partenkirchen hinuntergefahren und hätte dem Exbürgermeister den kurzen Hals umgedreht. Doch noch einen Toten wollte sie derzeit nicht mit sich in Verbindung gebracht wissen. Und wenn, dann wollte sie auch viel lieber selbst den Meier umnieten. In Notwehr am besten.

Hartinger brachte das Gespräch wieder auf sichereres Gelände. »Und wie war jetzt der Plan vom Meier?«, wollte er wissen.

»Er will sagen, ein Beamter hat das Original verschlampert. Dann zeichnen sie drunten im Rathaus einen neuen, und das Haus ist genehmigt. Dabei widmen sie das alles um. Simsalabim: Bauerwartungsland.«

»Da verstehe ich, dass du mit der Buffn durch die Gegend rennst. Das sind ja Wildwest-Ideen. Spinnt der, der Meier?«

»Weißt was, Karl-Heinz? So ganz abgeneigt bin ich nicht.«

»Aber Kathi … Der Hof … das Land … der Blick … unsere Heimat!«, ächzte Hartinger.

»Alles nichts, wovon man runterbeißen könnt. Ach ja, noch was. Sie wollen, dass du dich zur Ruhe setzt, Karl-Heinz. Ich glaube auch, dass sie das hinbekommen werden. So oder so, du scheidest als Ernährer für den Anton aus. Und, ganz ehrlich, bisher warst du darin auch nicht gerade eine sichere Bank.«

»Du willst denen das verkaufen da heroben? Weißt schon, was die da draus machen? Mit Geschmack sind die nicht gesegnet, da musst ja nur mal durch den Ort rennen. Alles, was da nach dem Krieg hingebaut worden ist, gehört dringend weggesprengt!«

»Was soll ich machen? Der Anton braucht eine Zukunft. Und wenn die sagen, ich muss einen Abwasserkanal bauen bis runter ins Tal, dann ist hier heroben Schicht. Karl-Heinz, einmal im Leben realistisch sein. Kannst du das nicht versuchen?«

Hartinger lehnte sich zurück und verschränkte die Arme vor der Brust. »Mein Sachl ist es nicht. Wieso fragst mich dann überhaupts?«

»Weil … na ja, ich hab mir gedacht, Karl-Heinz, also: Wie ich dich da so liegen gesehen hab in der Kiste, da ist mir schon … Also, wie soll ich sagen? Ich war echt froh, dass du noch gelebt hast.« Kathi setzte sich zu Hartinger auf die Bank. »Und wir haben uns doch einmal richtig gemocht. Und jetzt auch schon wieder einigermaßen aneinander gewöhnt. Könnten wir da nicht versuchen …?«

»Du meinst, wenn man sich mal gerngehabt hat und einigermaßen aneinander gewöhnt ist, dann ist das sowieso ein Zustand wie in einer langjährigen Ehe?«

»Depp. Mit dir kann man aber auch nicht ernsthaft über

die Zukunft sprechen!« Kathi sprang auf und machte sich am Spülstein zu schaffen. Es war ihr peinlich, dass sie Hartinger ihre Gefühle offenbart hatte. Sie war doch eine unabhängige Frau und bisher auch ganz gut ohne Mann über die Runden gekommen.

»War nicht so gemeint«, beschwichtigte Hartinger. In seinem Kopf spielten die Gedanken Flipper. »Ich muss mal mit mir klar werden, was ich mit dem geschenkten Leben anfange. Ich will nichts ausschließen.«

»Soso, er will nichts ausschließen, der Herr Hartinger«, grummelte Kathi von der Spüle her. »Die Frage wird sein: Wie viele Alternativen hat er denn noch, der Herr Hartinger?«

»Es gibt immer Alternativen«, entgegnete Hartinger und schlich durch die Küchentüre davon. Er musste dringend in den Ort und weiterrecherchieren. Klaus Westphal – war er noch in Garmisch-Partenkirchen? Ludwig Bernbacher – wie hing der in der Sache drin? Der Stammtisch D'Übergriabigen – wieso hatten die so scheinheilig geschwiegen, als das Wort »Kinderpornos« gefallen war? Bestatterwitwe Luise Kupfer – war sie eine polygame Haschischerzeugerin? Die ganze Von-Bürstner-Geschichte – wer war da gestern Abend von der einen Villa zur anderen transportiert worden? Apropos von Bürstner, da fiel ihm etwas ein …

»Sag mal, du wolltest mir doch Informationen zukommen lassen«, sagte er von draußen durch das geöffnete Küchenfenster zu Kathi hinein.

»Aha, da braucht er mich dann schon wieder, der Herr Hartinger«, kam es zurück.

»Jetzt schmoll nicht. Gestern noch unter der Erde, heute einen Heiratsantrag … Ich komm mir ja vor wie im Dschungelcamp. Da werden diese Deppen auch immer vor unlösbare Aufgaben gestellt.«

»Da schau her, das reinste Dschungelcamp ist dein Leben also. Mir kommen die Tränen.«

»Also, was ist mit den Informationen über den alten von Bürstner? Wann ist der eigentlich gestorben?«, versuchte Hartinger das Thema umzubiegen. »Ist doch sicher auch schon zehn Jahre her.«

»Der Onkel Albert kommt um elf rauf und zeigt her, was er im Archiv ausgegraben hat. Solang kannst du ja die Fensterläden schleifen gehen. Zwei Stunden körperliche Arbeit tun auch einem scheintoten Zombie gut!« Kathi knallte das Geschirrtuch auf die Spüle und verschwand in den hinteren Teil des Hauses, wo die Waschmaschine stand.

»Zombies sind nicht scheintot, sondern untot«, verbesserte Hartinger, doch seine Belehrung verklang ungehört. Er blickte sich vor dem Mittererhof um. Der Stapel mit den Fensterläden, die dringend abgeschliffen und lackiert gehörten, wartete unübersehbar neben dem Bauerngarten. Das Gras wuchs schon längst durch die Sprossen der zu unterst liegenden Läden. Wenn die mal nicht bereits morsch und vergammelt waren. Sie lagen hier schon seit zwei Jahren … Er hatte eben noch ganz dringend in den Ort gewollt, um weiterzurecherchieren, doch nun entschied er, dass er erst mal auf Albert Frey warten wollte, um zu erfahren, was der herausgefunden hatte. Und außerdem … es war wieder an der Zeit, sich bei der Kathi ein wenig lieb Kind zu machen, bevor er sich irgendwann doch noch eine neue Bleibe suchen musste.

Er ging in den Schuppen, warf den blauen Schaber[4] von Kathis Opa über den Kopf, band die Schnur um den Wanst und klappte stilecht eine Ecke der viereckigen Schürze hoch, um sie mit dem Bauchschnürl zu fixieren. Atem-

[4] oberbayerisch/(süd-)tirolerisch: Arbeitsschürze für Männer

maske, Arbeitsbrille und Gehörschutz sollten ihn vor Langzeitschäden der Arbeit bewahren. Dann suchte er die Schleifmaschine und das Verlängerungskabel, rollte dieses vom Schuppen zu den Läden aus und begann mit der Arbeit.

Nach einer guten halben Stunde war Hartinger im Flow. Er nahm einen Laden nach dem anderen, schliff den uralten Blätterlack von den Lamellen, dann vom Rahmen, sparte auch die engen Ecken und feinen Kanten nicht aus und stellte das fertige Teil an den Zaun des Bauerngartens. Und dann den nächsten Laden … Er war so sehr auf die Schleiferei konzentriert, dass er die Außenwelt nicht mehr wahrnahm. Wie sehr er diese handwerkliche Betätigung genoss, hatte er sich gar nicht vorstellen können. Wenn nur dieses Zwicken im Nacken nicht gewesen wäre. Er war damit aufgewacht, hatte es während der Diskussion mit Kathi verdrängt, doch durch das lange vorgebeugte Stehen kam es wieder. Er zwang sich, die Arbeit nicht zu unterbrechen, um sich zwei Aspirin im Haus zu holen. Er wollte wenigstens einmal eine Stunde lang eine Tätigkeit durchhalten. Er war gerade so schön drin, die Läden schliffen sich praktisch von alleine.

Er bekam bei dem Lärm und in seiner Vermummung gar nicht mit, wie eine Person hinter ihm in Richtung Schuppen schlich, im Verschlag verschwand und den uralten Bakelit-Umschalter, mit dem man die Stromversorgung von 220 auf 500 Volt wechseln konnte, ins Visier nahm.

Kurze Zeit später setzte Hartingers Schleifmaschine aus. Er betätigte den Schalter an der Maschine einige Male. Nichts tat sich. Er stolperte über Läden, Kabel und Werkzeug in den Schuppen und betätigte die diversen Knöpfe am Umschalt-Kasten. Der antike Stromverteiler aus dem Hause Klöckner-Moeller hatte einen großen Hebel rechts außen. Dieser Hebel schaltete den 500-Volt-Starkstrom ein. Auch diesen legte Hartinger versuchsweise um. Er wusste nicht, dass das Kabel des Handschleifers durch flinke Hände genau an diesen Stromkreis geklemmt worden war. Diese Hände hatten auch nicht vergessen, die Vorkriegs-Drehsicherung mit einem Draht zu überbrücken, sodass bei Hartingers nächstem Drücken mit dem Zeigefinger die volle Ladung von einem halben Kilovolt in Lichtgeschwindigkeit durch das Kabel sauste, den Elektromotor des Schleifers Rauch spucken ließ und seinen Weg in Hartingers Körper fand.

Hartingers Muskeln verkrampften sich, und er war wie an seinem Schleifgerät festgefroren. Er zappelte wie Pinocchio auf Speed durch den Schuppen. Dabei verhedderte sich das Kabel an der Kurbel eines alten Mountainbikes, das Anton vor mehreren Jahren als erledigt betrachtet und für spätere Generationen abgestellt hatte. Gleichzeitig stolperte der vibrierende Hartinger über einen Nachkriegsrasenmäher. Endlich riss ihm das gespannte Kabel den Schleifer aus der Hand. Hartinger fiel hin, schlug auf einer Schubkarre auf und landete auf dem Boden, nur Zentimeter mit dem Hals an einer rostigen Sense vorbei. So blieb er bewusstlos liegen.

Er bekam nicht mit, wie die Überbrückung der Sicherung durchschmorte, woraufhin es einen gewaltigen Knall tat und die Stromversorgung des gesamten Mittererhofes ausfiel.

42

Albert Frey stellte den alten Passat vor dem Schuppen ab, ging in den Mittererhof und klopfte an der Küchentür. »Was für ein großartiger Duft!«, begrüßte er seine Nichte.

»Wenn man sich um elf verabredet, und man taucht dann erst um kurz vor eins auf, dann ist es reiner Zufall, dass gerade dann die Forellen herausgebacken sind«, sagte Kathi, ohne vom uralten holzbefeuerten Herd aufzublicken. »So ein Glück kann nur mein Onkel Albert haben.«

»Forellen? Es riecht nach Braten«, sagte Frey enttäuscht und ging zur Kochstelle, um sich selbst davon zu überzeugen, was da in der Pfanne schmurgelte.

»Gebratene Forellen. Wenn man frische verwendet, dann riechen sie nicht nach altem Hering, sondern nach der guten Butter, in der sie gebraten werden. Heute ist Freitag, mein lieber Onkel. Da gibt's Fisch.«

»Oha, so katholisch hatte ich meine Nichte gar nicht in Erinnerung. Essen dein gschlampertes Verhältnis und dein unehelicher Sohn auch mit? Weil das würde das traditionelle Bild der sittsamen oberbayerischen Familie eigentlich erst so richtig abrunden. Hier so traut zusammensitzen nach einem Gebet unterm Kruzifix im Herrgottswinkel.«

»Erstens ist der Karl-Heinz nicht mein Verhältnis. Gschlampert mag er sein, aber er ist so was von einem Nicht-Verhältnis, das kannst du dir gar nicht vorstellen, Onkel Albert. Und der Sohn des Hauses wird um kurz nach eins von der Schule erwartet. Aber der mag keinen Fisch. Der bekommt den Apfelstrudel da unten.«

»Wie bitte? Ich alter Sozi muss mich streng römisch-katholisch ernähren, und der Nachwuchs kriegt am heiligen Freitag Süßspeisen?«, empörte sich Albert Frey. »Wo bleiben da Moral und Anstand?«

»Mei, der Anton ist doch eh schon unehelich geboren und auch nicht getauft, da kann er doch auch Strudel essen. Jetzt mal ganz im Ernst: Die Forellen waren beim Lidl im Angebot, deswegen gibt's die heute, Onkel Albert.«

»Und ich hab gedacht, du gehst nachts in der Partnach schwarzfischen, um deinem geliebten Onkel am Freitag frischen Fisch zu bereiten, damit du ihn zum Glauben bekehrst. Aber gut. Ich habe heute schon wieder seit sieben in der Früh Akten gewälzt im Archiv. Ich hab so einen Hunger, dass es mir vollkommen wurscht ist, ob die Forellen aus dem ungarischen Zuchtteich oder aus dem Werdenfelser Gebirgsbach kommen.«

»Hast du etwas ausgegraben über die Geschichte mit der Geburtsstation und dem von Bürstner?«, wollte Kathi wissen.

»Und ob. Aber jetzt lass uns erst essen, bevor uns der Appetit vergeht.«

Schon stand ein Teller mit einer gebratenen Forelle, einer großen Portion Bratkartoffeln und frischem Salat aus dem Bauerngarten vor Albert Frey. Kathi stellte ihm ein Karg-Weißbier daneben und sah ihm beim Essen zu.

»Isst du nichts?«, fragte Frey.

»Ich wollte mit dem Anton essen, der kommt sicher bald.«

»Und der Karl-Heinz?«

»Hast ihn nicht draußen gesehen?«, fragte Kathi erstaunt. »Der müsste da rumstehen und arbeiten. Aber jetzt fällt's mir auch auf. Seit einiger Zeit hör ich gar nicht mehr das Schleifgerät jaulen. Ich schau mal nach.« Sie ging vor die Tür und rief dreimal nach Hartinger. Ergebnislos. Zurück in der Küche sagte sie zu Onkel Albert: »Ich hab ihn vielleicht ein bisserl hart angepackt, den Armen. Vorgestern lebendig begraben, und ich habe ihn Läden abschleifen geschickt. Sicher hat er sich irgendwo erschöpft hingelegt. Oben unterm Dach oder in der Hütte hinten im Wald.«

»Ich hab die Geschichte gehört. Der ganze Ort redet davon, dass er in einem Grab gefunden worden ist. Im Rathaus bekommen sie sowieso die Tür nicht mehr zu wegen der Sache mit dem Ganslander. Ich sag's dir, Sachen gibt's ...«

»Solange sie nicht glauben, ich war's«, meinte Kathi.

»Schmarrn. Du hast doch ein Alibi. Mich. Einen pensionierten bayerischen Beamten, dem glaubt man.«

»Dem einzigen Verwandten außer dem Sohn, ob man dem ein Alibi abnimmt?«

»Mach dir keine Sorgen, Kathi, wenn sie heute noch nicht da sind, um dich zu vernehmen, dann kommen sie auch nicht mehr. Ich glaube, der Mann ist einfach vor den Bus gefallen. So was kommt vor. Dumm gelaufen.«

»Trotzdem. Einen Tag nachdem er mir die Hölle heiß macht. Schon seltsam.«

»Na ja, es gibt andere Bauvorhaben, die sind noch viel seltsamer. Klimanetz. So ein absoluter Schafscheiß!«

»Onkel Albert, also bitte!«

»Ist doch wahr. An Größenwahn nicht zu überbieten. Erinnert mich an den größten Bauherrn aller Zeiten und seine Riesenhalle, die er in der Welthauptstadt Germania errichten wollte. Die war so groß, dass hundertachtzigtausend Volksgenossen reingepasst hätten. Die Ausdünstungen von so vielen Menschen hätten sich in der Kuppel zu Wolken kondensiert, und es hätte da drinnen selbst gemachten Regen gegeben. Stell dir vor. Saurer Regen aus Nazischweiß.« Albert Frey schüttelte sich vor Grausen. »Das Essen war vorzüglich. Vielen Dank an die Köchin und die Firma Lidl. So, und weil wir jetzt schon in der Abteilung Irrsinn angekommen sind, zeig ich dir, was hier vor vierzig Jahren los war.« Er hob seine Mappe vom Boden neben der Eckbank, ließ die Schnalle aufschnappen und legte den Lederdeckel nach hinten. Dann kramte er einige schmale Akten und ein abgegriffenes Buch hervor. »Kannst du bitte das Licht anmachen?«

Kathi drehte den alten Schalter neben der Tür, aber die Lampe über dem Küchentisch blieb dunkel. »Ist schon wieder die Birne durchgebrannt! So ein Glump, das neumodische Stromsparzeugs!«, schimpfte sie. »Wart, im Keller hab ich noch eine alte.«

»Geht auch so, es sind gute Kopien. Setz dich zu mir«, sagte Albert Frey.

Kathi nahm neben ihrem Onkel auf der Eckbank Platz und schaute ihm dabei zu, wie er einen Aktendeckel aufklappte.

»Stell dir vor, die Akten vom Bau der Klinik sind vor einigen Jahren ins Marktarchiv gekommen. Dreißig Jahre müssen sie aufgehoben werden, dann kann man sie wegwerfen. Ist nur unserem fleißigen Archivar zu verdanken, dass er sich einiges davon gesichert hat. Und es ist wohl tatsächlich so, wie es damals im Tagblatt gestanden hat, in dem Artikel, den du gefunden hast. Der Eduard von Bürstner hat dem Kreiskrankenhaus, wie es damals hieß, eine zweite Geburtsstation geschenkt. Eine private. Verstehst du? Sie war nicht für Krethi und Plethi, sondern nur für eine sehr, sehr ausgesuchte Klientel.«

»So was gab's damals schon? Ich dachte, Zweiklassenmedizin ist ein Produkt der diversen Gesundheitsreformen.«

»Nein, wo denkst du hin? Zweiklassenmedizin gibt es, seit's die Medizin gibt. Früher gab es die Medizin sowieso nur für die höheren Klassen. Der Plebs konnte sich beim Bader die Zähne reißen und bei der Engelmacherin die Kinder wegmachen lassen. Das war's dann auch schon für den Normalmenschen. Während am Geld- und sonstigen Adel mit allerhand Salben, Operationen und Alchimie herumgedoktert wurde. Kam zwar am Ende auf das Gleiche raus, weil sich weder der Bader noch der Medicus die Hände desinfiziert hatten. Sind halt alle an Infektionen verreckt. Aber die reichen Leute konnten wenigstens die Gewissheit haben, ihre Krankheiten mit größtmöglichem Geldaufwand bekämpft zu haben, bevor sie in die Kiste gefahren sind.«

»Aber 1962, da war man doch schon weiter als im Mittelalter.«

»Was das Händewaschen von Ärzten und Pflegepersonal angeht, dauerte das Mittelalter bis in die 1850er-Jahre, bis der Professor Semmelweis die Desinfektion von Händen und Instrumenten erfunden hat. Und dann musste es sich erst einmal herumsprechen. Die Ärzte hielten das nämlich für Zeitverschwendung.«

Kathi wunderte sich. »Wie gesagt, wir reden hier von 1962, nicht von 1850, Albert! Und der von Bürstner hat doch nicht hundertzwanzig Jahre nach Semmelweis eine eigene Geburtsstation gespendet? In Garmisch? Damit die sich da ordentlich die Hände waschen?«

»Nein, das hat damit überhaupt nichts zu tun. Obwohl der Semmelweis ja auch Gynäkologe war. Ich erwähn's nur, damit du … Ich weiß es auch nicht, warum ich es erwähne. Wahrscheinlich, weil ich ein alter Lehrer bin, der gerne vom Hundertsten ins Tausendste kommt. Wie sind wir da jetzt hingekommen?«

»Hergekommen sind wir von der Zweiklassenmedizin.«

»Ja, genau. Die Reichen und die Armen. Und die Kinder. Und die Toten. Also, der Eduard von Bürstner, der war vielleicht ein Vogel. Über den muss ich dir zuerst berichten.«

Kathi stellte sich auf eine längere Story ein und schob sich ein Kissen ins Kreuz, bevor sie sich auf der Eckbank zurücklehnte.

»Also, um es kurz zu machen: Die Familie von Bürstner geht bis ins 16. Jahrhundert zurück. Sie haben zunächst ein Handelsimperium in Hessen aufgebaut – Kassel war ihr Hauptsitz –, dann aber gemerkt, dass Geldgeschäfte ohne lästigen Warenverkehr sehr viel mehr Spaß machen, und auf das Bankenwesen umgesattelt. Der Urururururgroßvater von unserem Eduard Wilbert, der hieß auch Eduard, und der hat 1770 in Frankfurt eine Bank gegründet, die Eduard von Bürstner'sche Privatbank. Den Rest kannst du dir denken: Aufstieg als Bankiers von Fürsten, später von Staaten. Und von Unternehmen. Große Gewinner der Industrialisierung. Und des Ersten Weltkriegs. Und natürlich wesentliche Unterstützer einer gewissen radikalen Kleinpartei, die sich nach dem Ersten Weltkrieg von München aus im Deutschen Reich breitmachte. Der Vater von unserem Eduard Wilbert, der hieß passenderweise Siegfried von Bürstner, gehörte zum Kreis der intimen Berater des Chefs dieser berüchtigten Münchner Partei, die als Nationalsozialistische Deutsche Arbeiterpartei nicht lange klein blieb. Du hast in der Schule gelernt, dass die deutsche Industrie und das Geldwesen die Nazis groß gemacht haben, weil sie hofften, dass die ihnen die Kommunisten vom Halse schaffen. Jedenfalls, der Sigi von Bürstner, der war ganz vorn mit dabei. Er hatte zu Hochzeiten um die dreißig Aufsichtsratsmandate bei großdeutschen Firmen, von den Adler-Werken bis zu den Dynamit-Fabriken. Braunkohle, IG Farben … Überall war der mit drin. Er war der Lieblingsbanker des Führers. Obwohl er erst einen Tag nach der Machtübernahme in die NSDAP eingetreten war. Er durfte die Privatbanken arisieren. Kein leichtes Unterfangen. Leute wie die Rothschilds waren und sind sehr, sehr gut vernetzt auf der ganzen Welt. Da geht die Arisiererei nicht so einfach wie mit dem jüdischen Krämer an der Ecke, dem man einfach die Scheiben einschlägt und ihm einen Brief überreicht, in dem steht, dass man die Stadt am nächsten Tag zu verlassen hat. Unter Kollegen einigt man sich, zum Besten von allen Seiten. Aber das sind alles Details. Will dich damit nicht langweilen.«

»Noch ein Weißbier, Onkel Albert?«

»Lieber einen Kaffee. Jedenfalls, der Siegfried von Bürstner wird in den Nürnberger Kriegsverbrecherprozessen zu eintausendfünfhundert Mark Strafe wegen ›Verbrechen gegen die Menschlichkeit‹ verurteilt. Immerhin die Hälfte dessen, was in den Fünfzigerjahren ein VW-Käfer kostet – ist das zu fassen? Einer, der dem Hitler Millionen gespendet und ihn dadurch erst möglich gemacht hat, zahlt ein halbes Auto Strafe? Einer, der noch mehr Millionen, als er gespendet hat, wieder rausgezogen hat aus den ganzen Deals! Da kannst du mal sehen, wie weit der Einfluss dieser Bankiers ging. Bis zum Militärtribunal der Alliierten. Ich meine natürlich, da kannst du mal sehen, wie weit der Einfluss *geht*. Daran wird sich nicht viel geändert haben.«

Kathi stand auf, schüttete Wasser in den Kocher, knipste diesen an und füllte die Kaffeemühle mit Bohnen. Damit setzte sie sich zurück auf die Eckbank. Sie liebte es, wenn Albert Frey seine Geschichten erzählte, und versuchte ganz leise zu mahlen.

»Offiziell hat der Siegfried von Bürstner nach dem Krieg Berufsverbot. Aber wozu hat man Verwandte? Der Sohn des Obernazibankiers, unser Eduard Wilbert von Bürstner, tritt in die Fußstapfen seines Alten und leitet die Bank, allerdings mehr schlecht als recht, denn ihr Einfluss wird immer geringer. Bald ist das eine kleine Bank. Unter fremdem Management. Und dann ist er wohl irgendwann gestorben, der Eduard Wilbert. Offenbar nicht in Garmisch oder in Partenkirchen bestattet. Ich hab jedenfalls keinen Eintrag gefunden. Vielleicht zurück in hessische Erde. Kriegt man sicher raus, aber das wird nicht so wichtig sein. Na ja, und seine einzige Tochter, Annabella, hat sich um das Geschäft nie gekümmert. Die ist lieber mit einem Förster aus Garmisch verheiratet und nippt gerne mal am Gin, wie man vernimmt.«

»Das steht alles im Marktarchiv der Gemeinde Garmisch-Partenkirchen? Haben die da ein lokales Säuferverzeichnis?« Kathi lachte.

»Na, so viel Platz ist im Rathaus auch nicht«, grinste Frey. »Ich hab es aus dem Internet. Gala. So eine Zeitschrift. Die kümmert sich um solche investigativjournalistischen Wichtigkeiten. Die Annabella ist ja nicht immer hier in ihrem Schloss in den Riedhängen. Die jettet ordentlich durch die Gegend. Marbella, Monaco, Martha's Vineyard. Einmal ist sie schon lallend in den Pool der Kennedys geflogen. Und ein anderes Mal am Roulette-Tisch in Baden-Baden eingeschlafen. Auf Rot hat sie gesetzt und ist dann eingeschlummert. Dabei hat sie zweihundertvierzigtausend Euro verdient, weil die Croupiers ihre Gewinne einfach stehen gelassen haben. So was weißt du nur als Gala-Leser.«

»Den seinen gibt's der Herr im Schlaf«, seufzte Kathi.

»Der Teufel scheißt immer auf den größten Haufen«, stimmte Frey ein.

»Wenn der Herrgott und der Teufel beide für die Reichen sorgen, dann ist ja klar, dass ich meinen Hof verkaufen muss«, resümierte Kathi. Sie stand auf, um den frisch gemahlenen Kaffee in die Filtertüte zu schütten.

»Na, na, na! Wer wird denn an höhere Mächte glauben?«, lachte Albert Frey. »Das ist nämlich auch etwas für so Typen wie unseren Eduard Wilbert von Bürstner. Der hat nämlich nicht nur seinen Vater als Bankier beerbt, er blieb auch dem Gedankengut treu, das ja nur fuchzehnhundert Mark Strafe, aber viele, viele Millionen eingebracht hatte. ›Never change a winning ideology!‹, wird er sich gedacht haben. Nur waren halt keine Nazis mehr da.

Die sind da am 8. Mai 1945 komplett aus der Welt verschwunden, wie man weiß. Der Ede von Bürstner wusste auch, wohin: in ein Höhlensystem sechstausend Meter unter der Antarktis, nach Neuschwabenland.«

Kathi wunderte sich: Das Wasser im Kocher war nicht heiß geworden. »Mist, es ist nicht nur die eine Birne. Die Sicherung ist draußen, das auch noch«, schimpfte sie. »Ich schau gleich draußen im Schupf nach dem Sicherungskasten. Aber zuerst noch eine Frage: Wieso Neuschwabenland? Reichen die alten Schwaben nicht?«

»Das habt ihr in der Schule wohl nicht gelernt. Na ja, ich hab halt nicht Erdkunde unterrichtet. Neuschwabenland ist ein Teil der Ostantarktis. Die deutsche Neumayer-Forschungsstation liegt da. Eine deutsche Expedition ist dort 1938/39 an Land gegangen. Und ihr Schiff war die ›Schwabenland‹.«

»Drum heißt es so«, nickte Kathi.

»Ja, aber es gibt schon noch eine tiefere Bedeutung des Namens. Zumindest für Verschwörungstheoretiker und Naziromantiker. Denn die glauben, dass die Expedition damals den Auftrag hatte, unterirdischen Lebensraum für die sogenannte ›arische Rasse‹ einzurichten. Du musst wissen: Einige Seen in Neuschwabenland sind im arktischen Sommer eisfrei. Heiße Quellen gibt's da. Und die Spinner glauben, dass sich die Nazis dahin zurückgezogen haben. Sechstausend Meter unter dem ewigen Eis, da hätten sie ihre Städte gebaut. Die Erde ist nämlich hohl, musst du wissen.«

»Das hat der Eduard Wilbert von Bürstner geglaubt?«

»Nicht nur geglaubt. Er hat massiv Geld lockergemacht, um das zu beweisen. Als eine offizielle deutsche Expedition 1958 nicht anderweitig finanziert werden konnte, soll er eingesprungen sein. Munkelt man. Man weiß nicht, ob damals wirklich ein von Eduard von Bürstner gechartertes Expeditionsschiff in See stach. In einigen Internetforen steht so was. Aber da steht so einiges …«

»So ein Irrer. Und wieso hat er einen experimentellen Kreißsaal in Garmisch-Partenkirchen gestiftet?«

»Solche Menschen glauben ja nicht nur einen Quatsch. Er war auch ein Anhänger der Vril-Theorie.«

»Davon hab ich in der Schule aber wirklich nichts gehört. Auch nicht bei dir in Geschichte und Deutsch, mein lieber Onkel.«

»Na ja, Vril steht nicht auf dem Lehrplan für bayerische Gymnasien. Ziemlich viel anderer Blödsinn schon, aber so weit gehen sie im Kultusministerium dann doch nicht. Vril ist eine Kraft, die die ›echten Arier‹ auszeichnet. Diejenigen, die vor geschätzten neunundzwanzigtausend Jahren vom Planetensystem Aldebaran zur Erde gekommen sind. Die Erde ist ein Strafplanet, musst du wissen. Es sind also nur die Verbrecher der Arier hergeschickt worden. Mit Flugscheiben. Und die werden mit Vril angetrieben. Das mit den Verbrechern klingt sogar plausibel.«

»Ur-Nazis in Ufos?«, staunte Kathi.

»Genau. Flugscheiben, die so aussehen wie Ufos. Irrsinnig schnell, weil – wie gesagt – von Vril angetrieben. Deshalb konnten die Nazis ja anno 45 so schnell in Neuschwabenland verschwinden. Von dort sind sie – oder ein Teil von ihnen – wahrscheinlich auf die der Erde abgewandte Mondseite geflogen.«

»Mit ihren Vril-Ufos. Auf die dunkle Seite des Mondes.«

»Na klar.«

»Wohin auch sonst.«

»Genau. Und wie sonst, außer per Ufo. Die Amerikaner haben die Mondlandung schließlich nur in einem Keller in Hollywood nachgestellt.«

»Logo.« Kathi unterbrach die Geschichtsvorlesung ihres Onkels. »Bevor du mir erklärst, was das mit dem Kreißsaal in Garmisch-Partenkirchen zu tun hat, schau ich schnell nach der Sicherung, denn mein Wasserkocher läuft leider nicht auf Vril. Der braucht guten alten Strom.« Gerade, als sie die Küche verlassen wollte, pochte es draußen an der Tür. »Ich komme!«, rief sie durch den Flur.

Sie öffnete – und erschrak. »Herr Dr. Rubinstein, so eine Überraschung. Sie hier, heute? Die nächste Delegation ist doch erst für zwei Wochen angekündigt…«

»Grüß Gott, Frau Mitterer, verzeihen Sie, komme ich ungelegen?«, fragte der elegant gekleidete Herr.

»Nein, gar nicht, ich hab nur nicht mit Ihnen gerechnet. Kommen Sie doch rein. Mein Onkel ist da, der freut sich sicher, Ihre Bekanntschaft zu machen.«

Dr. Michael Rubinstein musste den Kopf einziehen, als er durch die Eingangspforte des Mittererhofs schritt, und dann noch einmal, als er die Küche betrat. Kathi ging hinter ihm her und stellte dem Besucher Albert Frey vor. »Darf ich etwas anbieten? Kaffee, Tee? Ach, Jessas, der Strom…«

»Ein Glas Ihres herrlichen frischen Leitungswassers reicht vollkommen«, sagte Rubinstein. »Machen Sie sich keine Umstände.« Und zu Albert Frey: »Ich habe viel von Ihnen gehört, Herr Frey. Beziehungsweise gelesen. Ihre Webseite über die Geschichte Garmisch-Partenkirchens wird von vielen Menschen sehr geschätzt. Von mir zum Beispiel.«

»Ach, wirklich?«, freute sich Frey.

»Ja, durchaus. Sie müssen wissen, meine Familie väterlicherseits verbrachte vor 1933 jeden Sommer und jeden Winter hier. Das waren gefühlte Garmischer. Leider wurde es ja dann sehr ungemütlich für uns. Aber das haben Sie ja alles auf Ihrer Webseite so hervorragend dokumentiert. Wir haben dann unser Anwesen verkaufen müssen.«

»Ach, Sie hatten sogar ein Feriendomizil hier?«, wunderte sich Albert Frey. »Davon wusste ich nichts.«

Rubinstein lächelte. »Und wenn Sie das nicht wissen,

dann heißt das schon was, Herr Frey. Aber es sind eben nicht alle Akten der Nationalsozialisten ins Marktarchiv gewandert. Das meiste wurde 45 verbrannt.«

»Das wiederum weiß ich. Aber das Grundbuch ist doch vollständig erhalten.«

»Nun, es könnte sein, dass mein Großvater das Haus am Leitenfeld nicht unter eigenem Namen gekauft hatte. Er lebte sehr zurückgezogen. Und Anfeindungen gab es ja schon während der Zwanzigerjahre.«

»Wer hat es denn gekauft, als Ihr Besitz ›arisiert‹ wurde?«, bohrte Frey nach.

»Ihnen kann ich es ja sagen, lieber Herr Frey. Aber schreiben Sie es erst in ein paar Monaten auf Ihre Webseite, wenn der Käufer tot ist.«

»Jetzt wird es spannend«, sagte Albert Frey.

»Eduard von Bürstner hat das Anwesen in den Riedhängen 1938 nach der sogenannten Reichskristallnacht erworben.«

Albert Frey und Kathi Mitterer fielen die Kinnladen nach unten. Gleichzeitig sagten sie: »Eduard Wilbert von Bürstner III.?«

»Genau der«, bestätigte Michael Rubinstein.

»Aber ... wieso soll ich erst, wenn der Käufer tot ist, etwas schreiben? Sie meinen, wenn der *Erbe* des Käufers tot ist!«

»Nein, Sie haben mich schon richtig gehört, Herr Frey. Eduard Wilbert von Bürstner lebt. Zumindest noch. Er ist der eigentliche Grund meines Garmisch-Besuches.«

Wieder entgleisten den beiden Zuhörern die Gesichtszüge. »Was ... wie ... wer?«, konnte Kathi als Erste stammeln.

»Ich kann nicht ins Detail gehen, aber ich bin als sein Anwalt damit beauftragt, sein Testament zu vollstrecken. Und da es jeden Tag sein kann, dass er stirbt, werde ich die nächste Zeit in diesem wunderschönen Tal verbringen. Und da wollte ich Sie fragen, verehrte Frau Mitterer, ob Sie nicht Zeit und Lust hätten auf den einen oder anderen Ausflug oder mal eine Bergtour oder … Was auch immer Ihnen Freude bereiten würde. Und mir. Also, uns beiden, verehrte Frau Mitterer.«

Albert Frey hatte keine Zeit, sich zu freuen, dass der eloquente und sympathische Herr Dr. Rubinstein offenbar in seine Nichte verschossen war und verlegen wurde wie ein Oberschüler, der in der Mädchenumkleide ertappt worden war. Zu viele Fragen rasten durch seinen Kopf. »Ähh … Sie sind sein Anwalt, aber er hat von Ihrem Großvater das Anwesen gekauft? Nach der Arisierung? Und … wie alt ist denn der Eduard? Und überhaupt, Sie wissen schon, dass das ein Nazi-Spinner ist?«

»Natürlich weiß ich das, werter Herr Frey. Aber ein Anwaltsmandat ist ein Anwaltsmandat. Und Spinnereien sind Spinnereien. Meine Familie vertritt die Interessen der Familie von Bürstner seit 1840. Wir waren immer deren Anwälte. Und unter uns: Es hat 1935 keine Probleme zwischen den Häusern gegeben. Die Familie von Bürstner hat meinem Großvater auf Heller und Pfennig die Summe bezahlt, die das Haus wert war, als wir emigriert sind.«

»Geschäft ist Geschäft«, warf Albert Frey ein.

Dr. Michael Rubinstein überging diese Bemerkung. »Zu Ihrer Frage nach dem Alter meines Mandanten. Die darf ich eigentlich nicht beantworten, nur so viel: Er hat als recht junger Mann das Haus erworben. Sein eigener Vater Siegfried hat es ihm zum achtzehnten Geburtstag geschenkt.«

»Dreiundneunzig ist er demzufolge«, rechnete Kathi blitzschnell.

»Und das wird er bleiben. Er liegt im Sterben«, erklärte Michael Rubinstein.

»Aber er lebt noch. Und da sind Sie als Testamentsvollstrecker schon vor Ort?«, fragte Kathi.

»Ich bin seit zehn Jahren einmal im Monat hier, verehrte Frau Mitterer. Das gehört zu meinem Mandat. Ich passe auf ihn auf. Juristisch. Wissen Sie, wo sehr viel Geld ist, muss man das Umfeld genau beachten. Und bei Eduard von Bürstner ist es sehr, sehr viel Geld.«

»Sie meinen, damit er nicht… damit seine Tochter nicht …«, dachte Albert Frey laut nach.

»Annabella von Bürstner ist über jeden Verdacht erhaben, Herr Frey. Jedenfalls, wenn Sie mich fragen. Aber der alte Eduard traut eben niemandem. Auch das ist so bei Leuten, die sehr viel Geld haben.«

»Aber Ihnen traut er schon«, stellte Kathi fest.

»Wir haben eine Geschäftsbeziehung, die mehrere Generationen zurückreicht. Ja, da ist ein tieferes Vertrauen möglich.«

»Tiefer als zur eigenen Tochter«, ergänzte Kathi. »Das ist ja furchtbar!«

»Wissen Sie, Frau Mitterer, wenn Sie einen Feind haben, dann wünschen Sie ihm eine schwere Krankheit an den Hals. Mit dem Risiko, dass Ihr Feind diese Krankheit übersteht. Wenn Sie jemanden richtig unglücklich machen wollen, dann wünschen Sie ihm Reichtum und Ruhm. Beides hat noch jeden fertiggemacht.«

»Sie sprechen einem alten Sozialdemokraten aus der Seele!«, freute sich Albert Frey. »Noch eine Frage, Herr Dr. Rubinstein. Von einer Geburtsabteilung, die Eduard von Bürstner dem hiesigen Krankenhaus gestiftet hat, Anfang der Sechziger, wissen Sie davon?«

Michael Rubinstein dachte nach. »Damals hat mein Vater das Mandat geleitet. Da war ich ja noch ein Kind. Ich müsste nachsehen, aber ich dürfte Ihnen wahrscheinlich nichts davon erzählen.«

»Natürlich. Schweigepflicht.«

»Nun, Frau Mitterer, wie sieht es aus? Was haben Sie heute Nachmittag vor? Solange ich mich nicht allzu weit aus dem Talkessel herausbewege und mein Handy Empfang hat, könnten wir doch einen kleinen Ausflug machen?« Michael Rubinstein strahlte sie an, während er sprach.

»Ich weiß nicht … der Anton …«, stammelte Kathi Mitterer.

»Sehr gute Idee! Fahrt doch zum Pflegersee und schaut euch die dicken Karpfen an, fahrt ein wenig Ruderboot!« Albert Frey erhob sich, um das sich anbahnende junge Glück allein zu lassen. »Ich muss jetzt wieder meiner Arbeit nachgehen. Das Archiv ruft.«

Kathi nickte. »Na gut. Aber erst muss ich meinen Sohn abfüttern. Der müsste jederzeit aus der Schule kommen. Holen Sie mich gegen zwei Uhr ab?«

Wie auf ein Stichwort rumpelte es draußen an der Tür des Mittererhofs.

»Da ist er schon, der Anton!«

Die Küchentür schwang auf, doch herein stürmte nicht der halbwüchsige Sohn des Hauses, sondern Karl-Heinz Hartinger, dessen Gesichtsausdruck dem des Herman Monster aus der Fünfzigerjahre-Fernsehserie ähnelte. Hartingers Augen waren starr geradeaus gerichtet, die Haare standen ihm zu Berge, und er bewegte sich ruckelig wie ein schlecht geölter Roboter. »Strom! Kabel!«, presste er hervor.

Dann brach er in der Mitte der Küche zusammen.

Michael Rubinstein war der Erste, der sich fasste. »Schnell, den Notarzt!«, rief er, zückte aber selbst das Handy.

Sieben Minuten später schwebte der Rettungshubschrauber Christoph 74 aus dem nahe gelegenen Murnau heran und landete auf der Wiese vor dem Mittererhof.

43

Der Reporter, dieser Hartinger, das hatte einfach sein müssen. Der war gefährlich geworden. Auf den Überwachungskameras war er ganz deutlich zu erkennen gewesen. Wie er um die Villa geschlichen war. Mit dem dicken Polizisten geschwätzt hatte. Und dann nach ein paar Stunden wieder da gewesen war. Nachts. Er hatte gesehen, wie der Alte hinübertransportiert worden war. Er hatte sich im Gebüsch versteckt, der Idiot. Wenn der gewusst hätte, wo die Kameras überall hingen … Na ja, er war sowieso schon lange lästig gewesen. Viel zu nahe gekommen, viel zu nahe. Das mit dem Stromkasten, ideal. Sie würden denken, der Depp hätte selbst den Stecker falsch reingesteckt. Es hatte ihm eine derartige gebratzelt, dass ihm Hören und Sehen vergangen waren. Liegen geblieben war er. Der war hin, da gab es keinen Zweifel. Und wenn er nicht hin war, dann war sein Hirn hin. Gebraten. Gemüse war er, der Hartinger.

Sollte sein Name ins Buch geschrieben werden? Es gab ja nichts zum Durchstreichen. Nein, dazu war das Geburtsdatum nötig. Musste ja alles seine Ordnung haben. Erst musste der Name da stehen, dann hatte der Name durchgestrichen zu sein.

Aber es gab Wichtigeres: Der Alte lebte nicht mehr lange. Und es standen noch zwei auf der Liste.

44

»Herr Hartinger, Ihr Glück ist nicht zu fassen. Sagen Sie der Firma Zollner ›Vergelt's Gott‹, dass sie so starke Gummisohlen an die Haferlschuhe macht. Sie waren einigermaßen isoliert. Aber bei der Stromstärke ist eben auch was übergesprungen. Muss einen hübschen Lichtbogen gegeben haben.« Der junge Arzt im Praktikum hatte das Aufbauseminar »Einfühlsamer Umgang mit Unfallopfern« offenbar noch vor sich.

»Wann kann ich hier raus?«, wollte Hartinger wissen. »Mir fehlt ja nichts.«

»Na ja, die Brandverletzung an Ihrer rechten Hand, die ist nicht ohne. Und außerdem haben Sie einen angebrochenen Wirbel. Tut Ihnen nicht der Nacken weh?«

»Das zwickt schon seit ein paar Tagen. Seit ich aus der Kiste ...«

»Ja genau, Herr Hartinger. Sie sind eigentlich noch wegen Ihres anderen ... na ja, Vorfalles hier. Jetzt müssen wir Sie auf alle Fälle ein paar Tage überwachen. Stresstrauma, Wirbel angebrochen, Stromunfall. Das haut eigentlich den stärksten Ochsen um. Schon alleine wegen des elektrischen Schlages müssen Sie dableiben. Auch wenn es kein sofortiges Kammerflimmern gegeben hat, bei einem derartigen Stromunfall kann es auch noch nach drei Tagen zum Herzanfall kommen. Deshalb wollen wir Ihre Pumpe rund um die Uhr überwachen.« Der junge Mediziner tippte mit dem Zeigefinger auf das Gerät, das neben dem Bett stand. »Per Funk. Jede plötzliche Änderung Ihrer Herzfrequenz wird den Kolleginnen und Kollegen vorn in der Station angezeigt. Also schön die Hände auf der Decke lassen. Die da vorn kriegen alles mit.«

»Totalüberwachung. Und wenn ich aufs Klo muss?«

»Klingeln Sie. Und zu Ihrer Information: Abhauen ist nicht, die Polizei hat einen Beamten vor Ihrer Tür postiert. Zu Ihrer Sicherheit, wie sie sagen. Bei zwei solchen Vorkommnissen in einer Woche wird man wohl vorsichtig. Einen schönen Tag wünsche ich.« Der Jüngling wirbelte auf dem Absatz der Krankenhausclogs herum und verschwand.

Bevor sich die Tür des Einzelzimmers schloss, sah Hartinger tatsächlich noch den grünen Ärmel einer Uniformjacke. War vielleicht nett gemeint, dachte er, und zwar wahrscheinlich von niemand Geringerem als Bernd Schneider. Ludwig Bernbacher wäre wohl nicht auf eine solche Idee gekommen. Doch Hartinger hatte nicht vor, sich in diesem Krankenzimmer einsperren zu lassen. Er musste an dieser Mordserie recherchieren. Er griff zum Telefon und wählte die Nummer des Mittererhofes, doch niemand nahm am anderen Ende der Leitung ab. Das war am frühen Nachmittag nicht ungewöhnlich. Kathi war sicher einkaufen gefahren, nachdem sie ihn zuvor besucht und ihm von den neuesten Informationen ihres Onkels erzählt hatte. Doch Hartinger fühlte sich fit wie selten. Als hätten der Stromstoß und die anschließende Bewusstlosigkeit bei ihm gewirkt wie bei einem altersschwachen PC der Neustart inklusive Festplatten-Defragmentierung.

Eines war klar: Er konnte hier nicht seine Zeit verschwenden, während draußen jemand herumlief, der reihenweise Menschen umbrachte. Inklusive Hartinger selbst, wenn bisher auch nur versuchsweise. Erst einmal musste er herausfinden, wer ihn lebendig begraben hatte. Die Polizei ermittelte in seinem Fall wahrscheinlich nur mit angezogener Handbremse, weil man sich darauf konzentrierte, dass nicht noch mehr orts- und landesbekannte Persönlichkeiten ums Leben kamen. Moment! War das der Schlüssel? Welche Verbindung gab es zwischen den Opfern? An Bernbachers Kinderporno-Idee glaubte Hartinger immer weniger. Die von Bürstners steckten da mit drin.

Er musste schleunigst raus hier... Und er wusste auch, wie er an seinem Bewacher vorbeikam. Einfach ins Nachbarzimmer kraxeln. Er öffnete das Fenster und blickte nach beiden Seiten. Das Fenster des Krankenzimmers zu seiner Linken stand offen. Er würde nur zwei Meter auf dem Sims balancieren müssen ... Er kletterte auf die Fensterbank, wobei ihm auffiel, dass er wieder nur das hinten offene Kliniknachthemd trug. Aber das war jetzt egal. Er würde sich aus dem Nachbarzimmer stehlen und in der Kleiderkammer erneut zum Pfleger mutieren.

Als er sich am Fensterrahmen festklammerte, um den Fuß draußen auf das schmale Betonband zu setzen, merkte er, wie hoch die vier Stockwerke wirkten, wenn sich zwischen einem selbst und dem asphaltierten Weg der Lieferantenzufahrt nichts als ein paar Luftmoleküle befanden. Hartinger atmete tief durch und setzte den zweiten nackten Fuß nach draußen. Die Strecke zum Nachbarfenster musste er an der glatten Betonwand klebend überwinden. Er streckte die Arme nach rechts und links, um sich wie ein Gecko an den glatten Untergrund zu saugen. Leider fehlten ihm dazu die Saugnäpfe an den Fingern. Nur ein Fehltritt, und alles wäre aus.

Er bewegte sich Fußlänge um Fußlänge, Zentimeter um Zentimeter weiter nach links zum rettenden Durchlass in das Nachbarzimmer. Nur noch ein Schrittchen, dann würde er den Fensterrahmen greifen können und... In diesem Moment wurde das Fenster mit einem Knall geschlossen. Hartinger konnte gerade noch seine Finger zurückziehen, kämpfte gegen den Absturz, den die abrupte Zurückbewegung seiner Hand um ein Haar verursachte, wollte »Stopp!« rufen und hörte das Klacken der Fensterverriegelung, die von innen betätigt wurde. Dann zog derjenige, der das Fenster so rabiat geschlossen hatte, mit einem Ruck die schweren Vorhänge zu, wie Hartinger hören konnte.

Zurück zum eigenen Zimmer? Natürlich, das war die einzige Möglichkeit. Also Fußlänge um Fußlänge, Zentimeter um Zentimeter wieder nach rechts. Er hatte es beinahe geschafft – da schlug auch dieses Fenster zu. Ja, schauten die denn nicht nach, ob ein Patient aus dem Fenster geklettert war, bevor sie die zumachten?

Hartinger verzweifelte wieder einmal an der Menschheit im Allgemeinen und im Besonderen an dem Teil davon, der sich im öffentlichen Dienst verdingte. Doch das brachte ihn momentan nicht weiter. Er stand praktisch nackt, nur bekleidet mit einem seine Kehrseite nicht verhüllenden Nachthemd mit blauen Tupfern auf einem zehn Zentimeter breiten Betonsims des vierten Stocks des Klinikums Garmisch-Partenkirchen – und bot den hoffentlich nicht allzu bald auftauchenden Zusehern ein höchst unvorteilhaftes Bild der Spezies Homo sapiens. Er musste etwas tun.

Verzweifelt schaute er nach rechts und links, aber er konnte kein offenes Fenster mehr erblicken. Die Zufahrt zum Hintereingang des Krankenhauses bot keine sanfte Landemöglichkeit. Wenn sie wenigstens von Gebüsch gesäumt gewesen wäre, aber da war kein Strauch weit und breit, der seinen Aufprall abgemildert hätte. Was sollte er tun? Um Hilfe schreien? Rüber zum geschlossenen Fenster, durch das er eigentlich ins Nachbarzimmer hatte eindringen wollen, und dort klopfen? Würde der wahrscheinlich Hundertjährige, der dahinter lag, ihm öffnen können? Nun ja, dachte er sich, neuerdings sind Hundertjährige zu allerhand fähig. Manche klettern wie ich aus Krankenhausfenstern und führen ein aufregendes Restleben.

Er hoffte sehr, dass das nicht nur in schwedischen Bestsellern, sondern auch in der bayerischen Realität möglich war. Also bewegte er sich wieder nach links. Zu allem

Überfluss hörte er in diesem Moment hinter sich den Rettungsheli, der ihm erst vor wenigen Stunden einen schnellen und bequemen Transport vom Mittererhof in die Klinik beschert hatte und nun erneut auf ebendiese zusurrte. »Verflucht, müssen sich diese Turnschuhtouristen gerade jetzt aus dem Wetterstein ausfliegen lassen?«, schimpfte er.

Da landete die gelbe Libelle auch schon auf der großen Wiese hinter dem Krankenhaus. Der Wind, den die Rotoren verursachten, breitete sich über den Rasen aus und fuhr an der glatten Klinikfassade wieder nach oben. Dabei erfasste er Hartingers Leiberl und wehte es ihm über den Kopf. Hartinger hatte panische Angst, durch ein Zurechtmachen seiner peinlichen Kleidung aus dem Gleichgewicht zu geraten. Er presste einfach Arme, Bauch und Geschlechtsteil gegen die Mauer und hoffte, dass von irgendwoher Erlösung kommen würde.

Der Pilot der ADAC-Maschine hatte den scheinbar verwirrten Patienten offenbar gesehen und ihn per Funk der Leitstelle in der Klinik gemeldet. Schon bewegten sich nicht nur ein Notarzt-Team mitsamt einem Schwerverletzten auf einer Rolltrage hinein ins Krankenhaus, sondern auch drei Weißkittel nach draußen und starrten auf den behaarten Hintern eines Mannes, der wie der gekreuzigte Spider-Man an der Außenwand ihrer Arbeitsstätte pappte. Schnell lief einer von ihnen zurück ins Gebäude und kam nach kurzer Zeit mit dem Hausmeister im Schlepp wieder heraus.

Die beiden anderen telefonierten aufgeregt mit ihren Handys – einer musste wohl die Nummer der Feuerwehr gewählt haben, denn aus der Ferne hörte man die Fanfaren und Martinshörner der Partenkirchner Brigade nahen. Das Wettrennen zwischen Hausmeister und Freiwilliger Feuerwehr, wer zuerst eine lange Leiter unter dem halb enthüllten offensichtlichen Suizidenten anlegte, gewann der Krankenhausbedienstete. Schon kletterte ein Arzt – der Leiter der psychiatrischen Abteilung, wie sich später herausstellen sollte – über die Alusprossen nach oben, um dem Lebensmüden gut zuzureden.

Hartinger sagte umgehend zu, mit dem Nervendoktor nach unten zu kraxeln, doch das ersparte ihm nicht Hohn und Spott eines kompletten Trupps Partenkirchner Feuerwehrler, die mit ihrem Löschzug aus mehreren Fahrzeugen um den ADAC-Hubschrauber herum Aufstellung nahmen. Hätte Hartinger die Nerven gehabt, über die Schulter nach unten zu blicken, während er möglichst schnell die Leiter hinabkletterte, wäre er an eine Szene in einem Playmobil-Katalog erinnert gewesen. Doch er sah zu, dass er unter Führung des Chefpsychiaters in der Klinik verschwand. Wahrscheinlich hatten ihn die Truppmänner erkannt, und schon bald würde die Story an den Stammtischen die Runde machen. Es war Freitagabend, und er konnte sicher sein, dass am Samstagmittag der ganze Ort über seinen Freikörper-Kletterausflug Bescheid wusste. Er hegte keinen Zweifel daran, dass er von nun an in Garmisch-Partenkirchen als Irrer gehandelt würde.

Als er schließlich dem Psychiater in seinem Besprechungszimmer gegenübersaß, war Hartinger froh, dass der ihm einen Bademantel aus Klinikbeständen besorgt hatte, bevor er mit seiner Analyse begann. Es kostete Hartinger viel Mühe, den Arzt davon zu überzeugen, dass er nicht in selbstmörderischer Absicht aus dem Fenster geklettert war. »Erstens: Wenn ich mich hätte umbringen wollen, dann wäre ich gesprungen. Zweitens: Wenn ich gesprungen wäre, dann nicht in diesem Hemdchen. So will man ja nicht tot gefunden werden. Lebendig allerdings auch nicht.«

Dieser Argumentation konnte sich der Doktor nicht verschließen. Er glaubte Hartinger, dass er nur unauffällig aus dem Krankenhaus hatte verschwinden wollen. »Das mit ›unauffällig‹ hat ja dann nicht geklappt«, schmunzelte er. »Und noch eins, Herr Hartinger: Der Polizist sitzt zu Ihrem Schutz vor dem Zimmer. Nicht, um Sie einzusperren. Wir sind ein Krankenhaus und kein Gefängnis.«

Dies wiederum wollte Hartinger nicht glauben. Denn er wusste, dass der Uniformierte vor seiner Krankenzimmertüre den Auftrag hatte, sofort Ludwig Bernbacher zu melden, wenn er, Hartinger, sich entfernte, oder, noch wahrscheinlicher und schlimmer, Bernd Schneider zu alarmieren. Doch das konnte der Arzt natürlich nicht wissen.

»Hören Sie, Herr Hartinger? Ich verschreibe Ihnen jetzt ein schönes Schlafmittel, das bekommen Sie oben in Ihrer Station dann ausgehändigt. Und dann legen Sie sich erst einmal flach. Sie müssen sich schonen. Lebendig begraben und von Strom durchflossen – das hält ja der stärkste Elefant nicht aus. Und jetzt rufe ich oben an, damit man Sie abholt. Wiedersehen, Herr Hartinger.« Der Mann schüttelte Hartinger die Hand und ließ ihn auf dem Besprechungsstuhl sitzen, während er selbst aus dem Zimmer eilte.

Hartinger wartete keine Minute, dann stand er auf, ging zur Tür, drückte vorsichtig die Klinke nach unten und steckte die Nase hinaus in den Gang. Niemand war zu sehen. Er huschte durch die Tür, schloss sie leise hinter sich und ging den Flur entlang in Richtung Ausgang. Doch das zweite Zimmer hinter der nächsten Glastür erweckte seine Neugier. Auf dem grauen Schild neben dem Türrahmen stand »Archiv«. Würde er dort etwas über die Familie von Bürstner herausfinden? Kathi hatte ihm von der zweiten Geburtsstation erzählt, die Eduard Wilbert von Bürstner dem Krankenhaus gestiftet hatte. Dafür sollte er jetzt schon eine halbe Stunde investieren. Das Archiv war nie so unauffällig zu besuchen wie am späten Freitagabend.

45

Geflogen hatten sie ihn, mit dem Hubschrauber, den Reporter. Das machten sie nicht mit einem Toten. Verdammt, hatte er den Stromschlag überlebt? Das passte jetzt nicht ins Konzept, sich um den noch mal kümmern zu müssen. Die Liste führte noch zwei Namen, die abgearbeitet werden mussten. An diesem Abend sollte, nein, *musste* der nächste dran sein. Und am Wochenende musste alles über die Bühne gehen. Sonst wurde es knapp. Der Alte machte es nicht mehr lange. Wenn er überhaupt das Wochenende überlebte. Aber sie mussten weg, weg, weg, sonst war alles umsonst gewesen.

Die Hand, die so viel angerichtet und dadurch zum Guten gewendet hatte, zog die Kladde aus dem Regal. Der Daumennagel hakte sich an der Seite ein, die mit dem Eselsohr eingemerkt war, und die entsprechende Seite wurde aufgeschlagen. Die Hand nahm den Stift und schrieb »Karl-Heinz Hartinger, geb. …« unter die verbliebenen zwei Namen:

Toni Langmoser, geb. 17.06.1973
Hubertus Braunecker, geb. 20.11.1974

46

Dass Hans Wilhelm Meiers Bürgermeisterstammtische, die er im wöchentlichen Wechsel in den Ortsteilen Garmisch und Partenkirchen veranstaltete, Exbürgermeisterstammtische geworden waren, hatte die Zusammenkünfte zunächst arg ausgedünnt. Gleich nach seiner Abwahl wollte sich keiner der Sparkassendirektoren, Sportvereinsvorsitzenden und Feuerwehrhauptleute mehr mit ihm blicken lassen. Weder in Partenkirchen im Gasthaus Zum Rassen noch im Bräustüberl zu Garmisch.

Doch diese Abstinenz der Honoratioren war schnell wieder zu Ende gewesen. Die junge rote Bürgermeisterin veranstaltete nun mal keine Stammtische. Sie lud einmal im Monat zu einem samstäglichen Jazz-Brunch die Gesamtbevölkerung in den Kurpark-Pavillon. An diesem Setting störten die wichtigen Männer im Ort drei Begriffe: Jazz, Brunch und Gesamtbevölkerung. Mit Krethi und Plethi bei Klarinettengedudel eine Quiche zu speisen war die Sache der einheimischen Großkopferten nicht.

Natürlich, man ging hin. Man musste sich ja sehen lassen. Mit Frau und Kind am besten. Aber nach einer Stunde Dixieland reichte es, dann verabschiedete sich einer nach dem anderen. Sie sammelten sich nur wenige Wochen nach der Rotwerdung des Gemeinderats regelmäßig samstagmittags wieder abwechselnd im Braustüberl oder im Rassen, um die Ortspolitik, wie sie nach ihrem Gusto zu sein haben sollte, ausgiebig bei Landler, Weißwürsten und vor allem unter sich zu bereden.

An diesem Samstag war turnusgemäß der Gasthof Zum Rassen in der Partenkirchner Ludwigstraße dran. Nachdem man Frau und Kind zu Hause abgesetzt hatte, rauschte die Elite der Marktgemeinde Garmisch-Partenkirchen in ihren Audis und BMWs hinüber in den alten Ortsteil. Der Wirt hatte bereits den Stammtisch eingedeckt. In den Brotkörben lagen rösche Brezen unter blau-weiß karierten Tüchern und kleine Steingut-Haferl waren bis zum Rand mit süßem Senf gefüllt. Kaum dass Exbürgermeister, Tourismusunternehmer, Bankiers, Vereinsvorsteher und Pfarrer Platz genommen hatten, standen große weiße Porzellanschüsseln zwischen ihren ebenfalls blitzschnell gezapften Bieren. Jede der Schüsseln war mit einem Teller bedeckt. Als die Bedienung diese wegnahm, dampfte es behaglich, und inbrünstige Blicke tasteten sich an den im heißen Wasser schwimmenden wohlgeformten weißen Würsten entlang.

Schon fuhren die ersten Gabeln in die Schüsseln, um die Brühstücke herauszufischen. Die meisten der Weißwurst-Esser schnitten die Wurst längs der Mitte durch, ohne den Darm an der Unterseite zu beschädigen. So ließen sich die beiden Hälften des Bräts sauber an einem Stück aus der Haut schaben und mit reichlich Hausmachersenf vertilgen. Vom Zuzeln hielt man in diesem Kreis nichts. Das war etwas für Zugereiste oder Menschen, die mit dem ICE durch ihre niederbayerische Kinderstube gerast waren. Auch in Partenkirchen galt die goldene Regel, dass zwei Weißwürste eine Brotzeit waren und vier ein opulentes Mittagessen. Und da der Samstagvormittag nach allerhand Erledigungen in Bau- und Supermarkt und dem Bürgermeisterinnen-Brunch im Kurpark-Pavillon bereits weit fortgeschritten war, gönnten sich die meisten zwei Paar der gut gewürzten Nationalröllchen.

Das den Stammtisch beherrschende Thema waren die Morde und das Klimanetz. Und ob das alles miteinander zu tun hatte. Veit Gruber und Hans Wilhelm Meier verhielten sich auffällig ruhig. Noch war es nicht so weit. Das Treffen mit dem Bild-Reporter Lex Peininger hatte Meier erst für den Nachmittag des darauffolgenden Sonntags angesetzt.

Die beiden Geschäftspartner hatten in Klaus Westphal einen guten PR-Berater gefunden. Der hatte ihnen geraten, das Gerücht, dass ein Irrer der Erfinder des Klimanetzes über Garmisch-Partenkirchen war, erst am Sonntagnachmittag zu streuen. Dann hätten sämtliche Journalisten der Republik Zeit, Material zu sammeln. Und am Montag wären die Zeitungen und ihre Onlineseiten bis an die Ränder angefüllt mit Häme und Spott für das Versagen des bayerischen Wirtschaftsministers und der Garmisch-Partenkirchner Bürgermeisterin. Damit sei auch schon die Agenda dieser Woche gesetzt, hatte Westphal erläutert.

Sosehr es Hans Wilhelm Meier juckte, er würde hier an seinem Stammtisch an sich halten müssen. Wobei … Was konnte es schon schaden, wenn sie wussten, dass er Sachen wusste, die sonst noch keiner wusste? Beim zweiten Bier hielt er es sogar für eine ganz ausgezeichnete Idee, wenn er im Kreise seiner Getreuen ein wenig den Superschlauen heraushängen ließ. Als die Stimmung den Höhepunkt erreichte und der Chef der Weidegenossenschaft einen Bauernaufstand gegen die Klimanetzpläne organisieren wollte, ergriff Hans Wilhelm Meier das Wort. Ganz leise sagte er: »Leut, passts auf. Ich sag euch eines, das Netz wird es nicht geben. Das wird kein Klimanetz, sondern ein Netz, in dem kann sich so manche großspurige Umweltschützerin verfangen. Da werdets ihr schauen.« Damit wollte er es erst einmal belassen.

Doch die Stammtischbrüder rechts und links von ihm zupften an den Ärmeln seiner Lodenjacke. »Komm schon, Hansi, raus mit der Sprache, was ist da los?«, wollte der Sparkassendirektor wissen, der mit seinen gerade mal vierzig Jahren bereits eine steile Karriere hingelegt hatte. Er hatte zudem sein privates Geld auf einen Umweltfonds gesetzt, der an derartigen Großprojekten beteiligt war.

»Ich sag nur: Hochmut kommt vor dem Fall«, orakelte der Exbürgermeister. »Und ich sage: Wahre Innovation ist etwas anderes, nicht ein so gschpinnertes Klimanetz. Bei uns geht so was nicht. Wir machen eher Innovation aus Tradition. Und aus Tradition Innovation. Gell, Veit?«

Das war das Stichwort für den Geschäftspartner, das anzukündigen, was an touristischen Highlights in der Planung war. »Ihr erinnerts euch doch an Spirit of the Alps, mein kulturelles Zentrum von Geist und Kultur«, begann er bedeutungsschwer.

»Freilich, dein Tempel-Freilichtmuseum. Auch so ein Schmarrn!«, schimpfte der Partenkirchner Skiclubpräsident. »Mit so einem Zeugsl werden wir doch nicht die Herausforderungen der Zukunft meistern! Die Zukunft gehört einzig und allein dem Sport. Und wenn ihr's ganz genau wissen wollts: dem Wintersport. Auch in Zukunft werden wir jeden Euro, der bei unserem Neujahrsskispringen übrig bleibt und den wir auf der Ausgabenseite durch die unzähligen Helferstunden unserer treuen Funktionäre sparen, in die Nachwuchsarbeit stecken.«

»Ja, passt scho«, winkte Gruber genervt ab. »Ihr und euer Hupfats, euer sauteures. Alles schön und gut. Die neue Schanz rostet zwar schon, aber mei, gut… Neujahrsskispringen, superwichtig, Reklame für den Ort, die man nicht bezahlen kann und so weiter und so fort. Haben wir alles verstanden. Aber wir reden hier von einer Vision, von der Zukunft einer ganzen Region. Und nicht nur von ein paar Hungerhaken, die ihre Sprungski schon gar nicht mehr die Treppen zur Schanz nauftragen können und deshalb einen Lift brauchen. Oder die sich mit vierzehn schon die Knie an Slalomstangen zerschunden haben. Das ist doch nicht nachhaltig, die ganze Skifahrerei!«

Bevor der Skiclubpräsident dem aufgeblasenen Gruber, den er nie gemocht hatte, das am Rande seines Tellers liegende Gewölle aus übrig gebliebenen Weißwurst-Saitlingen in den Rachen stopfen konnte, ging der Präsident der IHK dazwischen. »Momenterl. Gedeihliches Nebeneinander von Sport und Wirtschaft, das ist der Schlüssel zu einer zukunftsträchtigen … äh, Zukunft.«

»Ja, ja«, machte Gruber weiter, »und immer schön *nachhaltig* möcht sie bitte sein, die Zukunft, nicht vergessen.

Nichts für ungut, war nicht so gemeint. Skifahren, ja, machen wir weiter. Aber das Jahr hat halt noch weitere dreihundertvierundsechzig Tage und nicht nur den Neujahrstag. Und dafür brauchen wir das Spirit of the Alps. Und dann«, er senkte verschwörerisch die Stimme, »bauen wir das Almdorf Anno Dazumal auf Graseck.«

»Das was?«, kam es aus allen Kehlen, in denen nicht gerade eine Wurst oder eine Laugenbreze steckte.

»Das Almdorf Anno Dazumal. Fünf-Sterne-Plus-Chalets und Wellness-Hütten. Rund um den Mittererhof in Graseck. Wer will, kann sich beteiligen.« Veit Gruber langte in die Innentasche seiner Trachtenanzugjacke und zog einen Stapel Leporellos hervor, die er lässig auf den Tisch schlenzte.

Neugierig schnappten die Männer nach den dünnen Faltkatalogen. Geschickt hatte die örtliche Werbeagentur Schraub & Friends ein Schweizer Chalet in die Wiese neben den Mittererhof montiert und auf die Titelseite gedruckt. Der Text im Mittelteil des Prospekts überschlug sich vor Superlativen. Nicht nur reichhaltig, nachhaltig, werthaltig waren Natur, Entwicklung und Investition, sie waren reichhaltigst, nachhaltigst, werthaltigst.

»Wie willst du das finanzieren?«, nahm der Chef der HypoVereinsbank Witterung auf.

»Deinen Großinvestor aus Libyen brauch ich jedenfalls nicht«, grinste Gruber. »Nein, das Allernachhaltigste an unserem Projekt ist die Partnerschaft mit dem Konsortium, das am Esterberg und an der Frauenmahd das Solarturm-Kraftwerk errichtet.«

Wieder ging ein lautes »Was?!« durch die Gaststube.

»Ach, das wissts ihr noch gar nicht?«, fragte vom anderen Ende des Tisches Hans Wilhelm Meier. »Das wird das nördlichste Sonnenkraftwerk der Welt.«

Die Augen der Zuhörer wurden groß wie Traktorenreifen. Und sie sollten aus dem Staunen nicht mehr so schnell herauskommen.

»Und zusammen mit dem Wasserkraftwerk in der Kuhflucht ein Sonnen- und Wasserenergiepark, wie ihn die Welt nicht gesehen hat.«

Wieder rissen die Stammtischler die Münder zu einem »Was?!« auf und die Köpfe herum, um Veit Gruber anzustarren.

»Das wissen die auch nicht, Hansi«, amüsierte sich Gruber. »Jeder kennt nur das Klimanetz. Und dabei ist das …«

Ein scharfer Blick aus den kleinen Schweinsäuglein seines Gegenübers ließ Veit Gruber verstummen. »Ja, genau. Das ist noch nicht in trockenen Tüchern«, zog Hans Wilhelm Meier wieder die Aufmerksamkeit auf sich. Er wollte sich die Pointe nicht von seinem Spezl nehmen lassen. Hier an diesem Stammtisch durfte er sie nur leider noch nicht herausplatzen lassen. Er musste sich so lange zusammenreißen, bis dem Bild-Reporter Peininger alles gesteckt worden war. Das war Meiers Deal mit dem Allerobersten.

»Mei o mei, ein Konzept jagt das andere. Wenn doch nur einmal Ruhe einkehren könnt in den Ort. Wir haben ein paar Tote gehabt diese Woche. Denkts ihr da gar nicht dran?«, lenkte Garmisch-Partenkirchens Oberpolizist Ludwig Bernbacher das Gespräch auf seinen Arbeitsbereich.

»Genau. Der Ludwig hat recht. Während ihr da Energie- und Tempelparks entwickelts, kommt bald kein einziger Tourist mehr, weil hier die Leute wie die Fliegen sterben. Und ich meine jetzt nicht die übliche natürliche Fluktuation, wie sie ein überalterter Ort nun einmal hat.« Der Leiter des Tourismusamtes bekam rote Flecken im Gesicht. »Gibt's denn irgendwelche Erkenntnisse, Ludwig? Wann sind die Morde endlich aufgeklärt? Unsere Hoteliers haben Absagen wie sonst nur bei Erdbebengefahr.«

Schon tat es Ludwig Bernbacher leid, dass er das Thema

gewechselt hatte. »Na ja, so direkt … Wir ermitteln in alle Richtungen.«

»Das heißt, dass ihr nichts Genaues nicht habt. Oder besser: gar nichts«, sagte es Exbürgermeister Meier geradeheraus.

»Ja mei.« Mehr wollte dem Ludwig Bernbacher zunächst nicht einfallen, dann aber fügte er hinzu: »Aus ermittlungstaktischen Gründen darf ich euch dazu nichts sagen. Und ich muss jetzt auch wieder. Wir haben zurzeit kein Wochenende. Servus.« Er klopfte zum kollektiven Gruß dreimal mit den Knöcheln der rechten Hand auf den Tisch und verdrückte sich.

»Ich werd dann auch mal«, sagte Hans Wilhelm Meier. Er zeigte auf seine Druckwerke, die in der Mitte des Wirtshaustisches lagen. »Schauts euch den Prospekt in aller Ruhe an. Wer in das Tourismus-Projekt der Zukunft einsteigen will, der ruft mich an. Noch gibt's Friends-and-Family-Conditions.«

»Ha, was gibt's?«, krähte der Chef der Weidegenossenschaft.

»Billiger gibt's es für seine Spezln«, erläuterte der Verwaltungsleiter des Klinikums. »Wenn du dich beeilst.«

»Ich muss dann auch«, entschuldigte sich Veit Gruber. »Habe noch was vor.«

Auch die anderen standen auf und verabschiedeten sich. Zu Hause warteten ungeschnittene Hecken, ungeduldige Frauen und ungezogene Kinder.

47

Hartinger verbrachte den ganzen Samstag damit, die Akten, die er aus dem Archiv des Klinikums hatte mitgehen lassen, zu sichten.

Er musste mit Albert Frey sprechen. Der ging nur leider nicht ans Telefon. Wo der wieder steckte? Nun ja, am Samstag gehen die meisten Menschen Einkäufe erledigen, sagte sich Hartinger.

Allerdings bedurften die Akten, die er in der Nacht von Freitag auf Samstag im Archiv des Klinikums ausgegraben hatte, dringend der Interpretation eines Historikers. In einem Aktenschrank ganz hinten rechts und dort ganz hinten in einer langen Lade hatte er sie letztendlich gefunden: geheime Papiere, die schon seit Jahrzehnten niemand angeschaut haben konnte. Denn sonst hätte doch jemand Alarm geschlagen. Ein Whistleblower aus den Kreisen der Angestellten hätte an die Öffentlichkeit gebracht, was in den Sechzigerjahren hier vonstattengegangen war.

Das Papier, das Hartinger im großen Schrank seines Krankenzimmers hortete, gab Zeugnis davon, dass in einer experimentellen Abteilung Zuchtversuche durchgeführt worden waren. Menschen-Zuchtversuche. Wenn er das alles richtig verstand.

Um vier Uhr am Nachmittag tauchte endlich Albert Frey auf. Als hätte er gewusst, was Hartinger ausgegraben hatte, trug er ein zu den Akten passendes Buch unter dem Arm und legte es Hartinger auf das schwenkbare Tablett des Krankenhaus-Nachttisches.

Hartinger nahm das Buch und stutzte. »Andreas Bernard: Kinder machen. Samenspende, Künstliche Befruchtung, Leihmütter. Neue Reproduktionstechnologien und die Ordnung der Familie«, las er den Titel laut vor. »Aber woher wissen Sie …?«

»Woher weiß ich was?«, fragte Frey.

»Woher wissen Sie, welche Geheimakten ich gefunden habe heute Nacht? Hier, im Klinik-Archiv. Da geht es auch um so was.«

»Na, die Kathi hat dich und mich auf das gleiche Thema gebracht. Und sie hatte recht. Der Eduard von Bürstner hat hier eine Zuchtstation für den Super-Arier errichtet.«

»Extrem blond und extrem blauäugig?«, fragte Hartinger.

»Darum ging es gar nicht. Vor allem: extrem geklont. Er sah sich selbst als Super-Arier und wollte sich vervielfältigen. Nach dem Motto: Das größte Problem dieser Welt ist, dass es mich nicht öfter gibt.«

»Ja, das kenn ich«, lachte Hartinger, dann schoss ihm zur Strafe für die Überheblichkeit gleich wieder der Schmerz in den Nacken. »Aber wieso genau hier?«

»Ideale Voraussetzungen: kinderreiche Gegend, ehemalige Alpenfestung, eine Bevölkerung, die keine großen Fragen stellt … Zumindest war das vor fünfzig Jahren noch so. Außerdem hatte er hier seinen Ruhesitz genommen.«

»Alles schön und gut, aber was das mit den aktuellen Mordfällen zu tun haben soll, erschließt sich mir nicht«, sagte Hartinger. »Außerdem tut mir wahnsinnig das Genick weh.«

»Sag denen da draußen halt, dass du eine Schmerztablette brauchst.«

»Die wissen gar nicht, dass ich da bin. Für die bin ich seit gestern abgängig.« In der Tat hatte Hartinger nachts um vier Uhr seine Lektüre im Archiv beendet und an Akten zusammengerafft, was er tragen konnte. Ein besseres Versteck als das ihm zugewiesene Krankenzimmer war ihm nicht eingefallen. Natürlich saß kein Polizist zu seiner Bewachung mehr vor der Tür. Der war längst abgezogen worden nach Hartingers Fassadenkletterei und seiner vermeintlichen erneuten Flucht aus dem Klinikum. Sie konnten ja nicht wissen, dass sich Hartinger ins Archiv zurückgezogen hatte, und mussten glauben, dass er wieder einmal das Weite gesucht hatte. Er hatte dringend eine Mütze Schlaf gebraucht. Also hatte er einfach die Akten im Kleiderschrank des Einzelzimmers gebunkert und war unter die Decke gekrochen. Eine Morgenvisite gab es für einen, der eigentlich gar nicht da war, nicht. Und am Samstag kam auch keine Putzfrau. Solange sie das Einzelzimmer auf der Pflegestation nicht brauchten, blieb er unbehelligt.

»Hier, Herr Frey, nehmen Sie die Akten mit. Sie werden sicher schlauer daraus als ich.« Er musste dringend wieder schlafen.

»Ich hole mir die Akten später, Karl-Heinz«, sagte Frey. »Bei dir sind sie ja gut aufgehoben. Ich bin auf dem Weg zum Eisstockplatz. Da draußen hat die Asphalt-Saison begonnen.«

Beim Gedanken an den Eisstockplatz, der sich neben dem Krankenhaus befand, musste Hartinger an die ehemalige Eisstockhüttenwirtin Svetlana denken. Armes Mädchen … Über diesen Gedanken schlief er ein.

Am Sonntagmorgen um fünf Uhr erwachte er. Nach so langer Ruhepause fühlte er sich topfit. Er wollte noch einen Spaziergang anschließen, denn so früh am Morgen holte ihn Kathi sicher nicht mit dem Subaru ab. Also schlich er sich aus dem Zimmer und fand sich in der Kleiderkammer der Station wieder. Dort verwandelte er sich in einen Pfleger und spazierte durch den Haupteingang der Klinik nach draußen.

Die Frische des Maimorgens tat ihm gut. Der Hochnebel stieg gerade aus den Wäldern der Berge auf. Noch war es recht zapfig, doch der Tag versprach ein herrlicher zu werden. Hartinger ging am Parkplatz des Klinikums vorbei in

Richtung des Kainzenbades. Der Gehsteig führte an der langen Hecke entlang, die das Naturfreibad einsäumte, und an seinem Ende lag das Skistadion.

Hartinger wollte so schnell wie möglich auf den Mittererhof, doch er hatte sich entschieden, nicht durch die Wildenau zu gehen, denn er wollte von möglichst wenigen Menschen in diesem Aufzug gesehen werden. Also würde er den Gudiberg erklimmen, unter den Skischanzen hindurchgehen und dann die Steigerl nutzen, die ihn durch den Mischwald rund um den Eckbauer nach Graseck führen würden. Er trug zwar mit den knallblauen Krankenhausclogs nicht wirklich das ideale Schuhwerk für eine solche Tour über teilweise morastige Wege, die vor allem von Wild und ihm nachstellenden Jägern genutzt wurden, doch er hatte in den letzten Tagen Schlimmeres durchgemacht, wie er fand.

Als er die Sommerrodelbahn passierte, die sich zwischen Kainzenbad und Skistadion in den Hang hinunterschlängelte, sah er ein Auto an den Tennisplätzen auf der gegenüberliegenden Straßenseite entlangfahren. Die Insassen des blauen Opel kannte er. Sein Freund Thomas »Tomboy« Suldinger und seine Gemahlin Gabriele besuchten sicher Verwandtschaft in den Sozialbauten bei der Auenstraße gegenüber des Kainzenbads. Dort in den Sozialbauten war Tomboy Suldinger aufgewachsen, wie Hartinger wusste. So früh am Morgen war das einigermaßen ungewöhnlich. Hartinger winkte den beiden zu, doch sie waren in ein Gespräch vertieft und sahen ihn nicht.

Die Begegnung brachte Hartinger auf einen Gedanken: Was, wenn doch Annabella von Bürstner hinter den Morden steckte? Nein, er traute ihr nicht zu, einen gestandenen Bestatter in einen Wasserfall zu werfen, eine Landtagsabgeordnete über eine steile Bergwiese in den Tod zu kugeln und einen Rathausbeamten vor einen Bus zu schubsen. Vor allem ergab diese Kombination von Taten und Opfern überhaupt keinen Sinn. Dass er selbst bei lebendigem Leibe eingegraben worden war, das hatte natürlich mit den anderen Morden nichts zu tun. Das waren die Haschischbauern im Bestattungsinstitut Kupfer, so viel stand fest. Aber hatten die auch an der Elektro-Installation des Mittererhofes herumgespielt? Denn die musste ja jemand manipuliert haben. So blöd war er ja nicht, dass er den Schleifer in die falsche Steckdose gestöpselt hätte. Und selbst wenn, er hatte fast zwei Stunden gearbeitet, ohne dass etwas passiert war. Und dann erst hatte es ihm den Schlag versetzt.

»Vorfall« hatte es der Psychiater genannt. Nein, das war kein »Vorfall«, das war ein Mordanschlag gewesen. Ob sie überhaupt in diese Richtung ermittelten? Verflucht, er wusste gar nicht, was er zuerst tun sollte. Bernd Schneider aufsuchen, fragen, was eigentlich unternommen wurde, um die »Vorfälle«, die ihn betrafen, aufzuklären? Annabella von Bürstner auf den Zahn fühlen? Wie sollte er auch nur in ihre Nähe kommen? Luise Kupfer? Ja richtig, die Bestatterwitwe war ja sein nächstes Ziel gewesen … Und dann gab es noch die angebliche Kinderporno-Sache.

Zu allem Überfluss rannte er in einer Krankenpflegerkluft und in Gummiclogs durch die Wälder. Zum Auswachsen. Sollte er sich einfach aus dem Ermittlergeschäft zurückziehen? Er war nun einmal nur Reporter, ein ehemaliger dazu. Und hatte nicht die technischen Mittel, solche Fälle aufzuklären. Er sollte so was doch lieber der Polizei überlassen.

Mit diesen Gedanken kam er am Mittererhof an. Er fand Haus und Garten leer. Nicht einmal Bärli erwartete ihn. Nach einer Dusche zog er eine frische Garnitur der abgetragenen Klamotten von Kathis Opa aus dem Biedermeierschrank und machte sich wieder auf den Weg in Richtung Partenkirchner Friedhof. »Eines nach dem anderen, Hartinger«, sagte er sich. »Erst einmal die Kifferbande im Bestattungsinstitut Kupfer hochgehen lassen. Und dann sehen wir weiter.«

48

Hartinger ging in den Schuppen des Mittererhofs, um sich einen fahrbaren Untersatz zu besorgen. Er wunderte sich bei Besichtigung des Stromverteilers, dass er den Schlag am Vortag tatsächlich überlebt hatte. Und noch mehr wunderte er sich, dass der Schuppen mitsamt des Hofs überhaupt noch stand und nicht ein Raub des durch den Kurzschluss verursachten Feuers geworden war. Egal, ob da jemand an der alten Anlage herumgefummelt hatte oder nicht: Ein an den Starkstrom angeschlossenes Vorkriegsmodell zu betreiben war schlichter Wahnsinn. Sicher waren auch noch im ganzen Haus die alten Kabel mit Baumwollumhüllung verbaut. Idealer Zunder. Vielleicht hatte Kathi ja recht. Wenn der Hof weiterexistieren sollte, musste er renoviert werden. Und wer sollte dafür aufkommen, wenn nicht ein solventer Partner.

Schnell verdrängte er die Stimme der Vernunft aus seinen Gedanken. Nein, so was konnten diese Idioten nur kaputtsanieren. Zu oft hatte er schon mitangesehen, wie Altes von modernen Ein- und Umbauten ruiniert worden war. Das Oberland stand voll von solchen leblosen Zombie-Bauten.

Schnell schnappte er sich eines der von Anton entsorgten Mountainbikes. Er wunderte sich sehr, dass der Drahtesel nur einige Stöße mit der Luftpumpe in jeden Reifen und drei Tropfen Öl auf die Kette brauchte, um ihn auf der steilen Forststraße von Graseck hinunter zum Klammeingang und durch die Wildenau nach Partenkirchen zu bringen.

Er stellte das Rad an der Friedhofsmauer ab und betrat das Kupfer'sche Bestattungsinstitut. Eine trauernde Familie kam gerade aus dem Haupteingang. Der Tod kennt keinen Sonn- und Feiertag, dachte sich Hartinger. Die Leute kannte er nicht, er grüßte nur kurz und drückte die Türe auf.

Hinter dem Eichenschreibtisch saß die Bestatterwitwe Luise Kupfer. Sie zuckte kaum merklich zusammen, als sie Hartinger erkannte. »Was kann ich für dich tun, Gonzo?«, fragte sie und stand auf, um dem Besucher die Hand zu reichen.

»Ich hätte gern zehn Gramm Schwarzen Afghanen und zehn Gramm Roten Libanesen. Einpacken ist nicht nötig, ist kein Geschenk.«

»Was meinst jetzt damit?« Die Kupferin hatte sich unter Kontrolle und spielte die Rolle der Ahnungslosen nicht schlecht, wie Hartinger fand. Er hatte aber leider keine Zeit, mitzuspielen. Ohne sich weiter um Luise Kupfer zu kümmern, ging er zur Tür an der Rückseite des Büros, öffnete sie und trat in die Werkstatt, in der ein geöffneter Sarg stand. Ein Gehilfe war gerade dabei, einem Toten das letzte Hemd zuzuknöpfen.

»Das geht nicht!«, rief Luise Kupfer und stöckelte ihm hinterher.

Hartinger nahm seinen Weg stur wie ein Bulldozer. Er erkannte die Tür, die in die Garage – oder besser: auf die Plantage – führte. Auch diese Tür riss er auf. Und …

Sauber aufgereiht standen zwei Bestatterautos und der private Geländewagen der Inhaberin in der Halle.

»Ähhh …« Mehr brachte Hartinger nicht hervor.

Dafür spürte er, wie sich die Stahltüre hinter ihm schloss. Und dass er nicht alleine war. Er drehte sich langsam um.

In der Tat hatte ein Hüne hinter ihm gestanden. Ein dunkelhäutiger Hüne. Mit einer unfreundlichen Miene. Und einem noch unfreundlicheren Baseballschläger in der Hand.

Hartingers einzige Chance bestand darin, die Durchgangstüre, die in das große Rolltor auf der Rückseite der Garage eingelassen war, zu erreichen, bevor das Eschenholz des Sportgeräts seinen Kopf erreichte. Und dann wäre es hilfreich, wenn diese Türe nicht abgeschlossen ist, dachte er, während er in die Knie ging, da die Keule bereits über ihn hinwegsauste.

Er ging vollständig zu Boden und rollte hinter den SUV, kam wieder hoch und sprintete in Richtung Freiheit. Die Klinke der Tür ließ sich nach unten drücken, und Hartinger stand im Freien. Er schaute sich nicht um, einerseits, um Zeit zu sparen, andererseits konnte er den Kopf nicht drehen – ihm war bei seiner Bodenrolle der Schmerz wieder derartig in den Nacken geschossen, dass ihm beinahe schwarz vor Augen wurde.

»Scheißwirbelbruch!«, schimpfte er, während er hinaus auf die Straße taumelte. Und in Richtung des Bestattungsinstituts brüllte er: »Euch hol ich mir noch, Saubande!«

Er nahm sein Radl und schob es vor zur Münchner Straße. Erst dort sah er dann doch einmal nach hinten, ob ihm nicht ein schwarzer Mann nachrannte. Das war nicht der Fall. Sie hatten ihre Position klargemacht, das reichte ihnen wohl. Sie hatten ihre Drogenproduktion verlegt, und Hartinger hatte die Schnauze zu halten, oder er würde die Sache nicht überleben. Unter normalen Umständen wäre er wohl zur Polizei gegangen. Das war ja nicht die Bronx hier. Doch erstens hatte er nur seine Erinnerung an eine Hanfplantage vorzuweisen, zweitens war diese entstanden, als er sich illegal Zugang zum Bestattungsinstitut verschafft hatte, und drittens wusste er schon lange nicht mehr, wem er trauen konnte und wem nicht. Ja, in einiger Hinsicht *war* das die Bronx hier.

Bevor ihn jemand aus der Polizeiinspektion auf der anderen Straßenseite erblickte, wollte er von hier verschwinden. Er hatte Mühe, auf den Sattel zu steigen, so schmerzte ihm das Genick.

Er schaffte es loszuradeln, da raste auf der anderen Straßenseite der silberfarbene Passat des Polizeichefs Ludwig Bernbacher heran. Er fuhr nicht auf den Parkplatz vor der Inspektion, sondern polterte über die Bordsteinkante und kam unsanft an einem der Bäumchen auf dem Zierrasen vor der PI zum Stehen. Die Fahrertür wurde aufgestoßen, und ein verschwitzter und nach Luft ringender Bernbacher stolperte aus dem Wagen, sank auf die Knie und erbrach sich. Dann stand er auf und taumelte auf die Bundesstraße. Beinahe wäre er von einem italienischen Milchlaster überrollt worden.

Hartinger schmiss sein Radl auf den Bürgersteig und hechtete durch den dichten Samstagsverkehr auf die andere Straßenseite. Er sah, dass Bernbacher blau angelaufen war. Steckte etwas in seinem Hals, was die Luftzufuhr beeinträchtigte? Hartinger erinnerte sich daran, dass man solcherart Verunglückten von hinten unter die Arme greifen, die Hände vor dem Brustkorb verschränken und heftig drücken sollte, um den Fremdkörper aus der Luftröhre zu pressen. Er versuchte es, aber Bernbacher hustete nicht, es kam nichts aus seinem Hals, er lief nur noch mehr an und sank schließlich in sich zusammen.

Ein Kollege des Hauptkommissars musste von der Inspektion aus zugesehen haben, was da draußen passierte, denn schon kamen drei Uniformierte aus dem doppelgiebeligen Zweckbau gelaufen. Zwei von ihnen kümmerten sich ebenso erfolglos wie Hartinger kurz zuvor um den Chef. Der Dritte von ihnen sowie zwei weitere, die hinter der

Vorhut angetrabt kamen, schnappten sich den vermeintlichen Attentäter Hartinger und verdrehten ihm sämtliche Arme und Beine mit Polizeigriffen, schmissen ihn bäuchlings auf den Rasen, setzten sich zu dritt auf ihn und sorgten damit dafür, dass auch ihm die Puste wegblieb.

Mittlerweile beatmete einer der Polizisten Bernbacher Mund zu Mund, und der andere massierte rhythmisch dessen Brust. Immer mehr Grünbekleidete kamen aus dem von der Bevölkerung »Bullenkloster« getauften Architekten-Albtraum gerannt, um schließlich auf dem Rasenstück zwischen Gebäude und Bürgersteig herumzustehen. Sie debattierten darüber, ob nun ein Atemstoß auf dreißig Herzdruckmassagen oder zwei Atemstöße auf fünfzehn Druckbewegungen folgen sollten. Hartinger hätte ihnen gern gesagt, dass man bei einem Menschen, dessen Herz noch schlug, dieses besser nicht quetschte und drückte, was ohnehin wenig Sinn machte, solange kein Sauerstoff ins Blut gelangte. Aber er bekam selbst zu wenig Luft, um sich entsprechend äußern zu können.

Andere der grün gekleideten Gaffergemeinschaft fragten lautstark, wo zum Henker der Notarztwagen bleibe und wo wohl der vermaledeite Christoph 74 aus Murnau herumflirrte. Sicher wieder unterwegs zu einem nichtsnutzigen beturnschuhten Flachlandtiroler in den Wetterstein, um ihn aus dem Altschneefeld am Oberraintal zu retten, meinte ein einheimischer Polizeiobermeister. Die ersten Wetten wurden abgeschlossen, ob zuerst der Heli oder der Notarzt vor Ort sein würde. Darauf, dass Bernbacher die Rettungsversuche seiner wohlmeinenden Untergebenen überlebte, wollte niemand setzen.

Hartinger hörte noch einen sächsischstämmigen Beamten schreien: »Vafluchd nomaal, jetze bin isch in een Riesenhaoufn Hundescheiße neigedreedn.« Dann gingen bei ihm die Lichter aus.

Er hörte nicht mehr, wie hundert Meter weiter stadteinwärts zwei Automobile über die Münchner Straße schossen, um sich ungebremst in die Friedhofsmauer zu bohren.

49

Veit Gruber und Hans Wilhelm Meier hatten sich für Sonntagvormittag zunächst auf einen Frühschoppen im Gasthaus Zum Rassen und eine anschließende Runde auf dem Golfplatz im rund zehn Kilometer vor Garmisch-Partenkirchen gelegenen Oberau verabredet. Die wirklich entscheidenden Dinge besprach man nicht in einer Wirtschaft, wo die Wände größere Ohren als die Bedienungen Dirndlausschnittfüllungen hatten.

Es lief alles nach Plan. Für drei Uhr hatten sie den Bild-Reporter mit der Verheißung einer exklusiven Skandalstory auf den Parkplatz des Golfplatzes bestellt. Von dort konnte man bei einem Spaziergang am Lauterbach entlang so allerhand besprechen, was niemand erfahren musste. Beziehungsweise musste niemand wissen, woher der Reporter hatte, was ihm Meier stecken würde. Der würde dann allerdings dafür sorgen, dass bald die ganze Welt über den bayerischen Wirtschaftsminister und die Garmisch-Partenkirchner Bürgermeisterin lachte.

Die beiden Strippenzieher hatten ihre Autos nicht in der Partenkirchner Parkgarage, sondern direkt vor dem Wirtshaus Zum Rassen auf dem Gehsteig abgestellt, wie es sich für echte Einheimische gehörte. Man kaufte sich doch kein Hunderttausend-Euro-Auto, um es vor den Blicken der Mitbürger zu verstecken. Nun starteten sie die Achtzylinder, Gruber fuhr im Siebener vornweg, Meier im A6 hinterher. Man kannte sich in Partenkirchen aus, Kinder blieben am Sonntag zu Hause, also konnte man locker mit neunzig Sachen hinter der Bürgermeister-Schütte-Schule vorbeizischen. Die beiden Fahrer der bayerischen Vorzeigeschlitten beschleunigten sogar auf über hundert Stundenkilometer, als sie die Feuerwache gegenüber der Schule passierten, denn von dort rückte gerade ein Feuerwehr-Notarzt aus, und der durfte natürlich nicht durch zögerliches Fahren aufgehalten werden.

Es ging wie die wilde Jagd über die Münchner Straße, deren Rechts-links-Kombination die Sportfahrwerke nahmen, ohne einen Schluckauf zu bekommen. Schon tauchte die Kreuzung zur Bundesstraße vor Gruber und Meier auf, und dort mussten leider auch die wichtigsten Menschen des Talkessels ihre Fahrt verlangsamen, um sich in den wuselnden Verkehr einzufädeln. Nicht wegen der Polizeiinspektion, die gleich danach passiert wurde, sondern einfach, weil zu viele Laster über die Garmischer Einfallstraße rollten und man nicht einfach hinausschießen konnte. Danach könnte man wieder angasen und mit Volldampf Garmisch verlassend durch den Farchanter Tunnel Oberau im Tiefflug ansteuern. Der Rekord von der Partenkirchner Ludwigstraße bis zum Golfplatz stand bei viereinhalb Minuten, gehalten von Gruber.

Doch an diesem Tag würde er keine neue Bestzeit hinlegen, denn kurz bevor Gruber den idealen Bremspunkt anpeilte, um den Wagen gerade rechtzeitig vor Erreichen der Bundesstraße auf fast null herunterzubringen, spürte er einen Krampf in der Brust, im Magen, im gesamten Rumpf. Er übergab sich reflexartig, und das Erbrochene spritzte in einem dicken Strahl gegen die Windschutzscheibe. Er zuckte am ganzen Körper. Dabei drückte sein rechtes Bein das Gaspedal voll durch.

Der BMW machte einen Satz nach vorne und schoss in die Kreuzung. Auf der Bundesstraße legten die aus beiden

Richtungen anrauschenden Autos Vollbremsungen hin, es kam zu einigen Auffahrunfällen. Veit Gruber bekam von alldem nichts mit, auch nicht davon, dass seine Limousine mit knapp hundertzwanzig Sachen frontal in die Friedhofsmauer auf der anderen Straßenseite krachte, nur unwesentlich abgebremst durch die Büsche, die davor wuchsen.

Hinter ihm wurde auch Hans Wilhelm Meier auf einen Schlag von Krämpfen geschüttelt und verlor beinahe das Bewusstsein. Erbrechen musste er nicht, doch er konnte nicht anders, als das Lenkrad mit aller Kraft zu umklammern und gestreckter Länge den Rücklichtern des vorausfahrenden BMW zu folgen. Zwei Sekunden später krachte er in dessen Kofferraum und half der Friedhofsmauer, das Fahrzeug von Veit Gruber von stolzen fünf auf knapp zwei Meter Länge zu verkürzen.

50

Nicht viel besser als Veit Gruber und Hans Wilhelm Meier erging es den anderen Stammtischlern.

Toni Langmoser, der es schon mit Anfang vierzig zum Boss von Garmischer Trachtenverein und Weidegenossenschaft gebracht hatte und einer der berüchtigsten Strippenzieher in der Gemeinde war, erreichte im forstgrünen Subaru noch seine Schafweide oberhalb des Ortsteils Burgrain auf den Reschbergwiesen. Doch kaum dass er dort aus dem Allradler ausgestiegen war, um sich an der Nachzucht dieses Frühjahrs zu erfreuen, stoben Krampfwellen durch seinen Körper. Er glaubte, es würde ihm sämtliche Muskeln und Sehnen zerreißen, als er zwischen seinen Tieren liegend stöhnte und ächzte. Nach kurzer Zeit lähmte das Gift das Zwerchfell, und die Atmung setzte aus. Dass nur wenige Sekunden später der Herzmuskel seinen Dienst von sich aus einstellte, ersparte dem verdienten Funktionär unzähliger Ehrenämter den qualvollen Erstickungstod.

Sparkassendirekor Hubertus Braunecker fühlte sich schlecht, seit er um neun Uhr aufgestanden war, aber er wollte seinen neuen vierrädrigen Sitzrasenmäher an diesem Maitag endlich in Betrieb nehmen. Wie hatte er sich auf diesen Moment gefreut. Zu Weihnachten hatte ihm seine Frau Christa das grüne John-Deere-Teil geschenkt. Damit war er autark von Gärtnern und dem leidigen Schneeräumdienst, der in den vergangenen Wintern immer zu spät gekommen war. Denn der Minitraktor X 305 R war als universelles Rasentrimmgerät und auch als Schneeschieber zu verwenden. Der parkähnliche Garten der Villa verlangte nach dem Einsatz hochprofessionellen Equipments. Die Größe des Grundstücks erlaubte zudem den Einsatz des Rasentraktors an einem Sonntag, denn die Nachbarn waren weit genug entfernt. Und außerdem: Er war der Sparkassendirektor. Er wusste, wer sich von den Anrainern seinen hochtrabenden Lebensstil leisten konnte und wessen Geschäft bald den Bach hinuntergehen würde.

Dass er mit dem Handmäher hier nichts ausrichten konnte, hatte Braunecker schnell gemerkt, nachdem er wie durch ein kleines Wunder zu dem imposanten Besitz gekommen war. Die alte Dame, die ihre Latifundien an das Garmischer Tierheim hatte vererben wollen, hatte sich gottlob an ihn gewandt und nicht an einen Notar oder – nicht auszudenken – an einen Rechtsanwalt. Es hatte ihn einige Anstrengung gekostet, die Dame davon zu überzeugen, dass das Tierheim mit Bargeld viel besser bedacht sei als mit einem alten Haus und einem pflegebedürftigen Park. Er wisse schon einen Käufer, hatte er ihr gesagt. Tatsächlich hatte er über einen Strohmann eine lächerliche

Summe für das Anwesen gezahlt. Für ihn war das eine Win-win-win-win-Situation. Erstens: Das Tierheim konnte endlich erweitert werden. Zweitens: Die alte Dame war glücklich drei Wochen nach der Scheckübergabe gestorben. Drittens: Das Grundstück blieb in den Händen eines Einheimischen, was die Aufteilung oder Errichtung eines weiteren Seniorenwohnheimes verhinderte, und er … Nun ja, viertens wurde er endlich für die zwanzig Jahre, in denen er sich vom Banklehrling zum Direktor des kommunalen Instituts emporgeackert hatte, belohnt. Seine Christa hatte ihm den erfolgreichen Deal mit einer deutlich gesteigerten Beischlafrate und dem Aufsitzmäher X 305 R vergolten.

Das Leben war schön. Und leider vorbei an diesem frühen Sonntagnachmittag, als Hubertus Braunecker auf dem Sitz des Minitraktors von Krämpfen geschüttelt zusammenbrach und schließlich seine Atmung versagte.

Im ganzen Ort heulten die Martinshörner und Kompressorhupen sämtlicher Rettungsfahrzeuge von Rotem Kreuz, des privaten Sanitätsdienstes und der Feuerwehr. Alle Piepser der Stand-by-Kräfte beider Sanitätskolonnen schlugen Alarm. Die Rettungsleitstelle im fünfzig Kilometer entfernten Weilheim wusste nicht, wohin zuerst Notärzte und Ersthelfer geschickt werden sollten. Die Katastrophenschützer des Landkreises kamen im Landratsamt zur Lagesteuerung zusammen. Alle Szenarien eines Bombenanschlags bei einer Sportgroßveranstaltung wie dem Neujahrsskispringen oder den Ski-Weltmeisterschaften hatten sie durchgespielt und geprobt. Doch dass es an fünfzehn Stellen über den Talkessel verteilt zu Giftopfern kam, daran hatte bisher noch niemand gedacht.

In der Notaufnahme des Klinikums ging es zu wie im Emergency Room einer amerikanischen Großstadt am Freitagabend. Nur wurden keine Schuss- und Stichverletzungen, sondern Vergiftungen behandelt. Es dauerte Stunden, bis die Ärzte aus den Symptomen und der Zusammensetzung der Gruppe schließen konnten, welches Gift seine tödliche Wirkung so eindrucksvoll demonstrierte. Das nicht umsonst mit »Wurstgift« zu übersetzende Botulinumtoxin konnte nur aus den Weißwürsten stammen, die die Stammtischbrüder im Gasthaus Zum Maibaum am Tag zuvor zu sich genommen hatten.

51

»Schön, dass du mich besuchen kommst«, flüsterte Hartinger. Sein Hals steckte in einer starren Krause. »Du musst mich hier rausholen. Die haben es alle auf mich abgesehen.«

Dorothee Allgäuer streichelte ihm die Hand. »Armer Gonzo Hartinger. Was legst du dich auch mit der Staatsgewalt an?«

»Machst du Witze? Ich wollte den dämlichen Bernbacher retten, und dann brechen mir seine Hilfssheriffs das Genick.«

»Ich habe dafür gesorgt, dass sich das LKA und die Staatsanwaltschaft darum kümmern. Aber zurzeit haben die ganz andere Probleme.«

»Hör mir auf mit dem LKA und der Staatsanwaltschaft. Die vertuschen doch mehr, als sie aufklären«, heiserte Hartinger. »Nimmst du mich jetzt endlich mit? In Begleitung einer Ärztin werde ich doch hier rausdürfen.«

»In Begleitung einer forensischen Pathologin kommst du hier nur in einem Zustand raus, den du nicht willst. Außerdem habe ich auch ein bisschen was zu erledigen. Der halbe Ort ist vergiftet worden. Mit Weißwürsten. Da hat ein Wirt seinen Job richtig gut gemacht. Oder der Metzger. Oder beide.« Sie erläuterte Hartinger den Ablauf der Geschichte, die er nur zu einem kleinen Teil mitbekommen hatte. »Du musst dir vorstellen, ein Milligramm dieses Gifts kann fünfzigtausend Menschen töten. Es ist ein Wunder, dass es überhaupt einige überlebt haben. Wahrscheinlich die, die nur zwei oder drei und nicht vier Würste zu sich genommen haben«, schloss sie.

»Ich habe immer gesagt, dass es die Weißwurst in sich hat.« Hartinger wollte den Kopf schütteln, aber das gelang ihm dank der Halsstütze nicht.

Dotti stand auf. »So, ich muss weiter. Da unten in der Pathologie warten noch zwei Leichen auf mich. Deinen obersten Polizisten hättest du übrigens gar nicht retten können. Er hatte nicht nur vier, sondern sogar fünf Weißwürste verdrückt.«

Hartinger schaute zerknirscht. »Um den ist es schade. Jetzt schicken sie uns sicher so einen hundertfünfzigprozentigen Karrierebullen. Kommst du nach getaner Arbeit wieder?«

»Ich sehe zu, was sich machen lässt. Eine ordentliche Obduktion dauert nun mal ein paar Stunden. Auch wenn wir wissen, was die Leute umgebracht hat, wir machen unseren Job gründlich. Darum haben sie fast unser ganzes Team aus München hergeholt.«

»Bis später«, sagte Hartinger. »Und wenn irgendwas Außergewöhnliches …«

»… erfährst du's zuerst, ganz klar. Jetzt versuch zu schlafen.« Sie drückte ihm einen Kuss auf den Mund und ging.

Hartinger lag auf dem Rücken und konnte nichts tun, außer dem Gedankentornado in seinem Kopf beim Kreisen zuzuhören. Er würde verrückt werden hier drinnen, das war klar. Gut, besser in einem warmen Krankenhausbett liegen als in einem kalten Grab. Oder auf einem Krankenhaussims im vierten Stock stehen. Vielleicht sollte er beim dritten Klinikaufenthalt innerhalb einer Woche ein wenig Ruhe geben. Ein Wirbelbruch war ja kein Kindergeburtstag. Um ein Haar hätten ihn die Bullen um die Ecke gebracht. Solche Rindviecher, dachte er. Na ja, wie der Name schon sagt.

Mit diesem Gedanken musste er eingeschlummert sein. Jedenfalls wähnte er sich in einem Traum, als er spürte, wie sich jemand an seinem Handrücken zu schaffen machte. Nicht an dem Handrücken, den vor – wie lange war das her? – Dotti gestreichelt hatte. An der anderen Hand fummelte jemand herum, dort, wo die Kanüle in der Vene steckte.

Hartinger wurde schlagartig bewusst, dass dies kein Traum war. Er riss die Augen auf, aber es war vollkommen dunkel in seinem Krankenzimmer. »Hey, was machen Sie da?«, krächzte er, doch die Person machte einfach weiter. Er versuchte, seine Arme zu bewegen, doch er war an das Bett geschnallt. Dann wurde es warm im seinem Körper. Wohlig warm. Er entspannte sich, schloss die Augen und gab dem Harndrang nach. »O Mann, das Paradies …«, flüsterte er.

Dann: Gleißendes Licht. Laute Rufe. Das Piepen des Herzmonitors. Menschen, die aufgeregt um ihn herumrannten.

»Wir haben ihn wieder!«, sagte eine Frau.

»Stabilisieren. Adrenalin auf hundert, passen Sie auf seine C4-Fraktur auf!«, rief eine andere Frau. War das Dottis Stimme?

»Glückwunsch, Frau Kollegin«, sagte ein Mann. »Das war knapp.«

Hartinger schaute sich um, soweit es die Halskrause zuließ. Das Paradies musste anders aussehen. Dort, wo er sich befand, sah es ziemlich so aus wie in seinem Krankenzimmer. Immer noch wuselten Schwestern und Ärzte um ihn herum.

»Und jetzt ab auf Intensiv mit dem Patienten«, hörte er Dotti sagen. »Und einen Mann von der Polizei vor die Tür. Das war ein verdammter Mordanschlag. Wie kann das in Ihrer Klinik passieren? Wie kommt hier irgendjemand rein und verabreicht Thiopental an schlafende Patienten? Oder haben Sie hier ein Personalproblem? Einen Todesengel unter Ihren Schwestern und Pflegern? Wenn ich nicht zufällig nach Herrn Hartinger gesehen hätte, wäre er jetzt tot.«

Der Mann stotterte: »Frau Kollegin … äh, ich kann Ihnen versichern … äh …« Mehr hörte Hartinger nicht mehr, denn er wurde aus dem Zimmer geschoben und fand sich bald darauf im Aufzug wieder. Dort setzten sein Bewusstsein und seine Erinnerungen wieder aus.

52

Wieder einmal wachte Hartinger auf, ohne zu wissen, wo er war, wie lange er geschlafen hatte, was passiert war. Er wusste gerade noch, *wer* er war. Aber er war sich nicht ganz sicher, auf welcher Zeitmarke das billige YouTube-Filmchen, das ein unbegabter, aber sadistischer Regisseur über einen abgehalfterten Lokalreporter gedreht haben musste, gerade hängen geblieben war. Handelte es sich um eine Szene über den jungen Hartinger, der sich regelmäßig die Lichter mit Bier und Schnaps ausgeblasen hatte? Zeigte das Standbild den mittelalten Hartinger, dem alles entglitt, was er nur anfasste? Oder war der rote Balken am unteren Bildrand schon ganz nach rechts gezogen worden von dem großen Über-User, der die Maus in der Hand hielt?

Er lauschte zunächst angestrengt, doch er vernahm nichts als den eigenen Atem. Aber warum schnaufte er im Kanon? Nein, es waren mindestens drei Atemgeräusche, die ineinanderflossen. Sein eigenes und eines rechts und eines links von ihm. Um aufzuklären, wer oder was für diese verwirrende Geräuschkulisse verantwortlich war, musste er wohl oder übel die Augen öffnen. Dummerweise konnte er den Kopf nicht zur Seite drehen. Er blickte nur auf die weiße Decke des Zimmers. Aus den Augenwinkeln sah er das Gerät neben dem Bett hängen, das wohl seine Körperfunktionen überwachte. Wenn das neben ihm weitere Kranke in Betten waren, dann waren es Beatmungsmaschinen, die diese Atemgeräusche verursachten. Und dann befand er sich auf einer Intensivstation.

»Gratuliere, Herr Hartinger«, murmelte er. »Das Hirn funktioniert noch einigermaßen.« Doch wie war er hierhergekommen? Er schloss die Augen und schaufelte in seiner Erinnerung. Da war etwas mit einem Sarg. Und mit einem Hundehaufen. Das Zeltdach des Münchner Olympiastadions erstreckte sich über Garmisch-Partenkirchen. Er blickte in einen imaginären Spiegel. Der Mann, der daraus zurückschaute, sah anders aus. Ähnlich wie der Hartinger, der ihn das ganze Leben lang aus dem Spiegel angeblickt hatte, aber doch anders. Ein Abgeordneter besaß Kinderpornos. Und fiel in einen Wasserfall, nachdem er Weißwürste gegessen hatte …

Was war nur mit seiner Erinnerung los? Wer hatte das Magnetband auseinandergeschnippelt und wahllos wieder zusammengeklebt? Und wann war das geschehen? Wie lange lag er hier schon? Wie alt war er? Fünfzig? Siebzig? Neunzig? Was, zum Teufel, machte er hier?

Er versuchte aufzustehen, doch er war am Bett fixiert.

Was für ein Albtraum war das? Hoffentlich *war* es nur ein Albtraum. Vielleicht war er auch in die Hölle eingefahren.

»Herr Hartinger, Sie haben Besuch«, sagte auf einmal ein blonder Engel, der in seinem Gesichtsfeld auftauchte. Wenn es in dieser Hölle von solchen Erscheinungen mehr gab, wollte er sich das gefallen lassen. »Aber nur fünf Minuten«, sagte der blonde Engel. Er sagte das zu einem dunkelhaarigen Engel, dessen Gesicht vor Hartingers Augen auftauchte. Diesen Engel kannte er.

»Dotti«, flüsterte er, doch seine Stimme blieb tonlos.

Sie küsste ihn nur auf den Mund.

»Wasser, bitte«, brachte er schließlich doch hervor.

Sie tauchte zwei Finger ihrer rechten Hand in ein Wasserglas, das sie in der anderen Hand hielt, und benetzte seine Lippen. Es waren die zärtlichsten Berührungen, die er jemals gespürt hatte, so kam es ihm vor. Dorothee Allgäuer hielt das Glas an seine Unterlippe, und er trank einen kleinen Schluck.

»Du hast einen Wirbelbruch. Nichts Lebensbedrohliches, aber du musst den Kopf ruhig halten. Gut, das macht dieses Gestell für dich. Und wenn dir der Hals wehtut. Sie haben dich intubiert, bis ich ihnen gesagt habe, dass eine Barbiturat-Überdosis durch Beatmung verschlimmert wird. O Mann.«

Erst jetzt merkte Hartinger, dass er in ein Gestänge aus Edelstahl gespannt war, das seinen Brustkorb umspannte und seinen Kopf mit einer Manschette fixierte.

»Was ist passiert? Sag es mir!«, krächzte er ungeduldig.

»Jemand hat dir Thiopental injiziert. Das nehmen sie in Amerika, um … Na ja, erzähl ich dir später. Ich hab dich rechtzeitig gefunden. Das Fläschchen lag am Boden. Es gibt kein Gegenmittel. Es war einfach zu wenig. Irrsinniges Glück hast du gehabt, mein Lieber.«

»War da etwas mit Weißwürsten?«, entsann er sich.

»Hat mit dir nichts zu tun. Viele andere sind damit vergiftet worden. Nur eines ist seltsam …«

In diesem Moment hörte Hartinger, wie sich die Tür des Zimmers öffnete. Der blonde Engel holte sicher den dunkelhaarigen ab. Doch es erschien ein weiteres Engelsgesicht über ihm. Kathi Mitterer.

»Ich will nicht stören«, sagte sie kalt.

»Hallo, Frau Mitterer«, grüßte Dotti. »Ich wollte gerade gehen.«

»Bleiben Sie doch noch«, bat Kathi, sehr zu Hartingers Überraschung. »Ich hätte da eine Frage. Sie kennen sich doch mit Krankenhäusern aus. Wozu braucht es eine experimentelle Geburtsstation?«

Dr. med. Dorothee Allgäuer war sprachlos. Erstens hatte sie befürchtet, dass Kathi Mitterer ihr an die Gurgel gehen würde, wenn die sie hier bei ihrem Karl-Heinz antreffen würde. Zweitens überraschte sie diese Frage. Von so etwas hatte sie nämlich noch nie gehört. Nach einer langen Pause begann sie: »Na ja, ich kann mir vorstellen, dass Reproduktionsmediziner, die vielleicht …«

Das war das Stichwort für Hartinger. Unter Aufbietung sämtlicher Kräfte sagte er: »Ich war im Archiv. Hier unten. Die haben hier in den Sechzigern die ersten Versuche mit Retortenbabys gemacht.«

Die beiden Frauen starrten ihn an. »Hier, in Garmisch? In-vitro-Fertilisation?«, fragte Dotti als Erste. »Das waren doch Edwards und Steptoe in England. Louise Joy Brown, das war das erste Baby, das außerhalb des Mutterleibs gezeugt wurde. 1978, wenn ich mich recht entsinne.«

»Das erste, das bekannt wurde«, flüsterte Hartinger. »Vorher ist das *hier* gelungen. Ich hab die Akten … o shit, in meinem Zimmer im Schrank, aber das war ein anderes Zimmer.«

»Und wo sind die Kinder?«, fragte Kathi.

»O mein Gott«, sagte Dotti. Sie wurde blass. »Das darf doch nicht … Nein, das kann nicht … Aber das erklärt natürlich …«

»Was meinen Sie, Frau Dr. Allgäuer?«, fragte Kathi.

»Es ist seltsam … Ich muss es noch einmal prüfen, aber ein Fehler ist eigentlich ausgeschlossen …«

»Was?«, zischte Hartinger.

»Das glaubt ja keiner …«, stammelte Dotti.

»Bitte!«, flehte Hartinger. »Sag's!«

»Fast alle toten Wurstopfer haben Blutgruppe AB Rhesus-negativ. Und die haben auch die Toten Mathias Kupfer und Veronika Pilz. Ich habe sie alle obduziert. Das ist mir natürlich aufgefallen. Es ist ja die seltenste Blutgruppe.«

»Und der Bauamtsleiter Ganslander?«, fragte Hartinger.

»Wer ist das?«, wollte Dotti wissen.

»Noch ein Toter dieser Woche. Der ist aber wahrscheinlich als Unfallopfer einsortiert worden. Ist vor den Bus gefallen.«

»Muss man herausfinden. Jedenfalls kann es sein, dass alle diese Toten dieselben Eltern hatten. Sonst wäre diese Häufigkeit sehr ungewöhnlich. Nur ein Prozent der Menschen haben AB negativ.« Dotti ging von Hartingers Bett weg und schaute auf die Namensschilder an den Nachbarbetten. »Die heißen Gruber und Meier. Müssten auch Wurstopfer sein. Haben auch AB negativ, steht da.«

»Der halbe Ort von denselben Eltern? Wie soll das gehen?« Kathi schüttelte den Kopf. »So ein Schmarrn.«

»Ich werde einen Gentest machen. Dann wissen wir genau Bescheid.«

»Wie lange dauert das?«

»Na ja, ein paar Tage.«

»So lange haben wir nicht«, krächzte Hartinger. »Wenn der von Bürstner das in den Sechzigerjahren alles finanziert hat, dann sind die Kinder vielleicht alle von ihm?«

»Um Himmels willen! Na klar, wegen des Vril-Schmarrns und den Supermenschen. Drum hat der das gemacht, der Spinner.« Schnell erzählte Kathi in Stichworten noch einmal das, was Onkel Albert herausgefunden hatte. »Dann kann er sich ja auf eine große Beerdigung freuen«, schloss sie ihren Bericht.

»Ich denke, der ist tot, seit … ich weiß es nicht«, sagte Hartinger ermattet.

»Nein, er liegt im Sterben«, sagte Kathi. »Das weiß ich genau.« Sie hoffte, dass Hartinger nicht fragte, woher sie das wusste.

»Der alte Mann in der Villa, natürlich! Ich habe ihn gesehen!« Hartinger zuckte mit den Füßen, da er den Kopf nicht schütteln konnte. »Das war der Eduard. Natürlich. Von der einen Villa in die andere haben sie ihn transportiert. Ich hab's gesehen.«

»Und wenn das alle seine Kinder sind … hat er viele Erben«, kombinierte Dotti. »Ein paar zu viele für die Haupterbin.«

»Die Annabella von Bürstner, die Tochter!«, rief Kathi ganz aufgeregt. »Los, schnappen wir sie uns!«

»Moment … Sie können nicht einfach irgendjemanden ›schnappen‹. Zumal die Beweislage doch recht dürftig ist. Glauben wird Ihnen das kein Mensch. Zumindest nicht ohne Gentest. AB negativ ist selten, aber ausgeschlossen ist es nicht, dass zufällig alle Toten die gleiche Blutgruppe haben.« Dotti hatte die letzten fünfzehn Jahre damit zugebracht, Beweise für Gerichte zu beschaffen. Sie wusste zu gut, mit welcher Präzision und Eindeutigkeit man dabei vorzugehen hatte.

Hartinger hörte, wie die Türe des Krankenzimmers erneut geöffnet wurde. Sicher würde die blonde Krankenschwester die beiden Hobbyermittlerinnen hinauskomplimentieren. Er selbst konnte nicht sehen, wer da den Kopf durch die Tür streckte, doch Kathi Mitterer erkannte ihre alte Klassenkameradin. »Gabi!«, rief sie überrascht. Dann schloss sich die Türe schon wieder.

»Die Suldinger Gabi, was will denn die da?«, sagte Kathi mehr zu sich selbst.

Hartinger riss die Augen auf. »Die will … Mich will die. Die Saumatz. Die war hierher unterwegs, als ich die gesehen hab im Auto. Gestern in der Früh. Und die passt auf den alten von Bürstner auf. Schauts, dass ihr sie erwischt, schnell! Los, rennts!«

Die beiden Frauen schauten sich kurz an, dann starteten sie zur Tür. Draußen rannte eine nach links und eine nach rechts den Gang hinunter.

Hartinger blieb nichts übrig, als an die Decke des Krankenzimmers zu starren. Die Suldingerin, logisch, dachte er. Sie passte auf ihre Fastschwester Annabella auf. Oder sie war sogar eine echte Schwester. Natürlich. Die stammte auch aus der Bürstner'schen Babyfabrik! Und bevor der Alte stirbt, mussten die anderen Geschwister alle weg …

Länger konnte Hartinger nicht nachdenken, denn er hörte, wie die Tür erneut geöffnet wurde. »Lass es den blonden Engel sein«, richtete er ein Stoßgebet an die Zimmerdecke.

53

Bevor er sich über den Zustand seines alten Freundes Gonzo Hartinger informieren konnte, musste sich Klaus Westphal einen Überblick über die Nachrichtenlage verschaffen. Er saß am Schreibtisch seiner Suite im Partenkirchner Posthotel und studierte die Onlinemedien der Republik. Und nicht nur die hatten sich auf den »Weißwurst-Tsunami von Garmisch« eingeschossen, wie die Vorfälle von der großen Zeitung mit den roten Buchstaben betitelt wurden. Die Lage war für die Journalisten klar: Der Metzger, der die am Stammtisch verzehrten Würste geliefert hatte, hatte die Honoratioren seines Ortes vergiftet! Der würde seinen Beruf an den Nagel hängen können. Erste Kommentatoren machten sich bereits Sorgen um die Zukunftsfähigkeit des deutschen Schlachtergewerbes.

In den Schreibstuben in München, Hamburg und Berlin hatte man keine Ahnung davon, dass der kostenbewusste Wirt des Gasthauses Zum Rassen keineswegs seine Wurstwaren von einem einheimischen Metzger bezog. Er kaufte im Gastro-Großhandel die viel billigere abgepackte Ware. Wenn das herauskäme, wäre es um eine große süddeutsche Wurstfabrik geschehen, deren prominenter Inhaber derzeit eine Haftstrafe wegen massiver Steuerhinterziehung verbüßte.

Doch noch waren diese Rechercheergebnisse des Bayerischen Landeskriminalamtes nicht bis zur Presse durchgetröpfelt. Natürlich hatte man das Gasthaus Zum Rassen geschlossen und nicht lange gebraucht, um in der Küche die entsprechenden Plastikverpackungen zu finden. Doch wenn es um den Schutz wirklich wichtiger Persönlichkeiten im Freistaat ging, wussten die Ermittler dichtzuhalten. Hinter den Kulissen tauschten sich schon diverse Ministerien darüber aus, wie mit dieser Nachricht umzugehen sei, die wohl dazu geeignet war, das Renommee des ganzen Landes in Mitleidenschaft zu ziehen.

Nachdem die internationalen Zeitungen, Nachrichtensender und Agenturen seit einer Woche nichts als Hiobsbotschaften aus dem Werdenfelser Land verkündet hatten, wurde auch die Wurstvergiftung von zwölf der wichtigsten Bewohner des Garmisch-Partenkirchner Talkessels zu einer Hauptnachricht auf der ganzen Welt. Rund um den Globus, von Anchorage in Alaska bis Brisbane in Australien, wurden das Wesen der Weißwurst und die Wirkung von Botulinumtoxin in allen Details behandelt.

Zur Weißwurst als solcher wussten die Journalisten zu berichten, dass sie angeblich im 19. Jahrhundert in einer Münchner Wirtschaft erfunden worden sei, als dort im Hauptgeschäft an einem Faschingsdienstag die Bratwürste ausgegangen waren und der Wirt einen Lehrling zum nahe gelegenen Markt geschickt hatte, um dort Schafsdärme zu besorgen. Die Nachwuchskraft war mit Rinderdärmen anstatt den Schafsaitlingen zurückgekehrt. In seiner Not hatte der Wirt die Rinderdärme mit den üblichen fein gemahlenen Fleischabfällen gefüllt, sich aber nicht getraut, sie zu braten, weil er fürchtete, die zähen Rinderdärme könnten dabei platzen. Er hatte die Würste stattdessen gebrüht und so einen Klassiker der bayerischen Speisekarte geschaffen.

Einige Miesepeter unter den Journalisten verwiesen jedoch darauf, dass diese Art der Brühwürste schon mehrere Hunderte Jahre früher in Frankreich zubereitet worden seien. Das einzig Revolutionäre an den Weißwürsten sei die übermäßige Verwendung von Kochsalz anstelle des sonst in der Wurstküche vorherrschenden Nitritpökelsalzes, was zu der namensgebenden Färbung führe.

Auf den englischsprachigen Seiten einer saudi-arabischen Zeitung las Westphal den wütenden Kommentar eines Imams, der darin gipfelte, dass a) die Weißwurst aufgrund ihres Schweinefleischgehalts sowieso als »Teufelswurst« zu gelten hätte und jeder mit dem Abschlagen des Mittelfingers bestraft werden könne, der auch nur einen Zipfel davon einführte, und zwar sowohl in das Wüstenland als auch in den eigenen Schlund; b) sei von Reisen in diese gottlose Gegend unter der Zugspitze, die auch noch ein goldenes Kreuz kröne, dringend abzuraten; c) werde man bei den Fußballweltmeisterschaften im Nachbarstaat Katar besonders die bayerischen Vertreter im Auge behalten müssen. Nicht alle Ungläubigen aus dem radikal-christlichen Stammland seien so brauchbar wie der bayerische Kaiser, der verdiente und verehrenswerte Franz Beckenbauer, den die sinistren Kräfte der verabscheuungswürdigen Demokratie leider von seinem Regententhron gestoßen hätten.

»Du hast wohl den Wikipedia-Artikel nicht zu Ende gelesen, sonst wüsstest du, dass die echte bayerische Weißwurst aus mindestens einundfünfzig Prozent Kalbfleisch bestehen muss«, sagte Klaus Westphal, der die nie versiegende Quelle des Internetwissens natürlich angezapft hatte. »Also darfst du nur neunundvierzig Prozent des Mittelfingers abhacken, wenn die Scharia und die Algebra wirklich beide aus deinem Kulturkreis stammen, du Ölprinz.«

Dann widmete sich Klaus Westphal dem Studium der erstaunlichen Fakten, die Wikipedia über das Botulinumtoxin zu bieten hatte.

»Die Namen für das Bakterium und das Toxin sind von dem lateinischen Wort botulus ›Wurst‹ abgeleitet, woher auch die deutsche und englische Bezeichnung ›Wurstgift‹ und ›Sausage Poison‹ herrühren«, stand da. »Grund für diese Ableitung ist, dass früher Vergiftungen, die mit dem Botulinumtoxin assoziiert waren, häufig in Verbindung mit Wurst oder Wurstkonserven anzutreffen waren.«

Von der Tödlichkeit des Giftes wusste das Online-Lexikon Unfassbares zu berichten. Modellrechnungen von Terrorismusexperten gingen davon aus, dass zehn Gramm Botulinumtoxin ausreichten, um fünfhunderttausend Menschen zu töten. Nicht umsonst war das Wurstgift als Biowaffe international geächtet.

»Wow. Eine halbe Million Tote bei zehn Gramm«, murmelte Westphal. »Kein Wunder, dass die Stammtischler wie die Fliegen umgefallen sind.« Und dann entdeckte er eine Information, die er schon einmal irgendwo gelesen hatte: Die gefährliche Eiweißverbindung führte als »Botox« auch noch eine zivile Existenz. Es glättete nicht nur Falten von in die Jahre kommenden Narzissten, sondern entspannte auch Patienten, die unter neuromuskulären Störungen litten. »Also kommt jeder an das Zeug, der Zugang zu einer Apotheke hat. Zwar stark verdünnt, aber immerhin«, schloss Westphal sein Selbstgespräch.

Er stand vom Schreibtisch seiner Suite auf, klappte den Laptop zu und warf den frisch erstandenen Trachtenjanker über die Schultern. Dann fuhr er mit dem Aufzug in die Lobby, ging zum Parkplatz und verließ in seinem gemieteten Mercedes das Hotelgelände Richtung Klinik.

Er hatte ein schlechtes Gefühl, was den Hartinger anbelangte. Irgendwie hatte er ihn da in diese Sache reingeritten. Oder bildete er sich das nur ein? Nein, der Hartinger Gonzo war ja von sich aus dem Wasserfallsturz dieses Bestatters Kupfer nachgegangen. Er hätte ja auch das Wochenende in Berlin verbringen können. Dennoch, besuchen musste er ihn. Und seine beiden neuen Auftraggeber auch. Allerdings war fraglich, ob sich der Auftrag nicht mit dem Vortag erledigt hatte, denn die Bilder vom Gruber-BMW, den Merkur-Online noch am Sonntagabend im Internet veröffentlicht hatte, sahen nicht so aus, als könnte jemand noch lange leben, den man aus diesem Wrack gezogen hatte. Besonders nicht einer, der gleichzeitig einen heftigen Botulismus erlitten hatte. Nein, der Gruber würde entweder sterben, oder er wäre den Rest seines Lebens noch so geistig fit wie ein trockener Wecken Brot. Viel zu erwarten war von dem visionären Unternehmer nicht mehr.

Schade drum, fand Klaus Westphal. Ohne den Gruber

würde doch dem Exbürgermeister Meier nichts einfallen. Und der lag ja auch auf Intensiv, wie Merkur-Online gemeldet hatte. Nun, für den äußerst unwahrscheinlichen Fall, dass der Gruber wieder genesen sollte, war es sicher geschickt, einer der ersten Besucher an seinem Krankenbett gewesen zu sein.

Er kam am Krankenhaus an und schloss sein Auto auf dem Besucherparkplatz ab. Am Haupteingang fragte er nach der Intensivstation. Bevor er sich dorthin begab, musste er eine Karte im Krankenhauskiosk kaufen. Die wollte er am Bett des siechenden Veit Gruber hinterlassen, damit seine Aufwartung auch Spuren hinterließ.

54

Hartinger hörte, wie die Tür seines Zimmers geöffnet wurde, konnte aber nicht sehen, wer hereinkam. Er hoffte, dass es die Schwester war, und krächzte: »Sie müssen Alarm schlagen! Die Mörderin läuft da draußen rum! Hören Sie mich?«

Doch die Person reagierte nicht, sagte keinen Ton und schien bei der Tür zu verharren, nachdem sie diese geschlossen hatte.

Hartinger wurde es angst und bange. Die Mörderin musste zurückgekehrt sein!

»Scheiße!«, versuchte er zu schreien, doch die Intubation vom Vortag hatte seine Stimmbänder lädiert. Er versuchte erneut zu rufen. »Hallo, ist da draußen niemand?« Doch nichts tat sich.

Der Alarmknopf! Natürlich, da musste doch irgendwo ein Alarmknopf sein, den er mit einer Hand erreichen konnte. Er tastete, soweit es ihm möglich war, mit den

Händen auf dem Bett herum, fand jedoch nichts. »Verfluchte Scheiße, hört mich denn keiner?« Es war ihm klar, dass sein Krächzen von den Beatmungsmaschinen rechts und links von ihm übertönt wurde. Haben die keine Kamera, mit der sie mich überwachen?, dachte er verzweifelt. Zumindest ist doch da ein Monitor, der meine Herzfrequenz und meine Sauerstoffsättigung draußen irgendwem anzeigt. Die müssen doch merken, dass ich Panik habe. Mein Herzschlag muss mittlerweile auf hundertachtzig sein. Ob ich es mit Luftanhalten versuchen sollte?

Er hörte, wie sich Schritte seinem Bett näherten. Wieder versuchte er zu schreien. Doch mittlerweile kam nur noch ein tonloser Lufthauch aus seinem Mund.

Da! Wieder machte sich jemand an seinem Handrücken zu schaffen. Dort, wo für Notfälle die Zugangskanüle in der Vene steckte. Er sah nicht, wer ihn vergiften wollte, denn er konnte den Kopf nicht weit genug anheben, sodass die Täterin außerhalb seines Blickfelds blieb. Und um eine Täterin musste es sich ja wohl handeln. Um präzise zu sein: Es musste Gabriele Suldinger sein.

»Gaby, lass es!«, flüsterte er. »Du kannst nicht verhindern, dass alles rauskommt. Du machst es nur schlimmer.«

Die Angesprochene nestelte weiter an seinem Handrücken herum. Sie hatte es eilig. Eine Ampulle fiel zu Boden. Sie fluchte. Dann fummelte sie das nächste Fläschchen aus ihrer Jackentasche. Zu Hartingers Verwunderung fing sie an zu reden. »Die mussten alle weg. Nur die Annabella erbt. Und wird endlich glücklich. Wenn der Alte weg ist. Und alle Schmarotzer. Diese Bankerten. Aussetzen hätten sie sie sollen, in die Kanker schmeißen. Im Kainzenbad ersäufen wie junge Katzen. Aber nicht mit den anderen Kindern austauschen.« In Hartingers Hirn ratterte es. Es stimmte also, was er in den Akten des Krankenhauses gelesen hatte. Die Kinder, die in der experimentellen Geburtsstation in den Sechzigern zur Welt gekommen waren, hatte man Fremden untergeschoben. Viele Garmisch-Partenkirchner Familien hatten also Kinder aufgezogen, die Produkte dieser Geburtsstation waren. Und die, wenn Dotti recht hatte, alle von Eduard von Bürstner stammten. Allesamt! Unklar war, was mit den echten Kindern dieser armen Leute geschehen war.

»Und wenn die alle endlich verreckt sind und du bist auch weg, dann wird niemand etwas erfahren«, sagte die Suldingerin. »Gleich ist es so weit.« Endlich tauchte sie in seinem Blickfeld auf. Ihre Augen flackerten und stierten gleichzeitig.

Hartinger hatte keinen Zweifel. Gabriele Suldinger war wahnsinnig. Er versuchte es dennoch mit rationalen Argumenten. »Es bringt nichts, wenn du mich jetzt umbringst. Es gibt schon Leute, die es wissen. Und es gibt Akten. Ich habe sie gesehen!«, flüsterte er.

»Ich habe sie aus deinem Schrank genommen. Sie haben gut gebrannt.«

Er musste sie so lange in ein Gespräch verwickeln, bis endlich irgendjemand kam, um ihm beizustehen. »Du hast den Kupfer in die Kuhflucht geschmissen?«

Sie nickte und grinste irr.

»Die Pilz Vroni die Frauenmahd hinunter?«

Abermals nickte sie.

»Den Ganslander vor den Bus?«

Sie nickte.

»Und wie hast du das Gift in die Weißwürste bekommen?«

»Das war das Leichteste. Die Annabella hat einen Botox-Vorrat. Ich hab das Gift potenziert. Ich kenn mich da aus. Ich pfleg den alten Eduard seit fünfundzwanzig Jahren. Besser als jede Krankenschwester kenn ich mich da aus.« In den Wahnsinn ihres Blickes mischte sich der Triumph der ein Leben lang zu kurz Gekommenen. »Und dass der Rassen-Wirt seine Weißwürste beim offenen Küchenfenster ziehen lässt, weiß doch ein jeder. Da sind ihm ja schon welche geklaut worden. In der Zeitung ist's dringestanden.«

Hartinger erinnerte sich an den Fall. Der Rassen-Wirt war einem Passanten mit der Pistole in der Hand durch die Ludwigstraße nachgelaufen, als er ihn in flagranti beim Weißwurst-Mopsen erwischt hatte. In der Glosse des Tagblatts war das gestanden, und der ganze Ort hatte darüber gelacht.

Hier, in diesem Zimmer der Intensivstation, lagen nur zwei der Weißwurst-Opfer und er selbst. Das Krankenhaus hatte neun solcher Betten. Und die wurden alle von den Exbürgermeister-Stammtischlern belegt. Hartinger konnte nicht glauben, dass sie alle Zeugungsprodukte der von Bürstner'schen Menschenversuche waren. Nein, sicher waren nicht alle, die die irre Suldingerin vergiftet hatte, auch Von-Bürstner-Kinder. Der Veit Gruber und der Hans Meier etwa waren doch zu alt, um auf der Geburtsstation gezeugt worden zu sein. Und der Bernbacher war auch aus den Fünfzigern gewesen. Sie waren einfach nur mitvergiftet worden, weil auch sie von den Weißwürsten gegessen hatten, die für die von-Bürstner-Klone bestimmt gewesen waren.

»Gute Nacht, Karl-Heinz«, sagte Gabriele Suldinger zu ihm. »Du wirst jetzt tief und fest schlafen – und nie wieder aufwachen.«

Hartinger wurde innerhalb von drei Sekunden sehr, sehr müde. Er bekam nur noch mit, wie ein Mann schrie: »Was machen Sie da?« und die Mörderin weg von ihm nach hinten riss.

Die Stimme kam Hartinger bekannt vor. Er murmelte: »Klausi?«

Dann schlummerte er ein.

55

Kathi Mitterer und Dorothee Allgäuer hatten zu zweit das ganze Krankenhaus durchkämmt. Zumindest kam es ihnen so vor. Im Dauerlauf hatten sie jede Station abgesucht, hatten die Tür jedes Krankenzimmers aufgestoßen, doch sie hatten die Frau nicht gefunden, auch wenn das nicht bedeutete, dass sie nicht da war. Sie hatten nicht unter den Betten nachgesehen, nicht die Toiletten durchsucht, waren nicht in den Keller, nicht in die Büros der Verwaltung vorgedrungen. Auch gab es zahlreiche für Besucher geschlossene Abteilungen. Nach zwanzig Minuten Rennerei, während der sie sich einige Male auf den Gängen begegnet waren, gaben sie es auf. Zu zweit ein Krankenhaus durchsuchen, wie sollten sie das schaffen?

Sie trafen fast gleichzeitig vor Hartingers Intensiv-Zimmer ein. Von drinnen hörten sie die Geräusche von auf den Boden fallenden Gegenständen. Kathi riss die Tür auf und sah, wie sich Gaby Suldinger mit einem unbekannten Mann auf dem Boden kugelte. Dotti hechtete über das kämpfende Paar hinweg zu Hartinger und sah sofort, dass eine Spritze in seiner Venenverweilkanüle steckte. Sie riss sie heraus und sah gegen das Licht, dass nur ein Milliliter Flüssigkeit in Hartingers Körper gelandet sein konnte.

An den auf dem Boden liegenden zwei Ampullen und deren Etiketten konnte sie erkennen, dass wieder das gleiche Barbiturat zum Einsatz hätte kommen sollen, dem Hartinger fast schon einmal zum Opfer gefallen war: Thiopental, das innerhalb kürzester Zeit als Betäubungsmittel wirkte und gegen das es bei Überdosierung kein Gegenmittel gab.

Dotti rannte aus dem Zimmer und schrie draußen herum. Was genau, konnte Kathi drinnen nicht verstehen, noch immer liefen die Beatmungsmaschinen bei Gruber und Meier, dazwischen kullerten Gabriele Suldinger und der Dotti unbekannte Mann ineinander verkrallt über den Boden.

Kathi wusste nicht, was sie tun sollte. Eine dieser beiden Personen hatte mit den Morden zu tun. War es wirklich ihre ehemalige Schulkameradin? Sollte sie glauben, was Karl-Heinz vorhin gesagt hatte, als Gaby kurz ihren Kopf durch die Türe gesteckt hatte? Was, wenn er sich täuschte – und Gaby nur das Zimmer verwechselt hatte? Andererseits, wer stolperte schon zufällig in eine Intensivstation?

Jedenfalls sah es so aus, als würde der Mann den Kampf nicht gewinnen. Gaby Suldinger war außer sich vor Rage, und gegen diese animalische Wildheit kam er nicht an, obwohl seine Bewegungen nicht so aussahen, als sei er in Kampfsportarten geübt. Beide hielten sie sich gegenseitig im Schwitzkasten und rumpelten dabei immer öfter gegen das Bett, in dem Karl-Heinz lag. Irgendwann würden sie ihm Schaden zufügen. Kathi hatte keine Wahl, sie musste diesen Fight beenden.

Schnell fummelte sie die Wehrmachtspistole unter der Dirndlschürze hervor. Seit Donnerstag hatte sie die Waffe abgeben wollen, nun war sie froh, dass sie das Schießeisen behalten und sich daran auch ein bisschen gewöhnt hatte.

»Auseinander oder ich schieße!«, brüllte sie die beiden Kämpfenden am Boden an. Als die sich nicht davon abbringen ließen, wie Kinder in einer Schulhofrangelei über das Linoleum zu kugeln, machte sie Ernst. Allerdings zielte sie weder auf Gabriele Suldinger oder gar auf den Unbekannten, sondern gegen die Decke des Zimmers. Die Walther P.38 machte »klack«. Kathi drückte noch einmal ab. »Klack!«

»Mist, ich hab nicht nachgeladen«, schimpfte sie. Schnell verräumte sie die Waffe wieder unter der Dirndlschürze. In ihrer Not ergriff sie einen Besucherstuhl, holte damit aus und zielte auf den Kopf von Gaby Suldinger, als diese gerade die Oberhand gewann und sich auf den Brustkasten des Mannes setzte. Der Stuhl krachte gegen Hinterkopf und Rücken der Suldingerin, und wie vom Blitz getroffen sank sie zur Seite.

Klaus Westphal, mit zerkratztem Gesicht, zerrissenem Oberhemd und geplatzter Unterlippe, quälte sich unter der Bewusstlosen hervor und stand dann vor seiner Retterin.

»Danke«, japste er. Und nachdem er wieder bei Atem war: »Sie müssen Kathi Mitterer sein. Gonzo hat mir viel von Ihnen erzählt. Ich bin sein Freund Klaus Westphal. Wir wollten das Wochenende eigentlich in Berlin verbringen …«

56

»Haben Sie es sich überlegt?«, fragte Bernd Schneider.

»Ich brauche noch«, antwortete Hartinger.

»Sie haben eine Woche geschlafen. Reicht das nicht?«

»Das war kein Schlaf, das war ein Koma. Das ist ein Unterschied. Und selbst wenn ich geschlafen hätte: Wer kann schon im Schlaf denken? Vielleicht ein bayerischer Polizeibeamter wie Sie, das kann sein.«

»Ach, Hartinger, hören Sie doch endlich auf mit den Frotzeleien. Ich biete Ihnen einen Ausweg.«

»Aus was?«

»Aus Ihrer mickrigen Existenz.«

»Wie viele Leute mir einen Ausweg aus meiner Existenz bieten wollen. Die eine will das mit Barbituraten, die andere lässt mich lebendig eingraben, und der Staat will mir ein neues Gesicht und neue Papiere geben. Alle wollen nur eines: meine derzeitige Existenz beenden. Vielleicht finde ich die aber gar nicht so furchtbar, dass ich sie beenden lassen *möchte*.«

»Was Sie in Ihrem Koma eine Woche lang gerufen und gebrabbelt haben, sagt etwas anderes.«

»Ach, jetzt überwachen Sie schon die Träume Ihrer Mitmenschen. Interessant.«

»Ich bin stundenlang an Ihrem Bett gesessen, Sie Arsch. Und wenn ich nicht da war, dann Frau Schmidtheinrich. Wir wollten verhindern, dass Sie doch noch Opfer irgendeines Ihrer freundlichen Mitbewohner dieses schaurigen Tals werden.«

»Rührend.« Hartinger schaute aus dem Krankenhausfenster zur Alpspitze hinüber. Ihr war das alles so was von egal. Seine Existenz. Dieses Tal. Was die Leute hier so taten, ließen, dachten, sagten. Wie er diesen Berg beneidete.

»Nun?«

»Wie gesagt, ich denke nach. Ernsthaft, Schneider. Aber ich bin erst seit gestern wieder wach.«

»Ewig kann ich Ihnen den Umstieg nicht anbieten, Hartinger.«

»Ich weiß.« Hartinger wollte tatsächlich einen Schlussstrich ziehen. Nicht unter seine Existenz. Aber er hatte keinen Bock mehr, stets allein zu ermitteln. »Übrigens, es gibt hier eine gut gehende Drogenproduktion. Im Bestattungsinstitut Kupfer. Deshalb war ich eingegraben.«

Schneider schaute möglichst gelangweilt in die Richtung, in die auch Hartinger blickte. »Sagen Sie mir etwas, was ich nicht weiß.«

»Und? Lassen Sie den Laden hochgehen?«

»Wir machen uns doch nicht lächerlich. In Österreich ist der Handel mit Cannabis-Pflanzen und dem Pflanzzubehör legal. Und in Bayern wird gerade ein entsprechendes Volksbegehren vorbereitet. Der Anbau ist doch bereits so was wie ein Volkshobby. Hat man nicht im letzten Herbst in Oberau eine Plantage entdeckt? In ein, zwei Jahren haben wir hier Growshops. Da hängen wir uns doch jetzt nicht mehr aus dem Fenster. Das machen die vom Zoll.«

»Es gibt einen Kinderpornoring. Ich hab keine Beweise, aber da liegt was in der Luft, Schneider. Sie müssen …«

»Sehen Sie, Hartinger, das ist der Grund, warum ich Sie als Inoffiziellen haben will. Sie sind ein guter Schnüffler. Doch ohne Apparat hinter sich werden Sie scheitern. Natürlich weiß ich, dass der ehemalige Kaplan der Pfarrkirche in althergebrachter Tradition auf kleine Mädchen und Jungs stand. Leider ist der Mann tot. Aber seine Opfer leben noch.«

Hartinger nickte verblüfft. *Darum* waren die »Übergriabigen« so still gewesen, als er das Thema angesprochen hatte. Sie alle waren einmal Ministranten gewesen. Wahrscheinlich gab es von manch einem Material, das noch auf Super 8 gedreht worden war. Zum Kotzen.

»Wieso wollen Sie mich denn eigentlich mit einem neuen Gesicht ausstatten?«, kam Hartinger zum Thema zurück. »Mich erkennen sie doch hier am Ort auch am Gang. Und an der Stimme.«

»Ganz ehrlich, Hartinger, Sie würden nicht hier eingesetzt. Hier sind schon längst andere Inoffizielle unterwegs. Sie werden Sie kennenlernen, sobald Sie in den Club eingetreten sind.«

»Klaus Westphal?«

»Kein Kommentar.«

»Wusste ich's doch. Von wegen PR. Der soll hier schnüffeln für Ihren Dienst.«

»Kein Kommentar.«

»Passt scho.« Hartinger wollte seine Ruhe und einfach nur auf seinen Berg starren. Wenn er Ja sagte zu dem, was Schneider ihm vorschlug, zu dem wahrscheinlich nicht einmal unspannenden Job, der ihm einen Jahresverdienst von 150 000 Euro einbrächte, dann würde er vielleicht diesen Berg so schnell nicht wiedersehen. Oder auch nie mehr. »Morgen gebe ich Ihnen Bescheid«, sagte er. »Jetzt muss ich nachdenken.«

Schneider nickte nur, stand auf und ging ohne ein weiteres Wort.

Hartinger wartete, bis sich die Tür hinter Schneider schloss. Dann klingelte er der Schwester und ließ sich von ihr den Laptop auf das Tablett des Krankenhaus-Nachttisches stellen. Er hatte noch einen Job abzuschließen. Eine Woche lang hatte er geschlummert. Und diese ganze Zeit über hatte niemand die Wahrheit über die Morde in der Kuhflucht, an der Frauenmahd, am Rathausplatz und am Stammtisch des Gasthauses Zum Rassen gemeldet. In keiner Zeitung, auf keiner News-Seite im Internet hatte er davon gelesen. Nur die Nachricht von der Irren, die einen ganzen Stammtisch mittels Weißwürsten vergiftet hatte, die hatte vor allem den Boulevardzeitungen geschmeckt. Aber die wahren Hintergründe … Nein, sie wollten wieder einmal alles totschweigen. Dass es in Garmisch-Partenkirchen einen irren Nazi-Bankier gegeben hatte, der Experimente mit künstlicher Befruchtung und wahrscheinlich mit Menschenklonen gemacht hatte. Vor fünfzig Jahren bereits. Das wollte natürlich keiner der Offiziellen in der Zeitung lesen. Ging der Einfluss der Annabella von Bürstner tatsächlich so weit?

Egal, sie hatten wieder einmal die Rechnung ohne Karl-Heinz Hartinger gemacht. Er tippte eine Meldung, die er an seine Abnehmer in den Nachrichtenagenturen, Zeitungsredaktionen, Online-Newsrooms und TV-Sendern dieser

Welt senden würde. Vielleicht wurde dies seine letzte Meldung als Reporter.

Garmisch-Partenkirchen (KHK Presseagentur) – Die mysteriösen Mordfälle, die seit zwei Wochen Garmisch-Partenkirchen erschüttern, sind aufgeklärt. Die Opfer, auf die es der Täterin ankam, waren biologische Kinder des Privatbankiers Eduard von Bürstner. In einer sogenannten »experimentellen Geburtsstation« des Garmisch-Partenkirchner Klinikums wurden sie zwischen 1962 und 1980 als Ergebnis der von Leopold von Bürstner betriebenen menschlichen Reproduktionsforschung geboren. Um zu verhindern, dass diese Personen im Falle des Todes des Neunzigjährigen erbberechtigt würden, hatte eine Hausangestellte der Familie von Bürstner die Morde geplant. Dabei nahm sie den Tod Unbeteiligter in Kauf: Bei einem Giftanschlag wurden vier Männer getötet, drei weitere schweben derzeit noch in Lebensgefahr. Ob die Täterin im Auftrag von Eduard von Bürstners einziger offiziell anerkannter Tochter Annabella handelte, steht noch nicht fest.

Das genügte fürs Erste. Unglaubliche Nachrichten mussten in kleinen Happen verabreicht werden, sonst stiegen die Leute aus, wie Hartinger wusste. Er würde dann auf Nachfrage – und ganz bestimmt würde sein E-Mail-Postfach über Nacht voll mit Anfragen sein – weitere Details liefern. Für sehr viel Geld. Vielleicht käme er auf diese Weise noch darum herum, das unverschämt gute Angebot Schneiders annehmen zu müssen. Er schloss den Laptop und tat das, was er zurzeit am besten konnte: nichts. Dann schlief er ein.

57

Als Hartinger am nächsten Morgen um sechs Uhr vom Pflegepersonal geweckt wurde, musste er als Erstes das Ergebnis seiner Meldung vom Vorabend checken. Er bat die Schwester, anstatt des Frühstücks sein Laptop auf dem Schwenktablett des Nachtschranks zu platzieren. Es fiel ihm schwer, über den Rand seiner Halskrause den ganzen Bildschirm zu überblicken. Aber er musste einfach wissen, welchen Einschlag seine Nachricht von gestern Abend hinterlassen hatte.

Er war wie vor den Kopf geschlagen, als die WLAN-Internetverbindung stand und er die Schlagzeilen überflog. Die internationalen Nachrichtenlieferanten hatten allesamt seine Informationen ignoriert. Auch nichts in SZ, FAZ, Bild, Welt, Merkur, Flensburger Zeitung und Darmstädter Echo … nirgends war auch nur eine Zeile von den Garmisch-Partenkirchner Morden und deren Aufklärung zu lesen.

Die deutschen Gazetten hatten an diesem Tag nur ein Thema: Das bayerische Wirtschaftsministerium hatte einen in der Psychiatrie einsitzenden Erfinder mit der Planung des Klimanetzes über Garmisch-Partenkirchen beauftragt. Die Opposition forderte bereits den Rücktritt des Ministers. Auch für die junge Garmisch-Partenkirchner Bürgermeisterin schaute es schlecht aus.

Der bayerische Ministerpräsident sagte in einer Stellungnahme, die als Audiodatei auf der Website von Bayern2 abzurufen war: »Wohin uns der Irrweg der sogenannten Erneuerbaren Energien führt, sehen wir nicht nur am Scheitern des Desertec-Projekts, sondern auch an den Vorgängen in unserer Heimat. Es ist erschreckend, wie das Geld der Steuerzahler für neue Stromtrassen und für andere phantastische Projekte wie Sonnen- und Windkraftwerke vergeudet wird. Ich stehe voll und ganz hinter unseren verdienten Wirtschaftsminister, der leider im Fall des Garmisch-Partenkirchner Klimanetzes einem Betrüger auf den Leim gegangen ist. So was passiert, er ist ein junger Mann, dem muss man auch mal eine zweite Chance geben. Ich habe ihn damit beauftragt, umgehend eine erneute Laufzeitverlängerung unserer soliden und sicheren süddeutschen Kernkraftwerke eingehend zu prüfen. Jetzt ist Schluss mit dem Hokuspokus. Ich bin doch nicht der Landesvater von Absurdistan.«

Hartinger richtete den Blick zur Zimmerdecke. Dann machte er sich daran, herauszufinden, warum seine eigene Meldung nicht von den Medien aufgegriffen worden war. Hatte sie seinen Rechner erst gar nicht verlassen? Hatte er diesen vielleicht zu schnell zugeklappt? Dann hing die Mail eventuell noch im Postausgang. Machte nichts, dann konnte er sie jetzt versenden. Sie würde immer noch einschlagen wie eine Bombe.

Er klickte sich durch sein E-Mail-Programm. Entsetzt stellte er fest, dass sämtliche seiner jemals gesendeten und empfangenen Mails gelöscht waren. Er sendete eine Test-E-Mail an sich selbst.

Sie kam nie an.

Dank …

… wie immer an erster Stelle an meine Familie. Ohne euer Verständnis könnte ich nicht in die Untiefen der Garmisch-Partenkirchner Welt eintauchen. Dort ist – zumindest am Klinikum – nichts so, wie ich es beschrieben habe. Sämtliches Personal sowie die Handlungen in meinen Romanen sind pure Erfindung, und das trifft auch auf dieses Buch zu; Parallelen mit lebenden oder toten Personen wären ausschließlich dem Zufall zu verdanken, sind aber weder von mir noch dem Verlag noch sonst irgendwem beabsichtigt.

Ein solcher Zufall ist zum Beispiel, dass just in den Tagen des Oktober 2014, in denen ich diesen Roman nach knapp einjähriger Schreibzeit zu Ende bringe, in einem Haus in der Nähe von Garmisch-Partenkirchen eine professionelle Cannabis-Plantage entdeckt wurde. Die Hasch-Beete im »Bestattungsunternehmen Kupfer« (das selbstredend nicht existiert) gab es schon ein halbes Jahr vorher.

Unglaublich auch das Erscheinen der Meldung, die hochtrabenden Pläne, aus nordafrikanischer Wüstensonne Strom für Europa zu machen, also das Desertec-Projekt, seien gescheitert. Auch diese Nachricht kam vor ein paar Tagen über die Agenturen und wurde noch schnell am Ende meines Romans eingebaut.

Meine ebenfalls am Ende meiner Geschichte enthaltene Spekulation, bald würden erste Politiker nach einer Verlängerung der Laufzeitverlängerung der Atomkraftwerke rufen, ist bei Drucklegung dieses Buches noch nicht eingetreten. Sie wird aber mit hoher Wahrscheinlichkeit bald kommen. Die Kohlekraftwerke sollen ja auch weiterlaufen, bis keine Kohle mehr da ist. Das weiß ich seit der Lektüre des äußerst empfehlenswerten Sachbuchs »Der Letzte macht das Licht aus: Die Zukunft der Energie« des Physiknobelpreisträgers Robert B. Laughlin (München, 2012).

Ein weiteres Sachbuch möchte ich an dieser Stelle noch einmal emporheben (es spielt ja schon im Text eine Rolle): »Kinder machen: Neue Reproduktionstechnologien und die Ordnung der Familie. Samenspender, Leihmütter, Künstliche Befruchtung« meines Freundes Andreas Bernard (Frankfurt, 2014) hat mich in den Osterferien 2014 an den Liegestuhl gefesselt (zugegeben, es gibt schlimmere Möbel, an die man gefesselt sein kann) und mir beim Plot von »Frauenmahd« auf die Sprünge geholfen. Danke, Andreas!

Diesmal habe ich nicht so sehr im Online-Archiv »Beiträge zur Geschichte des Marktes Garmisch-Partenkirchen im 20. Jahrhundert« meines ehemaligen Lehrers Alois »Blacky« Schwarzmüller gewildert wie sonst. Die sogenannte Background-Story dieses Romans, also der historische Hintergrund der Familie von Bürstner, ist komplett erfunden. Immerhin habe ich in diesem höchst spannenden und aufschlussreichen Archiv (das man über www.gapgeschichte.de erreicht) erfahren, dass die Villa, die ich der Familie von Bürstner andichte, vom berühmten Wagner-Dirigenten Hermann Levi erbaut worden ist. Mit einigem Interesse habe ich dem Archiv auch die Randnotiz entnommen, der Zitatgeber vom Anfang dieses Buches (ja, der obere!) habe 1938 als Mitglied des Nationalsozialistischen Kraftfahrerkorps (NSKK) als »weltanschaulicher Referent« des Sturmes 23/M86 gewirkt. Dies bestätigt sogar die der Erinnerung an diesen Mann gewidmete Website www.fjs.de unter dem Menüpunkt »FAQ«. Natürlich wird die Rolle des »weltanschaulichen Referenten« dort mit vielen Worten zu studentischem Opportunismus erklärt und heruntergespielt. Wer aber wissen will, wozu der junge Mann sein kraftfahrerisches Weltanschauungs-Amt gebraucht (sagen wir ruhig: missbraucht) hat, sollte auf www.gapgeschichte.de nach dem Schicksal des jüdischen Historikers Dr. Michael Schnebel und seiner Frau Emmy suchen und wird dort Erstaunliches entdecken. Danke, Blacky, für das Festhalten dieser Geschichte(n)!

Weil wir gerade bei einer dunklen Zeit sind: Aus dieser stammt die Walther P.38, die Kathi Mitterer in der Schürze trägt. Herzlichen Dank an die namenlose, aber schnelle und professionelle Person hinter der info@-Mailadresse der Carl Walther GmbH, die mich über die richtige Schreibweise (mit oder ohne Punkt? mit oder ohne Leerzeichen?) der berühmten Pistole kompetent aufklärte: »Die P38 wurde bis zum Ende des 2. WK mit der Modellbezeichnung ›P.38‹ hergestellt und ausgeliefert. Mit der Neuproduktion in Ulm wurde aus der P.38 eine ›P38‹.«

Damit Sie, liebe Leserin, lieber Leser, dieses Buch in den Händen halten können, haben sich sehr viele engagierte Menschen darum verdient gemacht, angefangen von meiner Programmleiterin Katrin Andres bei Piper über den unvergleichlichen Lektor Peter Thannisch bis zu den Damen und Herren des Korrektorats, der Umschlaggestaltung, des Satzes, der Produktion, der Presseabteilung, des Marketings, des Vertriebs, der Druckerei, der Auslieferung bei Piper, nicht zu vergessen: des Buchhandels … Sie können sich gar nicht vorstellen, wie viele hungrige Mäuler ihre 9,99 Euro abzüglich Umsatzsteuer stopfen müssen. Auch die meines Agenten Dirk Rumberg und seiner vielköpfigen Familie. Ich bin Dirk auch noch beim vierten Hartinger-Roman und bei meinem insgesamt achten Buch für meine Entdeckung und Förderung aufs Äußerste dankbar.

Mein allerherzlichster Dank gehört wie immer Ihnen, liebe Bücherfreunde, die Sie meine Bücher kaufen, verschenken und gegebenenfalls sogar lesen. Ich freue mich sehr auf Ihre Post; auf meiner Website www.marcritter.de finden Sie ein Kontaktformular.

Bis bald!

München, im Oktober 2014 Marc Ritter